식당사장 장만호

초판 1쇄 발행 | 2015년 1월 2일

지은이 김옥숙
발행인 이대식

책임편집 김화영 **편집** 이숙 나은심
마케팅 윤여민 정우경 **관리** 홍필례
디자인 모리스

주소 서울시 종로구 평창길 329(우편번호 110-848)
문의전화 02-394-1037(편집) 02-394-1047(마케팅)
팩스 02-394-1029
전자우편 saeum98@hanmail.net
블로그 saeumbook.tistory.com
페이스북 facebook.com/saeumbooks

발행처 (주)새움출판사
출판등록 1998년 8월 28일(제10-1633호)

© 김옥숙, 2015
ISBN 978-89-93964-91-2 03810

식당사장 장만호

김옥숙 장편소설

느티나무 식당

새움

차
례

저마다 다른 생의 방식들이
오랜 권속들처럼 저녁 밥상에 모여
서로의 피와 살로 제를 올리는 일인지 모른다
따뜻한 밥 한 그릇을 지어 올리는 일은
ㅡ이경, 〈따뜻한 밥 한 그릇〉에서

프롤로그

초겨울 바람이 거셌다. 귓바퀴에 스치는 바람은 예리한 면도날 조각이 숨겨져 있는 것처럼 날카로웠다. 잿빛 하늘은 물기를 잔뜩 머금은 천막처럼 무겁게 내려와 있었다. 광안대교 위를 맹렬하게 질주하는 자동차들의 소음이 내 등을 후려치는 채찍 소리같이 들렸다.

바지 주머니에서 핸드폰을 꺼내 들여다보았다. 마지막으로 불러보고 싶은 이름 하나. 목에 걸린 가시 같은 이름이 떠올랐다. 날카로운 유리조각으로 심장을 찌르는 듯한 통증이 느껴졌다. 나는 망설이다 선경의 이름을 불러내고는 글자 한 자 한 자를 천천히 눌렀다.

선경아,

미안하다.

단 한 번도 너에게 따스한 울타리가 되어주지도 못했다.

못난 나를 결코 용서할 수 없겠지.
현진이 부디 잘 키워주길 바란다.

문자 보내기를 누르려다 멈칫했다. 현진을 키우며 마음을 추스르고 힘겹게 살고 있을 선경에게 가장 잔인한 짓을 하려는 내 자신이 끔찍했다. 어쩌면 나는 아직도 선경을 놓지 못하고 있는 건지도 몰랐다. 나는 질긴 미련과 희망을 던져버리듯 핸드폰을 바다를 향해 힘껏 던졌다. 핸드폰은 작은 포말을 일으키며 흔적도 없이 검푸른 바다 속으로 사라져버렸다. 나도 저렇게 몸을 던지면 그뿐인 것이다. 내가 이 지상에 존재했던 흔적 따위는 남지 않을 것이다. 애초에 나, 장만호라는 인간이 존재하지 않았던 것처럼 세상은 눈 하나 꿈쩍하지 않고 돌아갈 것이다. 내가 존재하지 않아도 사람들은 주말 연속극을 보며 울고 웃고 영화를 보고 교통사고가 일어나고 술을 마시다 멱살을 잡거나 취객들은 길거리에서 아무 데나 노상방뇨를 할 것이다.

석 달 정도 했던 대리운전도 몸이 아파 그만두고 고시원의 월세조차 내지 못하게 되자 길거리를 떠도는 정처 없는 생활의 연속이었다. 길거리 생활 탓인지 설상가상으로 자취를 감춘 지 오래라는 결핵까지 찾아왔다. 십 년 전에 찾아온 당뇨에다 결핵이라니. 헛웃음이 나왔다. 결핵과 노숙생활은 견뎌낼 수 있었다. 누군가 나를 향해 더럽다고 해도 손가락질을 해도 침을 뱉어도 살 수 있을 것 같았다. 하지만 나 자신을 용서할 수가 없다는 사실 때문에 견딜 수가 없었다. 나에게 남은 것은 병든 몸과 다 썩어버린 영혼뿐이었다. 폐허였다. 이 폐허 위에서 나는 그 무엇도 키워낼 수 없을 것 같았다. 나를 믿고 투자했던 사람들은 이제 장만호의 시대는 갔다고 했다. 내가 손을 댔던 모든 사업들은 전부 망해버렸다. 감자탕집, 족발집, 칼국수식당, 갈비집, 삼겹살집, 고기뷔페. 하나같이 처음엔 반짝하다 몇 달이면 적자를 면치 못했다. 손대는 것마다 줄 서는 식당을 만들던 나를 사람들은 다들 마이더스의 손이라고 불렀다. 그런데 이제는 마이더스의 손이 아니라 손대는 것마다 망하게 만드는 마이너스의 손이라고 사람들은 수군거리기 시작했다. 나는 폐기처분되어야 할 망가진 폐차에 지나지 않았다. 나는 다리 난간을 잡고 물밑을 내려다보며 심호흡을 했다.

"삐익!"

호각 소리에 정신이 번쩍 들었다. 돌아보니 경찰차가 내 옆에 서 있었다. 경찰차에서 내린 경찰이 다급하게 소리를 질렀다.

"대체 지금 여기서 뭐하는 겁니까?"

50대쯤으로 보이는 경찰관이 다짜고짜 내 팔을 덜컥 낚아챘다. 그는 위험에 처한 시민을 구조하겠다는 불타는 사명감으로 완전무장하고 있는 듯했다. 씨펄 좆같네! 저도 모르게 욕이 튀어나왔다. 쓰잘데기 없는 내 몸뚱이를 내 맘대로 하겠다는데 그것도 맘대로 안 되는 모양이었다. 나는 경찰관이 붙잡는 팔을 힘껏 뿌리쳤다.

"빌어먹을! 이거 왜 이래요. 바다 구경 좀 하자는데 무슨 문제 있습니까?"

"지금 장난합니까? 안전한 데 다 놔두고 하필 여기서 왜 이러십니까? 타세요. 댁까지 모셔다드리겠습니다."

"제기랄! 됐습니다. 자살 안 합니다. 내 더러워서 이놈의 세상 누가 이기나 끝까지 해볼랍니다. 그러니 걱정 마시고 가세요."

내 말에 경찰관은 어처구니가 없는지 헛웃음을 웃었다. 그런데 이게 웬일인가? 그는 억지로 나를 경찰차에 밀어넣었다. 나는 그를 힘껏 뿌리쳤지만 완력이 보통이 아니었다.

"어, 이 양반이 왜 이래."

"점심 드셨습니까?"

"……."

자살할 인간이 무슨 점심이냐고 욕을 한 바가지 퍼부어주려다 입을 다물었다.

"요 앞에 식당 가서 점심 한 그릇 합시다."

나는 어이가 없어 피식 웃고 말았다. 지금까지 내가 만나본 경찰관 중에서 제일로 오지랖이 넓은 경찰관이 아닌가 싶었다. 죽을 자신도 없어 곧바로 뛰어내리지도 못하고 광안대교에서 서성이는 정신 나간 인간에게 밥을 먹였냐니? 아닌 게 아니라 점심을 먹었냐는 소리를 들은 내 위는 격렬하게 반응했다. 이틀 동안 아무것도 넣지 못한 뱃속은 염치도 없이 꼬르륵대기까지 했다.

경찰관은 수비네거리 쪽에 있는 식당 앞에 차를 세우더니 내 등을 밀고 식당 안으로 들어섰다. 육개장 냄새가 내 온몸을 껴안듯이 와락 달려들었다. 테이블이 열 개밖에 없는 작은 식당이었다. 허름한 식당은 사람들로 붐비고 있었다. 밥을 먹던 사람들은 경찰관과 함께 들어서는 나를 범인을 보듯 뜨악한 눈으로 쳐다보았다.

딱 한 테이블이 비어 있었다. 경찰관은 육개장 두 그릇을 시켰다. 내가 시선을 어디에 둘지 몰라 허둥거리는 사이에 밥이 나왔다. 접시에는 큼지막한 무 깍두기가 수북하고 갓 지은 듯한 새하얀 쌀밥 위에서는 더운 김이 무럭무럭 피어올랐다. 콧잔등이 시큰했다. 갓 지은 밥 냄새, 그 향기롭고 고소한 냄새가 콧속으로 스며들어 혈관과 세포에 고요한 물결처럼 번져나갔다. 고깃결대로 잘게 찢어서 넣은 양지머리, 큼직하게 잘라 넣은 대파, 토란대, 숙주나물, 고사리가 들어간 육개장 한 그릇. 나는 저도 모르게 눈물 한 방울을 그릇에 툭 떨어뜨리고 말았다. 맞은편에 앉아 있는 경찰관이 나를 쳐다보지 않은 것이 얼마나 다행이었는지 몰랐다. 나는 김이 오르는 따스한 밥 한 숟가락을 입안으로 퍼넣고 육개장을 떠먹었다. 뭐라 형용할 수 없는 맛이

었다. 말라붙은 고목 같았던 내 몸속으로 수액이 천천히 흘러
가는 것 같았다. 생의 맛이었다. 문득 살고 싶었다.

물 밖으로 나온 물고기

1995년 11월 17일.

잠시 열어놓은 창문 틈으로 들어온 초겨울 바람에 병실에 걸린 달력이 펄럭거렸다.

"어, 포카 형 왔어?"

병실 문을 열고 들어온 포카 형은 인사는 받는 둥 마는 둥 하더니 다짜고짜 내 헐렁한 환자복을 냅다 걷어붙였다. 그러고는 육백만 불의 다리를 요리조리 살펴보기 시작했다. 사람들은 집채만 한 레미콘 바퀴에 허벅지가 깔렸는데도 다리가 잘려나가지 않았다고 내 다리를 육백만 불의 다리라고 불렀다. 참으로 창조성이라고는 눈곱만큼도 없는 무성의하고 심심하고 재미없는 별명이 아닐 수 없었다. 포카 형은 내 다리를 마치 정육점의 고기를 들여다보듯, 아니, 진열장 속의 보석을 감정하듯 꼼꼼하게 살펴보았다. 고깃덩어리처럼 살이 푹 파여나간 허벅지 부위를 무슨 병아리감별사마냥 심각한 표정으로 골똘히 들여다보는 것이었다.

레미콘의 앞바퀴가 지나가면서 살이 삼분의 이나 떨어져 나간 허벅지만 쳐다보면 머리끝이 쭈뼛 서곤 했다. 치료의 초기에는 썩어 들어가는 허벅지에서 시트가 흥건하게 젖을 정도로 진물이 줄줄 새어 나왔다. 하루에 몇 번씩 시트를 갈아주어야 했다. 저녁 일곱 시만 되면 도살장으로 끌려 들어가는 돼지나 소신세가 따로 없었다. 썩어가는 살점에 들러붙은 붕대를 사정없이 벗겨낸 담당 레지던트는 허벅지에 알코올을 들이붓고는 사정없이 북북 문질러댔다. 의사가 아니라 소나 돼지를 잡는 백정 같은 그를 볼 때마다 이가 갈릴 지경이었다. 생살을 갈기갈기 찢어내는 듯한 통증 때문에 나는 도살장에 끌려온 돼지처럼 비명을 질러댔다. 다른 병실의 보호자들이나 환자들이 정형외과 병동 305호실을 기웃거리는 일은 저녁이면 의례적으로 연출되는 광경이었다. 근 두 달 동안 저녁마다 상영되는 도살장 장면의 주인공으로 출연하다 보니 80킬로가 넘던 내 몸무게는 세 달 만에 65킬로까지 빠져버렸다.

내 허벅지를 만져보고 손가락으로 눌러보기까지 한 포카 형은 옆 병상에 털썩 주저앉았다. 마침 병실에는 환자라고는 나혼자뿐이었다. 개인병원 정형외과에는 종합병원에서 큰 치료와 재활운동이 끝난 교통사고 환자들과 경미한 교통사고를 당한 나일론 환자들이 대부분이었다. 옆 병상의 환자인 김 씨는 붕어빵 장사를 하는 아내를 도와주러 나가고 없었다. 환자라는 신분임에도 불구하고 아내를 도와주려는 애처가 김 씨의 아내 사랑이 눈물겨웠다. 김 씨는 병원 사무장의 연락을 받고 이틀에 한 번이나 사흘에 한 번씩 잠시 얼굴을 내비치곤 했다.

"니, 다릿값 울매 받노?"

다짜고짜 '다릿값'이라니? 나는 얼이 빠져 포카 형을 멍하게 쳐다보았다. 포카 형의 본명은 신동구였으나 사람들은 신포카 라거나 포카의 신이라고 불렀다. 그 자신도 신포카라고 부르는 것에 전혀 개의치 않았다. 그는 포커가 얼마나 유용한 종합예술인지 틈만 나면 떠들어대는 게 취미였다. 상대방에게 패를 들키지 않기 위해 얼굴 표정 하나 안 바꾸는 포커페이스에 인생의 철학이 담겨 있다고 열을 올렸다.

"보상금 얼마 받노 이 말이다. 무릎 안에 인공 인대도 집어넣고, 옆구리에는 인공항문 수술도 받고 도합 수술을 다섯 번이나 받았시모, 옛날처럼 나염쟁이 해묵고 살기는 힘들 거 아이가? 뭘 해묵고 살지 궁리 한번 해봤나?"

염라대왕 앞에서도 똥배짱을 내밀 자신이 있는 내 입에서 저도 모르게 한숨이 새어 나왔다. 이건 결코 나답지 않은 일이었다. 일 년 동안의 병원생활은 전에 없던 한숨 쉬는 버릇을 선물로 남겨주었다. 아마도 두 달 동안 다친 허벅지에 알코올을 들이붓고 상처를 북북 문질러댄 그 백정 같은 레지던트 때문에 내가 이렇게 변해버렸는지도 몰랐다. 저녁 일곱 시가 다가오면 파블로프의 개가 침을 질질 흘리듯이 어김없이 병원 바닥이 꺼질 듯이 한숨을 토해내곤 했었으니까 말이다. 포카 형은 내가 아무 말도 않자 목이 타는지 음료수 박스에서 포도주스 팩을 하나 꺼내 빨대를 꽂아 쭉 들이켰다. 그는 포커도 좋아했지만 소일거리가 없는 중년 남자들이나 노인들이 들락거리는 기원에 나가 살다시피 했다. 그는 기원에 나가는 것도 원대한 사업 구상의 일종이라고 궤변을 늘어놓곤 했다. 그놈의 원대한 사업 구상이 어느 정도 마무리 단계에 접어들었는지 그 사업에 나까지 끌어들이기로 작정한 모양이었다.

"이야! 역시 형밖에 없네. 장만호 먹고 살 구멍 하나 만들어 주겠다는 거야? 만들어준다면야 나야 고맙지. 역시, 형은 의리 하나는 끝내준다니까."

내 말에 그는 마치 물귀신이 붙잡기라도 하듯 손을 휘휘 내 저었다.

"미쳤나! 개 풀 뜯어묵는 소리 하고 자빠졌네. 내가 무신 자선사업가가? 내가 니 뭐가 이쁘다고? 내 살기도 바쁜 세상에. 그기 아이고, 내가 하는 공단숯불갈비 한번 해봐라."

이게 무슨 자다가 봉창 뚫는 소리란 말인가? 농담이 지나친데 이거. 나보고 식당을 한번 해보라니? 포커를 죽자 사자 하러 다니더니 포카 형이야말로 살짝 맛이 간 모양이다.

"와 그리 얼빠진 거 맨치로 쳐다보노?"

"이 다리를 보고도 그런 말이 나와?"

"니가 뭔 다리병신이고? 다리가 잘렸나? 뼈가 부러졌나? 허벅지 살 반틈 떨어져 나간 거? 그거는 옷 입으마 표도 안 나는 기라. 누가 니 다리가 짝짝인지, 궁둥이가 짝짝인지 신경을 쓴다 카드나? 그카고 장사 좀 되마, 숯불 피우는 아르바이트 쓰마 식당일 그거? 힘든 거 하낱도 없다. 카운터에 앉아서 돈만 받으마 되는 기라. 사장 좋다 카는 기 뭐겠노? 그래도 식당사장도 명색이 사장 아이겠나? 니는 육백만 불의 다리를 가졌으이, 그 값어치를 해야 되는 기 아이가? 내가 장담하는데, 니는 아마도 육백만 불을 충분히 벌 끼다. 내보다 노조에 아는 사람도 많다 아이가? 공단숯불갈비가 달리 공단숯불갈비인 줄 아나? 공장에서 오는 회식 손님이 제법이다. 식당은 와 아무나 몬하노? 현진이 엄마 보니까 식당 잘하겠던데. 둘이 힘 합치갖고 식당 하마 부자 되는 거 일도 아이겠더라."

나는 무슨 스포츠방송 해설가처럼 쉴 새 없이 지껄여대는 포카 형의 얼굴을 찬찬히 들여다보았다. 커다랗게 쌍꺼풀진 눈을 끔뻑끔뻑하고 있는 모습이 영락없는 황소 같았다.

"그럼, 형이 식당 계속하시지."

"좀 쉬다가 다른 거 좀 해볼라꼬 칸다. 내는 당최 게을러터져서 식당하고 적성이 영 안 맞더라카이. 지훈이 엄마도 한 일 년 갈비집 하더니 몸도 안 좋고. 그건 그렇고 다릿값 을매나 받노?"

"거, 정말 기분 드럽네. 다릿값이라니. 그냥 보상금이라고 해."

"아직 배가 덜 고픈가베. 다릿값이 다릿값이지 머꼬?"

손해사정인은 팔천오백만 원쯤을 예상하라고 했다. 손해사정인에게 6프로의 보수를 지급한다면 팔천만 원쯤 내 수중으로 떨어질지도 몰랐다. 그야말로 포카 형의 말대로 다릿값인 셈이다.

"한 팔천만 원쯤."

"됐다. 그카마, 니 다릿값하고 공단숯불갈비하고 바꾸자. 공단숯불갈비가 저래 봬도 한 달에 수입이 사오백은 거뜬하데이. 일 년이마 오천만 원이다. 니 공장 백날 댕기봐라. 일 년에 천만 원이라도 모으겠더나?"

"······."

"와 대답을 안 하노?"

"나도 계산을 좀 해봐야지. 다리하고 식당하고 바꿀 가치가 있는지. 그야말로 인생을 바꾸는 일인데. 난 지금까지 단 한 번도 공장 나온다는 생각 해본 적이 없었어."

그건 사실이었다. 물고기가 물을 벗어나 살 수 없듯이 나는 공장을 벗어난다는 것에 대해 한 번도 생각해보지 않았다.

"산다는 기 정답이 없다. 노동자라고 해서 꼭 공장일만 해묵

고 살란 법이 있나? 형편대로 사는 기다. 생각이 정리되마 연락
해라. 현진이 엄마 편으로 연락하든지, 아니마 식당 한번 찾아
온나. 간데이."

포카 형은 그 말을 남기고 병실 문을 열고 휙 나가버렸다. 그
는 도깨비 같은 구석이 있지만 쓸데없는 말을 하지도 않았고
줄 거는 주고, 받을 것은 확실히 받는 계산이 분명한 사람이었
다. 그렇다고 해서 영 사람이 의리가 없다거나 자기 잇속만 챙기
려 드는, 경우가 없는 사람은 아니었다.

포카 형이 내 귀에 잔뜩 쏟아넣고 간 말들이 병실 안을 이리
저리 돌아다니고 있는 것 같았다. 병실 창문을 활짝 열고 밖을
내다보았다. 병원 뒷골목에는 식당들이 즐비했다. 식당 간판들
이 건물 밖으로 돌출되어 있거나 도로에는 식당의 입간판들이
들쭉날쭉 서 있었다. 감자탕집, 칼국숫집, 냉면집, 보쌈집, 해물
탕집, 순댓국집 간판들이 눈에 들어왔다. 원색의 식당 간판들
은 짙은 화장을 한 술집여자처럼 여기저기서 얼굴을 내밀었다.
평소에는 눈에 전혀 들어오지 않는 광경이었다. 누구나 그럴 것
이다. 나와 관계있는 것만 보려고 할 것이다. 미용사 눈에는 미
용실 간판이 가장 먼저 눈에 들어올 것이고 구둣방 주인 눈에
는 구두들이, 옷가게 주인들에게는 사람들이 입고 다니는 옷이
나 옷가게가 제일 먼저 눈에 들어올 것이다.

포카 형이 너스레를 잘 떠는 성격이긴 하지만 식당 수입을 부

풀려 말할 성격이 아니란 것을 나는 익히 알고 있다. 포카 형을 하루 이틀 본 사이가 아니기도 하지만 그는 일반적인 노동자 출신과는 약간 성향이 달랐다. 일수놀이를 하는 이재에 밝은 어머니 밑에서 자란 탓도 있겠지만 그는 최소한 먹고 살아가는 문제에 대해서는 달관한 사람처럼 보였다. 무엇을 해도 먹고 살자신이 있었기 때문에 제 할 말은 어디서건 눈치 보지 않고 배짱 좋게 내지르거나 비위가 상하는 것은 참고 넘어가지 않았다. 포카 형의 말대로 일 년에 오천만 원 정도 벌이가 된다면 몇년 안에 셋방 신세도 벗어날 수 있겠다 싶었다. 당첨된 복권이라도 쥔 것 같은 기분이 들었다. 한때는 세상을 바꾸겠다는 것이 생의 유일한 목표이자 꿈이었는데 이제는 식구들이 발 뻗고 쉴 집 한 칸을 마련하는 것이 더 절실하고 현실적인 당면 목표가 되어 있었다.

내가 교통사고를 당해 병원에 누워 있는 동안 가족들은 가족들대로 전쟁을 치르듯 하루하루를 견뎌내야 했다. 선경이 병원에서 보호자 노릇을 하는 동안 겨우 돌이 지난 현진이는 아기다운 보살핌은 전혀 받을 수가 없었다. 교통사고를 당한 아들이 병원에 누워 있다는 것 때문에 자신의 팔자가 왜 이 모양이된 건지 자기 설움에 겨워 어머니는 술과 담배에 절어 손녀를 보살피는 것은 관심 밖이었다. 술에 엉망으로 취해 신세타령을 늘어놓는 할머니 곁에서 아이는 콜록거리다가 잠이 들곤 했다.

기침과 감기를 달고 살던 아이가 폐렴에 걸려 입원한 날은 내가 수술실에 들어가던 날이기도 했다. 한 가정이 전쟁과도 같은 불가항력적인 사건에 직면했을 때 아이가 가장 먼저 방치된다는 것을 뼈저리게 느낄 수밖에 없는 시간이었다. 힘들다는 내색을 하지 않던 선경이 딱 한 번 내게 이런 말을 한 적이 있었다. 식구들과 김 오르는 밥상에 둘러앉아 편안한 마음으로 밥을 먹어보는 것이 유일한 소망이라고.

만약에 내가 공단숯불갈비의 주인이 된다면 식구들과 김 오르는 밥상에 둘러앉아 편안한 저녁을 맞이하는 시간이 과연 올 수 있을까.

겨우 중졸 학력이 전부인 나는 십삼 년간을 공장 바닥을 떠돌았다. 식당을 한다는 것은 그야말로 인생을 바꾸는 일이었다. 공장일밖에 모르던 노동자가 장사꾼이 된다는 것이 어떻게 간단한 일이겠는가 말이다. 단 한 번도 다른 길이 있다고 생각해보지 않았던 나에게 어느 날 갑자기 일어났던 교통사고, 어쩌면 그날의 교통사고가 나를 장사꾼의 길로 떠밀고 있는 것은 아닐까.

공사장에서 일을 마치고 퇴근하는 길이었다. 다른 날보다 일이 일찍 끝나 이게 웬 떡인가 싶었다. 1989년 대구 노동청점거 농성사건으로 6개월의 실형을 살고 나온 나를 받아주겠다는 염색공장은 단 한 군데도 없었다. 더군다나 세 군데의 공장에서 노조위원장으로 활동하다 해고된 경력까지 있었기 때문이다. 나염기술 하나만은 그 누구에게도 뒤지지 않는다고 자부했지만 블랙리스트가 공단마다 돌고 있는 무렵이었으므로 염색공장뿐만 아니라 그 어느 공장에도 들어갈 수 없는 상황이었다. 나는 일 년만 공사장에서 견디다가 다시 공장으로 들어가 현장 활동을 재개할 생각을 갖고 있었다. 그렇게 시작한 아파트 공사장 막노동이 근 아홉 달째 접어들고 있었다.

나는 현진이의 통통한 볼을 떠올리며 오토바이를 몰았다. 갓 돌이 지난 현진이의 얼굴을 보는 것만으로 하루의 모든 피곤이 달아나곤 했다. 아이의 까르르 웃는 모습이 바로 눈앞에 있는 것만 같았다. 3차선에서 그대로 직진하려던 순간이었다. 내 옆에서 나란히 달리던 레미콘트럭이 갑자기 2차선에서 골목길 쪽으로 급하게 우회전을 했다. 레미콘의 육중한 몸체가 나를 덮쳐오는 순간, 거대한 바윗돌이 내 앞으로 굴러오는 것 같았다. 괴물처럼 커다랗게 입을 벌린 레미콘 바퀴 밑으로 순식간에 몸이 빨려들었다. 현진이의 새까맣고 말간 눈동자가 번개처럼 스쳤다. 벼락을 맞은 것처럼 몇만 볼트의 전류가 전신을 통과하는 느낌이었다. 사지가 갈기갈기 찢겨나가는 듯한 통증이 온 전신을 관통했다. 나는 그 자리에서 의식을 잃고 말았다.

레미콘 앞바퀴에 깔린 내 왼쪽 다리는 엉덩이 살이 터져 짓뭉개지고 허벅지 살은 삼분의 이나 파여나가 더 이상 사람의 다리라고 할 수 없었다. 의사는 허벅지가 남들보다 두 배는 굵고 근육이 탄탄했기 때문에 다행히 뼈가 부서지지 않았다고 했다. 의과대학 교수인 백발이 성성한 의사는 의사 경력 삼십 년만에 처음 있는 일이라고 했다. 레미콘에 치이고도 이렇게 멀쩡한 사람은 처음 본다고 했다. 그러고는 몇백억짜리 복권에 당첨된 것보다 더 큰 행운을 잡았다며 축하한다고 말해 나를 어리둥절하게 만들었다. 많이 배우신 고명한 의학박사님의 말이니 맞겠다는 생각이 들어 나는 바보처럼 고개를 끄덕였다. 만약 레미콘의 바퀴가 단 몇 센티미터라도 허벅지 위로 올라갔거나 허벅지 아래로 내려갔으면 나는 죽든지 아니면 다리를 절단해야 했을 것이다. 만약 레미콘 바퀴가 허벅지 위쪽의 아랫배 쪽으로 지나갔다면 나는 고환이 터져 팔자에도 없는 고자가 되었거나 길거리에 납작하게 깔려 죽은 개나 고양이 신세가 되었을 것이다. 생각만 해도 모골이 송연하다. 그뿐인가? 만약 레미콘 바퀴가 허벅지 바로 아래 무릎 쪽을 지나갔더라면 내 다리뼈는 망치로 내리친 호두알처럼 산산조각 나고 말았을 것이다.

인공항문 수술과 허벅지 피부이식 수술, 무릎인대 수술, 인공항문 봉합 수술을 받는 동안 사람이 아니라 마치 실험동물이 된 기분이었다. 마지막 인공항문 봉합 수술이 실패해 또다시 재수술을 받아야 했다. 일 년 동안 도합 다섯 번이나 전신마

취수술을 받은 내 몸은 만신창이가 되어 있었다. 주치의는 퇴원을 하더라도 예전과 같은 힘든 공장일을 한다거나 노가다를 하기는 힘들 거라고 했다. 되도록 무릎에 무리가 가지 않는, 의자에 앉아서 하는 일을 해야 한다는 것이었다. 그렇다면 이 중졸 학력의 나더러 육체노동은 하지 말고 정신노동을 하란 말인지, 어처구니가 없어서 그 의사가 점쟁이라도 되는 것처럼 붙들고 묻고 싶을 지경이었다. 의사 선생님, 앞으로 나는 도대체 무얼 해먹고 살아야 한단 말입니까, 하고 물어보고 싶었으나 혹시 정신과상담까지 받으라는 소리를 들을까 봐 묻는 것을 포기하고 말았다.

노동자로 살아가지 않는다면 나는 이제 무엇을 할 것인가. 교통사고가 나기 전만 하더라도 노동자의 길 말고는 내 앞에는 길이 없다고 생각했다. 나는 평생 노동자로서, 노동운동가로서 살아갈 것이라고 단 한 번도 믿어 의심치 않았다.

식당일은 밥을 팔아서 밥을 사는 일이다. 지금까지 나는 내 튼튼한 육체를 팔아서, 내 노동력을 팔아서 밥을 샀다. 식당일이란 것도 노동력을 파는 점에서는 마찬가지다. 이 자본주의사회에서 자신이 가진 것을 팔지 않고 제가 먹을 밥을 살 수는 없는 일이다. 타인에게 밥을 팔아서 나의 밥을 산다는 일 자체가 우습다면 우스운 일이랄 수도 있다. 그것은 내가 한 번도 생각해본 적도 없고 꿈도 꾼 적이 없었던 아주 낯설고 새로운 일이었다. 마치 내 자신이 물 밖으로 나가려는 물고기 같다는 생각이 들었다. 나는 화투판에서 마지막 패를 던지는 사람처럼 내 앞에 놓인 패를 뚫어져라 쳐다보았다.

식당으로 가는 길

팔달시장 맞은편 버스 승강장에서 버스가 멈췄다. 나는 잠시 휘청거렸다. 버스에서 내려 만평로터리 쪽을 향해 걸음을 천천히 옮겼다. 선경이 일러준 대로 만평로터리 쪽의 기업은행 옆 골목으로 들어서자 만평파출소가 보였다. 파출소라고 하기에는 뭣한 아주 낡고 허름한 건물 앞에 경찰차 두 대가 서 있고 그 옆에는 동해수족관이란 간판을 단 가게가 있었다. 청소를 하지 않은 더러운 수족관 속에서 열대어들이 느릿느릿 헤엄을 쳤다. 아기의 주먹만 한 작은 거북이가 검은 돌멩이처럼 수족관 밑바닥에 들러붙어 있었다. 현진이에게 거북이 두 마리를 사줄까 하는 뜬금없는 생각이 들었다. 내가 교통사고를 당해 병원에 누워 있는 동안 겨우 돌이 지난 현진이는 졸지에 부모와 떨어져 일 년이란 시간을 보내야 했다. 동해수족관과 어깨를 나란히 한 식당은 바로 만평횟집이었다. 한쪽 옆에는 물고기를 관상용으로 파는 수족관이 있고 한쪽에는 회를 떠서 파는 횟집이 어깨를 맞대고 있었다.

　드라이클리닝 냄새를 풍기는 양복과 한복과 재킷이 줄줄이 걸려 있는 평화세탁소 문틈 사이로 부연 김이 쉴 새 없이 빠져나왔다. 성진숯불갈비를 지나자 팔군식당이 보이고 공단숯불갈비의 낡고 허름한 입간판이 눈에 들어왔다. 팔군식당에는 오전부터 고기를 구워 먹는 손님이 들었는지 삼겹살을 굽는 냄새가 풍겼다. 사람을 못 견디게 만드는 구수한 냄새였다. 그것은 냄새가 아니라 마치 요란한 소리가 식당 현관문 사이로 새어나오는 것 같았다. 공단숯불갈비 건너편에는 간판에 오뚝이 모양이 그려져 있는 오뚜기슈퍼가 있었고 슈퍼 오른쪽에는 내부가 전혀 들여다보이지 않는 진미식당이 있었다. 진미식당의 간판 좌우편에는 보양탕이라고 적혀 있는데 무슨 음식을 파는 것인지 전혀 짐작이 되지 않았다. 진미식당 옆에는 책꽂이와 침대 겸용 소파와 빨래건조대와 책상과 책꽂이와 의자를 인도에 잔뜩 내놓은 파란들가구가 붙어 있었다. 슈퍼 앞에 놓인 평상에 앉은 노파가 거리를 무심한 표정으로 쳐다보고 있었다.

　식당이 들어선 건물은 낡은 5층짜리 건물이었다. 공단숯불갈비는 고물상을 연상시키는 삼천리자전거방과 어깨를 나란히 맞대고 있었다. 나는 현관문 앞에서 식당 간판을 올려다보았다. '공'자의 'ㅇ' 받침이 떨어져 '고단숯불갈비'라고 읽히는 간판은 군데군데 페인트칠이 벗겨져 화장이 지워진 늙은 여자의 얼굴처럼 흉해 보였다. 고단숯불갈비, 뭐가 고단하단 말인가. 삶이, 먹고 사는 일이 고단하단 말인가. 풍선에서 바람이 새듯 피식 쓴웃음이 새어 나왔다. 팔군식당의 깨끗한 간판과는 너무나 대조되는 간판이었다. 현관문의 코팅도 벗겨져 너덜거리고 출입구 쪽에 세워진 동백나무 화분에는 담배꽁초가 수북해 마치 커다란 재떨이처럼 보였다. 겨우 푸른 잎 몇 개를 달고 있는 동백나무는 말라 죽기 직전이었다.

자전거방 앞에는 바람을 넣는 펌프와 부서진 세발자전거와 자전거 고무타이어와 분해된 자전거 바큇살, 그리고 작은 나사와 기계 부속품들이 나뒹굴었다. 윤활유가 흘러내려 번들거리는 보도블록은 기름얼룩이 스며들어 검게 변해 있었다. 기름때가 꼬질꼬질하게 묻은 작업복을 입은 사내는 내가 지켜보는 것에 전혀 개의치 않고 자신의 일에 몰두하고 있었다. 50대 초반쯤으로 보이는 왜소한 사내의 입에서는 찬송가가 쉬지 않고 흘러 나왔다. "내일 일은 난 몰라요. 하루하루 살아요. 불행이나 요행함도 내 뜻대로 못해요." 병원에서 자주 들어본 적이 있는 찬송가였다. 개인 정형외과로 옮기기 전, 근 일 년 동안 입원했던 병원에서는 일요일만 되면 교회에서 찬양대가 나와 찬송가를 불러주곤 했다. 그 종합병원은 기독교재단에서 운영하는 병원이어서 병원 환자들을 모두 전도할 대상자, 주의 품에 안길 어린 양들이라고 생각하는 모양이었다. 주의 어린 양이 될 생각이 전혀 없는, 딴에는 한때 어설픈 유물론자였던 나는 찬송가 소리만 들리면 귀를 틀어막곤 했다. 공단숯불갈비 앞에서까지 골수 신자를 만날 줄은 전혀 예상치 못한 일이었다. 나는 자전거 타이어에 바람을 넣고 있는 사내를 물끄러미 쳐다보았다. 자전거 타이어는 살찐 아이의 탱탱한 볼처럼 금방 부풀어 올랐다.

"뭐 하노? 안 들어오고."

등 뒤에서 어깨를 툭 친 사람은 포카 형이었다. 자전거방 사내가 포카 형과 나를 번갈아 쳐다보았다.

"어! 내가 온 거 알고 있었어?"

"내가 개코 아이가? 한 마리도 아이고 만 마리나 되는 호랭이가 오는데 냄새가 안 나겠나? 느거 부친도 욕심이 엄청난 양반이다. 일호, 백호, 천호도 있는데 만호, 만 마리 호랭이가 뭐꼬? 추운데 퍼뜩 들어온나."

식당 안으로 들어가자 갖가지 냄새가 코를 자극했다. 식당 구석구석에 배어 있는 음식 냄새에도 빛깔과 무늬가 있는 것 같았다. 돼지갈비를 굽는 냄새와 참기름 냄새와 매콤하고 달콤한 양념 냄새와 된장찌개 냄새가 비빔밥 그릇 속의 나물들처럼 알맞게 섞여 있었다. 병원의 크레졸 냄새와 약품 냄새에 익숙했던 코는 음식 냄새에 민감하게 반응했다. 이제부터 이 음식 냄새는 질릴 정도로 맡게 될 것이다.

공단숯불갈비는 전체적으로 더럽고 지저분한 편이었다. 한쪽 구석에는 두루마리 화장지가 수북이 쌓여 있고 앞치마와 병따개와 쟁반, 봉걸레와 더러운 물수건과 빗자루가 아무렇게나 뒤섞여 있었다. 나는 벽에 걸린 메뉴판에 눈길을 주었다. '돼지갈비 2500원'이라고 쓰인 붉은 글자 위에는 간장이 튀었는지 갈색 얼룩이 묻어 있었다. 돼지갈비, 돼지주물럭, 삼겹살, 등심, 소불고기 전골, 돌솥비빔밥, 냉면 따위가 적힌 조잡한 글씨체의 메뉴판 옆에는 이발소 그림처럼 보이는 모조 풍경화가 걸려 있었다. 소주회사가 홍보용으로 배포한 11월의 달력 속에는 아슬아슬한 주홍색 비키니를 입은 여자가 농염한 표정을 하고 나를 쳐다보았다. 달력 속의 여자는 부끄럽지도 않은지, 아니면 잘생긴 나에게 흑심이라도 있는지 눈도 돌리지 않았다. 여자의 잘빠진 몸매를 더 감상하고 싶었지만 임자 있는 몸인 내가 먼저 눈을 돌릴 수밖에 없는 일이었다. 저런 달력은 가족끼리 저녁식사를 하고 있는 풍경과는 절대 어울리지 않는 것이다. 만약 내가 이 식당 주인이 된다면 싸구려 술집에나 어울리는 저 달력부터 떼어내 버리리라. 벽에 달린 받침대 위의 낡은 24인치 텔레비전 모니터에는 파리똥이 점점이 박혀 있었다. 벽지의 귀퉁이가 너덜너덜 일어나 금방이라도 뜯겨질 것만 같았다. 장판에는 숯불이 떨어졌는지 군데군데 눌어붙거나 꺼멓게 탄 자국이 나 있었다. 식당 바닥은 푹 꺼진 곳도 있고 울퉁불퉁해서 장판 위에 서있는 것이 아니라 거친 시멘트바닥 위에 서 있는 듯했다.

홀 안에 딸린 작은 방 안에서 선경이 허리를 굽히고 고기를 자르고 있었다. 앞치마를 입고 고기를 자르고 있는 선경의 모습은 낯선 식당에서 홀 서빙을 하고 있는 아주 낯선 여자처럼 보였다. 나는 선경이 주방에서만 일을 하고 있는 줄로만 알고 있었다. 홀 서빙까지 하고 있다고 나에게 말한 적이 없었기 때문이었다. 물론 주방에서 설거지를 하는 것보다 홀 서빙이 훨씬 편하겠지만 내 마누라가 낯선 남자 손님들에게 서빙을 하는 광경을 처음 본 나로서는 불쾌한 건지, 어떤지 판단이 서지 않았다. 선경은 내가 개인병원으로 옮겼을 때부터 공단숯불갈비의 주방 일을 하기 시작했는데 이제는 홀 서빙까지 하게 된 모양이었다. 선경은 내가 들어선 기척을 알아채고는 돌아보았다. 한쪽 눈을 찡끗 감고는 멋있게 윙크를 한 방 날려주었건만 선경은 눈을 흘기기만 했다. 다른 일에는 기가 죽는 내가 아니지만 선경이 나를 인정해주지 않으면 이상하게도 시든 상추처럼 풀이 팍 죽어버린다. 꼭 아이들이 엄마에게 인정을 받으려고 별짓을 다 했는데도 아무런 반응이 없을 때처럼 말이다.

몇 달 전, 포카 형이 병문안을 왔을 때 지나가는 말로 식당에 일할 아줌마가 없다고 말하자 선경은 대뜸 자기가 한번 일해보겠다고 했다. 난데없이 뒤통수를 갑자기 얻어맞은 것처럼 나는 아무 말도 못하고 선경을 쳐다보기만 했다. 선경이 내가 꿈도 못 꾼 대학 문턱을 밟았대서가 절대 아니었다. 한때는 나와 마찬가지로 평생 노동운동가로 살아가겠다고 하던 선경이 공장일도 아니고 식당일을 해보겠다고 했기 때문이었다. 선경은 아르바이트로 학생식당 설거지도 해보았다는 별난 경력까지 들먹이며, 식당일도 나중에 살다 보면 좋은 경험이 될 거라며 고집을 꺾지 않았다. 그 무렵 선경은 나를 간호하면서도 일주일에 두 번씩 나가는 중학생 국어 과외를 하고 있었다. 생각만큼 과외 수입이 생계에 보탬이 되지 않았기 때문에 식당에서 설거지라도 할 작정을 한 모양이었다. 선경이 전혀 내색하지 않았지만 내가 일 년간 입원해 있는 동안 생활비가 바닥을 드러낸 지 오래라는 것을 알고 있었다. 장모님의 도움까지 받는다는 것을 알면서도 전혀 도움이 못 되는 내 처지가 한심스럽기만 했다. 나는 식당에 나간다는 선경에게 괜히 트집을 잡고 화를 내는 것으로 알량한 남편의 도리를 다했을 뿐이다.

선경은 손을 다친 뒤부터는 사람들에게 오른손을 내미는 것을 꺼려했다. 검지와 중지가 한 마디씩 잘려나가고 손등 전체를 뒤덮는 흉터가 남은 손이었다. 버스 손잡이도 절대 오른손으로 잡지 않았다. 선경이 흉터투성이 오른손에 가위를 쥐고 고기를 자르고 있다는 것은 생각지도 못한 일이었다. 손을 다친 그녀와 결혼하겠다고 집에 데려왔을 때 별나고 유난스러운 우리 어머니 아니랄까 봐 화를 내며 길길이 날뛰었다. 아무리 못 배우고 무식한 놈이지만 하나밖에 없는 외아들이 하필이면 손을 다친 여자와 결혼을 하겠다니, 당연한 반응이었다. 선경은 위장취업을 한 방직공장에서 손을 다쳤다. 손을 다치고 난 뒤 그녀는 나를 피해 다녔다. 하지만 나는 그녀의 손을 절대 놓을 수가 없었다. 그때 만약 내가 손을 놓아주었더라면 선경은 흉터투성이 손으로 손님들의 고기를 썰어주는 일을 하지 않았을지도 모른다.

"오셨어요?"

포카 형의 아내인 지훈 엄마가 시커먼 얼룩이 잔뜩 묻은 앞치마에 손을 닦으며 인사를 했다. 지훈 엄마가 입은 붉은색 앞치마는 애초에 붉은색이었는지 모를 만큼 때에 절어 있어 오히려 보는 사람을 더 민망하게 만들었다. 지훈 엄마는 생머리를 검은색 고무줄로 질끈 묶고 몸뻬처럼 풍덩한 검정 바지 위에 버선을 신고 있었다. 전혀 보는 사람의 시선을 의식하지 않는 아주 실용적인 옷차림이었다. 이제 갓 서른 된 여자가 할머니들이나 신는 버선이라니! 나는 웃음이 나오려고 하는 것을 간신히 참았다. 남의 마누라 차림새를 보고 웃는 인간만큼 실없는 인간이 어디 있겠는가 말이다. 지훈 엄마는 마치 시장 좌판에서 억척스럽게 손님과 흥정을 벌이고 있는 생선가게 아줌마같이 변해 있었다. 지훈 엄마가 원래부터 이런 차림새를 하고 다녔냐면, 절대 아니다. 결혼하기 전만 해도 섬유공장의 경리였던 그녀는 제법 멋쟁이 아가씨였다. 그런 그녀가 결혼을 하고 나서부터는 몸부터 급속도로 불어나더니, 성격마저 아주 억척스럽게 변한 것이었다. 공단숯불갈비는 전적으로 지훈 엄마의 능력으로 꾸려지고 있는 식당이었다. 지훈 엄마는 시어머니의 돈벌이에 대한 동물적인 감각과 비법을 전수받아 공단숯불갈비의 매출을 올리는 데 적용시키고 있었다. 포카 형은 능력 있는 마누라 됐다가 어디 써먹겠느냐면서 늘 기원에 나가서 시간을 때우는 것이 일이었다.

지훈 엄마가 머그잔에 믹스 커피를 가득 태워서 내오자 포카 형은 내 앞으로 커피 잔을 내밀었다. 혀가 금세 익어버릴 것처럼 뜨거운 커피였다. 포카 형이 나를 물끄러미 쳐다보며 굵게 쌍꺼풀진 퉁방울눈을 끔벅였다.

"니 다릿값, 언제 나오노?"

나는 뜨거운 커피를 한 모금 머금고 있다가 포카 형의 얼굴에 커피를 그대로 내뿜을 뻔했다. 지난번에는 다릿값이 얼마냐고 묻더니 이제는 언제 나오냐는 것이었다.

"이거야 원, 숨넘어가겠네. 나올 때 되면 나오겠지."

"뭐든지 확실히 하는 기 좋을 기 아이가. 성은 와 내고 지랄이고? 니, 혹시 장사해본 적 있나?"

"장사? 노조에서 파업기금 모은다고 티셔츠 팔거나 파전하고 막걸리 팔아본 경험이야 숱하지. 어릴 때부터 토끼도 키워서 팔고 칡뿌리도 캐다 팔고 계란도 팔고 닭도 팔아봤다니까. 그뿐인 줄 아서? 중학교 때, 기말고사 시험지도 빼내 팔기도 한 전설적인 사건을 꼭 내 입으로 말해야 하나? 말아야 하나?"

그 사건으로 나는 중학교까지 잘릴 뻔했는데 담임선생님의 선처로 중학교 졸업은 겨우 할 수 있었다.

"시험지를 내다 팔아? 생긴 거하고는 영 딴판일세. 순진한 줄 알았더니 대동강 물을 팔아묵은 봉이 김선달 찜쪄 묵을 인간 이네."

포카 형은 어이가 없다는 표정으로 고개를 절레절레 흔들었 다.

"내 눈에는 형이야말로 장사 경험 하나도 없는 초짜처럼 보이 는데? 이러고도 손님이 온다는 게 정말 신기해."

"내가 노는 거 같아도 노는 기 아이다. 내가 기원에 가서 노 는 거는 내 나름대로 장사를 고민하는 하나의 방식인 기라. 전 략 전술을 짜는 시간이라 이 말이다. 포커판이 그렇듯이 바둑 판 안에 천하를 경영할 비법이 다 들어 있다 카는 거 니 모리 제?"

포카 형은 그 말을 하고는 목이 마른지 물병의 냉수를 따라 벌컥벌컥 들이켰다. 그때 식당 문이 벌컥 열리더니 작업복을 입 은 남자 손님 다섯 명이 우르르 몰려 들어왔다.

"어서 오세요."

홀 바닥에 앉아서 한 손에 과도를 쥐고 마늘을 치고 있던 지 훈 엄마가 자리에서 발딱 일어서며 인사를 했다. 지훈 엄마는 생기가 도는 목소리로 손님에게 방석을 내놓고 주문을 받았다. 포카 형도 금세 숯불을 피워서 홀로 들고 들어왔다. 포카 형이 숯불을 넣자마자 지훈 엄마는 상을 들고 와서 테이블 위에 반찬을 재빨리 늘어놓았다. 지훈 엄마가 집게로 고기를 집어서 달궈진 석쇠 위에 올려놓자 고기 굽는 냄새가 사방으로 퍼져나갔다. 돼지갈비의 달착지근하고 고소한 양념 냄새가 콧속으로 스며들었다. 주책없이 주체 못할 정도의 군침이 입안에 흥건하게 고였다.

병원으로 다시 돌아가기 위해 식당 문을 밀고 나오자 선경이 따라 나왔다.

"힘 안 들어?"

"괜찮아. 할 만해."

손을 뻗어 선경의 손을 잡았다. 설거지를 하다 나와서인지 물기가 묻어 있는 손은 얼음처럼 차가웠다. 선경은 손을 뒤로 뺐다. 손을 다친 이후로 손을 함부로 내놓지 않으려고 하던 선경이 지금은 그 누구보다도 손을 많이 내놓는 식당일을 하고 있는 것이다. 선경은 손을 흔들고는 주방 뒷문을 열고 식당 안으로 다시 들어갔다.

횟집 앞의 과일 노점상을 지나치다 문득 걸음을 멈추었다. 노점에 앉아 과일을 팔고 있는 여자의 몸짓이 어딘가 부자연스러워 보였다. 귤과 사과, 배, 방울토마토, 단감 따위를 쌓아놓은 바구니들 사이에 앉아 있는 여자의 얼굴은 검붉었다. 50대 중반쯤으로 보이는 여자는 한쪽 팔로 손님에게 과일을 담아 주고 있었다. 검정 비닐봉지 틈 사이로 빠져나온 사과 하나가 발치께로 굴러왔다. 11월의 쌀쌀한 바람 속에서도 여자의 이마에는 땀방울이 맺혀 있었다. 팔이 없는 오른쪽 소매가 바람에 홀렁 날리는 모습이 마치 빨랫줄에 걸어논 빨래처럼 보였다. 노점상 여자의 몸은 한쪽이 기울어져 있었다. 나는 사과를 주워 여자에게 건네었다. 여자가 무표정하게 사과를 받아 플라스틱 바구니 위에 올려놓았다. 여자는 한쪽 팔이 잘려나간 몸으로도 과일을 윤나게 닦고 부지런히 몸을 움직였다. 도로변에 돋아난 잡초 같은 여자의 억척스러운 몸짓이 가슴을 저릿하게 만들었다. 살아 있는 것을 증명하려는 듯 몸을 재게 놀리고 있는 여자를 뒤로 하고 나는 다시 걷기 시작했다.

비산동은 내 젊은 날의 한숨과 울분과 땀과 눈물이 깃들어 있는 동네이자 선경을 만난 동네이기도 했다. 비산동은 내가 처음 공장에 다니기 시작한 열일곱 살 무렵부터 살았던 곳이다. 이제는 어디에서도 80년대의 풍경은 찾을 수가 없었다. 소방도로도 제법 널찍하게 닦여 있고 낮은 슬레이트집이나 기와집들은 보이지 않았다. 대신 튼튼하게 담이 둘러쳐진 2층, 3층 양옥집들이 대부분이었다. 비산동은 다른 동네보다 식당과 술집이 유달리 밀집해 있었다. 이제 한 보름 후면 나는 이곳 비산동에서 식당을 하게 될 것이다.

비산동은 삼공단, 이현공단, 염색공단과 가까웠기 때문에 노동자들의 집단주거지였다. 겨울이면 깨진 연탄이 길거리 곳곳에서 뒹굴고 어깨가 맞닿을 것 같은 좁은 골목의 모퉁이 곳곳에 취객들의 토사물이 얼어붙어 있었다. 염색공장에 같이 다니던 형들과 살던 그 좁고 허름한 자취방에서 나던 냄새가 떠올랐다. 연탄불 위에서 구워 먹던 오징어와 쥐포 냄새, 양은냄비에 끓여 먹던 라면의 환장할 냄새가 한꺼번에 기억의 서랍 속에서 꾸역꾸역 밀려 나왔다. 아이들을 야단치던 억센 아줌마들의 새된 목소리와 아이들의 울음소리와 골목을 누비던 장사치들의 목소리와 취객들의 노랫소리가 들려오는 것 같았다. 신기하게도 공단지대인 이 비산동에 영화를 상영하던 극장이 있었다. 공장에 다니던 가난한 연인들이 오스카극장 앞의 육교 앞에서 만나 어두컴컴한 극장 안으로 들어가던 모습은 일요일이면 질리도록 볼 수 있는 풍경이었다. 오스카극장 뒤편에 있던 자취방의 뚱뚱보 주인아줌마는 전화 바꿔주는 것을 몹시도 싫어했다. 닭장처럼 다닥다닥 붙어 있던 셋방, 아침이면 젊은 남녀 노동자들이 우르르 몰려나와 세수를 하던 수돗가, 그리고 재래식 화장실 앞에 줄을 서 있던 사람들이 손에 잡힐 듯이 떠올랐다.

비산동은 한마디로 자석 같은 동네였다. 비산동을 몇 번이나 떠나기도 했으나 나는 철새가 돌아오듯 이곳으로 다시 돌아오곤 했다. 비산동과 나 사이는 끊으려야 끊을 수 없는 질긴 실로 이어져 있는 것만 같았다. 공장 노동자로 이곳에서 한 시절을 보내다 식당을 하기 위해 다시 발을 들여놓게 되다니 말이다. 나는 식당 골목을 빠져나와 만평로터리에서 차들이 질주하는 모습을 오랫동안 쳐다보았다.

검은 바퀴벌레 한 마리

주방에서 한 아줌마가 고개를 내밀고는 나의 빼어난 인물에
반했는지 눈을 둥그렇게 뜨고 내다보았다. 며칠 전에 왔을 때는
본 적이 없던 아줌마였다. 이 장만호가 공단숯불갈비 사장 신
포카보다 눈 코 입이 제대로 박힌 인물이니 당연히 눈이 휘둥그
레질 수밖에 없을 것이다. 남자처럼 우락부락하고 덩치가 큰 50
대 중반의 아줌마였다. 이상한 주방 아줌마 한 사람이 있다고
선경이 말했던 적이 있었다. 기차 화통을 삶아 먹은 사람처럼
목청도 크고 성격이 털털하고 입에는 늘 욕을 달고 산다고 했
다. 그 아줌마의 십팔번이 "여자는 자고로 빤스를 잘 벗어야 한
다"는 정체불명의 희한하고도 괴상망측한 말이라고 했다. 음식
솜씨 하나는 아주 끝내주며 누구에게라도 조금도 주눅 들지 않
고 제 할 말을 다 하는 아줌마라고 했다. 식당 경력만 해도 자
그마치 이십 년이라고 했으니 못 만드는 요리가 없겠다 싶었다.

주방 안에서 부추전 부치는 냄새와 된장찌개 끓이는 냄새,

참기름 냄새와 간장 냄새가 흘러나오고 있었다. 부추전 냄새가 내 코를 살살 간질이는 것 같았다. 어릴 때부터 나는 음식 냄새와 맛을 구별하는 감각이 남다른 편이었다. 누구 집에서 오늘은 무슨 음식을 하는지 귀신같이 알아맞히곤 했는데 어머니는 사내자식이 식충이같이 먹는 것을 너무 밝힌다고 혼을 낸 적이 많았다. 아홉 살 때부터는 텃밭에서 부추를 쓱쓱 베어다가 부추전을 구워 먹기도 했다. 어머니가 먹을 것을 만들어놓지 않아도 혼자서 충분히 자급자족을 할 만큼의 자생력, 독립심 하나는 끝내줬던 셈이다. 내 손으로 부친 부추전을 배가 부르게 먹고, 남으면 부추를 베고 있는 어머니와 동네 아주머니들에게 새참으로 갖다주기도 했다. 동네 아주머니들은 고놈 참 기특하데이, 하며 머리를 쓰다듬어주었지만 어머니는 하라는 공부는 안하고 부엌이나 들락거린다고 머리를 쿡 쥐어박았다. 어쩌면 가난한 시골 출신으로 보기 드물게 내가 180센티미터나 되는 키를 가지게 된 이유는 전적으로 아무것이나 가리지 않고 줄기차게 먹어댄 식성에 있었는지도 모른다. 학교에 입학하기 전까지는 식물성만으로 배를 채울 수밖에 없었으나 학교에 입학하고 나서부터 내 식생활에 일대 변혁이 일어났다. 그것은 가히 볼셰비키 혁명에 버금가는 대사건이라고 할 수 있었다. 제법 잘사는 읍내 아이들의 반찬은 나의 전용식단이 되었다. 계란부침, 소고기장조림, 소시지볶음, 멸치볶음, 오징어채무침이 주된 식단이었다. 잘사는 놈들이 싸온 동물성 반찬으로 충분히 단백질을 섭취한 나는 시골아이답지 않게 부옇고 튼실한 몸을 가지게 되었던 것이다.

포카 형이 앉아 있는 테이블 밑으로 윤이 나고 통통하게 살이 찐 바퀴 벌레 한 마리가 쪼르르 기어가는 것이 보였다.

"포카 형, 저거 안 보여? 돈벌이도 좋지만 위생에 신경 좀 써. 저기 테이블 밑에 바퀴벌레 기어가는 것 좀 봐. 식당은 뭐니 뭐니 해도 청결이 우선 아닌가?"

"이 자슥 봐라. 똥인지 된장인지 구별도 못 하네. 주제 파악 좀 해라. 주객이 바뀌어도 한참 바뀌었다 아이가? 지금 내한테 훈수 두기 생깄나? 니 코가 석 자데이. 이 동네 살다 보마 바퀴 벌레 그런 거는 앞으로 여사로 생각하게 될 끼다. 내 살다 살다 이 동네만큼 바퀴벌레 많은 동네 처음 본다 아이가?"

그건 포카 형 말이 맞았다. 공장에 다니면서 근 십 년간 살았던 동네가 바로 이곳 비산동이었다. 다른 동네보다 비산동에는 바퀴벌레가 유난히 많았다. 가난한 동네에는 부자 동네에 굴러다니는 돈처럼 흔한 것이 바퀴벌레인 모양이었다. 잠을 잔다고 불을 끄고 누워 있을 때면 바퀴벌레가 얼굴이나 이불 위로 툭툭 떨어질 때가 한두 번이 아니었다.

"니, 바퀴벌레가 이 지구에 언제부터 살았는 줄 아나?"

"형, 언제부터 그렇게 유식해진 거야? 포커나 바둑에 대해서

만 도산 줄 알았더니, 정말 오래 살고 볼 일일세."

"바퀴벌레를 때리잡을라꼬 살충제 안 써본 기 없다. 바퀴벌레 카마 자다가도 벌떡 일어나지더라카이. 그래서 내가 바퀴벌레 전문가가 된 기라. 인간이 지구에 나타난 기 겨우 백만 년밖에 안 되는데 바퀴벌레는 삼억 오천만 년 전에 지구에 나타났다 안 카나? 바퀴벌레 한 마리가 일 년에 새끼를 삼만오천 마리나 낳는다 카데. 아마 바퀴벌레는 핵전쟁이 나도 살아남을 기라. 바퀴벌레가 못 묵는 기 있는 줄 아나? 본드까지 묵어치운다 소리를 듣고는 내는 바퀴벌레 그거 싹 무시하기로 맘묵었다. 바퀴벌레하고 맞장 뜨는 거보다는 공생하는 기 더 현명하다 이 말이다, 내 말은!"

포카 형이 바퀴벌레에 대해 일장연설을 늘어놓고 있는 와중에도 벽을 타고 기어가고 있는 바퀴벌레가 눈에 띄었다.

"식당이 아니라 이건 바퀴벌레 소굴이네. 이러고도 장사가 된다는 게 암튼, 신기해."

"니가 앞으로 해보마 알 거 아이가. 그래, 돈은 운제 나오노? 니 다릿값!"

왜 그 소리가 또 안 나오나 했다. 바퀴벌레 박사마냥 떠들어대다 금방 '다릿값' 이야기를 하다니 신포카가 달리 신포카겠는가. 포카 형의 두툼한 코가 눈에 들어왔다. 오늘따라 포카 형의 얼굴이 마치 고우영의 〈삼국지〉에 나오는 장비처럼 보이기도 했

다. 손해사정인은 일주일 뒤에 보상금을 수령할 수 있을 거라고
했다.

"일주일 뒤."

"확실하나? 단디 해라."

"참내! 성질도 알아줘야 해. 뭐 빚잔치하고 도바리 깔 일이라
도 생겼어? 혹시, 형수님 몰래 숨겨논 여자라도 있는 거 아니
야?"

"일마가 낼로 우예 보고 그, 그따우 소리고?"

"아니면 그만이지. 갑자기 말까지 더듬고 왜 그려서? 아이구,
저 얼굴 벌게진 거 좀 봐."

"내, 내가 우, 운제 말을 더듬었다고 그카노? 내 눈에는 우리
마누라가 양귀비나 클레오파트라 저리 가라다. 쪼매 뚱뚱한 기,
옥에 티지만."

"오! 그러서?"

"내가 돈은 잘 몬 벌고 게을러터졌지만, 우리 모친한테 배운
생활신조를 확실히 실천할라꼬 카는 기다. 받을 거는 확실히
받자 이거다."

"그럼, 줄 건?"

"줄 거는 우야던동 고래심줄같이 버티다가 주든지, 아니마
돈 받을 놈이 복장 터지갖고 지 풀에 뒤질 때까지 안 주든지 해
야지."

과연 포카 형다웠다. 그는 노동조합활동을 할 때는 누구보다 앞장서서 싸웠지만 또한 자본주의사회에서의 생존전략을 뼛속 깊이 온몸으로 체득하고 있는 사람이기도 했다. 보상금이 나올 때까지 포카 형에게 얼마나 닦달을 당할지 벌써부터 앞이 캄캄해졌다.

"인자부터 니는 보상금 나올 때까지 맨날 식당으로 출근하민서 장사를 배워야 하는 기다. 장사도 이거 만만한 기 아이다. 오늘부터 이 싸부님 말씀을 하나님이나 부처님이나 공자님 말씀으로 알고 새기들어야 된데이. 알겠나? 니, 오늘부터 상 나르는 거 한번 배워바라. 좀 있으마 점심시간이니까 점심밥 손님이 들이닥칠 끼다."

아닌 게 아니라 지훈 엄마와 선경이 테이블 사이를 부산하게 오가며 상을 차리기 시작했다. 회식 손님인가 했으나 야채나 쌈장, 마늘, 간장이 없는 것을 보니 회식 손님은 아닌 모양이었다. 파리똥이 덕지덕지 앉은 낡은 벽시계는 12시 30분을 가리키고 있었다. 밥상에 오른 반찬은 멸치볶음, 콩나물무침, 김치, 부추전, 무말랭이, 돼지두루치기와 된장찌개였다. 덩치 좋은 지훈 엄마가 요란하고 바쁜 걸음으로 테이블 사이를 오가며 수저를 세팅했다. 잠시 뒤 웅성거리는 소리가 들리더니 현관문이 열리고 사람들이 밀물처럼 우르르 몰려들어왔다. 작업복을 입고 들어선 사람들은 하나같이 허기진 표정들이었다. 아마도 공단숯불갈비에 밥을 대놓고 월 식사를 하는 공장 사람들인 모양이었다. 포카 형은 인근에 있는 안경공장 사람들이라고 했다. 그들의 머리수를 속으로 헤아려보니 마흔 명쯤 되었다. 홀이 사람들로 꽉 들어차자 금세 잔칫집같이 술렁거렸다. 한 끼 식사에 이천 원이면 한 달에 점심식사만으로도 월 이백만 원 정도의 매출을 올리겠다는 생각이 들었다. 원가를 빼면 사십만 원이나 오십만 원 정도 남을 것 같았다. 벌써부터 사람의 머릿수와 돈을 연결 짓다니 아무래도 나는 타고난 장사꾼인 것만 같았다. 내 몸에는 장사꾼의 피가 흐르는 것 같지 않냐고 선경에게 객쩍은 농담이라도 하고 싶어 몸이 근지러울 지경이었다. 선경은 재빠른 솜씨로 밥을 나르고 반찬이 모자라단 사람들에게는 반찬을 추가로 가져다주는 데 여념이 없었다. 식당일을 오래 해왔던 것처럼 익숙해 보였다.

"아저씨, 여기 부추전 좀 더 갖다주세요."

예쁘장하게 생긴 아가씨가 꿰다 논 보릿자루마냥 어색하게 서 있는 내게 반찬 접시를 내밀었다. 나는 대답하는 것이 어색해 머리를 긁적이며 반찬 접시를 받아들고 주방 앞으로 가서 배식구로 머리를 내밀었다. 주방 안을 가득 채우고 있던 갖가지 음식 냄새가 콧속으로 스며들었다. 남자처럼 생긴 주방 아줌마는 주방 바닥에 쭈그리고 앉아 양파를 까고 있다가 나를 힐끔 쳐다보았다. 매운 양파 냄새 때문인지 아줌마는 잔뜩 얼굴을 찌푸리고 있었다.

"부추전 더 달라는데요."

지훈 엄마가 부추전을 집게로 접시에 담고는 웃으며 한마디했다.

"현진이 아빠, 부추전 추가요. 이렇게 말하시면 돼요. 겉절이추가, 갈비 삼 인분 추가, 이렇게요. 현진이 엄마가 교육 많이 시켜야겠네."

내가 머리를 긁적이자 고무장갑을 끼고 상추를 씻던 선경이돌아보며 웃었다.

"현진이 엄마는 좋겠다. 신랑이 인물도 훤하고 인상도 좋고, 지훈이 아빠는 저다 대면 인물도 아이제."

아줌마의 말에 지훈 엄마가 아줌마를 보고 눈을 흘겼다. 아무리 내가 잘생겨도 그렇지, 대놓고 저런 소리를 하다니, 지훈엄마 눈 돌아가는 소리가 들릴 지경이었다. 저 아줌마가 사람보는 눈은 있어 가지고 이 잘생긴 인물에 벌써 눈독을 들이다니. 아줌마 말마따나 인상도 좋고 인물도 훤하신 나는 어색한걸음걸이로 아가씨에게 부추전을 갖다주었다.

한나절의 노동을 마치고 이렇게 먹는 점심은 정말 꿀맛일 것이다. 오랜 병원생활을 한 뒤로 나는 그 좋던 밥맛을 다 잃어버렸다. 교통사고가 나기 전만 해도 나는 그야말로 돌이라도 씹어먹을 것 같은 왕성한 식욕의 소유자였다. 술자리라도 마련되면 안주란 안주는 내가 다 먹어치우는 통에 사람들의 적지 않은 눈총을 받아야 했으나 이에 절대 굴하지 않고 꿋꿋하게 내 식욕에 충실했다. 일 년 동안의 병원생활은 위장기능과 식욕에도 이상을 가져왔는지 도무지 먹는다는 것에 대한 즐거움을 느낄 수가 없었다. 싱겁기 짝이 없는 밍밍한 반찬들과 풀기 없는 밥알들을 헤아리듯 먹고 있을 때면 공장일을 하고 점심시간에 먹던 식당 밥이 사무칠 정도로 그리웠다.

사람들은 젓가락으로 멸치볶음과 부추전을 집어서 입에 넣고 우물거리는 단순한 동작들을 되풀이하며 열심히 밥을 먹었다. 국을 떠먹고 반찬을 집어먹고 씹는 행위가 무슨 숭고한 의식을 치르고 있는 것처럼 보였다. 저 콩나물이, 저 밥 한 톨이 사람의 몸속으로 들어가서 식구들의 밥을 벌어 먹일 노동이 되고 꿈과 희망이 되고 한 사람의 인생이 되는 것이다. 한 끼 밥이 어떤 사람에게는 기쁨과 감사가 되고, 또 어떤 사람에게는 한 그릇의 욕바가지가 되거나 미움이 될지도 모른다. 피와 살이 되고 눈물과 땀이 되는 저 한 끼의 밥은 사람들의 몸속에서 사랑이 되고 노래가 되고 말이 된다. 사람들이 만들어내는 모든 것들은 한 끼 밥에서 나온다. 식당주인이 정성을 다하여 차린 음식으로 극진하게 대접받으며 밥을 먹은 손님이라면 그는 세상에 대하여 독을 내뿜지는 않으리라. 자기 자식들 입에 밥 들어가는 것만 봐도 기분이 좋은 부모의 마음이 이럴까. 손님들이 한 끼 밥을 맛있게 먹고 있는 것을 보고 있자니 나도 모르게 손아귀에 힘이 불끈 들어갔다.

　나는 점심 손님이 썰물처럼 빠져나가고 난 뒤 상을 치워서 주방으로 날라다 주었다. 그새 포카 형은 기원에라도 갔는지 보이지 않았다. 지훈 엄마는 윤씨 아줌마와 돼지갈비를 절이고 있었고 선경은 주방에서 정신없이 설거지를 하고 있었다.

　포카 형의 말대로 나는 공단숯불갈비에 나가 식당일을 배우기 시작했다. 치료의 막바지에 접어든 나일론 환자에게는 어차피 남는 게 시간이었으므로 지겨운 병원생활보다는 식당에 나가는 게 더 나았다. 포카 형이라는 괴상한 사부님을 모시고 탄을 깨고 숯불을 피우는 법, 석쇠를 닦는 법, 시장을 보는 법, 음료수와 술을 냉장고에 넣는 방법들을 하나씩 익혀나가기 시작했다. 생각과는 달리 포카 형은 힘으로 무지막지하게 일을 하는 스타일이 아니라 요령 있게 일을 가르쳐주었다. 팔다 남은 소주와 맥주로 고기 기름때를 닦아내면 잘 닦인다고 했다. 서빙 순서도 찬찬히 알려주었다. 소주와 맥주와 음료수를 냉장고에 넣을 때는 팔다 남은 것은 앞쪽으로 배치하고, 음료수 박스에서 새로 채워 넣는 것은 냉장고 뒤쪽부터 채워 넣어야 했다. 냉장고에 넣으면서 병에 묻은 먼지를 닦는 방법도 가르쳐주었다. 왼손으로는 병목을 쥐고 목장갑을 낀 오른손으로 병뚜껑에서부터 아래쪽으로 쓰다듬듯이 쓱 닦아 넣어야 하는 것이 요령이었다.

하지만 그것도 잠시잠깐이었다. 누가 천하의 농땡이 포카 형 아니랄까 봐 숯을 깰 때도 한 박스를 깨놓고 담배 한 대 피우고, 또 한 박스 깨놓고 담배 한 대 피우는 게 일이었다. 포카 형이 일하는 꼴이 하도 답답해 나는 목장갑을 손에 끼고 이빨이 나간 식칼을 손에 쥐었다. 포카 형이 기특하다는 표정으로 나를 쳐다보았다. 나는 이빨 빠진 커다란 식칼을 들고 집게를 든 왼손으로는 숯을 집어서 툭툭툭 빠른 속도로 깨나갔다. 숯 파편이 사방으로 튀어 나갔다. 내가 금세 다섯 박스나 깨놓자 게으르고 몸을 놀리는 일에는 엉덩이부터 빼고 보는 포카 형은 칭찬을 폭탄처럼 투하해대기 시작했다.

"야! 참말로 일 잘한다. 몇 년 전이고? 느거 집에 모심기 도와준다고 노조 사람들하고 갔을 때도 손이 안 보일 정도로 귀신같이 모를 심더마는, 니는 참말로 몬 하는 기 업데이."

물론 일을 내게 다 떠밀려고 하는 말인 줄 알면서도 기분은 그리 나쁘지 않았다.

"그걸 인제야 아셨수?"

나는 집게로 숯을 집어 들고는 이빨 빠진 커다란 부엌칼로 탄을 툭툭 깨면서 응수했다. 골목 안쪽에 있는 양옥집의 대문간 앞에 나와 햇볕을 쬐던 노파가 움푹한 눈으로 우리를 쳐다보고 있었다.

"니, 사고 나고 나서 그거는 한번 써묵어 봤나?"

"그거라니?"

"한 일 년 동안 몬 했을 낀데 고장 안 났나? 곰팡이 안 슬었나? 어디 한번 보자."

기어코 바짓가랑이까지 잡고 늘어지는 포카 형을 벌레 털어 내듯 밀어냈다.

"하이고, 걱정도 팔자셔. 형 거나 고장 안 나게 간수 잘 하셔."

"그건 그렇고……, 팔군식당 봤제?"

"봤지. 그런데?"

"그런데는 무슨 그런데고? 팔군식당이 바로 우리 경쟁업소 아이가? 이 문디 콧구녕만 한 동네에서 손님들이 전부 팔군식당으로 간다고 생각 한번 해봐라. 니는 손가락 빨민서 구경만 하고 있을 끼가?"

"그렇게는 못하지."

"이놈아야! 와 그리 강 건너 불구경맨키로 히바리없이 대답하노?"

"그럼, 뭐 어떻게 할 건데?"

"니 죽고 내 살자 아이가?"

"……?"

"그 귀한 비법을 지금 썰로 다 풀어뿌마 재미가 하나도 없다 아이가. 쪼매마 기다리봐라. 앞으로 내가 온몸으로 보여줄 테이께네. 저 쥐새끼 같은 팔군식당 사장놈이 꼭 바쁜 시간에는 우리 식당 앞에 저그 손님 차를 대놓고 가는 기라. 내 그놈의 몬 배워 처묵은 버르장머리를 몬 고쳐놓으마 사람이 아이데이."

"포카 형, 혹시 공장에서 싸울 때처럼 그러는 건 아니겠지? 설마 그 전설적인 수법을 동원하는 건 아니지?"

나는 포카 형이 공장에서 해고 싸움을 벌이던 광경을 떠올리고는 피식 웃었다. 나염 천을 온몸에 둘둘 말아 운반차에 몸을 묶고, 소리소리 구호를 지르며 현장을 굴러다니던 모습은 언제 생각해도 우스꽝스럽기 짝이 없었다. 신포카 딴에는 꽤나 절박한 싸움이었겠지만 말이다. 죽어도 공장에서 죽겠다는 각오를 보여주겠다는, 나름대로 비장한 각오로 한 투쟁이었겠지만 보는 사람들은 하나같이 배꼽을 쥐고 웃음을 참아야만 했다.

"야가 호랑이 담배 피던 시절 야그를 하고 있노? 여가 식당이지, 공장이가? 인자 나도 옛날의 신포카가 아인 기라. 쪼매마 기둘리봐라. 내가 조만간 퍼포먼스인가, 전위예술인가 카는 거를 니한테 온몸으로 한번 보이주께. 니 운 좋은 줄 알아라."

포카 형은 의미심장한 웃음을 짓고는 또 담배 한 대를 빼물었다. 싸울 때는 나도 끝장을 보자는 각오로 싸우는 축이었지만 포카 형은 그야말로 단순무식 과격파였다. 포카 형은 구사

대와 맞서 싸울 때도 절대 몸을 사리는 법이 없었다. 마치 목숨이 몇 개라도 되는 사람처럼 가장 선두에 나서서 싸웠다. 쇠파이프나 각목에 머리를 맞고 피를 철철 흘리며 쓰러져 병원에 몇 번이나 실려가 머리를 꿰매야 했던 적이 한두 번이 아니었다.

저녁 일곱 시가 되자 홀에는 손님들이 서서히 들어차기 시작했다. 나는 포카 형에게 배워둔 숯불 피우는 방법을 실습하고 있는 중이었다. 늦게 들어온 손님이 앉은 테이블에 숯불을 먼저 넣는 실수를 해서 성깔 사나운 남자 손님이 엄청 화를 냈다. 그런데 덩치 좋은 아줌마가 분위기 파악도 못하고 콜라를 한 잔 따라서 내미는 것이 아닌가. 내가 초보 티 풀풀 풍기며 어설프게 일하는 것이 안되어 보였는지, 잘생긴 얼굴에 반했는지 모르겠지만 말이다. 아줌마의 남편이 뚱뚱한 아줌마에게 소리를 빽 지르고 눈을 흘겼음은 물론이다. 그 일이 있고 나서부터 나는 숯불을 바꿔 넣는 실수를 하지 않게 되었다. 역시 사람은 실수를 통해 배우는 법이다.

"저, 저, 새끼가!"

주방 뒷문 앞에서 담배를 한 대 피워 물고 똥 누는 폼으로 쭈그리고 앉아 있던 포카 형이 벌떡 일어섰다. 주방으로 뛰어 들어가 뭔가를 집어 들고는 식당 앞으로 후다닥 뛰어나갔다. 평소의 느려터진 포카 형이라고는 전혀 믿어지지 않는 엄청나게 빠른 속도였다.

"여봇! 지훈이 아빠!"

지훈 엄마가 외마디 비명을 지르며 쫓아가고 윤씨 아줌마까지 뒤따라 뛰어나갔다. 나도 덩달아 포카 형을 쫓아갔다. 포카 형의 손에는 커다란 식칼이 들려 있었다. 등골에 식은땀이 쫙 흘렀다.

"우짝꼬! 큰일 났데이. 저 일을 우야마 좋노? 뭐하는교? 빨리 좀 말리소. 살인이라도 나마 우야는교?"

윤씨 아줌마는 진짜 살인이라도 나기를 바라는 사람처럼 말했다. 아줌마의 무지막지한 힘에 등 떠밀려 나도 구경꾼이 둘러싼 한가운데로 목을 쑥 내밀었다. 포카 형은 식칼로 팔군식당 사장의 가슴을 겨누고 소리를 고래고래 질렀다.

"너 이 새끼! 오늘이 니 제삿날이다. 너 죽고 내 죽자. 이, 이 따우로 장사할 끼가? 쥐새끼맨키로 와 남의 식당 앞에 주차를 하노 말이다."

"신 사장요. 와 이라요? 제, 제발 이, 이 칼 놓고 말합시다."

사색이 된 팔군 사장은 쩔쩔매며 뒷걸음치다가 물이 흥건한 길바닥에 엉덩방아를 찧고 벌렁 나자빠졌다. 나는 윤씨 아줌마가 성화를 하건 말건, 지훈 엄마의 얼굴이 백짓장처럼 새하얗게 질리건 말건 입을 헤 벌리고 쳐다보는 수밖에 없었다. 구경꾼들이 몰려들었지만 포카 형은 기세를 누그러뜨리지 않고 멱살을 거머쥐고 마구 몰아세웠다. 팔군식당과 공단숯불갈비의 손님들과 오뚜기슈퍼, 진미식당, 파란들가구의 주인들이 다 몰려 나와 모처럼 벌어진 구경거리를 한 장면이라도 놓치지 않겠다는 듯 쳐다보았다. 마치 눈에 헤드라이트라도 켠 것처럼 보였다. 사람들의 눈빛에는 일종의 반가움의 기미까지 보였다. 무료하기 짝이 없는 일상이라는 커다란 밥상 위에 공단숯불갈비 사장 신포카가 차려놓은 특별메뉴에 너무나 고마워하는 것 같았다. 동네 사람들이 불구경만큼이나 좋은 구경거리를 눈앞에 두고 있는 그 와중에도 자전거방 김 씨는 자전거를 고치는 데 여념이 없었다. 하나님 보시기에 참으로 흡족한 어린양이 아닐 수 없었다. 차 배달을 가던 다방 아가씨까지 스쿠터를 세우고 고개를 내밀고 싸움구경을 하고 있는 마당에 어떻게 저토록 한결같은 모습을 보여줄 수가 있을까. 그 와중에도 미니스커트를 입은 다방 아가씨에게 농을 걸고 미끈한 다리를 훔쳐보는 엉큼한 남정네도 있었다.

"니, 한 번만 남의 식당 앞에 차를 주차해라! 그날이 니 제삿날인 줄 알아라. 남의 식당 앞에 차를 대놓을라 카마 똥배짱이라도 내밀 줄 아는 기 사내 자석 아이가? 으이구, 일마야. 불알은 폼으로 차고 댕기나? 불알 차고 댕기는 기 아깝지도 않나?"

포카 형은 다시 으름장을 놓고 길바닥에 가래침을 칵 내뱉었다. 잘 봐주면 서부영화에 나오는 카우보이나 어느 날 바람처럼 홀연히 나타나 어지러운 중원을 평정한 무림의 고수로 봐줄 수도 있었다. 하지만 이건 그야말로 조폭 양아치들이 하는 짓거리와 다를 바 없었다. 만평파출소가 지척에 있는데도 식칼로 옆집 사장을 협박할 수 있는 포카 형의 똥배짱은 도대체 어디에서 나오는 것일까. 포카 형이 아니고서는 그 누구도 상상할 수 없는 일이었다. 팔군식당 사장이 포카 형에게 몇 번이나 굽신거리고는 차를 빼내자 사람들이 논두렁의 메뚜기처럼 흩어지기 시작했다. 흩어지는 사람들의 눈에는 더 큰일이 벌어지지 않은 데 대한 실망의 빛이 아주 역력해 보였다. 살인나겠다고 호들갑을 떨던 윤씨 아줌마는 벌써 주방으로 들어가고 보이지 않았다. 나는 고개를 절레절레 흔들며 숯불을 피워놓은 장치실로 되돌아왔다. 모터 소리가 요란했다. 모터를 켜놓고 자리를 비운 바람에 숯불은 폭발하기 직전의 화산처럼 시뻘겋게 달아올라 활활 타오르고 있었다. 나는 재빨리 모터의 스위치를 껐다.

"당신 정말 왜 이래? 사람 까무러쳐 죽는 꼴 보고 싶어? 내가 정말 못 살아."

지훈 엄마가 포카 형의 등을 떠밀고 주방 뒷문으로 들어갔다. 포카 형은 그 와중에도 나를 보고 씩 웃으며 손가락으로 승리의 브이 자를 그리기까지 하는 여유를 부렸다. 나는 어처구니가 없어 두 손 두 발 다 들었다는 표정을 지어 보였다.

이 주차싸움의 근본적인 원인은 주차공간이 별도로 없는 도로변에 두 식당이 자리 잡았기 때문이었다. 포카 형으로서는 자신의 식당 앞에 손님차를 대고 가는 팔군식당 사장의 얌체 같은 행동을 도저히 묵과할 수 없었을 것이다. 옆집 팔군식당 사장 입장에서도 한 푼이라도 더 벌기 위해 장사꾼으로서 딴에는 최선을 다한 행동이었을 것이다. 주차공간이 없어서 돌아서는 손님을 두고 봐야 하는 식당주인의 심정이 오죽하겠는가. 팔군 사장도 먹고 살기 위해서 한 짓이었을 테고 포카 형도 마찬가지였을 것이지만 모래를 한 움큼 삼킨 기분이었다. 약육강식의 냉혹한 논리를 벗어날 수 있는 곳은 그 어디에도 존재하지 않는다. 공장이건 식당이건 공사장이건 병원 안에서건 마찬가지였다. 내가 잡아먹히지 않기 위해서는 상대방을 잡아먹을 수밖에 없는 정글의 법칙이 손바닥만 한 식당을 운영하는 데도 작용하는 논리라니. 내가 식당일을 너무 만만하게 본 건가 싶었다. 정성을 다해 만든 음식을 손님에게 극진하게 대접하는 것만이 식당일이 아니었다. 식당에 나온 지 닷새 만에 목격한 것은 대화와 타협의 논리가 존재하지 않는 냉혹한 생의 얼굴이었다. 나는 바야흐로 이 식당 바닥, 피 튀기는 생존 싸움의 한가운데로 뛰어들고 만 것이었다.

시꺼먼 고기 기름때가 잔뜩 끼어 있는 숯불 화로를 빼내면서 옆 테이블을 힐끗 쳐다보았다. 아이가 고기를 오물오물 씹고 있는 모습을 쳐다보며 아이의 엄마는 흐뭇한 미소를 짓고 있었다. 엄마는 아이가 먹기 편하게 돼지갈비 한 점을 젓가락으로 집어

가위로 잘게 썰었다. 식당 바깥에서 어떤 소동이 벌어진지도 모른 채 돼지갈비를 구워서 아이의 입에 넣어주고 있는 젊은 엄마의 표정은 마냥 평화롭고 행복해 보였다. 아이와 젊은 엄마가 앉은 테이블 밑에는 검고 윤이 나는 바퀴벌레 한 마리가 사사삭 기어가고 있었다.

다리와 바꾼 식당

공단숯불갈비는 홀도 지저분했지만 주방은 그야말로 창고나 헛간을 방불케 했다. 개수대 위의 스텐으로 만든 선반에는 냉면 그릇과 밥공기와 플라스틱 쟁반이 두서없이 위태하게 포개어져 있었다. 잘못 건드리면 언제든지 와르르 무너질 것만 같았다. 천장은 군데군데 구멍이 뚫려 있어 만약 소나기라도 온다면 비가 그대로 밥솥이나 반찬통 위로 떨어질 것만 같았다. 지붕이 뚫린 곳은 함석으로 대충 가려놓은 상태여서 누더기를 기워놓은 것처럼 보였다. 주방 바닥에는 고기를 굽던 석쇠가 산더미처럼 쌓여 있었다. 돼지기름이 굳어 허옇게 들러붙은 솥뚜껑이 여기저기 나뒹굴고 곰팡이와 기름때가 눌어붙은 싱크대 밑에는 검정콩이 군데군데 떨어져 있었다. 자세히 보니 그것은 검정콩이 아니라 쥐똥이었다. 가난하고 비위생적인 동네가 그러하듯 이곳 비산동은 바퀴벌레도 많았지만 유난히 쥐가 많았다. 시궁창에서 기어 올라온 쥐를 잡기 위해 쥐틀을 놓고 퇴근해야 한다고 포카 형은 대수롭지 않은 말투로 일러주었다. 바퀴벌레 한 마리가 주방 벽을 타고서 스멀스멀 기어 올라갔다. 어디서부터 손을 대고 정리를 해야 할지 엄두가 나지 않았지만 이곳은 이제부터 내가 일해야 하는 내 삶의 터전이었다. 식당 전체를 완전히 뜯어내고 개보수하고 싶은 생각이 굴뚝같았지만 차츰차츰 하나씩 손을 대야 했다.

드디어 나는 허름하고 지저분하기 짝이 없는 돼지갈비집, 공단숯불갈비의 주인이 되었다. 신포카에게 '다릿값' 팔천만 원을 주고 건물 주인을 만나 계약을 갱신했다. 보상금 팔천만 원은 내가 태어나서 지금까지 한 번도 만져본 적이 없었던 어마어마한 돈이었다. 식당 보증금 오천만 원에 권리금 삼천만 원, 월세가 팔십만 원이었다. 계약서에 도장을 찍으며 나도 모르게 어금니를 꽉 깨물었다. 비록 허름하고 더러운 공단숯불갈비지만 이제 이 식당은 나의 다리와 바꾼 식당이었다.

손님들도 다 몰려나가고 윤씨 아줌마도 퇴근을 하자 포카 형은 다른 날보다 일찍 간판 불을 끄고 식당의 셔터 문을 내렸다. 포카 형은 뜬금없이 숯불을 피워 홀 안으로 들고 들어왔다. 활활 타오르는 숯불을 17번 테이블에 집어넣고 돼지갈비도 접시에 수북하게 담아왔다. 포카 형은 나에게 돼지갈비를 굽게 하고는 혼자서 상을 차린다고 마늘과 간장과 야채를 꺼내며 분주하게 왔다 갔다 했다.

"현진이 엄마요. 뭐하는교? 여, 퍼뜩 나오소."

포카 형은 주방 문을 열고 큰 소리로 말했다. 그러고는 카운터에서 돈을 세어 장부와 맞추고 있는 지훈 엄마를 불러와 테이블에 둘러앉게 했다. 포카 형은 맥주 두 병과 음료수를 냉장고에서 꺼내 잔이 넘치도록 따랐다. 포카 형 나름대로의 송별식인지, 식당 인수인계식인지도 몰랐다.

"이제부터는 니가 이 공단숯불갈비 주인이다. 자신있제?"

포카 형은 마치 배턴을 넘겨줄 시간만 기다려온 육상 계주 선수처럼 후련한 표정을 지으며 한마디 했다. 모르는 사람이 보았다면 포카 형이 식당을 한다고 마음고생 몸고생이 말도 못했을 거라고 짐작했을지도 모른다. 게으른 서방님 대신 공단숯불갈비를 혼자서 운영한다고 진이 빠질 대로 빠졌을 지훈 엄마는 의외로 담담한 표정이었다.

"이거, 왜 이러셔? 싸부님한테 그동안 전수받은 비법이 있으니깐 염려 붙들어 매."

"현진 아빠가 현진이 엄마 잘 도와주셔야 해요. 여자들이 젤로 힘들어요. 식당 나와 일하지, 집안 살림해야지, 고생이 이만저만이 아네요."

지훈 엄마가 알맞게 익은 돼지갈비 한 점을 젓가락으로 집으며 말했다. 나는 고개를 주억거렸다. 천하의 농땡이 서방님과 식당을 운영하자니 얼마나 힘들었으랴. 나는 전적으로 지훈 엄마의 말에 동의를 표했다.

"식당아지매 하다 식당주인 된 기 별로 탐탁치 않은교?"

포카 형이 선경을 보고 말했다. 선경이 웃기만 했다.

"지난번에 식당에 손님이 억수로 많은 날 생각나는교? 내가 현진이 엄마 보고 뒤집어지는 줄 알았다 아인교?"

맥주잔을 입에 갖다 대던 선경의 눈이 동그래졌다.

"생전 농담도 한마디 안 하던 현진이 엄마가 열 시 반 넘어서도 손님이 몰려오니까, 이카는 기라. 아 씨! 정말 미치겠네! 이러미 휙 돌아보민서 손님을 잡아먹을 듯이 노려보는 기라. 카리수마가 장난이 아니더마."

포카 형은 자기의 말에 사람들이 와르르 웃음을 터뜨리자 흡족한 표정을 지으며 맥주를 쭉 들이켰다.

"버스 놓칠까 봐 속 타서 그랬죠."

선경이 웃으며 응수했다.

"인자부터 주인이 되면 열 시 반 넘어서 오는 손님이건, 열한 시 넘어서 오는 손님이건 다 이뻐죽을 끼라요. 그기 바로 유식한 말로 주인의식이라 카는 기라. 이제 두 사람 다 돈독이 시뻘겋게 올라갖고 우리가 고기 먹으러 오마, 매상을 울매 올려줄 긴지 그거부터 계산하고 있을 기라."

어쨌거나 나는 포카 형에게 고맙다는 생각이 들었다. 만약 포카 형이 식당을 해보라는 제의를 하지 않았더라면 공장노동자로서의 노동능력을 상실한 나는 그야말로 내 '다릿값' 팔천만 원으로 무엇을 해야 하나 하고 아직도 고민을 하고 있었을지도 모른다. 공장일 말고는 먹고 사는 일에 대해서는 아무것도 몰랐으니 말이다.

"이런 말, 입에 발린 소리 같아서 말하기 뭣한데, 암튼 포카 형 고마워. 포카 형 덕분에 식당도 차리게 됐고."

"니, 낸중에 내 원망이나 하지 마라. 식당일이 골치 아프다고 생각하마 보통 골치 아픈 일이 아이라카이."

"꼭 초를 친다니까. 원망이라니?"

"해보마 알겠지만 세상에 만만한 일이 오데 있겠노? 옆에 팔 군식당도 있고 성진도 있고 만평횟집에다, 진미식당, 식당이 한두 개가? 이 문디 콧구녕만 한 동네에서도 살아남을라꼬 온갖 머리를 다 써야 한데이. 머리에 쥐가 날 끼라. 그래도 만호 니는 잘 해낼 기라."

포카 형의 이마에 굵은 골이 하나 파이는 것을 나는 놓치지 않았다. 포카 형의 말마따나 세상에 만만한 것이 어디 있겠는가. 어쨌거나 내일 일은 내일 부닥쳐보는 것이다.

셔터 문을 내리고 주방 문이 잘 잠겼는지 확인을 했다. 지훈 엄마가 넘겨주고 간 식당 열쇠의 감촉이 얼음처럼 차가웠다. 자전거방의 셔터도 내려져 있었고 거리의 식당 간판불은 대부분 꺼져 있었다. 나는 어둠 속에 서서 내 다리와 바꾼 식당, 공단숯불갈비를 감개무량한 표정으로 바라보았다. 선경이 내 팔짱을 끼며 몸을 기댔다. 우리는 아무런 말도 하지 않았다. 마치 운명의 얼굴을 주시하기라도 하듯 어둠 속에서 식당 간판을 올려다보며 한참 동안 서 있었다.

오늘은 역사적인 날이다. 공단숯불갈비를 인수받고 처음 장사를 시작하는 날이기 때문이다. 마치 전쟁터에 출전하는 장수처럼 비장한 기분마저 드는 것이었다. 음식 준비를 해놓고 장사를 하는 것은 약간 과장해서 말한다면 전쟁을 치르는 것과도 흡사했다. 나는 출전 준비를 마친 이순신 장군처럼 엄숙한 표정으로 홀과 주방을 둘러보았다. 테이블을 물수건으로 훔치고 있던 선경이 식당 문을 밀고 들어오는 손님을 보고는 상기된 표정으로 인사를 했다.

"어서 오세요!"

첫손님이었다. 마치 첫선을 보러 간 시골 총각의 마음이 이렇지 않을까. 늙수그레한 할아버지와 아이를 업은 젊은 여자와 젊은 남자가 뒤따라 들어왔다. 선경이 손님을 자리에 앉히고 주문을 받았다.

"돼지갈비 삼 인분, 저래기 세 개!"

선경이 주방에다 대고 윤씨 아줌마에게 주문 내용을 불러주었다. 식당마다 주문하는 방식이 달랐다. 다른 식당에서는 삼

인찬, 삼인상 하는데 공단숯불갈비에서는 저래기 두 개, 저래기 세 개, 저래기 네 개 이런 방식으로 주문을 했다. 저래기는 상추 겉절이를 칭하는 말이었다. 금세 돼지갈비 삼 인분을 게 눈 감추듯 먹어치운 손님들은 돼지갈비 이 인분을 추가하고는 공깃밥 세 개를 시켰다. 선경은 여자 손님이 잘 먹는 사과 샐러드를 두 번이나 추가로 가져다주고 상추 겉절이도 냉면 그릇에 수북하게 담아서 갖다주었다. 신포카의 말대로 주인의식이 발휘되고 있는지 선경이 서빙을 하는 태도는 확실히 어제와는 달랐다. 식사를 다 마친 손님들이 자리에서 일어나 카운터로 다가왔다. 손님에게 밥값을 받는 기분이 묘했다. 손님이 나간 뒤에 나는 거금 만 오천오백 원을 손에 쥐고는 감개무량한 기분을 억제할 수가 없어 한참 그 자리에 서 있었다. 생각 같아서는 첫 장사한 기념으로 이 돈을 액자에 넣어둘까 하는 생각까지 드는 것이었다.

"그렇게 좋아?"

선경이 상을 치우다가 나를 쳐다보고는 빙긋 웃었다.

"뭐가?"

"꼭 세뱃돈 한 번도 못 받다가 처음 받은 어린애 같잖아. 좋아 죽겠는가 봐."

"그래. 좋아 죽겠다. 공장에서는 한 달 동안 일을 해야지 월급을 받는데, 장사라는 게 진짜 신기해. 이게 꿈이냐 생시냐?"

"심청이 만난 심봉사가 따로 없네요. 정신 차리고 불판 닦고, 빨리 탄 깨놓고, 장사 준비나 하셔용."

한참 동안 첫 장사의 달콤한 감격에 취해 있으려 했지만 선경의 말에 정신이 돌아왔다. 불판을 닦아놓아야 한다는 것을 잊고 있었다. 나는 서둘러 불판을 닦아놓고 숯을 일곱 박스나 깨두었다.

낮에는 세 명이서 그런대로 장사를 할 수가 있었으나 저녁이 되자 일손이 달렸다. 아직 손발이 잘 맞지 않으니 첫날 장사는 정신이 없었다. 포카 형의 말대로 숯불을 피우고 석쇠를 닦는 아르바이트생이라도 한 명 써야겠다는 생각이 들었다. 선경은 내가 홀에 있는 동안은 주방에 뛰어 들어가 설거지를 도와주기도 하고 내가 석쇠를 닦을 때는 홀에 뛰어 들어와 서빙을 하고 상을 치운다고 거의 혼이 나간 사람처럼 뛰어다녔다. 포카 형은 없는 사람으로 치더라도 네 명이 보조를 맞추어서 일을 하다 갑작스럽게 세 명이 장사를 하려니 손이 달리는 것은 당연지사였다. 그래도 첫날 장사치고는 큰 실수 없이 무난하게 장사를 하고 있다고 한숨을 돌리고 있을 때였다.

"보소! 사장님요!"

윤씨 아줌마가 주방에서 고개를 내밀고 시비를 걸듯이 나를 불렀다. 목소리가 걸걸한 윤씨 아줌마는 볼 때마다 여장을 한 남자 같다는 생각이 들 때가 많았다. 무릎 밑에까지 내려오는 고동색 비닐 앞치마를 입고 검정색 털 고무신을 신고 있는 아줌마는 우락부락한 정육점 남자처럼 보였다.

"소도 이렇게 안 부리묵겠다. 사람 하나 더 들이소!"

윤씨 아줌마는 대뜸 홀로 들어오더니 물 묻은 고무장갑을 벗어서 테이블에 내동댕이치는 것이었다. 다행히 홀에는 손님이 없었기에 망정이지 손님이 이 꼴을 보았다면 도대체 뭐라고 했을지 상상이 가지 않았다.

"바깥주인이 순하게 생기갖고 인자부터는 내가 좀 핀할란가 싶었는데, 이게 뭔 꼬라진교? 연말이라 정신없이 바쁠 거는 불 보듯 뻔한데, 사람을 더 써야 할 거 아인교? 현진이 엄마가 홀에서 주방으로 왔다 갔다 하는 바람에 일이 안 되는 기라요. 여자는 자고로 빤스를 잘 벗어야 한다 켔는데……, 하이고, 언년의 팔자가 이래 더럽고 거씬 팔자가 있겠노?"

이게 웬 빤스 타령이란 말인가. 사람 더 구하라는 이야기가 웬 삼천포로 빠져서 빤쓰 이야기로 흘러가야 하는 건지 도무지 감을 못 잡을 노릇이었다. 더 듣고 있다가는 팔자타령이 늘어질 것 같았다. 윤씨 아줌마가 한 성깔하게 생겼다는 것은 짐작한 바였다. 듣고 보니 아줌마 말도 일리가 있었다. 식당을 인수받고 장사를 하는 것에만 정신이 팔려 일손이 모자란다는 것에 미처 생각이 미치지 못했던 것이다.

"무슨 말씀인지 알겠습니다. 주방에 사람을 더 구할 테니까 오늘은 임시로 이렇게 하고…… 낼부터가 문젠데, 당장 일할 사람이 구해지는 것도 아닐 테고……."

"식당을 처음 하마 이것저것 알아보고 해야 될 거 아인교? 사람이 급하면 우예 구해야 하는지, 모리마 물어보든지 해야지. 내가 식당 밥을 근 이십 년이나 묵은 사람 아인교?"

"정말 죄송합니다. 그럼 어떻게 하면 되겠습니까?"

내가 저자세로 나가자 아줌마는 기분이 풀리는 모양이었다. 한껏 구김살을 만들었던 얼굴을 금세 다시 폈다. 꾸깃꾸깃 뭉쳐둔 지폐를 다리미로 싹 다려놓은 듯했다.

"어머니회라 카는 기 있심더. 일 년에 회비를 십만 원씩 주고 가입을 하마 되는 기라요. 파출부 보내주는 덴데, 일당이 하루에 삼만 원씩 할 끼라요. 그런 데서 일당제로 사람을 써보다가 손발이 얼추 맞는다 싶으마 쓰고, 아이다 싶으마 사람을 따로 구해야 되는 기라요."

"그런 방법이 있었군요. 종종 모르고 실수하는 거 있으면 가르쳐주세요. 아직 식당일이 서툴러서 모르는 게 많습니다. 아줌마만 믿습니다."

아줌마는 내가 자신의 말을 전적으로 수용하고 나오자 흡족한 기분이 들었는지 한껏 목에 힘을 주고는 다시 주방으로 들어갔다. 주방장들이나 식당일을 오래 한 사람들일수록 군대짬밥수를 따지는 것과 비슷한 주방장 곤조가 있다고 포카 형은 말했었다. 공장에서건 어디에서건 원래 일 잘하는 사람들은 곤조를 부리는 습관이 있었다. 빠른 시일 내에 식당의 체계를 잡지 않으면 공단숯불갈비의 천정을 뚫고도 남을 만큼 기세가 등등한 윤씨 아줌마에게 휘둘리겠다는 생각이 들었다. 나는 전화부를 뒤적거려 북부어머니회를 찾아냈다. 북부어머니회에 전화를 걸어 가입비를 입금해주겠으니 주방 아줌마를 한 사람 보내달라고 했다.

자정이 넘어 퇴근하는 일이 잦았기 때문에 식당을 인수받고 바로 열흘 뒤에 식당 뒤편에 두 칸짜리 전세방을 얻어 급하게 이사를 했다. 하도 급하게 이사를 하는 바람에 이것저것 견주고 따져볼 만한 여유가 없었다. 우리가 세를 든 집은 공교롭게도 시의원 집이었다. 시의원은 좁은 골목이 그득 찰 지경인 검은색 그랜저를 타고 다녔다. 2층 독채에는 시의원이 살고 1층에는 네 집이 세를 살았다. 우리 바로 옆집은 과부 할머니가 노총각 노처녀인 자식 둘을 데리고 살았고, 그 옆에는 팔달시장에서 신발가게를 하는 부부가 살았다. 제일 왼쪽 집에는 국진이네 식구들이 살았는데 국진이는 현진이보다 한 살이 많았다. 국진이 아빠는 택시회사에 다니고 있다고 했다.

무엇보다 가장 불편한 점은 화장실 문제였다. 1층의 셋방 사람들은 화장실을 공동으로 사용해야 했다. 아침마다 화장실을 차지하고 앉아 있는 일이 고역이었다. 마음 놓고 볼일을 볼 수가 없었다. 화장실에 불안하게 쭈그리고 앉아 있을 때면 인간의 원초적인 조건이 과연 뭔가 하는 별 생뚱맞은 생각이 들기도 했다. 품위 있게 한 끼의 밥을 먹는 일도 중요했지만 마음 놓고 볼일을 보는 일, 싸는 일은 인간다움을 확보하느냐 마느냐의 문제인 것 같았다. 문제의 국진이 아빠는 변비가 심한지 화장실에 들어갔다 하면 함흥차사였다. 나와 선경은 식당 화장실로 달려갈 때가 많았고 어머니는 급기야 냄새나는 요강까지 방에 들여놓기까지 했다. 열네 명이나 되는 세입자들에게 달랑 화장실 한 칸만을 제공한 시의원 나리께서는 늘 양복을 쫙 빼입고 하늘에서 내려오는 신선처럼 목에 잔뜩 힘을 주고 2층 계단에서 내려왔다. 나는 그놈의 그랜저를 볼 때마다 울화증이 치밀어 올라 뺀질뺀질한 그랜저의 낯짝을 숯불집게로 확 긁어버리고 싶은 충동에 시달렸다.

간혹 시의원 나리께서도 우리 공단숯불갈비에 행차하는 경우도 있긴 했다. 갈비집 주인인 우리 같은 세입자도 유권자라고 관리대상으로 생각하는 모양이었다. 아니면 서민적인 의원님의 이미지 관리 차원인지 시의원님께서는 서민적인 우리 식당에 시의원 동료 나리들을 끌고 행차를 했다. 시의원께서 행차를 하시는 날은 성가신 일이 많았다. 무엇보다 주차가 가장 문제였는데 만평시장 입구에 있는 유료주차장에 시의원님들의 대형승

용차를 끌어다 놓으려니 욕이 절로 튀어나왔다. 그들은 이 서민 식당에 와서도 특별손님답게 특별대우를 바라곤 했다. 부자든 가난뱅이든 차별하지 않는 식당을 만드는 것이 목표이긴 했지 만 부자 손님들은 성가시기만 했다.

식당 건너편 주택가 담벼락에는 목련이 활짝 만개해 있었다. 수백 개의 새하얀 사기등잔을 매달아 놓은 것처럼 온 사방이 환했다. 환하고 아름다운 것을 보면 왜 배부른 느낌이 드는지 알다가도 모를 일이었다. 식당 문은 선경이 열기로 하고 나는 장을 보기 위해 오토바이를 몰고 팔달시장으로 향했다. 거리에 는 황사먼지가 가득했지만 두툼한 옷을 벗어던진 사람들의 발 걸음이 가벼웠다. 교통사고를 당하고 난 뒤 나는 오토바이라면 쳐다보지 않기로 마음을 먹었었다. 오토바이를 보면 신물이 다 올라왔지만 할 수 없는 일이었다. 좁은 시장 골목을 누비고 다 니자면 오토바이만큼 편한 운송수단이 없었기 때문이었다. 선 경에게 받은 장거리 목록을 적은 수첩에는 '깻잎 1박스, 상추 10 단, 고춧가루 3근, 무 1자루, 배추 3단, 당근 1봉지, 두부 1판, 양 파 1망, 홀 마늘, 주방 마늘'이라고 빼곡하게 적혀 있었다.

나는 되도록 한 점포에서 장을 보지 않고 여러 곳을 돌아다 니며 장을 봤다. 시장 상인들과 낯을 익히고 식당 선전도 병행 하기 위한 목적이었다. 포카 형에게 가게를 인수받기 전에 시장 보는 방법을 배웠다. 되도록 청과물 시장인 매천시장에 가서 장을 보면 다른 곳보다 야채 값이 훨씬 싸고 더 좋은 물건을 살 수 있다고 했다. 특히 식당 짬밥 경력이 오래된 윤씨 아줌마는 더 세밀한 부분까지 가르쳐주었다.

"사장님요? 양파에도 숫놈 암놈이 있다 카는 거 아는교?"

나는 또 무슨 야한 농담이라도 하는 줄 알고 웃음을 머금고 윤씨 아줌마를 쳐다보았다.

"고추가 발딱이 선 것맹키로, 양파도 끝이 뾰족한 수놈이 있 심더. 그런 놈은 맛이 하낱도 없는 기라예. 동글동글하게 참하 게 생긴, 성질 착한 색시걸이 생긴 암놈이 맛이 훨씬 낫다 카는 거 모르지예?"

나는 고개를 끄덕이며 윤씨 아줌마가 최고라는 뜻으로 엄지 손가락을 추켜세웠다. 신이 난 아줌마는 무를 고를 때는 바람 이 들었는지 아닌지를 알기 위해서, 가로로 잘라봐서는 안 되 고 세로로 잘라보고 사야 된다고 했다. 배추는 들어봐서 너무 무겁거나 가벼워서는 안 된다는 것을 알려주며 아줌마는 한껏 생색을 냈다. 아줌마의 이십 년 식당 경력은 과연 빈말이 아니 었다. 양식에서부터 한식 분식까지 두루 섭렵하고 있는 아줌마 는 좋은 음식재료를 고르는 법에 대해서 상세하게 알려주었다. 평소에 뭔가를 적는 것에는 진절머리를 냈지만 시장거리를 적 는 수첩 맨 뒷면에 야채 고르는 요령이라고 받아 적자 아줌마는 제자에게 기술을 전수하는 사부님처럼 아주 흡족한 표정을 지었다. 자고로 뭔가를 한 가지라도 더 배우려면 자세를 한껏 낮추어야 한다는 것을 윤씨 아줌마를 보면서 느꼈다.

팔달시장에서 봐 온 장거리를 주방에 부려놓자 선경이 퉁명스러운 목소리로 말했다.

"또 팔달시장에서 장 봤지?"

"무슨 문제 있어?"

나는 대수롭지 않다는 듯 선경을 힐끗 쳐다보며 물었다.

"어젯밤에 현진이 아빠가 밤일을 션찮게 했나베."

윤씨 아줌마가 살찐 돼지처럼 불룩한 상추 봉지를 뜯다가 실실 웃으며 농담을 했다. 아줌마는 나를 사장님이라 했다가 현진이 아빠라 했다가 자기 마음 내키는 대로였다.

"에이, 아줌마, 딴에는 열심히 한다고 했는데요."

"열심히만 하면 뭐 하는교? 문제는 힘이 좋아야 하는 기제. 그카마, 현진이 엄마가 앙칼진 고양이맨키로 와 저래쌓는교?"

선경이 윤씨 아줌마에게 눈을 흘기더니 나를 홱 돌아보았다. 나는 일부러 자라처럼 목을 한껏 움츠리는 시늉을 했다.

"시장비가 이렇게 많이 나오면 어떻게 해?"

선경은 시장비를 적은 수첩을 내려다보며 얼굴을 찡그렸다.

"팔달시장이 가까워? 아님 매천시장이 가까워?"

"그야, 팔달시장이 더 가깝지."

"다 생각이 있어서 팔달시장에서 장 보는 거야."

그제야 선경은 내 말뜻을 이해한 모양이었다. 팔달시장은 대구에서 규모가 세 번째로 큰 시장이었다. 좌판에서 물건을 파는 사람들과 크고 작은 점포의 주인과 그에 딸린 직원들을 합하면 거의 천 명이 넘는 사람들이 일하고 있었다. 그뿐인가. 상인들의 가족들까지 합한다면 그 수는 실로 엄청났다. 팔달시장 사람들은 잠재적인 우리 식당의 고객들이었다. 어떻게 보면 시장 사람들이나 나나 장사를 해서 먹고 살고 있는 장사꾼들이었다. 같은 장사꾼들끼리 누이 좋고 매부 좋은 식으로. 내가 팔달시장 사람들의 물건을 팔아주고 팔달시장 사람들은 우리 식당에 와서 계를 하거나 밥을 먹는다면 상부상조하는 것이었다. 상추를 사고 배추를 사고 고춧가루를 사고 어묵을 사고 부추를 사면서 나는 시장 사람들과 안면을 자연스럽게 텄다. 오토바이 뒤에 커다란 장바구니를 매달고 시장에 들어가면 상인들이 너도 나도 "장 사장! 장 사장!" 해대는 통에 정신을 차릴 수가 없었다. 나는 오토바이 뒤에다 붉은색 깃발까지 꽂고 다녔다. '맛 좋은 갈비를 드시고 싶다면 공단숯불갈비!'라는 문구를 써서 깃발을 꽂고 시장을 누볐다. 시장에서 상인들과 인사를 하고 장거리를 흥정하다 보면 공장에서 말없는 기계를 상대로 일하던 때와는 전혀 다른 느낌이었다. 등 푸른 물고기가 되어 유유히 바닷속을 활개 치며 헤엄쳐 다니는 듯한 기분이 들었다. 바닷속을 헤엄쳐 다니면서 가끔씩 상어를 만나기도 할 것이다. 하지만 살아서 이렇게 생의 바다 속을 활기차게 헤엄쳐 다닐 수 있다는 것만 해도 좋았다.

한 그릇의 밥을 위하여

식당 문을 활짝 열어젖히자 밤새 식당 안에 고여 있던 돼지 갈비 냄새와 삼겹살 냄새, 시큼한 음식 냄새가 연기처럼 밖으로 빠져나갔다. 오뚜기슈퍼 주인이 슈퍼 밖에 화장지와 음료수 박스를 진열하고 있었다. 폐지를 유모차에 싣는 등이 구부정한 노파의 모습도 보였다. 머리를 짧게 깎은 팔군식당 사장이 식당 앞에 나와 비질을 하고 있었다. 늘 닫혀 있던 진미식당의 육중한 나무 현관문도 오랜만에 활짝 열려 있고 파란들가구 주인도 통유리에 유리용 세제를 뿌려 걸레로 닦아내고 있었다. 자전거방 김 씨는 여전히 인도에 고물 따위를 펼쳐놓고 자전거를 고치는 데 여념이 없었다. 자전거방 김 씨가 흥얼거리는 찬송가 한 소절이 내 입에서 흘러나오는 것을 듣고 선경은 픽 웃었다. 자전거방 김 씨는 정말로 힘이 센 사람이었다. 노래라고는 투쟁가밖에 모르던 나에게 찬송가를 전염시키다니 말이다. 시의원의 검은색 그랜저가 검은 고래처럼 골목길을 천천히 빠져나오고 있었다.

　오후 세 시가 지나자 머리를 빡빡 깎은 청년과 늙수그레한 노인이 식당 문을 열고 들어왔다. 나는 아마도 군에서 갓 제대를 했거나 휴가를 나온 아들에게 고기를 사 먹이러 온 것이라고 생각했다. 돼지갈비 오 인분을 시킨 노인은 한 점도 먹지 않고 구운 갈비를 아들의 상추 겉절이 접시에 올려놓았다. 청년은 먹성 좋게 혼자서 돼지갈비 오 인분을 거뜬하게 해치워버렸다. 노인은 소주잔에 소주를 따라 술만 마시고 있을 뿐이었다. 아들을 바라보는 노인의 눈빛이 축축하게 젖어 있었다.

　부자지간으로 보이는 손님들이 마주 앉아서 고기를 먹는 모습을 보면 늘 아버지의 눈빛이 떠올랐다. 가난하고 생활력이 없었던 아버지는 단 하루도 빠짐없이 술을 마시고 노름에 빠져 살았지만 나에게만은 한없이 너그러웠다. 아버지는 농사는 어머니에게 맡겨두고 늘 술에 취해 살다가 예순아홉 살 때 간암으로 돌아가셨다. 내가 읍내에 있는 초등학교에 입학하는 날, 아버지는 입학식을 마치고 나에게 자장면을 사주었다. 중국집 안에 떠도는 자장면의 냄새마저 핥아먹고 싶다는 생각이 들었다. 자장면 면발이 입안으로 들어가자 온몸이 그대로 사르르 녹아내릴 것만 같았다. 자장면 접시라도 삼킬 것처럼 접시에 코를 박고 정신없이 젓가락질을 했다. 쟁반에 묻은 춘장까지 싹싹 핥아먹고 있자 아버지는 자장면을 반이나 덜어주었다. 입가에 검은 자장을 잔뜩 묻힌 어린 아들에게 아버지는 고개를 끄덕이며 어서 먹으라고 손짓을 했다. 그 자장면은 아버지가 처음이자 마지막으로 내게 사준 음식이었다. 그때까지 먹어본 음식 중에서 자장면에 비길 만한 음식은 없었다. 맛에 대한 기억만큼 생생하고 오래 남는 기억이 있을까. 검디검은 자장면은 늘 아버지의 눈빛을 떠올리게 만드는 음식이었다.

아들이 잠시 화장실에 간 사이에 노인이 말을 붙여왔다.

"주인양반, 저놈이 지금 어디에서 나오는 길인 줄 아시우?"

"예? 군에서 휴가 나온 거 같은데, 아닙니까? 어르신?"

노인은 딱히 내 대답을 듣고 싶다기보다 무슨 말인가 하지 않으면 가슴이 메어와서 못 견디겠다는 표정이었다. 가슴속에 꾹꾹 눌러 포개어놓았던 말이 목구멍까지 차올라와 숨이 차오르는 것같이 보였다.

"감방에서 나오는 길이라우. 내 지난번에 딸내미가 사주는 이 집 돼지갈비를 먹으면서 목이 멕히갖고 죽는 줄 알았다오. 막내아들놈은 강도질을 하다가 사람을 칼로 찔러 감방에 가 있는데 애비란 인간이 지 생일이라고 돼지갈비를 먹으러 오다니, 사람이 염치가 있어야 하는데…… 늙으면 죽어야지."

늙으면 죽어야지 하는 말은 어느 노인네들이나 한결같이 하는 말이다. 우리 어머니는 내 나이 열 살 때부터 지금까지 그 소리를 입에 달고 살았다. 하긴 나에게 어머니는 어렸을 때나 지금이나 비녀를 꽂고 쪽진 머리를 하고 있어 어머니가 아니라 늘 할머니처럼 보였다. 우리 어머니가 허구한 날 하는 말인, 죽고 싶다는 말은 살고 싶다는 말에 다름 아니었지만, 이 노인이 하는 말에는 어떤 절실한 진심이 배어 있었다.

"그런데 그날 먹어본 돼지갈비가 그렇게 맛있을 수가 없었소. 숯불에 구워낸 갈비 한 점을 입에 넣었는데 혀끝에 착 감기는 맛이 일품이었수. 야들야들하니 질기지도 않고 고기 사이사이에 배어 있는 양념 맛이 입안에서 어우러지는 것이……, 거, 뭐라고 해야 하나? 다 괜찮다, 괜찮다 하고 이 죄 많은 늙은이를 다독거려주는 것 같았소. 그 맛난 돼지갈비를 먹고 있자니, 감방에 있는 아들놈 생각이 절로 났소. 젊은이도 그런 적이 있을 것이오. 맛난 음식을 앞에 두면 생각나는 사람이, 그런 사람이 꼭 있지 않소?"

나는 노인의 말에 고개를 끄덕였다. 맛난 음식을 보면 늘 아버지 생각이 났다.

"에미 없이 키우다 보니 맛난 것 한번 제대로 해먹이지 못해서 저놈이 저리 된 게 아닐까 하는 생각이 들었소. 늘 거친 음식만 해 먹이다 보니……. 지놈을 위해 단 한 사람이라도 맛있는 밥 한번 뜨시게 차려 먹였으면……, 저놈이 저리 빗나가지 않았을 거란 생각이 들더라 이 말이오. 이렇게 맛있는 돼지갈비를 먹는다면 지놈도 조금은 달라질 거란 생각이 들었다우. 맛난 음식을 먹으면 사람이 고맙다. 이 음식을 만들어준 사람, 먹게 해준 사람, 이 세상이 고마워지겠다는 생각이 밑도 끝도 없이 들었소. 그래서 감방에서 나온 놈을 데리고 바로 이리로 온 거요. 지놈도 인간이라면⋯⋯. 음식을 저리 맛나게 먹었으면 생각이 좀 달라지지 않을까 하고 말이오."

가쁜 숨을 몰아쉬며 힘겹게 말을 마친 노인이 소주를 따라 입에 털어넣었다. 아들이 식당 문을 열고 들어왔다. 아들의 눈이 붉게 충혈되어 있었다. 나는 냉장고에서 시원한 사이다 한 병을 꺼내 두 사람에게 따라 주었다. 감방에서 금방 나온 아들을 식당에 데리고 와 고기를 구워 먹이는 아버지의 마음을 조금은 이해할 것 같다는 기분이 들었다. 내가 파는 음식이 어떤 사람의 인생에는 작지만 나름대로 의미심장한 그 무엇이 될 수도 있다는 생각에 이상하게 가슴 아래쪽이 뻐근해져 왔다. 식당 문을 열고 나가는 부자의 뒷모습이 내 눈길을 오래 붙잡았다.

아버지와 내가 한 그릇의 자장면을 먹으면서 나누었던 말없는 대화. 자장면의 길고 긴 면발은 사람과 사람 사이를 이어주는 길일지도 몰랐다. 감방에서 금방 출소한 아들을 데리고 와서 아무 말 없이 구워 먹였던 돼지갈비는 그 노인의 말없는 말이자 뜨거운 사랑이었을 것이다. 음식은 사람 사이의 막힌 것을 소통시켜주는 말없는 말이자 사랑이기도 하다. 아들에게 돼지갈비를 구워 먹이던 노인은 음식이 사랑의 다른 이름이라는 것을 나에게 가르쳐주었다.

여름이 되자 손님이 조금씩 줄어들어 걱정이 되던 차에 염색
공단노조 회식팀이 몰려왔다. 마흔 명이나 되는 건장한 남자들
이 작업복 차림으로 식당 안으로 몰려들어오자 마치 공장의 구
내식당 같은 기분이 들었다. 염색공단노조의 한진태 위원장은
조합원들의 신뢰를 한 몸에 받고 있었다. 170센티미터도 안 되
는 자그마한 키에 동안인 그는 얼굴에 늘 미소를 띠고 있어서
아주 온화한 인상이었다. 동글동글한 얼굴에 장난기 어린 미소
를 담고 있는 그의 얼굴을 보면 누구라도 무장해제당했다. 나
무 중에는 폭풍우가 조금만 몰아쳐도 뚝뚝 꺾여나가는 나무가
있다. 하지만 부드럽게 휘어지면서도 쉽게 꺾이지 않는 나무, 땅
에 뿌리를 굳건하게 박고 있는 나무가 바로 한진태 위원장이었
다. 나는 그의 강인하면서도 낙천적인 성격이 좋았다. 늘 웃음
을 지으며 조합원들과 함께하는 그를 보면 작은 거인이라는 말
이 딱 들어맞는다는 생각이 들었다. 그동안 노동운동을 하면서
숱하게 만났던 사람들 중에는 빈 수레가 요란한 사람들이 더러
있었다. 늘 구호만 요란하게 외치고 자신이 나라와 노동자의 운
명을 다 떠맡은 듯 큰소리치는 사람들도 적잖이 있었다. 그들은
쉽게 운동을 떠나 제 밥그릇 챙기는 일에만 골몰했다. 소위 얼
마 되지 않은 운동권 경력을 마치 독립운동을 한 경력만큼 부

풀려 시의원으로 출마한다거나 야당인사가 되는 사람들도 적지 않았다. 하지만 한 위원장은 늘 노동현장을 떠나지 않고 자기 자리를 지키고 있었다. 한 위원장이 숯불집게를 들고 있는 나를 보고는 감개무량한 표정을 지으며 악수를 청해왔다.

"식당이 생각보다 괜찮습니다. 공단에서 가깝기도 하고. 앞으로 노조 단합대회 할 때는 종종 이용하도록 하겠습니다. 진작 연락을 해주셨으면 자주 이용했을 텐데. 어때요? 식당은 할 만하십니까? 장 위원장이 식당 한다는 소문 듣고 정말 의외다 싶었습니다."

"어쩌다 보니 그렇게 되었습니다."

딱히 응수할 말이 없어서 나는 머리만 긁적였다. 오랜만에 들어보는 위원장 소리에 가슴속에서 뭔가가 울컥 솟아나는 듯했다.

"장 위원장 같은 대들보가 빠져나가니 염색노조가 영 힘을 못 쓰네요."

"무슨 말씀을요. 제가 제대로 활동을 하기나 했던가요. 위원장님은 여전하십니다. 다음에 파업하면 연락하십시오. 제가 돼지 한 마리 잡아가겠습니다."

한 위원장이 너털웃음을 터뜨렸다.

"돼지 한 마리라! 생각만 해도 힘이 나는데요. 장 위원장이 식당 하는 바람에 든든한 지원군이 생긴 기분입니다."

그렇게라도 말해주는 한 위원장이 고마웠다. 간혹 손님이 빠져나간 뒤 텅 빈 식당에 앉아 있을 때면 가슴속 한가운데 큰 구멍이 생긴 것처럼 허전했다. 나만 잘 먹고 잘 살자고 이렇게 도망치듯 운동을 빠져나온 게 아닌가, 피치 못할 현실을 핑계 삼아 도망친 것이 아닌가 싶기도 했다. 작업복을 입은 채 돼지갈비를 먹고 소주를 마시는 사람들을 보자 몸속에서 뜨거운 피가 다시 끓어오르는 것만 같았다. 서빙을 하는 선경도 다른 손님들을 대할 때와는 다르게 표정이 한껏 상기되어 있었다. 한 위원장이 자리에서 일어나 건배를 제안했다. 마흔 개의 건장한 팔뚝들이 깃발처럼 일사분란하게 치켜들린 모습을 보자 가슴이 뜨거워졌다. 조합원들의 얼굴에는 작은 거인 한 위원장에 대한 믿음과 낙관이 깃들어 있었다.

한 위원장은 염색공단도 이제는 예전 같지가 않다고 말했다. 고용문제가 가장 심각한데 진선물산이 가장 대표적인 경우였다. 진선물산은 염색공단의 사업장 가운데서도 투쟁이 가장 가열차게 벌어진 곳이었다. 법정관리 상태에 들어간 진선물산은 임금인상 합의서에 도장을 찍은 지 며칠 만에 폐업을 하고 말았다. 폐업을 발표한 회사 측은 임금과 퇴직금을 볼모로 노동자들에게 강제 퇴사를 요구했다. 진선물산 고용승계투쟁이 백 일째 벌어지고 있었지만 법정관리업체인 외환은행에서는 눈도 꿈쩍하지 않았다. 한 위원장은 투쟁의 초기부터 지금까지 변함없이 진선물산 노조를 도와주고 있었다. 그는 진선물산 지원투쟁을 하기 위해 상복을 입고 진선물산 정리해고 반대 시위에 참가하기도 했다.

한 위원장의 노조 회식팀이 몰려나가고 난 뒤 나는 멍한 자세로 카운터에 서 있었다. 상을 치우던 선경이 쟁반을 테이블 위에 내려놓고 내게 다가와 등을 톡 쳤다.

"오늘, 당신 약간 이상해. 술 마신 것처럼 얼굴이 벌게졌어."

"그래?"

"왜? 한 위원장님 보니까, 노조위원장 시절이 생각나는 모양이지?"

선경은 내 속에 들어와본 것처럼 말했다. 아직도 길거리에 내몰려 투쟁하고 있는 노동자들이 있는데 나는 무엇을 하고 있는가. 노동조합을 오로지 우리 식당에 회식을 와주는, 매출을 올려주는 고객으로만 생각하고 있었던 것은 아닐까. 목에 커다란 가시가 걸려 있는 것만 같았다. 누가 내 목에 손가락을 집어넣어 가시를 쑥 빼내주었으면 하는 생각이 들었다.

날씨가 후덥지근해서 평소에는 잘 틀지 않던 에어컨을 틀어놓았다. 삼겹살을 굽던 여자 손님들이 덥다고 야단이었기 때문이다. 나는 식당 문을 열고 밖으로 나와서 거리를 내다보았다. 이글이글 지열이 피어오르고 있었다. 도시는 거대한 찜통 솥 안에서 푹 삶기고 있는 것처럼 보였다. 바랑을 짊어진 스님 한 사람이 건들건들 걸어오고 있는 모습이 눈에 띄었다. 식당을 지키고 있다 보면 손님들만 식당을 출입하는 게 아니었다. 보험아줌마, 김이나 오징어나 쥐포 따위를 파는 할머니, 빨간딱지가 붙은 비디오테이프를 사라고 생떼를 쓰는 남자, 껌을 파는 장애인들, 고무장갑이나 면봉이나 휴지나 수세미를 강매시키는 할아버지, 구걸을 하러 다니는 노숙자, 온갖 잡상인들이 들락거리곤 했는데 그중에는 스님들도 간혹 있었다. 식당이나 가게마다 돌아다니며 시주를 하라며, 목탁을 두드리며 염불을 외워주고 시주를 받는 탁발승들이었다. 그런 스님이라고 대수롭지 않게 여겼는데 낯이 좀 익다는 생각이 들었다. 어느새 스님이 내 코앞에 서서 빙긋 웃음을 짓고 있었다. 아니 이게 누구야? 나는 뒤로 물러서다가 엉덩방아를 찧을 정도로 놀랐다. 도깨비라는 별명을 가진 경우 형이었다.

"어! 경우 형! 경우 형? 맞지? 이게 어떻게 된 거야?"

"어허, 이놈! 스님한테 경우 형이라니? 도원 스님, 이렇게 불러라."

만약 도사들이 짚고 다니는 커다란 지팡이라도 있었다면 내 머리를 땅 한 대 칠 것 같은 기세로 점잔을 떨며 말하는 경우 형이 우스워서 나는 배꼽을 쥐었다. 경우 형이 절로 들어갔다는 소식은 들었지만 이렇게 스님이 된 것을 직접 내 눈으로 보고도 어색하기 짝이 없었다. 마치 스님 분장을 하고 있는 연극 배우처럼 보였다.

"어떻게 된 일이야? 늘 중 타령을 하고 다니더니 진짜로 중이 됐네. 지금 어느 절에 있는 거야? 진짜 형, 중 맞아?"

"손님 대접이 뭐 이러냐?"

나는 낄낄대면서 경우 형, 아니 도원 스님을 데리고 식당 안으로 들어갔다. 내가 도원 스님을 데리고 들어가자 주방에서 홀을 내다보던 윤씨 아줌마의 눈이 휘둥그레졌다. 선경에게 도원 스님을 소개해주고 싶었지만 집에라도 갔는지 보이지 않았다. 10번 테이블에서 삼겹살을 구워 먹고 있던 중년의 아줌마 손님 세 명은 스님이 식당 안으로 들어서자 면구스러워 어쩔 줄 모르는 표정을 지었다. 더운 날씨 때문에 재킷을 벗어놓고 끈 달린 민소매 옷을 입고 고기를 먹던 아줌마는 황급히 재킷을 걸쳤다. 한 아줌마는 막 입안에 넣고 있던 상추쌈을 입에서 꺼내 물수건에 싸서 감추기까지 하는 것이었다. 식당에서 고기를 구워 먹는 것이 아주 당연한 일인데도 손님들은 무슨 살생유택의 계율을 어긴 화랑도처럼 굴었다.

경우 형은 잠시 내가 염색공장에서 자동차부품공장으로 옮겼을 때 만났던 활동가였다. 도무지 학출 활동가답지 않은 면모를 보여준 사람이었다. 소문으로는 집도 부유하고 서울대 동양화과까지 다닌 경력도 있는데 행동은 영락없는 노동자 저리

가라였다. 욕도 잘했고 화투나 포커도 수준급이었고 외모 또한 까무잡잡하고 둥글납작하니 영락없는 막노동판의 노동자였다. 드라마나 영화에서 농사꾼이나 막노동꾼 역할을 맡으면 그림이 나오겠다 싶을 정도였다. 얼굴 자체가 보증수표였기 때문에 그는 취업할 때도 신원조회 한번 받은 적이 없었을뿐더러 의심의 눈초리는커녕 오히려 관리자들과도 능청스럽게 격 없이 지내곤 했다. 그는 공장 사람들에게 꽤 인기가 있었고 조기축구회모임과 산악회를 만들어 놀러 다니기를 좋아했다. 마치 물 만난 고기처럼 유유자적한 모습으로 소풍이라도 나온 사람처럼 공장 활동을 했다. 나는 경우 형의 어디에도 묶이지 않은 바람 같은 면이 좋았다. 늘 그늘지고 심각하고 무거운 사람들과 활동을 하다가 그를 만나면 새로운 세상을 만난 것만 같았다. 아무 근심 걱정 없이 천방지축으로 뛰어놀던 어린 시절의 고향 들판 같은 사람이 경우 형이었다. 그는 모든 활동가들이 썰물처럼 빠져나가고 난 뒤에도 가장 마지막까지 공장에 남아서 활동을 하던 활동가였다. 그는 운동을 하지 않았으면 중이 되었을 것이라고 했다. 중이 되고 싶은 사람이 왜 미대에 갔는지 물어본 적이 있었다. 경우 형은 탱화를 그리고 싶었다고 했다. 절에서 탱화를 처음 봤을 때 자석처럼 끌렸다고 했다. 탱화 속의 세상이 이상 향처럼 보였다고 경우 형은 말했다. 경우 형이 공장을 떠나 절로 들어갔다는 소문이 돌기 시작했지만 이렇게 공단숯불갈비에 나타날 줄은 생각지도 못했다.

"오랫동안 하안거에 들었다가 이제 하산했다. 기력 보충 좀 해야겠구나. 저기 보살님이 드시는 삼겹살에다 곡차를 한잔 하고 싶다."

"지금 뭐라고 하셨습니까, 스님?"

나는 킬킬 웃으며 응수했다. 경우 형, 아니 도원 스님께서 하도 말씀을 점잖게 하는 관계로 내 말투도 은연중에 꼭 절에서 스님 심부름을 하는 동자승 같은 말투가 되어 있었다. 나는 웃음이 나오는 것을 참을 수가 없었다.

"귀먹었냐? 곡차에다 삼겹살 좀 내오거라."

경우 형이 삼겹살에 소주를 달라고 하자 옆 테이블에서 삼겹살을 구워 먹던 아줌마 손님들이 기겁을 하는 표정을 짓더니 아직도 굽지 않은 고기를 반이나 남겨놓고는 자리에서 일어서 버렸다.

"흠흠, 보살님들, 왜 안 드시고 일어서십니까? 저렇게 음식을 남기시면 저승에 가서서 남긴 음식을 다 드셔야 합니다."

나는 두 손 두 발을 다 들고 말았다. 그러나 어쩌랴. 삼 년 만에 만난 경우 형, 아니 도원 스님을 어떻게 박절하게 대할 수가 있으리요. 나는 아줌마 손님들이 나가고 난 뒤 삼겹살 상을 차리고 소주병까지 따서는 소주잔에 따랐다. 삼겹살이 지글지글 익어가는 소리가 들리자 경우 형이 입맛을 다셨다.

"너, 절에서 발우공양을 할 때 외는 오관게라는 것을 들어본 적이 있지?"

발우공양이라는 것은 들어 본 적이 있지만 오관게가 무슨 귀신 씨나락 까먹는 소리인지, 나는 고개를 흔들었다.

"계공다소량피래처, 촌기덕행전결응공, 방심이과탐등위종, 정사양약위료형고, 위성도업응수차식."

마치 나무아미타불 관세음보살을 외듯 하는데 무슨 소린가 싶었다.

"뜻을 풀이하면, 이 음식이 어디서 왔는가? 내 덕행으로 받기가 부끄럽네. 마음의 온갖 욕심 버리고, 육신을 지탱하는 약으로 알아, 깨달음을 이루고자 합니다. 이것이 오관게야. 이 오관게에는 음식이 상에 오르기까지 수고한 모든 사람들의 정성을 생각하고, 음식을 먹어 깨달음을 이루겠다는 서원이 담겨 있다. 식당을 하는 사람들은 절에서 발우공양을 제대로 배운 다음에 장사를 해야 돼. 무엇보다 음식을 공경하는 마음을 갖추어야 하는 것이 기본이지. 너도 언제 발우공양을 한번 배워봐."

밥그릇을 헹군 물까지 따라 마셔야 하는 발우공양이라니, 얼굴이 절로 찌푸려졌다. 하긴, 식당을 한다면 무엇보다 음식을 공경하는 자세가 있어야 한다는 말도 일리가 있긴 했다. 식재료 하나하나를 사고 보관하고 다듬고 손질해서 데치고 볶고 무치고 조리고 굽는 과정만 하더라도 얼마나 많은 손들을 거쳐야 하는가 말이다.

내가 따라 준 소주를 맛나게 들이켠 도원 스님은 노릇하고 바삭하게 익은 삼겹살을 입에 넣고 우물거리며 흡족한 표정을 지었다. 주방에서 목을 빼고 내다보던 윤씨 아줌마가 고개를 절레절레 흔들었다. 상추와 깻잎 위에 마늘, 된장, 삼겹살까지 얹어 쌈을 싸서 입에 넣는 도원 스님을 쳐다보다 나는 빈 잔에다 소주를 따랐다.

"그래, 속세살이가 좀 어떠냐?"

"경우 형, 제발, 옛날 말투로 해. 참말로 어색해 죽겠네. 근데, 무슨 스님이 고기를 다 먹고, 술을 다 마시셔? 형, 중 맞어?"

"중은 사람 아니냐? 부처님께서도 고기 먹지 말라고 하신 적은 없다. 소승불교 국가들에서 중들은 절에서 밥을 해먹지 않고 대중들이 주는 대로 음식을 먹었지. 그러니 그 음식엔 고기도 섞여 있었어. 하지만 우리나라 불교가 육식을 금기시하는 대승불교이기 때문에 사람들이 육식을 안 하는 게 진정한 불교라고 생각하게 된 거야."

"하긴, 형은 공장 활동할 때도 전혀 학출 냄새 안 났으니 어련하시겠어. 중이 되어서도 너무 중 같으면 이상하지. 근데, 왜 갑자기 스님이 된 거유?"

"내 오랜 꿈을 찾은 것뿐이다. 너야말로 돈벌이에 목을 매는 게 꿈은 아니었을 텐데, 어쩌다가 식당을 하게 됐느냐?"

"하이고! 미치겠네. 형 말투 때문에! 제발 평소 말투로 해. 지금 사극 드라마 찍는 거야? 꿈? 내 꿈이 뭐였는지도 기억이 잘 안 나. 한때는……, 형이 알다시피 노동운동가로 평생을 살아가겠다고 생각했지. 그냥, 어쩌다 보니 교통사고 보상금 받고 그 돈으로 식당을 하게 됐고……. 아마도 교통사고를 당하지 않았다면 그대로 공장에 남아서 활동을 하고 있었겠지. 식당을 처음 하게 됐을 때는 가난한 사람이든 못난 사람이든 누구나 와서 한 끼 밥을 배불리 먹을 수 있는 그런 식당, 누구나 와서 마음 편하게 쉬다 갈 수 있는 그런 식당을 만들어보자, 막연한 생각을 했는데……, 아직 그 생각을 어떻게 구체화시켜야 할지 모르겠어. 가끔씩 나만 잘 먹고 잘 살자고 운동을 그만두고 돈벌이에 목매고 있나 하는 생각이 들 때가 많아. 식당 해서 돈을 벌면 운동하는 사람들도 지원해줄 생각은 하고 있지만……."

눈을 지그시 감고 듣던 경우 형이 입을 열었다.

"밥이 하늘이다, 라는 시를 들어본 적 있나?"

"밥이 뭐라구? 하늘?"

"김지하 시인의 시인데 한번 들어봐. 밥이 하늘입니다. 하늘을 혼자 못 가지듯이 밥은 서로 나눠 먹는 것, 밥이 하늘입니다. 하늘의 별을 함께 보듯이 밥은 여럿이 같이 먹는 것, 밥이 하늘입니다. 밥이 입으로 들어갈 때에 하늘을 몸속에 모시는 것, 밥이 하늘입니다. 아아, 밥은 모두 서로 나눠 먹는 것!"

도통 뭔가를 암기하는 것에는 소질도 없을뿐더러 딱 질색인 나는 입을 딱 벌리고는 시를 줄줄 외는 경우 형의 얼굴만 쳐다보았다. 역시 머리 좋은 인간은 어디가 달라도 다르구나 싶었다. 경우 형은 소주를 한잔 쭉 들이켜고는 다시 말을 이었다.

　"밥이 하늘인 것처럼 먹고 사는 일, 식당의 길도 하늘처럼 생각하면 돼. 사람 사는 모든 곳에 길이 있다. 그런데 그 길을 잃어버리지 않으려면 항상 네 몸과 마음은 고산의 주목처럼 고달파야 해. 장사꾼은 장사를 잘하는 것이 곧 자신의 길을 가는 거고 성불을 하는 것이라 이 말이다. 꼭 노동운동만이 길은 아니야. 장사를 잘함으로 해서 세상에 큰 보시를 할 수가 있는 거야."

　나는 무심코 고개를 끄덕였다. 목에 오랫동안 걸려 있던 가시가 시원하게 빠져나가는 기분이었다. 경우 형은 소주와 삼겹살을 달게 먹고 마셨다. 절에서는 이런 스님도 안 내쫓고 내버려두는지 참으로 신기하기 짝이 없었다.

　"음식값이다."

　경우 형이 바랑에서 종이 한 장을 꺼냈다. 새하얀 화선지에 먹으로 그려진 느티나무가 한 그루 서 있고 그 나무 아래에는 사람들이 둘러 앉아 새참을 먹고 있었다. 나무 둘레가 어찌나 큰지 사람들이 한 대여섯 명쯤은 손을 맞잡아야 될 만큼 커 보였다. 커다란 나무 그늘 아래 사람들은 아무 근심 걱정도 없이 낮잠을 자거나 장기를 두고 아이들은 나뭇가지에 그네를 매어

놓고 그네를 타고 있었다.

"……?"

"이상향은 먼 데 있는 곳이 아니다. 네가 앉은 자리를 극락으로 만드느냐, 지옥으로 만드느냐 하는 것은 바로 네 손에 달린 거지. 모든 것이 네 선택이야. 인과 연의 법칙, 즉 뿌린 대로 거두는 법이지. 식당도 이 느티나무 같아야 해. 배고프고 지친 이들의 마음을 품어주고 다독거려 다시 힘을 차릴 수 있도록 해주어야 해. 네가 식당을 한다는 소문을 듣고 뭔가 줄 게 없을까 하고 그려본 거다. 네가 한때 노동운동을 했던 사람이라면 식당으로 남보다 돈 더 벌겠다는 것, 내 배 채우겠다는 생각만 하지 말고, 배고픈 사람이 주머니에 돈이 없어서 밥값을 못 내거들랑 공짜로 밥도 먹여줄 줄도 알아야 해. 밥이 하늘이듯 그 밥을 먹는 사람이 바로 하늘이다. 한 그릇의 밥을 하늘처럼 섬기는 마음으로 식당을 하면 장사는 절로 될 것이다. 사람을 돈으로 보지 말고 한 사람 한 사람을 하늘처럼 모시는 마음으로 장사를 해. 그 마음을 끝까지 잃어버리지 않는다면 네 길을 잃어버리지 않을 거야."

삼겹살 삼 인분에 소주 한 병을 다 마신 경우 형은 조금도 비틀대지 않고 식당을 나갔다. 언제 연락을 한번 하겠다고 말한 것이 다였다. 자신이 어디로 가는지, 어느 절에 있는지도 알려주지 않았다. 탱화를 그려주며 전국의 절을 정처 없이 떠돌아다닌다고 했다. 나는 바람 같은 경우 형, 도원 스님이 사라져간 길모퉁이를 오래도록 바라보았다.

　그림을 들여다보고 있으니 어릴 적 동네 어귀에 서 있던 아름드리 느티나무가 떠올랐다. 느티나무의 품은 온 동네 사람들을 다 품어주고도 남을 만큼 넉넉했다. 그 느티나무 아래서 동네 사람들은 농사일에 지친 몸을 쉬고 낮잠을 자고 가기도 하고 새참을 먹기도 하고 잔치를 벌이기도 했다. 그뿐이랴. 먼 길을 가던 다른 동네의 사람들도 느티나무 그늘 아래로 들어와 지친 다리를 쉬고 가기도 했다. 동네 사람들은 낯선 사람이 느티나무 그늘 아래로 들어와도 시원한 물 한 잔을 내밀거나 막걸리 한 사발을 내밀기도 했다. 느티나무 그늘 아래서 사람들의 마음은 절로 배가 불렀다. 경우 형이 느티나무 그림을 준 뜻은 뭘까. 느티나무 그늘이 사람들을 품어내듯 부자든 가난뱅이든 누구든 거리낌 없이 들어와 마음을 턱 놓고 밥을 먹을 수 있는 그런 식당, 잔치마당 같은 곳을 만들어보라는 뜻이 아닐까. 이 그림을 표구해서 식당 벽에 걸어두고 내 마음의 지표로 삼기로 마음을 먹었다. 한 그릇의 밥이 곧 하늘이라고 말하던 경우 형의 말이 오랫동안 귓가에 맴돌았다. 한 그릇의 밥을 하늘처럼 섬기는 마음은 어떤 마음을 말하는 것일까.

두 개의 칼

❀

　점심시간이 지나고 주방의 설거지를 마친 선경은 현진을 데리고 목욕을 다녀온다고 했다. 나는 교통사고를 당한 뒤에 대중목욕탕에 들어가기가 곤혹스러웠다. 옷을 입으면 겉으로 보기에는 보통 사람들과 진배없었지만 벗은 몸을 드러내면 사정이 달라졌다. 인공항문 수술을 받은 옆구리와 배꼽 아래쪽은 푹 파여 있고 칼에 찔린 것처럼 봉합수술 자국이 난 배의 흉터는 왼쪽 허벅지에 비하면 약과였다. 삼분의 이나 살점이 떨어져나간 붉은 고깃덩이 같은 내 허벅지를 본 사람들은 마치 귀신을 본 듯한 표정을 짓곤 했다. 사람들의 시선은 대수롭지 않았으나 나를 보고 불편해하는 사람들을 볼 때마다 목욕탕에 가는 일이 꺼려지곤 했다. 산더미처럼 쌓인 석쇠를 정신없이 닦아댄 바람에 시큼한 땀 냄새가 코를 찔렀다. 포를 떠놓고 집에 들어가 부엌에서라도 찬물을 좀 끼얹어야겠다 싶었다.

　주방이 덥다고 툴툴거리던 윤씨 아줌마는 화장실에라도 갔는지 보이지 않았다. 아줌마가 벗어놓은 붉은 고무장갑이 수도 꼭지에 대롱대롱 걸려 있었다. 가스 불 위에 얹힌 찜 솥에서는 김이 뭉클뭉클 피어나고 있었다. 나는 얼른 불을 낮추었다. 끓이고 데치고 찌고 튀기고 볶으며 음식을 만드는 일은 늘 불과 씨름을 하는 일이었다. 한여름의 주방 내부는 불가마솥 같았다.

나는 본격적으로 돼지갈비 포를 뜨기 위해 신문지로 싸둔 야스리와 포를 뜨는 길쭉한 칼을 꺼내 신문지를 벗겨냈다. 냉장고에 넣어둔 포를 뜨지 않은 돼지갈비 덩어리 15킬로를 꺼내 커다란 나무도마 위에 올려놓았다. 이렇게 후덥지근한 날씨에 포를 뜨는 일은 쉽지 않았지만 하루라도 연습을 게을리할 수는 없는 일이었다. 포를 뜨는 일도 장인이 하나의 기술을 연마하거나 무예를 닦는 일과 비슷하다는 생각이 들었다. 갈비 포를 뜨는 일은 적어도 나에겐 장인이 도자기를 굽거나 불상을 새기는 일 못지않았다. 처음에는 포를 뜨는 일이 서툴러 몇 번이나 손바닥을 베이기도 하고 심지어 날이 선 칼날이 옆구리를 스치기도 했다. 한번은 옆구리까지 크게 베인 적이 있었다. 하나의 재주를 수련하고 연마한다는 것은 쉽지 않은 일이었다.

내가 처음 돼지갈비 포를 직접 떠보겠다고 했을 때 선경은 기겁을 했다. 포를 뜨다 손이라도 베일까 봐 걱정하는 마음을 모르는 바는 아니었다. 어떤 면에서는 나보다 대담하고 당찬 구석도 있던 선경이었으나 내가 교통사고를 당한 뒤부터는 나를 물가에 내놓은 어린아이 취급을 하는 것이었다. 자라 보고 놀란 가슴 솥뚜껑 보고 놀란다더니 레미콘에 깔려 죽음 직전까지 갔던 나를 지켜보아야 했으니 오죽하겠는가 말이다.

포를 뜨지 않고 정육점에서 고기를 덩어리째 받으면 킬로그램당 천 원의 가격 차이가 났다. 하루에 50킬로그램을 판다고 한다면 오만 원, 한 달이면 백오십만 원인 셈이다. 꼭 원가를 줄인다는 목적보다는 돼지고기를 파는 식당주인으로서 돼지갈비 포 뜨는 기술을 배워두는 것도 나쁘지 않겠다는 생각이 들었다. 무엇보다 나는 머리로 하는 것보다 손으로 하는 것에는 자신이 있었기 때문이다. 포카 형이 식당을 할 때부터 거래를 하던 정육점주인은 갈비 포 뜨는 방법을 가르쳐주지 않으려고 했다. 당연한 반응이었다. 포를 떠서 납품을 하면 훨씬 이문이 남는데 누군들 손해 보는 짓을 하겠는가. 나는 정육점 여러 군데를 돌아다니며 포 뜨는 방법을 배우기 위해 의사를 타진해보았다. 한결같이 포를 뜬 갈비만 대주겠다는 반응이었다.

밑져야 본전이라는 생각으로 팔달시장 안에 있는 한 정육점으로 들어갔다. 정육점 안에는 고기 비린내가 흥건하게 고여 있었다. 장정의 키보다 더 큰 냉장고와 정체를 알 수 없는 각종 정육기계들과 갈고리에 꿰어진 고깃덩어리들이 눈에 들어왔다. 별 기대를 하지 않고 정육점주인에게 사정을 설명했다. 자기가 무슨 엘비스 프레슬리라도 되는 것처럼 구레나룻을 기른 그 정육점주인은 내 얼굴을 유심히 살폈다. 마치 관상이라도 보듯 말이다. 내가 한 달 사용하는 고기 물량이 적지 않다는 계산을 하더니 포 뜨는 방법을 가르쳐주겠다고 선선히 말했다. 말이 끝나기가 무섭게 정육점주인은 쇠꼬챙이처럼 길쭉하게 생긴 야스리에 대고 칼을 쓱쓱 갈았다. 칼 가는 소리가 섬뜩했다. 그는 칼을 다 갈고서는 번쩍이는 칼날을 뒤통수 쪽의 머리카락에 갖다 댔다. 저러다가 혹시 목덜미를 고깃덩이처럼 쓱 베기라도 하면 어쩌나 싶어 머리카락이 쭈뼛 섰다. 칼이 알맞게 갈아졌다는 것을 확인한 그는 고개를 끄덕이며 만족스러운 표정을 지었다.

"일반적으로 포를 뜬다 카는 거는요. 뼈가 들어 있는 살코기를 칼집을 내어가며 길게 펼쳐놓는 것을 말합니더. 부채를 접어놓았다가 펴는 원리를 생각하마 됩니더. 기름기가 많은 부위는 이렇게 미리 잘라내는 기라요."

핏물이 가득 배인 목장갑을 낀 정육점주인은 고깃덩이를 도마에 올려놓고 기름기를 쓱 베어냈다. 그는 한 손에 칼을 들고 설명을 하고 나는 어울리지 않게 얼른 수첩을 꺼내 받아 적기 시작했다. 머리가 나쁘니 할 수 없는 일이 아니겠는가. 식당을 시작하고 배워야 할 게 한두 개가 아니라는 것을 알게 되면서 요즘은 수첩을 갖고 다니는 버릇까지 생긴 것이다. 예전의 나로서는 상상할 수 없는 일이었다.

"뭘 받아 적는교? 손으로 직접 해봐야 되지. 몸이 기억하게 만들어야 자기 것이 되는 기라요. 갈비는 뼈에 살이 많이 붙어 있는 쪽과 그렇지 않은 쪽이 있다 이 말입니더. 여 한번 보소. 살이 많이 붙어 있는 쪽을 위로 오게 하고요. 뼈와 살 사이, 뼈 바로 위에 깊게 칼집을 내주마 됩니더. 끝에 약 2밀리미리만 남기는 그기 기술인 기라요. 그런 다음에, 뒤집어서 자른 부위를 피고요. 뼈 쪽에서 바깥쪽으로 칼집을 넣심더. 윗부분을 도톰하게, 아랫부분을 얇게 칼집을 넣어주마 좋심더. 마지막으로 살이 없는 갈비의 위쪽에 세로로 칼집을 넣어주마 됩니더."

처음에는 뭐가 뭔 소리인 줄 하나도 알아들을 수가 없었다. 초보인 나에게 보여주기 위해 천천히 포를 떴음에도 불구하고 그의 손놀림은 신기에 가까워 보였다. 손이 닿기만 한 것 같은데 뭉툭하던 고깃덩이가 금세 얇디얇게 변하는 것이 꼭 마술을 부린 것 같았다. 현란한 손놀림을 자랑하던 사부님께서는 식육계에 오래 종사한 사람 특유의 거들먹거림으로 나에게 공을 던지듯이 질문을 하나씩 던져 초보의 기를 팍 꺾는 기술도 발휘했다.

"돼지갈비보다 소갈비가 와 더 빨리 익는 줄 아는교?"

공단숯불갈비의 주인이 되기 전에는 돼지갈비도 일 년에 한두 번밖에 먹지 못했던 이 장만호가 아니었던가. 그런데 돼지갈비도 아니고 소갈비라니. 나는 그가 갑자기 무림의 고수처럼 우러러보이기 시작했다. 입을 헤 벌리고 멍청한 표정으로 자기를 고수처럼 바라보고 있는 하수에게 싸부님은 웃음까지 씨익 멋드러지게 날리며 설명을 하기 시작했다.

"일반적으로 말입니더."

일반적이라는 제법 거창한 서두를 꺼낸 다음 그는 큼 하고 가래침을 바닥에 내뱉었다.

"돼지갈비하고 소갈비는 포를 뜨는 방식부터 다르다 이 말씀입니더. 돼지갈비보다 소갈비는 포를 더 얇게 뜹니더. 게다가 연육을 목적으로, 연육이라 카는 말 아는교?"

고기를 연하게 만든다는 뜻이렸다. 이런 때는 모르는 척 납작 엎드리는 게 한 수라도 더 배울 수 있는 지름길이다. 나는 눈만 꿈뻑꿈뻑하며 입가에 버캐가 허옇게 일어 있는 그의 입을 쳐다보았다.

"고기를 연하게 하는 걸 연육이라 캅니더. 연육을 목적으로 칼집을 낸다 아인교. 소고기는 근육조직이 얇은데다 산산조각이 잘 나는 기라예. 그만큼 빨리 익습니더. 돼지갈비는 포를 떠도 소고기보다는 신경을 덜 씁니더. 상대적으로 가격이 싸기 때문이지예. 모양을 크게 신경을 안 쓰기 때문입니더. 그래도 아인교? 보기 좋은 떡이 먹기도 좋다고 같은 값이면 돼지갈비 포도 이쁘게 떠야 하는 기라요. 소고기는 갈비뼈에 둘둘 말아서 보기 좋게 합니다. 펼쳐놓았을 때도 최대한 양이 많아 보이게 하기 위해 얇게 떠서 길게 늘어놓는 기라예."

일반적이고 상대적이고를 떠나서 소갈비는 돼지갈비보다 얇게 포를 뜨기 때문에 더 빨리 익는다는 뜻이었다. 이 간단한 말을 참으로 어렵고 길게 있어 보이도록 포장해서 설명하는 고수의 말솜씨에 나는 감동하고 말았다. 그는 고기 포 뜨는 방법을 가르쳐준 뒤에 정육점 안에 있는 비품들에 대해 일일이 설명해주기 시작했다.

"이건 육절깁니다. 냉장과 냉동용이 있는 거 알지예? 보통 냉동육 육절기를 사용하는 기 좋심더. 그리고 이거는 골절기, 뼈를 자르는 거, 아까 내가 말했던 연육, 생각나지예? 이게 바로연육긴데 제사용 고기나 돈가스용 고기를 연하게 눌러주는 기겝니다. 이거는 민찌기, 고기를 가는 기계라요. 혹시 육절기 필요하마 내한테 말하소. 모르고 사마 한 오십만 원 정도는 덤터기를 뒤집어씨는 기라요."

나중에 식당의 규모가 커지거나 하면 육절기나 골절기를 사들여서 고기 작업을 내가 직접 해야겠다고 생각했다. 그 정육점주인은 내가 정육점에 들를 때마다 거드름을 피우는 태도는 여전했지만 기술을 전수해주는 데는 전혀 소홀함이 없는 훌륭하신 싸부님이었다. 싸부님은 칼을 다루는 사람답게 칼에 대한 자신의 지론을 펼치기도 했다. 그는 칼을 늘 조심하라고 당부했다. 칼을 잘 다루려면 한 십 년 정도는 칼을 잡아야 한다고 했다. 칼을 처음 잡아본 초짜도 잘 베이지만 아무리 오래 숙련이 된 사람도 방심하면 칼에 베어 돌이킬 수 없이 깊은 상처를 입을 수 있다고 했다. 칼에는 사람을 살리는 칼도 있고 죽이는 칼도 있는데 칼은 부드럽기도 하고 날카롭기도 하다는 것이었다. 정성을 다해 음식을 만드는 칼은 사람을 살리는 부드러운 칼이고 원한을 갖고 사람을 겨누는 칼은 사람을 죽이는 날카로운 칼이라고 했다. 이왕이면 사람을 살리는 칼을 들어야 하지 않겠느냐는 싸부님의 말에 나는 무예를 닦는 제자처럼 고개를 끄덕였다.

"갈매기살이 뭔지 아는교?"

근 일주일 동안 돼지갈비 포 뜨는 것만 가르쳐주던 싸부님이 나에게 물었다.

"갈매기, 살요? 갈매기 고기도 먹는단 말입니까?"

정육점주인은 너털웃음을 터뜨렸다.

"날아다니는 갈매기를 말하는 기 아이고요. 돼지고기 중에도 갈매기살이라 카는 기 있는 기라요. 허파 아래쪽을 가로지른 막이라 해서 원래 가로막이살이라고 했다 카데요. 이 말이 갈매기살로 바뀌었다 카던데, 돼지 한 마리에서 갈매기살은 한 주먹밖에 안 나오는 기라요. 비계가 없어서 쫄깃쫄깃한 기 꼭 소고기 맛이 나는 기 진짜로 맛난다 아인교. 언제 내캉 갈매기

살 한번 맛보미, 쐬주 한잔 하입시더."

쇠갈고리에 꿰어져 있는 돼지의 몸통을 여자의 맨살을 주무르듯 주무르며 설명을 하는 정육점주인의 입에서는 침이 폭포수처럼 튀었다. 포카 형 못지않게 그도 달변가였다.

"일반적으로 말입니더. 돼지고기의 질은 조직감, 고기의 색, 지방의 색과 밝고 어두운 정도에 의해 결정됩니더. 수돼지보다 암돼지가 육질이 더 좋고예. 암돼지 중에서도 새끼를 낳지 않은 돼지가 육질이 더 연합니더. 고기색이 지나치게 연하면 안 좋심더. 불에 익히면 고기 양이 줄어들고 퍽퍽한 맛이 난다 아인교. 크험, 일반적으루다……, 진하고 어두운 붉은색을 띠는 고기는 늙은 돼지고기라서 맛이 없심더. 비육이 잘된 돼지고기는 지방색이 희고 육질도 연하고 일단 냄새가 없고예. 반면에 지방이 지나치게 무르고 색이 노란 것은 냄새가 많이 나고 퍽퍽합니더. 일반적으로……, 신선하고 어린 돼지고기는 고깃결이 곱고 탄력이 있심더."

정육점주인은 연신 말끝마다 '일반적으로'를 갖다 붙였다. '일반적으로'를 일방적으로 갖다 붙이는 거 빼고는 정육에 관한 한 전문가 수준이라는 생각이 들었다.

"일반적으로 말입니더. 결이 굵은 고기는 질긴 경우가 많다 아인교. 크험, 돼지의 앞다리살은 전지라꼬 부르는 거 알지예? 당연히 뒷다리살은 후지라 카겠지예? 전지는 찌개와 보쌈용으로 주로 쓰이는 거는 알 끼고 고기색이 짙으면서도 지방이 적고 영양가가 높은 부윕니더. 그카고, 항정살이라고 들어봤습니꺼? 어른 손바닥만 한 크기의 항정살은 돼지의 목 뒷부분인 기라요. 지방 속에 근육가닥이 많이 있어서 구웠을 때 쫄깃쫄깃한 맛이 납니더. 그라고, 목심살은 말입니다. 소금구이와 돼지주물럭을 할 때 주로 쓰이는 기라요. 원통형으로 형태가 일정합니더. 안에 근육이 여러 개 있어갖고 감칠맛이 있고 부드럽심더. 등심살은 돈가스용이고 말 그대로 등 쪽에 위치하는 고기를 말하지예. 이것도 원통형의 긴 고기 덩어리라예. 색도 연하고 부드러운데 지방을 붙이면 감칠맛을 냅니더. 삼겹살은 돼지갈비에 붙어 있는 살인 거 알 끼고. 비계와 살이 세 겹으로 된 것처럼 보이갖고 세겹살로도 불린다 아인교."

정육점주인은 진열장 속에 진열되어 있는 고기들을 가리키며 돼지고기의 부위별 용도에 대해 하나하나 설명해주었다. 안심살, 등심덧살, 도가니살, 볼기살, 사태살을 가리키며 설명을 하는 정육점주인의 말을 하나라도 놓치지 않고 나는 귀담아들었다. 식당을 하게 되면서 세상에는 배워야 할 것들이 너무나 많다는 것을 뼛속 깊이 느끼고 있었다. 돼지에 대해 알게 될수록 돼지는 자석처럼 나를 끌어당기고 있었다. 운명적이고 필연적인 끌림이랄까, 돼지만큼 매력적인 동물이 또 있겠는가 싶었다. 혹시 나는 전생에 돼지와 운명적인 인연이 있었던 것은 아니었을까. 발톱과 털을 빼고는 버릴 게 하나도 없는 것이 바로 돼지였다. 돼지만큼 매력적이고 귀한 동물은 없다는 생각이 들 정도였다. 돼지고기의 세계는 넓었고 배움에는 끝이 없어 보였다.

아무튼 나는 싸부님을 잘 만난 셈이었다. 자신이 알고 있는 돼지의 모든 것을 전수해주신 싸부님의 말씀을 떠올리며 돼지 갈비 포 뜨는 작업에 열중하고 있는데 식당 문이 슬며시 열렸다. 당연히 손님이겠거니 하고 고개를 들다가 죽은 사람이 살아오기라도 한 것처럼 소스라치게 놀랐다.

"어! 동하 형!"

식당 현관 입구에 서서 나를 바라보고 빙긋이 웃고 있는 사람은 황동하가 분명했다. 나는 핏물이 잔뜩 배어 있는 목장갑을 벗어 던졌다. 물수건으로 손바닥을 황급히 닦고 현관 쪽으로 뛰어갔다.

"지나가던 길에 들렀어. 장사 잘된다며?"

"이게 얼마 만이야?"

황동하의 얼굴은 많이 그을려 있었다. 소매 아래 드러난 팔뚝의 피부는 껍질이 일어나 있고 야윈 몸피에 걸친 작업복이 헐렁해 보였다. 마치 허수아비에게 작업복을 입혀놓은 것처럼 보였다. 공사장에 다니고 있다더니 사실인 모양이었다. 나는 손을 내밀었다. 악수를 하는 황동하의 손에 땀이 진득하게 배어 있었다.

"교통사고 나서 입원했다는 소식 듣고도 한번 찾아가보지도 못했다. 내 사는 게, 영 말이 아니어서 경황이 없었어. 미안하다."

나는 그에게 방석을 내주고 자리에 앉혔다. 선풍기를 틀어놓고 냉장고에서 사이다 한 병을 꺼내 따라 주었다. 황동하는 식당을 두리번거리며 이곳저곳을 둘러보았다.

"형, 왜 그렇게 얼굴 보기가 힘들어? 장사한다는 소식 들었으면 한번 찾아오든가 하지."

"그렇게 됐다. 암튼, 장사 잘된다는 소문 들으니 기분 좋더라. 선경이도 식당일 같이 한다며? 안 보이네."

"잠시 볼일 보러 갔어. 참, 형수님은?"

순간 황동하의 얼굴에는 그늘이 짙게 스쳤다. 아차, 싶었다. 말을 잘못 꺼냈다는 생각이 들었지만 이미 쏟긴 물이었다. 깜박 잊고 있었던 것이다. 황동하가 이혼했다는 소문을 들은 것은 내가 병원에 입원해 있을 무렵이었다. 황동하의 아내는 여자고등학교의 영어교사였다. 그가 운동을 하느라 모든 생계를 팽개치고 있을 때 불평 한마디 하지 않고 아이를 키우고 활동비를 대주었다. 그녀는 그의 아주 든든한 동지이자 지원군이었다. 황동하가 구속 중이거나 수배 중일 때도 전혀 흔들림 없이 그를 기다렸다. 가끔씩 황동하의 집에서도 모임을 한 적이 있었는데 그녀는 아이를 데리고 자리를 피해주거나 술상을 봐오거나 신 김치를 넣은 라면이나 콩나물해장국을 끓여주기도 했다. 황동하가 모임에 들고 나왔던 비밀 문건들도 대부분 그녀가 재빠른 솜씨로 타이핑한 것들이었다.

"잘 살고 있겠지. 나 때문에 힘들었을 텐데, 오히려 잘된 일이지 뭐."

황동하는 애써 담담한 표정을 지으며 대수롭지 않다는 듯 말했다. 하지만 쓴 약을 삼킨 것 같은 표정을 숨길 수는 없는 모양이었다. 괜히 그의 아픈 곳을 건드렸다는 생각이 들었다.

"형, 요즘은 뭐해?"

"뭐, 이것저것. 전국을 다 떠돌아다니고 있지. 안 가본 데가 없다. 절집도 지어보고 아파트공사도 하고 단독주택공사, 관공서도 지어봤어. 도로공사, 하수도 공사도 해보고 말이야. 요즘은 여기저기 아파트 공사판 따라다니고 있다."

아닌 게 아니라 황동하의 팔뚝과 손은 군데군데 긁혀 있고 군은살이 박여 있었다. 손톱 밑에는 흙인지 시멘트가루인지 검은 때가 끼어 있었다.

"다들 운동 그만두고 현장 떠났는데……, 역시 형은 하나도 변한 게 없어. 다들 나처럼 먹고 살기 바빠 정신을 못 차리고 있는데 말이야."

"아니, 그런 건 아니고. 공사판에서 할 게 뭐 있다고? 공사판이 제일 노동조건이 열악하긴 하지만 조직화를 하기가 여의치 않아. 딱히 할 일이 없어서 그러고 있는 거지 뭐. 공사장 일도 나름대로 견딜 만해."

"아, 참! 내 정신 좀 봐. 공사장 먼지 벗겨내려면 돼지고기 좀 먹어야지."

"아냐, 괜찮아. 금방 칼국수 한 그릇 하고 왔어."

그가 완강하게 손사래를 치며 일어서려는 나를 자리에 끌어 앉혔다.

"참내, 내가 제대로 장사는 하는지 한번 품평을 해주라는 건데, 섭하네. 내가 형의 총애를 특별히 많이 받았잖아. 것도 아주 찐하게. 노동법 해설 기억나지? 그 책은 내 운명을 바꾼 원자폭탄 같은 책이었지."

황동하가 빙그레 웃었지만 황량하고 쓸쓸한 웃음이었다. 단단한 바위 같은 느낌을 주던 그가 군데군데 허물어져 내리고 있는 폐가처럼 보였다. 음산하게 거미줄이 쳐져 있고 부서진 폐가구가 뒹굴고 있는 빈집의 내부를 들여다본 듯한 기분이 들었다.

"너 저기서 아까 고기 자르던 것 같던데, 돼지갈비집 하면 고기 작업도 직접 해야 되는 거냐?"

"그건 아닌데, 얼마 전에 고기가 질기다는 손님이 좀 있었거든. 연하고 질 좋은 고기를 고르러 다니다가 포 뜨는 것까지 배우게 됐어. 이왕에 돼지갈비 포 뜨는 것도 직접 하면 손님들에게 뭔가 더 괜찮은 식당처럼 보일 것도 같고, 알아두면 나중에 써먹을 일도 생길 것 같아서. 그리고 이 시간엔 손님도 많이 없는 편이고. 나, 백정 다 되었다니까."

"장만호가 백정이 다 되었다? 허 참. 이거 축하해야 할 일인지 뭔지 모르겠다."

"병원에 식물인간처럼 누워 있을 때는 내가 인간 구실이나 할 수 있을지 두려웠어. 평생 노동운동가로 살아가겠다고 결심했었는데. 이렇게 식당주인이 되어 돼지갈비 포를 뜨고 있을 줄은 꿈에도 생각지 못했어."

"그러게 말이다. 인생이 마음먹은 대로 되어지지가 않더라."

황동하의 이마에 굵은 일자 주름이 잡혀 있었다. 적어도 내게 황동하는 별이자 영웅이었다. 동구권이 무너지고 운동세력들이 우후죽순처럼 우수수 떨어져나갈 때 조직원들은 조직을 이끌던 그에게 돌을 던지듯 무수한 비판을 퍼부어댔다. 운동을 떠날 명분과 핑계가 필요했던 사람들은 조직의 수장이던 그를 희생양으로 만들어 죄의식을 덜어내려고 했다. 아무런 전망도 대안도 제시하지 못하던 시절, 조직을 이끌던 그는 급속하게 무너져 내렸다. 지난 십 년의 세월이 산맥같이 늠름하던 한 젊은 혁명가를 이렇게 마모시켜버린 것이었다. 청춘을 다 바쳤던 꿈도 희망도 사라지고 결국 사랑하는 가족에게서조차 버림받은 한 남자가 내 앞에 앉아 있었다. 그의 생에 드리워진 그늘과 상처가 너무 깊었다. 황동하는 폭풍우에 꺾인 거대한 나무 같았다.

"장사하는 식당에 너무 오래 앉아 있었던 것 같다. 마저 하던 일 해라. 지나가다 너 얼굴 한번 보고 갈려고 들렀다. 언제, 우리 바깥에서 만나 술 한잔 하자."

"형, 벌써 가면 어떻게 해? 서운하잖아. 하고 싶은 말도 많은데."

그에게 무슨 대안을 바라는 것은 아니었다. 대안을 제시할 수 있는 사람이 누가 있을까. 살다 보면 인생이 만만하지 않고 세상이 만만하지가 않다는 것을 누구나 알게 되는 법이다. 그것은 아무도 가르쳐주지 않아도 저절로 알게 되는 것이었다. 아무도 정답을 섣불리 꺼낼 수 없다는 것을 알았지만 그를 붙들고 하고 싶은 말이 많았다. 황동하는 오히려 내 입에서 나올 과거의 기억들을 병마개를 틀어막으려는 듯이 피하고 있었다. 그는 과거에서 도망치려는 사람처럼 자리에서 일어나 식당 문을 밀고 나갔다. 들어가라는 손짓을 하는 그의 등 뒤에 모래바람이 거세게 불고 있는 것만 같았다. 나는 내가 지나온 과거의 길을 돌아보듯 황동하가 사라져간 길을 오래도록 바라보았다. 가슴속에 품은 오래되고 녹슨 칼로 그는 무엇을 겨누고 있는 것일까. 그가 품고 있던 칼은 사람들 죽이려던 칼이었을까? 아니면 살리려던 칼이었을까? 오래전에 용도가 폐기되어버린 칼이지만 그는 결코 그 칼을 버릴 수 없는 종류의 사람이었다.

황동하와 내가 처음 만났던 공장은 한일염공이라는 염색공장이었다. 당시에는 들어가기 꽤 힘들다던 대구공고에 커닝으로 입학하고 나서 얼마 뒤에 밀린 수업료를 달라고 어머니를 조른 일이 있었다. 수업료 달라고 하는 아들을 어머니는 마치 놀부 마누라처럼 대뜸 뺨을 후려치는 것이 아닌가. 돈이 없으면 없다고 할 것이지 세상에, 수업료를 달라는 아들의 뺨을 때리는 어머니라니. 우리 어머니의 성질이야 모르는 바는 아니었지만 뺨을 맞은 것이 하도 분해서 그길로 집에 발걸음도 하지 않았다. 학교를 때려치운 내가 갈 곳은 기숙사가 있는 공장밖에 없었다.

염색공장에 들어가 처음 나염부에 배치되었을 때 코를 찌르는 화학약품 냄새와 악취 때문에 도망가고 싶을 지경이었다. 분말염료를 물에 섞어 염료를 만드는 염료 조제 작업은 일일이 바가지로 염료를 퍼 나르면서 일을 했기 때문에 염료가루가 코와 입으로 들어와 숨을 쉴 수도 없었다. 염료를 섞을 때 나는 화공약품 냄새와 기계 벨트에 칠하는 왁스 냄새가 지독했다. 완전히 배수가 되지 못한 염색 풀이 쌓여 풍기는 악취 때문에 후각이 마비될 정도였다. 염색공장에는 비염 환자나 축농증 환자들이 즐비했다. 염색공장은 대부분 3교대 근무를 했다. 일요일 휴무는 생각지도 못했다. 주간에서 야근으로 교대되는 날 겨우 토요일 저녁에 퇴근하면 일요일 오후에 출근하게 되므로 그때가 되어서야 잠시 쉴 수가 있었다. 여름이면 180에서 200도의 열기를 내뿜는 기계들 사이에서 일해야 했는데 숨을 쉴 수 없을 정도였다. 200도의 고열을 내뿜는 텐터기 옆에서 원단이 잘 들어가는지 지켜보는 일은 인간의 한계를 시험하는 일이었다. 염색공장에 다니는 사람들은 하루라도 빨리 돈을 모아 공장을 떠나는 것만이 희망이었다.

나 역시 마찬가지였다. 지긋지긋한 염색공장을 벗어나고만 싶다는 생각을 하며 하루하루를 견디고 있을 무렵이었다. 황동하가 나염부로 처음 들어왔을 때 나는 나이도 먹을 만큼 먹은 양반이 왜 하고많은 공장 중에서 염색공장에 들어왔는지 의아했다. 무슨 말 못할 사연이 있는지는 모르겠지만 나이 서른둘에 염색공장에 들어오다니 한심해 보이기도 하고 처지가 안되어 보이기도 했다. 황동하는 열 살이나 어린 나에게서 나염기술을 배웠다. 황동하는 나염 경력이 없는 초보였지만 감히 범접하기 힘든 위엄이랄까, 건달과는 약간 다른 카리스마를 풍겼다. 한 이틀 동안은 새파랗게 어린 나를 공장선배랍시고 말을 높였다. 내가 말을 놓으라고 했더니 곧바로 만호야, 만호야 하며 막냇동생처럼 불러 은근히 배알이 뒤틀렸다. 나는 일부러 그를 빡

세계 굴렀다. 공장에서 나이는 제일 어렸지만 나염공장에서 일한 것만 해도 자그마치 육 년의 세월이었다. 나는 축복받은 평발을 가진 덕택에 군에도 가지 않았다. 고등학교는 들어간 지 몇 달 만에 때려치우고 오로지 줄기차게 공장 바닥에서 살아온 놈이었다. 그렇다고 해서 돈을 착실히 모았느냐면 그것도 아니었다. 쥐꼬리만 한 월급을 받아 디스코텍에 놀러 다니거나 당구를 치러 다니거나 술을 마시며 다 써버린 통에 가불로 한 달을 견뎌야 할 때도 많았다. 나는 도무지 장래를 계획하고 사는 것을 몰랐으며 하루살이처럼 되는대로 살아갔다.

그는 우리 공장에서 단 한 달밖에 근무하지 못하고 형사들에게 끌려갔다. 손목에 수갑이 채워진 채 형사들에게 끌려가던 그는 담담한 표정이었다. 여태껏 공장에서 단 한 번도 그런 일이 일어나지 않았기 때문에 공장 사람들은 다들 충격을 받은 표정이었다. 회사 측에서는 황동하가 공장에 위장 취업한 불순분자라고만 했다. 그가 끌려가기 하루 전 내게 주었던 책이 바로 〈노동법 해설〉이었다. 공장과 당구장과 나이트클럽과 만화방밖에 모르던 나에게 〈노동법 해설〉이 준 충격은 거의 핵폭탄과 맞먹는 것이었다. 중졸 학력을 가진 무식한 나에게 그 누가 인생을 바꾼 책이 있는지 물어보겠는가. 하지만 만에 하나, 누가 나에게 내 인생을 바꾼 책 한 권을 물어온다면 단연코 말하리라. 그것은 바로 석탑에서 간행된 〈노동법 해설〉이었다고.

〈노동법 해설〉은 전태일의 운명만을 바꾼 책이 아니었다. 내게
도 노동자의 권리를 일깨워준 성경이나 불경 이상의 책이었다.
나는 형사들에게 끌려간 황동하가 건네준 윤봉길 의사의 도시
락폭탄 같은 〈노동법 해설〉의 세례를 받고 백팔십도로 달라졌
다. 나는 노조만이 우리 노동자들의 유일한 희망이라고 광신도
처럼 떠들고 다녔다. 책 한 권으로 엉겁결에 노동운동 대열에
합류한 것이었다. 나는 졸지에 대구 지역에서 가장 나이 어린
노조위원장이 되었다. 열일곱 살 때부터 공장생활을 하면서 미
래에 대한 꿈도 희망도 없이 살아가던 나를 바꾼 것은 노동운
동이었다. 황동하가 전해주고 간 책 한 권, 〈노동법 해설〉이 내
인생과 운명을 바꾸어버렸던 것이다.

"사장님요! 도대체 이 고기 우짤 끼라요."
황동하와의 인연을 떠올리며 카운터 의자에 멍하니 앉아 있
는데 윤씨 아줌마의 사발을 깨는 듯한 목소리가 들려왔다. 정
신이 퍼뜩 돌아온 나는 17번 테이블로 갔다. 수북하게 쌓아놓
은 돼지갈비에서 녹아내린 핏물이 장판에 흘러내리고 있었다.
테이블에서 뚝뚝 떨어지는 핏물이 섬뜩했다. 나는 걸레로 핏물
을 서둘러 닦아내고는 목장갑을 끼었다. 방금 전, 과거라는 무
덤 속에서 황동하를 만나고 걸어나온 것 같은 기분이 들었다.
나는 고개를 세차게 흔들었다. 그 시절, 나에게 다른 세상이 있

다는 것을 알려준 황동하는 나의 우상이었고 희망이었고 꿈이었다. 같이 조직 활동을 할 때는 마치 혈육보다 더 가까운 감정을 황동하에게 느끼곤 했다. 내가 태어나 타인에게 느껴본 최초의 혈육 같은 감정, 동지로서의 연대감이었다. 그것은 나의 과거가 아니라 현재이고 미래일지도 몰랐다. 하지만 지금 내가 해야 할 일은 포를 뜨고 숯불을 피우고 석쇠를 닦아야 하는 일이었다. 나는 예리하게 날이 선 칼날을 손에 쥐고 한참 들여다보았다. 형광등 불빛을 받은 칼날은 날카롭게 불빛을 되쏘았다. 돼지의 피가 묻은 칼을 쥔 손에 힘이 들어갔다.

장사의 기본기를 훔치다

식당 앞에 무와 배추를 잔뜩 실은 트럭 한 대가 지나가자 먼지가 풀풀 날아올랐다. 거리에는 찢어진 신문지와 비닐과 낙엽들이 쓸려 다녔다. 나는 가게 현관 앞 도로 물청소를 했다. 자전거방 김 씨는 여전히 찬송가를 흥얼거리며 자전거 수리에 여념이 없었다. 그는 아직 단 한 번도 우리 식당에 고기를 먹으러 온 적이 없었다. 정말 어지간한 사람이라는 생각이 들었다. 나의 매력에 빠지지 않은 동네 사람이 없는데 이 아저씨는 내가 당해낼 수 없는 강적이었다. 내 가게와 어깨를 맞대고 있고 화장실을 같이 쓰는 막역한 사이인데 언제까지 이렇게 데면데면하게 지낼 수는 없는 일이었다. 이 장만호의 매력을 조금이라도 나누어주어야 하지 않겠는가 말이다. 청소를 대충 마치고 오뚜기슈퍼 앞에 있는 자판기로 가서 율무차와 커피 한 잔을 뺐다. 화장지를 가게 앞에 내놓던 오뚜기슈퍼 아저씨가 나에게 말을 걸었다.

"장 사장, 요즘 공단숯불갈비도 장 사장맨키로 인물이 훤하네. 역시 집은 임자를 잘 만나야 되는 법이여."

언제 들어도 그놈의 사장님 소리는 낯간지럽기 짝이 없었다. 나도 낯간지러운 소리로 응수를 했다.

"슈퍼 사장님께서 잘 봐주신 덕택입니다."

나는 손에 들고 있던 커피 한 잔을 슈퍼 아저씨에게 내밀고는 다시 한 잔을 더 뺐다. 오뚜기슈퍼는 동네의 사랑방이었다. 슈퍼 앞에 놓인 평상에 앉아 사람들은 맥주를 마시거나 자판기 커피를 마시고 가기도 했다. 동네 아주머니들이 몰려나와 채소를 다듬기도 하면서 동네의 소문을 펴 나르기도 하는, 이를테면 옛날의 우물가나 빨래터 같은 곳이었다. 공단숯불갈비, 팔군식당, 성진숯불갈비, 진미식당, 만평횟집은 오뚜기슈퍼의 주 고객이기도 했다. 장사를 하다 보면 소소한 물품들이 떨어지게 마련인데 오뚜기슈퍼에서 고무장갑이나 계란, 퐁퐁, 간장, 미원, 비닐팩 따위를 임시로 사다 쓸 때가 많았다. 나는 커피 두 잔을 들고 식당 앞으로 건너와서 자전거방 김 씨에게 내밀었다. 그는 의아한 표정을 하고는 커피를 받아들었다.

"내한테 커피까정 다 빼주고 웬일인교?"

"아이구, 그냥 드세요. 제가 아저씨한테 커피 한 잔 못 빼드릴 사입니까. 한 집에 사는 처지나 마찬가지 아닌가요? 화장실도 같이 쓰는 사인데 말이죠."

"허, 참내!"

김씨 아저씨가 허허 웃었다. 커피를 홀홀 불며 마시는 그를 흐뭇하게 쳐다보고 있는데 누가 어깨를 툭 쳤다. 돌아보니 포카 형이 지훈 엄마와 웃고 서 있었다.

"어! 포카 형 왔어?"

"내 없는 사이에 동네 유지가 다 됐구마. 하여간 이놈아 주변머리는 못 말린다니까. 내는 지금까지 김씨 아저씨가 커피 마신다고 잠시 앉아서 쉬는 걸 한 번도 몬 봤는데. 니가 아저씨 기록을 갱신했다 아이가?"

포카 형의 말에 김씨 아저씨가 쑥스러운지 자전거를 고치다 말고 자전거방 안으로 쑥 들어가버렸다.

"형은 신수가 훤해졌네. 이야! 형수님도 몰라보게 달라졌네요."

"그거 칭찬이에요, 욕이에요? 내가 식당에서 일할 때 그만큼 꾀죄죄하게 해 다녔다는 말인데?"

"그건 사실이다 아이가? 꼭 장바닥에 앉아 있는 여편네같이 해 다녔다 아이가?"

포카 형이 면박을 주자 지훈 엄마가 그의 팔뚝을 꼬집는 시늉을 했다.

"우리 장사 안 된다는 소문 듣고 고기 팔아주러 온 모양이네. 고맙게스리."

"이 자슥 봐라. 벼룩에 간을 내묵어라. 백수가 뭔 돈이 있노? 오늘은 니가 한 턱 내라."

포카 형이 식당 안으로 들어가면서 한마디 했다. 포카 형은 자리에 앉으면서 식당을 휘둘러보았다. 얼마 전 윤씨 아줌마가 노는 날, 식당 문을 닫고 금간 주방 벽에는 시멘트를 바르고 홀에는 도배를 새로 했다. 그 지긋지긋한 바퀴벌레를 없애기 위해 연막탄을 구해 와서 바퀴벌레 박멸작전을 펼쳤다. 바퀴벌레가 출몰할 위험이 있는 미세한 틈을 찾아 실리콘을 쏘아 메워버리고 깨끗한 도배지를 새로 발라놓았다. 그 덕분인지 요즘은 바퀴벌레가 예전보다는 덜 나타나 살 것 같았다.

"니, 그러고 보이, 식당에 투자 좀 했는가베. 돈 좀 발라놓으이 식당 인물이 훤하다. 돼지갈비 삼 인분 갖고 온나."

"무슨 소리? 등심으로 먹어야지?"

"등심은 무슨 등심이고? 등심 같은 소리 하고 자빠졌네. 실업자가 무슨 등심을 묵겠노? 일마가 돈독이 단단히 올랐다 아이가. 소문 들으이, 장사꾼 다 됐다꼬 소문이 짜하게 퍼졌던데, 그라고 보이 참말로 돈독이 올라도 단단히 올랐구나야. 내가 니 장사 잘하고 있는지 시찰 한번 나왔다 아이가?"

포카 형은 여전히 스포츠방송 아나운서처럼 시끄러웠다. 나는 포카 형에게 씩 한번 웃어주고는 숯불을 피우러 장치실로 갔다. 화덕 안에 있는 밑불에다 숯 너댓 개를 더 올리고는 모터를 켜자 윙 하는 요란한 소리와 함께 불꽃이 튀고 먼지와 재가 사방으로 날아올랐다. 벌겋게 달아오른 숯불 화로를 테이블로 가져오자 어느새 상 위에는 고기와 반찬이 차려져 있었다. 선경은 오랜만에 만난 지훈 엄마와 웃으며 이야기를 하고 있는 중이었다. 포카 형은 집게를 들고 석쇠 위에 놓인 고기를 뒤집었다. 고기에서 물기가 빠져나와 숯불에 떨어지자 치지직 소리가 나고 연기가 피어올랐다. 입에서 신물이 올라올 정도로 보는 돼지갈비였지만 노릇하게 굽히고 있는 갈비를 볼 때마다 군침이 도는 건 무슨 조홧속인지 모르겠다.

"포카 형은 이제 사업 구상이 어느 정도 다 끝나가는 모양이지? 산에 도 닦으러 간 사람처럼 한동안 틀어박혀 있더니."

"아직 내는 사업 구상 중이다. 무슨 사업이던동 구상이 90프론 기라. 구상이 안 끝나마 놓고 묵는 것도 사업의 한 방법인 기라. 연못 속의 잠룡이 때를 기다리는 것처럼 말이다. 능력 있는 우리 마나님 놔뒀다가 오데 써묵겠노? 요즘 우리 마나님이 시오마씨 따라댕기미 한 수 배우고 있다 아이가. 마누라 등쳐묵는 재미가 울매나 쏠쏠한 줄 아나?"

지훈 엄마가 두 손 두 발 다 들었다는 표정을 하고는 고개를 절레절레 흔들고 옆에 앉아 있던 선경은 쿡쿡 웃었다. 역시 포카 형의 저 번지르르한 말솜씨 하나는 하나도 변한 게 없다는 생각이 들었다.

"현진 엄마, 많이 피곤한가 봐. 입술이 다 부르텄네. 식당일 만만치 않죠?"

"힘들긴 하죠. 그래도 견딜 만해요."

"지난번에 현진이 할머니 한번 봤는데, 성격이 보통이 아니시 겠던데요."

지훈이 엄마의 말에 나는 머리를 긁적였다. 아닌 게 아니라 선경은 심술을 부리는 것이 시어머니의 당연한 의무이자 권리 라고 생각하는 어머니 때문에 힘들어했다. 어머니는 밤늦게 일 하고 들어온 며느리에게 아침밥이 늦다고 늘상 잔소리를 해대 고 있었다. 심지어 아침밥이 늦다고 말없이 집을 나가버리는 날 도 허다했다. 선경은 아침이면 눈을 뜨는 게 두렵다고 했다.

"만호 씨가 현진 엄마 많이 도와주셔야 해요. 아무래도 식당 일 하다 보면 여자들이 더 지쳐요. 집안일도 신경 써야 하고 가 게일도 해야 하니까. 식당일 오래 하는 여자 치고 나중에 병 안 나는 사람 못 봤어요. 내가 천하의 농땡이 지훈이 아빠 때문에 병이 다 났잖아요. 아는 사람 이야긴데 부부끼리 횟집을 했거든 요. 나중에 돈은 많이 벌었지만, 일하면서 하도 부부싸움을 해 대는 바람에 서로 못 견디고 결국 이혼을 하고 말더라구요. 식 당일이란 게 조금도 여유가 없잖아요. 일요일이라고 가족끼리 나들이를 한번 갈 수 있나, 피곤하다고 문 닫아놓고 쉴 수가 있 나. 그러니 찌들게 되니까 부부싸움은 늘게 되어 있는가 봐요.

아무리 돈 많이 벌면 뭐해요? 제일 소중한 사람을 놓치고 후회한들 무슨 소용이겠어요? 가족끼리 서로 도와주고 챙겨주고 아껴주는 게 제일이잖아요."

"지훈 엄마 니 지금 무슨 소리 하는 기고? 내 욕하는 기제? 니 말의 결론은 바로 식당일 오래 하마 부부끼리 이혼한다 이 말인가? 듣고 보이 두 사람 이혼하라고 부추기는 것 같다."

포카 형의 말에 다들 한바탕 웃음을 터뜨렸다. 지훈 엄마가 포카 형의 팔뚝을 찰싹 때리며 한마디 했다.

"내가 당신 땜에 정말 못 살아. 하여간 말꼬리 잡고 늘어지는 데는 선수라니까. 그래, 현진이 엄마한테 고생 빡세게 하지 말고 일찌감치 이혼하라고 훈수 두는 거야."

지훈 엄마가 눈을 흘기며 쏘아붙이자 포카 형이 느물거리며 웃었다. 그동안 정신없이 식당일에만 마음을 쏟는다고 선경에게 단 한 번도 신경을 쓰지 못했던 것이 사실이었다. 선경의 손톱 밑에는 새까만 기름때가 끼어 있고 머리카락은 푸석푸석했다.

"요즘 팔군은 어떻노?"

돼지갈비뼈에 붙은 살점을 뜯어 먹는다고 정신이 없던 포카 형이 물었다.

"우리 집은 손님이 없을 때는 없는데, 팔군은 이상하게 우리보다 손님이 많아. 손님들이 끊어지는 시간이 없어. 손님들에게 물어보면 우리 집 고기는 숯불에 구워서 훨씬 맛있다고 하는데 이상하단 말씀이야"

"정말 이상하네. 팔군은 사장 인물도 꼭 조폭같이 생겼잖아요. 늘 깍두기머리를 하고 있고. 걷는 것도 건들건들 건달 폼으로 걷고. 그에 비하면 만호 씨는 인상이 얼마나 좋아요. 현진이 엄마, 조심하세요. 만호 씨, 여자 손님들한테 인기 무지 많죠? 맞죠?"

아닌 게 아니라, 나는 아줌마 손님에게 꽤나 인기가 있었다. 낮 손님들은 주로 아줌마 손님들이 많은 편이었다. 보험아줌마나 학습지배달 아줌마, 야쿠르트나 우유배달 아줌마들 회식팀이 대부분이었다. 아줌마들은 이 집 사장 인상이 좋아서 온다고 드러내놓고 말해서 사람을 머쓱하게 만들곤 했다. 어떤 여자 손님들은 고기를 먹다 말고 쌈을 싸서 입에 넣어주려고 한 적도 있었다.

"지훈이 엄마 니, 그런 소리 하마 못 쓴데이. 일마 인물이 뭐가 잘났다고 그카노? 남자가 내겉이 이래 생기야 좀 생깄다 소리를 듣지. 안 그렇습니까, 현진이 엄마요?"

포카 형의 말에 선경이 소리 내어 웃었다. 오랜만에 포카 형을 보자 내가 식당을 인수받기 전 식칼을 들고 팔군식당 사장에게 강짜를 부리던 모습과 공장에서 해고 싸움을 벌이던 모습이 겹쳐 떠올랐다. 아마도 포카 형을 모르는 사람이라면 느긋한 표정으로 우스갯소리를 하고 있는 모습이 포카 형의 진짜 모습이라고 생각할 것이다. 팔군 사장한테 식칼을 들고 덤비던 그때의 포카 형과 일 년이나 놀고 지내면서도 느긋한 포카 형, 둘다 그의 진면목인지도 몰랐다. 포카 형은 언제 시간 나면 부부동반으로 산행을 한번 하자는 말을 하고는 식당을 나갔다.

팔군식당은 숯불로 돼지갈비를 굽지 않고 가스불에 돼지갈비를 구웠다. 하지만 팔군식당은 언제나 손님들로 북적거리는 편이었다. 라면에는 김치가 있어야 하듯이 돼지갈비는 숯불에 구워야 더 맛있다는 것을 손님들도 알고 있었다. 숯불에서 나는 숯 향기가 고기를 연하게 하고 풍미를 한껏 돋구어주기 때문이다. 그런데도 왜 팔군식당에 손님이 더 많은지 이해할 수 없는 노릇이었다. 포카 형이 손님을 한 명이라도 덜 빼앗기기 위해 팔군식당 사장에게 식칼을 겨누기까지 한 심정을 짐작할 수 있을 것 같았다. 어깨를 나란히 맞대고 식당을 하고 있는 처지인데 잘되는 집을 멀거니 손가락 빨면서 구경하고 있는 심정이 오죽하겠는가. 피 튀기는 생존경쟁은 내가 원하는 상황은 아니었지만 살아남기 위해서는 어쩔 수 없는 일이었다. 나는 싸움에 등 떠밀려 뛰어들고 싶지는 않았다. 어차피 뛰어들어야 하는 것이라면 소매를 훌훌 걷고 용감하게 맞서야 했다.

"사장님요!"

팔군식당을 곁눈질하면서 골목길에 쭈그리고 앉아서 탄을 깨고 있는데 윤씨 아줌마가 나를 불렀다. 평소의 아줌마답지 않게 입가에 배시시 웃음까지 물고 있었다. 남자처럼 우락부락한 아줌마가 배시시 웃는 걸 보니 닭살이 다 돋을 지경이었다.

"고무장갑 좀 사다 주실란교? 김치를 담을라꼬 카는데 고무장갑에 구멍이 났다 아인교? 장갑 사는 김에 주전부리할 것도 사다 주마 좋겠는데. 점심을 쪼매 묵어갖고 입이 심심하네."

윤씨 아줌마는 뭔가 내게 부탁할 일이 있으면 나를 사장님요, 하고 낯간지럽게 부르곤 했다. 나는 목장갑을 벗어서 종이박스에 걸어두고 오뚜기슈퍼 쪽으로 어슬렁거리며 건너갔다. 팔군식당의 동정을 살피려면 천천히 걸어가면서 곁눈질을 해야 했다. 내가 팔군식당의 동정을 살피는 것처럼 팔군식당 사장도 우리 식당에 손님이 많이 들었는지 어떤지 살펴볼 때가 간혹 있었다.

고무장갑과 소보로빵과 바나나우유를 사서 슈퍼를 나오는데 팔군식당에서 나온 한 여자가 쟁반을 들고 길을 건너왔다. 이 동네에서 오뚜기슈퍼 앞에만 있는 커피 자판기에서 커피를 뽑으려는 모양이었다. 문제의 팔군식당 사장의 형수였다. 동네에 들리는 소문으로는 나이가 서른아홉인 팔군식당 사장이 결혼 준비로 바쁘다는 것이었다. 팔군식당 사장의 애인은 상당한 미인이라고 했다. 한때 다방에서 일하기도 했다는 소문이 돌았다. 노총각인 팔군식당 사장이 결혼 약속을 받아내기 위해 애인을 차에 태우고 놀러 다니는 일이 잦아 형수가 가게를 지킬 때가 많다는 것이었다. 미인을 얻기 위한 나름의 투자인 셈이었다. 예나 지금이나 미인을 얻기 위해서는 용감하기까지 해야 하고 투자도 많이 해야 하는 모양이었다. 여자는 쟁반을 평상 위에 올려놓고 자판기에 동전을 잔뜩 밀어넣었다. 자판기가 동전을 맛있게 잡아먹는 소리가 오랫동안 이어졌다. 여자는 버튼을 눌러 커피를 뽑아대기 시작했다. 여자는 옆에 서서 자신의 모습을 입을 헤 벌리고 쳐다보고 있는 옆집 식당주인 따위는 전혀 신경 쓰지 않고 자기 할 일에만 열중했다. 자판기 커피를 일곱 잔이나 뽑은 여자는 커피를 쏟지 않기 위해 쟁반을 조심조심 받쳐 들고 길을 건너갔다. 나도 무슨 강아지마냥 여자를 졸졸 따라 길을 건너갔다. 여자는 식당 문을 열고 나오는 손님들에게 일일이 커피를 건네주었다.

"아이구! 올 때마다 뭐 이런 걸 다 서비스해주시고."

"뭘요. 그 먼 데서 저희 식당에 일부러 와주셨는데 커피가 뭔 대수겠어요."

커피가 대수가 아니라면 또 다른 뭘 준다는 말인지 이해가 가지 않아 나는 고개를 갸웃거렸다.

"내가 윤 여사가 뽑아주는 커피 맛에 반해서 일부러 가까운 식당 다 놔두고 팔군식당에 온다니까."

"윤 여사 이 커피에다 혹시 마약이라도 탄 거 아인교?"

으악! 마약이라니! 듣고 있자니 갈수록 가관이다.

"윤 여사, 잘 먹겠심더."

일곱 명이나 되는 남정네들 가운데 둘러싸여 환한 표정으로 웃으며 일일이 응대하는 여자를 보니 여간내기가 아니라는 생각이 들었다. 오늘뿐만이 아니었다. 여자는 늘 이런 식이었다. 늘 문 앞에까지 나와서 손님을 배웅하고 환하게 웃는 낯으로 손님을 맞아들였다. 겨우 30대 초반쯤으로 보이는 여자가 하는 짓이 산전수전 공중전까지 겪은 다방 마담 같기도 했지만 진심으로 손님을 환대한다는 느낌이 전해지는 것이었다. 손님들에게 일일이 머리를 숙여 인사를 하는 여자를 보면서 나도 모르게 고개를 끄덕이며 여자에게 진심으로 경의를 표했다. 그랬다. 팔군식당에는 우리 공단숯불갈비에는 없는 '친절'이라는 아주 멋지고 매력적인 서비스가 있었던 것이다. 경쟁상대에게서도 배울 점이 있다면 배워야 하는 것이다.

나는 내 자신이 장사에 소질이 있다고 자부하고 있었다. 나는 어릴 때부터 닭이나 토끼를 길러 읍내 오일장에 내다판다든가 해서 곧잘 용돈을 마련하는 재주가 있었다. 약을 넣은 찔레 열매를 따먹고 죽은 꿩이나 산토끼를 주워서 팔면 꽤 돈이 되었기 때문에 겨울이면 온 산을 헤매고 다녔다. 어른 장딴지만 한 칡뿌리를 캐다가 팔기도 했다. 공부 따위는 안중에도 없이 칡뿌리를 캔다고 곡괭이를 어깨에 떠메고 집을 나서는 나를 보면서 아버지는 아무래도 니눔은 낸중에 장사꾼이 될 모냥인갑다 하며 혀를 끌끌 찼다. 그뿐인가. 내가 장사꾼으로서의 자질을 만천하에 드날린 일이 있는데 포카 형에게도 자랑했던 적이 있던 문제의 시험지사건이다. 중학교 3학년 때였는데 태권도 부원이자 골통으로 소문났던 나는 학교공부하고는 일찌감치 담을 쌓은 놈이었다. 기말고사를 치르기 전날 나는 교무실에 심부름을 하러 갔다. 그런데 시험지가 날 제발 잡아잡수, 하는 듯이 펼쳐져 있는 게 아닌가. 하늘 아래 무서운 것이라곤 없던 나는 그 시험지를 교실에 들고 와서 신나게 장사에 열을 올렸다. 시험지를 보여주는 대신 나는 한 녀석당 오백 원의 거금을 받아 챙겼다. 당시로는 꽤나 거금이었다. 전혀 힘 안 들이고 삼만 원을 벌어들인 셈이었다. 그 사건은 학교가 발칵 뒤집어질 만한 대형 사건이었으나 선생님들은 손도 대지 못할 골통으로 악명이 드높은 나를 심하게 문책하지 않았다. 사람 좋으신 담임선생님께서 교장선생님께 선처를 부탁한 덕분이었다. 시험지를 훔쳐 팔아먹은 짓도 장사꾼의 기질인지는 모르겠으나 하여간 내게는 남다른 장사 수완이 있었던 셈이다. 어쩌면 먼 조상 중에 임상옥 같은 거상이 한두 명 쯤 있었을 것이라고 나는 믿고 있었다.

나는 그 누구로부터도 장사에 대해 체계적으로 배운 적도 없고 배울 기회도 없었다. 나는 공장에서 일하던 노동의 경험으로서만 장사를 하려고 했다. 무조건 성실하고 부지런하게만 하면 장사도 잘될 것이라고만 생각했다. 손님들의 평가대로 고기의 질과 맛만 좋으면 된다고 생각했다. 팔군식당과 공단숯불갈비에서 고기를 먹었던 사람의 평가를 종합해보면 숯불로 고기를 굽는 공단숯불갈비의 갈비 맛이 월등히 좋다는 것은 누구이 들은 바가 있었다. 시간이 해결해줄 것이라고, 길고 짧은 것은 시간이 가면 판단이 난다고 믿었다. 물과 간장, 다진 마늘과 양파와 생강, 설탕, 후추가루와 미원, 옥수수기름을 적당한 분량으로 넣고, 배를 갈아넣은 소스에다 캬라멜로 색깔을 낸 공단숯불갈비의 양념 맛은 누구도 흉내 내기 어려운 환상적인 맛이었다. 아무리 먹어도 질리지 않는 중독성이 있는 맛이었다. 게다가 내가 정육점마다 돌아다니며 직접 고른 육질이 좋고 야들야들한 고기가 있었다. 손을 베여가며 직접 포를 뜬 돼지갈비 맛은 어느 곳에 내놓아도 손색이 없었다. 그뿐인가. 주방 경력만 이십 년째인 윤씨 아줌마의 음식솜씨는 일류호텔 주방장 못지않았다. 비싼 재료를 사용하지 않고도 윤씨 아줌마는 화려하고 고급스럽고 맛도 일품인 반찬을 만들어낼 줄 알았다. 윤씨 아줌마는 특히 달걀과 두부 요리에 일가견이 있었는데 아이를 동반한 가족 손님들에게 인기가 있었다. 시금치로 계란말이를 한다는 것은 생각지도 못했는데 그 맛이 예술이었다. 달걀샐

러드, 달걀튀김, 달걀감자찜, 두부완자튀김, 탕수두부, 두부김
말이튀김, 심지어 들깻잎으로 두부만두를 만들기까지 했다.

나는 음식 맛만 좋으면 장사는 절로 된다고 생각했다. 그러
나 팔군식당 사장 형수의 장사 수완은 보통이 아니었다. 타고
난 장사꾼이 있다면 바로 저런 사람을 말하는 것이리라. 손님이
오면 버선발로 뛰어나와 반가움을 표현한다는 것은 어찌 보면 쉬
우면서도 어려운 것이다. 장삿속이 빤히 들여다보이는 행동이
라고 할 수 있겠지만 한편으로는 하고많은 식당을 놔두고 내 식
당을 찾아주었다는 일만큼 고마운 일이 어디 있겠는가. 둘러보
면 식당은 하늘의 별처럼 많았다. 복잡한 계산 없이 그 많은 식
당들 중에서 내 식당을 찾아주었다는 것에 대해 어떻게 감사
를 표시하지 않을 수 있겠는가. 자판기에서 뽑은 커피 한 잔이
든, 환한 웃음이든, 손님의 얼굴을 기억해주는 일이든 못할 게
없겠다 싶었다. 이제부터는 나도 대대적인 내부 수리를 하듯 장
사 스타일을 대대적으로 바꾸어야겠다고 마음을 먹었다. 첫째
도 손님에게는 친절, 둘째도 손님에게는 친절해야 한다는 원칙
을 나름대로 세웠다. 팔군식당 사장의 형수는 서비스에도 장인
정신이 있다는 것을 나에게 확실하게 가르쳐주었다.

팔군식당 사장 형수가 손님을 대하는 것을 내 눈으로 똑똑
히 보게 된 다음 날부터 나는 인사방식부터 바꾸었다. 포카 형
에게 가게를 인수받은 뒤 손님들에게 어서 오세요, 하고 인사

하는 일 자체가 가장 곤혹스러웠다. 어서 오세요, 하자니, 여자처럼 인사하는 것 같고, 어서 오십시오, 하자니, 무슨 나이트클럽의 웨이터 같은 냄새가 나는 것 같았기 때문이다. 거울 앞에서 머리를 수없이 조아리며 '어서 오십시오'를 연습하는 내 모습을 본 선경은 폭소를 터뜨렸다. '어서 오세요'건, '어서 오십시오'건 나는 그때 그 상황에 맞게 반갑게 손님을 맞으면 된다고 마음을 바꾸고는 목소리 톤을 예전보다 더 높여보았다. 문을 열고 들어오는 손님에게 꾸벅 고개를 숙이며 나는 큰 소리로 인사를 했다.

"어서 오십시오!"

"하이고 깜짝이야. 장 사장요. 오늘 무슨 기차 화통 삶아 묵었는교?"

나는 덤으로 매력적인 미소까지 선물로 날려주었는데, 손님들은 뭘 잘못 먹었느냐는 표정이었다. 두 남자 손님을 테이블로 인도하고 주문을 받고 있는데 식당 문이 열렸다.

"어서 오십시오!"

두툼한 검정색 잠바를 입은 여자는 안면이 꽤나 있는 손님이었다. 팔달시장에서 생선 좌판을 벌이고 있는 여자에게서 고등어를 몇 번 산 적이 있었다. 생선 좌판 아줌마답지 않게 나긋한 서울 말씨를 쓰는 여자를 볼 때면 고개가 갸웃거려지곤 했다. 억센 경상도 사투리 일색인 팔달시장 한가운데서 전혀 어울리지 않는 서울 말씨를 쓰는 사람은 여자밖에 없었다. 여자는 고등어나 꽁치나 동태를 주로 취급했다. 커다란 식칼을 들고 눈도 깜짝하지 않고 동태의 머리를 내리치는 여자를 볼 때면 절로 목이 움츠려지곤 했다. 선경이 주방에서 나와 여자에게 방석을 내주고는 주문을 받았다. 선경이 여자와 머리를 맞대고 심각한 표정으로 이야기를 했다.

"손님, 죄송하지만, 우리 식당에는 돼지갈비 일 인분은 안 팔아요. 이 인분이 기본인데, 일 인분 가격이 겨우 이천오백 원이에요. 죄송하지만 이 인분 시키세요."

"아니, 왜 안 돼요? 세 사람이 오면 삼 인분을 시키잖아요. 그러면 한 사람에 일 인분씩 시키는 거잖아요? 세 사람은 일 인분씩 시키는 게 되는데, 왜 한 사람이 일 인분 시키는 게 안 된다는 거예요?"

여자가 화를 내며 막무가내로 따지고 들자 선경이 뒤로 주춤 물러섰다. 여자의 건너편에서 돼지갈비 오 인분을 시킨 남자 손님 두 명이 여자를 보고 한심하다는 듯 킬킬 웃었다.

"손님, 죄송합니다. 일 인분 갖다드리겠습니다. 뭐해? 손님한테 상 갖다드리지 않고."

내가 눈짓을 하자 선경은 어처구니가 없다는 듯이 쏘아보았다. 뭔가 한마디 하려던 선경은 주방으로 가서 돼지갈비 일 인분을 시켰다.

"현진이 엄마, 정신이 있나 없나? 시상에 일 인분이라꼬?"

눈치 없는 윤씨 아줌마가 한마디 팩 내지르자 선경이 조용히 하라는 투로 입에다 손가락을 갖다 댔다. 어쨌거나 손님에게 주문을 받은 이상 일 인분이든 십 인분이든 상을 차리고 서빙을 해야 했다. 나는 숯불을 피워 여자 손님에게 들고 가서 화로에 넣어주고 석쇠를 올려놓은 뒤 한마디 하는 것을 잊지 않았다.

"손님, 맛있게 드십시오."

여자 손님은 고개를 끄덕이고는 숯불 위에 고기를 올려놓고 굽기 시작했다. 일 인분밖에 안 되는 고기는 벌겋게 달구어진 석쇠 위에서 금세 익었다. 나는 고기가 탈까 봐 불을 낮추어주고는 석쇠 하나를 더 받쳐주었다. 선경은 돼지갈비 오 인분을 시킨 테이블의 시커멓게 탄 석쇠를 갈아주고 있었다. 석쇠 밑에는 숯불 하나가 위태하게 매달려 있었다. 금방이라도 바닥에 떨어질 것 같았다.

"조심해!"

나는 선경이 들고 가는 석쇠 아래에 작은 스테인리스 쟁반 하나를 급하게 받쳐주었다. 선경이 나를 흘깃 쳐다보았다.

"발등에 숯불 떨어뜨릴 뻔했잖아."

"흥, 장판 태우는 게 더 걱정되는 거 아니구?"

"오늘따라 우리 싸모님께서 왜 이렇게 까칠하실까?"

선경이 내 말에 대꾸도 하지 않고 주방으로 들어가더니 홀로 나오지 않았다. 내가 일 인분을 주문 받은 것에 단단히 화가 난 모양이었다. 하긴 일 인분에 이천오백 원 하는 전국 어느 돼지 갈비 식당에 가도 돼지갈비 일 인분을 파는 식당은 없을 것이었다. 고깃집에서는 이 인분이 기본이라는 것이 불문율이었다. 일 인분에 사천 원 정도를 받는 돼지갈비면 몰라도 이천오백 원 짜리 돼지갈비는 일 인분을 팔면 완전히 이건 적자였다. 여자 손님이 공깃밥 하나를 시키자 된장찌개를 올리는 윤씨 아줌마는 표 나게 투덜댔다.

적어도 내가 보기에 여자 손님은 음식에 대한 예의를 아는 사람처럼 보였다. 아주 달고 맛있게 고기를 먹었다. 반찬들 속에 들어 있는 간장과 고춧가루와 소금과 참기름과 다진 마늘과 불의 세기와 음식을 만든 손길을 하나하나 되짚어보듯 천천히 음미하며 꼭꼭 씹어 먹었다. 음식을 함부로 대하는 사람도 있고 음식을 공경하는 사람이 있는데 여자 손님은 스님들이 발우 공양을 하듯이 음식을 먹었다. 여자 손님은 된장찌개 그릇과 반찬 그릇을 핥듯이 싹싹 비우고는 삼천오백 원을 내고 식당 문을 밀고 나갔다. 여자 손님이 나가자 선경은 나를 주방으로 부르더니 다짜고짜 쏘아붙였다.

"도대체 어쩔 셈이야? 식당을 하는 게 무슨 자선사업도 아니고. 적자 보자고 장사할 거면 장사를 하지 말아야지. 장사도 무슨 원칙이 있어야 하는 거야."

"원칙보다는 사람이 먼저야. 나도 생각이 있어."

"무슨 생각?"

"그 아줌마, 팔달시장에서 생선장사 하는 아줌만데, 시장 사람들은 전부 우리 고객이야. 너무 야박하게 대하면 식당 소문만 나빠져. 한 끼 밥 대접했다고 생각하면 되지. 공짜로 먹고 간 것도 아니잖아."

내 대답에 선경은 더 기막히다는 표정을 지었다. 윤씨 아줌마와 주방보조 아줌마는 식당에서 처음 벌어지는 우리 부부의 말싸움을 무슨 재미난 구경거리라도 되는 것처럼 흥미진진한 표정으로 구경하고 있었다.

"만약, 그 아줌마가 시장 사람들에게 공단숯불갈비는 돼지갈비를 일 인분이라도 팔더라, 이렇게 소문내면 어쩔 건데? 시장 손님들이 한두 명이 아니잖아. 그리고 만약 그 아줌마가 오늘 한 번이 아니고 다음에도 온다면 어떻게 할 건데?"

그것까지는 생각해보지 않았다. 역시 선경은 나보다 모든 면에서 빠르고 정확했다. 그랬으니 내가 병원에 일 년 동안 누워 있을 때도 모든 일처리를 혼자서 다 해냈는지도 모른다. 아들이 교통사고를 당했다고 온 세상이 다 무너진 것처럼 술 먹고 통곡하는 우리 어머니를 추스르랴, 현진이를 챙기랴, 내 보호자 노릇하랴, 손해사정인을 만나러 다니랴, 보험회사를 들락거리랴, 과외를 하러 다니랴, 선경의 활약상은 열 손가락이 모자랄 지경이었다. 어려움이 닥치면 사람의 진면목을 알 수 있다고 했는데 선경은 그 모든 일들을 침착하게 처리해나갔다. 암튼 나는 대단한 분과 살고 있는 셈이다. 이 대단한 여자의 말에 나는 겨우 한마디를 응수해주었을 뿐이다.

"설마, 그렇기야 하겠어?"

"설마가 사람 잡는다 카는 거 모르는가 베."

윤씨 아줌마가 약을 올리듯 한마디 하자 뒤에서 요란하게 상추를 씻고 있던 주방보조 아줌마도 고무장갑으로 입을 가리고 웃었다. 졸지에 나는 세 여자들에게 웃음거리가 되어버린 것이었다.

암튼 대단한 내 마누라의 예언대로 팔달시장의 여자 손님은 거의 매일이다시피 우리 식당에 찾아오기 시작했다. 그 여자 손님의 점심식사 시간이 원래 정각 세 시였는지는 모르겠으나 시계가 세 시 정각을 가리키면 어김없이 식당의 문을 밀고 들어왔다. 세 시면 식당 사람들이 한숨을 돌리고 휴식을 할 수 있는 황금 같은 시간이었다. 일주일 정도는 참을 만했으나 그다음부터는 나도 표정을 관리하기가 쉽지 않았다. 한결같이 웃는 낯빛으로 상을 차리고 숯불을 피워주고 삼천오백 원의 밥값을 받자니 무슨 고문을 당하는 기분이었다. 선경은 아예 입씨름하는 것도 귀찮은지 가타부타 아무런 말도 하지 않았고 그 여자 손님은 식당에 들어설 때부터 나갈 때까지 내 전담이 되어버렸다.

어느 날부터 그 여자 손님은 식사시간을 바꾸기로 마음을 먹었는지 바쁜 저녁시간에 식당을 찾기 시작했다. 바쁘지 않은 날에는 일 인분에 밥 하나를 팔 수는 있었다. 한창 바쁜 시간에는 빈 테이블 하나가 얼마나 요긴하게 쓰이는지 모른다. 바쁜 시간에 들어온 여자 손님이 테이블 하나를 떡하니 차지하고 앉아서 일 인분에 밥 하나를 시키니 미칠 것만 같았다. 어쩌다 소주를 시키는 날이면 이게 웬 횡재냐 싶은 날도 있긴 했다. 이상하게도 그 손님은 다른 일행과 같이 오는 법이 없이 늘 혼자였다. 아마도 팔달시장에서 장사를 마치고 돌아가는 길에 저녁을 먹고 가는 모양이었다. 윤씨 아줌마는 아예 그 여자 손님을 내 누님이라고 불렀다.

"장 사장님 퍼뜩 나가보소, 누님이 오셨는데 뭐하는교?"

윤씨 아줌마가 나를 놀려먹자 선경은 고소하다는 표정까지 지어 보였다. 나는 인내심의 한계를 느끼고 있었지만 내색을 하지 않기 위해 나름대로 애를 썼다. 시장에서 좌판을 지키고 살아가는 가난한 아줌마가 마음 놓고 밥을 먹을 수 있는 돼지갈비집 하나 정도는 있어야 되지 않겠는가 하는 배짱이 생기기 시작한 것이었다. 적어도 한때 노동운동가로서 평등세상을 건설하자는 꿈을 가진 사람이었다면 그 어떤 손님도 차별하지 않고 식사를 대접할 줄 알아야 하는 것이다. 그가 부자든 가난뱅이든 말이다.

그 여자 손님이 식당을 드나들기 시작한 지 한 달째 되던 무렵 전화가 걸려왔다. 저녁 일곱 시쯤에 손님 서른 명을 데리고 갈 거라고 예약을 부탁했다. 회식 손님이 뜸하던 차에 이게 웬 횡재인가 싶었다. 13번 테이블에서 20번 테이블까지 물수건과 수저를 깔아놓고 물컵을 올려놓는 것으로 예약 준비를 마쳤다. 저녁 일곱 시가 되자 과연 회식 손님이 들어오기 시작했다. 예약 준비를 해둔 자리로 손님들을 안내했다. 그 손님들 중에서 한 사람이 나에게 알은체를 했다. 옷을 잘 갖춰 입고 곱게 화장을 한 그 여자 손님을 나는 한눈에 알아보지 못했다. 낯이 익다는 생각이 들어 자세히 보니 늘 허름한 옷을 입고 와서 돼지갈비 일 인분에 공깃밥을 싹싹 비우고 가던 그 여자 손님이었다.

"아이구! 제가 몰라봤습니다."

"제가 일 인분에 밥 하나를 시켜 먹고 해서 많이 귀찮았죠? 다른 식당에 가서 그렇게 주문하면 아예 미친 여자 취급을 하는데, 사장님은 그렇지 않더군요. 음식 맛도 괜찮고, 늘 한결같은 사장님 때문에 이렇게 회식 손님들을 데려온 거예요. 한 달에 한 번씩 여기서 계모임을 할 건데 앞으로 잘 부탁드려요."

내가 여자 손님과 뭐라고 이야기를 주고받는 것을 본 선경도 눈치를 챘는지 나에게 엄지손가락을 추켜세워 보였다.

내가 그 여자 손님을 대접한 게 아니라 그 손님에게서 큰 가르침을 선물로 받은 셈이었다. 하찮은 사람도 하찮은 손님도 없는 것이다. 고기를 적게 시키건 많이 시키건 그리고 오천 원어치를 먹고 가건 십만 원어치를 먹고 가건 모든 손님들은 다 똑같이 대해야 하는 것이다. 모든 손님들을 차별하지 않고 한결같은 친절과 정성스러운 마음으로 장사를 하다 보면 언젠가는 열매가 맺히는 법이다. 제아무리 천하를 호령하는 왕후장상이라 하여도, 빌어먹는 거지라 하여도 밥을 먹지 않고는 살 수가 없다. 모든 인간은 한 그릇 밥 앞에서 평등하다. 식당에 오는 모든 손님들은 평등한 대접을 받아야 하는 것이다.

흉터의 길을 걸어가는 여자들

방문을 열고 마당으로 나오니 어제보다 기온이 더 내려간 것 같았다. 수돗가에는 얼음이 얼어 빙판이 져 있었다. 화장실 문틈으로 담배연기가 솔솔 새어 나오고 있었다. 국진 아빠가 또 화장실에 들어가 있는 모양이었다. 도대체 이 양반은 화장실에 들어가면 함흥차사였다. 한 달에 한 번쯤 식사를 하러 오는 고객이기도 한 국진 아빠에게 똥 좀 빨리 싸고 나오라고 버럭 소리를 지를 수도 없는 일이었다. 그는 한 달에 한 번씩 가족들에게 돼지갈비를 사주는 것으로 가족애와 친목을 도모하는 가장이었다. 우리 식당의 돼지갈비가 어느 일가족에게는 친목과 가족애의 도구가 되어주는 셈이었다. 국진 아빠를 보면 그래도 식구들의 든든한 울타리가 되어주는 사람이구나 싶기도 했다. 아쉬운 놈이 샘 판다고 식당 화장실을 이용하는 수밖에 없었다. 식당 열쇠를 찾기 위해 다시 방으로 들어왔다. 선경이 겨우 몸을 일으켰다.

"조금만 더 잘 테니까, 먼저 나가."

선경은 이불을 걷고 일어나려다가 다시 이불을 뒤집어쓰고 자리에 누웠다. 쿨룩거리며 기침을 심하게 해대는 모습이 안쓰러웠다. 선경은 다시 몸을 억지로 일으켰다.

"오늘 태경물산에서 삼십 명 회식 온다고 했는데 어떡하지?"

"걱정하지 마. 그냥 누워 있어. 비산동 아줌마하고 윤씨 아줌마 베테랑이잖아. 몸살약 좀 사다줄까?"

나는 양말을 찾기 위해 옷장 서랍을 뒤지며 말했다. 온통 짝이 안 맞는 양말들뿐이었다. 나는 대충 색깔이 비슷한 양말을 발에 꿰었다.

"아니, 한숨 자고 나면 괜찮아질 거야. 근데, 두 사람 사이가 안 좋아서 신경 쓰여."

선경은 요즘 들어 부쩍 피곤하다고 하는 날이 많았다. 그도 그럴 것이 어머니회에서 오는 아줌마들은 손발이 맞지 않았다. 비산동 아줌마가 오기 전까지 주방과 홀을 들락거리며 일을 해야 했으니 몸살이 날 만도 했다. 어머니는 어머니대로 아침밥을 늦게 차려준다고 선경을 콩 볶듯이 볶아댔다. 선경이 얼굴을 찌푸리고는 돌아누웠다. 나는 이불을 여며주고 방을 나왔다. 대문 앞에 쪼그리고 앉아 담배를 피우고 있던 어머니가 샐쭉한 표정으로 한마디 던졌다.

"서방은 나가서 죽을 똥 살 똥 일하는데, 여편네라는 것이 안

즉도 방 안에 누버서 뒹군단 말이가? 지가 하는 기 머가 있노 말이다. 식당에 나간다는 구실로 살림은 전부 내한테 떠맡기놓고 돈 번다고 유세가 보통이 아이다. 자고로 여편네가 잘 들어와야 집안 꼴이 잘되는데……, 쯧쯧."

또 시작이다. 나는 한마디 하려다 아침부터 어머니의 성질을 건드려서는 하등 득 될 게 없다는 생각이 들었다. 벌집을 건드리는 일이었기 때문이었다.

"아이구, 우리 모친께서 또 담뱃값이 떨어졌나 보네."

나는 지갑을 뒤져 돈 오만 원을 꺼내 어머니의 손에 쥐어줬다.

"아이구, 썩을 눔!"

입이 귀에까지 걸린 어머니는 돈을 보자 얼굴에 화색이 돌았다. 참말로 이놈의 돈이 뭔지 싶다.

"엄마, 현진이 엄마 몸살 났어. 조금만 자게 내버려 둬. 식당 일 하면 골병 안 드는 사람 없어. 아침밥 늦다고 좀 들볶지 말아."

"이눔아, 동네 사람들 들으면 내가 며느리 구박하는 못된 시오마신 줄 알겠다."

나는 속으로 실소를 흘렸다. 우리 어머니는 자식일이라면 두 손 두 발 걷고 나서 도와주는 보통의 어머니들과는 다른 차원의 세상에 사는 사람이었다. 특히나 밥에 대한 집착이 보통 사람의 상식을 훌쩍 뛰어넘었다. 일곱 살에 부모를 잃고 고모 집에 얹혀 눈칫밥을 먹고 자란 어머니는 밥상의 경험을 온몸으로 보여주는 사람이었다. 먹을 것 가지고 설움 주는 것이 가장 큰 설움이라는 말은 바로 우리 어머니에게 그대로 적용이 되는 말이었다. 눈칫밥을 먹고 자라서였는지 어머니는 며느리가 차려주는 밥에 대해서 지독하게 집착했다. 며느리가 밥을 늦게 차려주는 것은 곧 시어머니를 사람 취급 하지 않는 것으로 생각했다. 아무리 며느리가 식당일을 하고 늦게 들어왔다고 해도 아침밥을 일곱 시에 차려 대령을 해야만 토라지거나 심통을 부리지 않았다. 자명종을 여섯 시에 맞춰놓고 잠이 들었지만 식당일에 지친 몸으로 그 시간에 일어난다는 것은 인간으로서의 한계를 시험하는 일이었다. 선경은 다른 날보다 늦게 일어난 때면 식당으로 뛰어나갔다. 냉장고를 뒤져 반찬 몇 가지를 갖고 와서 후다닥 밥상을 차리기도 했다. 어떤 때는 다시 자명종을 눌러놓고 잠이 드는 바람에 여덟 시가 넘어 일어날 때도 있었는데 그런 날이면 어김없이 어머니는 집을 나가버리곤 했다. 손님들에게 밥을 파는 식당주인이면서도 밥과의 전쟁을 벌이고 있으니 참으로 한심한 노릇이었다.

장거리를 주방에 부려놓고 윤씨 아줌마에게 인사를 했다. 무슨 심통이 났는지 입이 한발이나 나와 있었다. 날씨가 유난히 추워서인지 아줌마는 두툼한 오리털 파카 위에 목도리까지 감고 있었다.

"아줌마, 오늘 왜 그래요? 누가 우리 예쁜 윤씨 아줌마를 골
나게 만들었을까?"

으이구, 이건 내가 생각해도 닭살스럽기 짝이 없는 말이다.
술집 마담의 비위를 맞추기 위해 안달하는 기둥서방 노릇이 따
로 없다. 아줌마들을 데리고 장사를 해먹자니 느는 건 여자들
비위 맞추는 솜씨뿐이다.

"불만이 있다마다. 내가 저 여자한테 이런 대접을 받아야 하
겠는교? 무슨 년의 팔자가 요래 더러븐지, 여자는 자고로 빤스
를 잘 벗어야 한다 캤는데, 아이고 내 팔자야! 나이도 새파란 년
한테 이래 개무시를 당하고 살아야 하겠노!"

이 마당에 그놈의 빤스 타령이 왜 나와야 하는지 어이가 없
다. 여자 팔자 뒤웅박 팔자라는 속담이 윤씨 아줌마에게 건너
가 새로운 창작과정을 거쳐서 탄생한 말이 '여자는 자고로 빤
스를 잘 벗어야 한다'는 말이 된 것이다.

"그게 무슨 소립니까? 도대체 뭐 때문에 그래요?"

"저 여편네가 내를 지 발가락에 때만큼도 안 여긴다 이 말
이라요. 내가 살다 살다 저런 여편네는 처음 본다 아이가? 내
가 지보다 나이도 한참 많은데 내한테 말을 탁탁 놓고, 툭 하마
감 놔라 배 놔라 이케싸서 일할 맛이 똑 떨어져뿌는 기라. 굴러
온 돌이 박힌 돌 빼낸다 카더니 꼭 저 여편네보고 하는 말일 끼

라."

윤씨 아줌마가 턱짓으로 홀 청소를 하고 있는 비산동 아줌마를 가리키며 열을 냈다.

윤씨 아줌마와 비산동 아줌마는 처음부터 신경전이 대단했다. 비산동 아줌마는 처음에는 주방보조로 일을 했다. 자기가 일하던 식당은 이랬는데, 저랬는데 하면서 공단숯불갈비의 터줏대감인 윤씨 아줌마와 사사건건 부딪쳤다. 두 사람 다 식당 경력이 오래되었다는 게 문제라면 문제였다.

한날 홀에 손이 모자라서 비산동 아줌마에게 상을 치우게 해보았더니 무엇보다 상을 치우는 솜씨가 보통이 넘었다. 하루 이틀 상을 치워본 솜씨가 아니었다. 테이블이 겨우 스무 개인 좁은 식당에서 한 팀이라도 더 받아내려면 바쁜 날은 상을 재빨리 치워내는 것이 가장 중요한 일이었다. 그래서 비산동 아줌마에게 홀 일을 거들게 했는데 윤씨 아줌마 딴에는 주방에서 일을 하던 비산동 아줌마가 홀에서 일을 하는 것이 고까웠던 모양이었다. 비산동 아줌마는 비산동 아줌마대로 주방에서 자기에게 일을 시키던 그 습관대로 이것저것 지시를 해대는 윤씨 아줌마가 못마땅했는지 사사건건 부딪쳤다. 선경은 자기보다 한참 나이가 많은 두 여자들의 감정싸움을 어떻게 조율해야 하는지 난감해할 때가 많았다.

식당 사람들 사이에는 이상한 고정관념이 있는데 홀 일이 주방 일보다는 훨씬 편하다고 생각하는 경향이 있었다. 실제로 보기에는 그럴지 몰랐지만 내가 보기에는 주방 일이 훨씬 속이 편한 노릇이었다. 적어도 주방 일은 손님들과 직접 얼굴을 맞대거나 까다로운 손님 때문에 속을 썩이는 일은 없다. 홀 일은 하루 종일 설거지통에 손을 담그고 있어야 하는 주방 일에 비해서는 편할지 몰라도 그야말로 도를 닦는 일이었다. 홀에서 일하다 보면 정말 별별 손님이 많았다. 신발을 잃어버렸다고 신발값물어내라고 소리를 지르는 손님, 옆자리에 앉은 손님이 쏟은 반찬 때문에 옷을 버렸다고 세탁비를 물어달라고 생떼를 쓰는 손님, 강아지를 안고 들어오겠다고 난리를 치는 손님, 음식에 이물질이 들어갔다고 고래고래 소리를 지르는 손님, 올 때마다 음료수 서비스를 바라는 손님, 고기는 추가하지 않고 쉼 없이 반찬 추가를 외쳐대는 손님, 반찬 접시에다 담뱃재를 떨어대는 손님, 화장실에 간다고 해놓고는 음식값도 내지 않고 슬그머니 도망을 치는 손님, 컵에다 가래를 뱉는 아주 더러운 습관을 가진 손님, 음료수 병에 아이 오줌을 누이고 숨겨놓고 가는 손님, 아이의 똥 기저귀를 테이블 밑에다 그대로 두고 가는 손님…… 손님들 종류도 가지가지였다. 그중에 가장 힘든 것이 술 취한 손님들이었다. 괜히 옆 테이블에 앉은 손님에게 시비를 건다든가 해서 먹살잡이를 해 나중에는 경찰까지 불러야 하는 일도 생기곤 했다. 대부분 주인인 내가 처리를 해야 하긴 하지만 손님들은 일차적으로 홀 서빙을 하는 사람들에게 화를 내곤 했기 때문에 얼굴 붉히지 않고 일을 한다는 것은 상당한 인내심을 요하는 일이었다. 비산동 아줌마는 상을 치운다거나 주문을 받고 상을 차려주는 일은 잘했지만 손님들과 자주 부딪치곤 했다.

나는 이대로 상황을 더 지켜볼 수 없다는 생각을 했다. 일하는 사람들끼리 손발이 척척 맞고 마음이 맞아야만 식당이 제대로 굴러갈 수 있는 것이다. 그런데 이렇게 서로 마음이 안 맞을 때는 손님들이 먼저 눈치를 채고 불편한 마음으로 식사를 할 수밖에 없다. 노조위원장 두 번에다. 위원장 직무 대행한 것까지 합하면 위원장 경력만 세 번인 내가 아니었던가. 조합원들을 이끌고 사용자들과 교섭할 때도 전혀 꿀리지 않았던 내가 아줌마 두 사람을 앞에 놓고 한숨을 쉬고 있어야 하는 꼬락서니라니 한심하기 짝이 없었다. 하긴 두 아줌마 딴에는 심각한 궁중 암투 못지않은 권력투쟁일지도 모른다. 둘만 모여도 권력투쟁을 벌이는 동물은 남자들뿐만이 아닌 모양이었다. 나는 외나무다리에서 만난 원수처럼 팔짱을 낀 채 외면을 하고 있는 두 사람을 불러 앉히고 용건을 꺼냈다. 두 사람은 입을 꼭 다문 채 서로 반대편으로 얼굴을 돌리고 앉아 있었다.

"두 분 다, 힘든 형편 때문에 이렇게 식당일을 하고 있지 않습니까. 서로 헐뜯기보다는 위로해주고 다독거리면서 일을 하면 얼마나 좋습니까? ……. 왜들 이러시는지 도무지 이해가 안 되네. 두 분 다. 저보다 식당 경력이 오래되신 분들인데 도대체 아이들처럼 왜 이러십니까?"

"내가 운제 그랬다고 그카노?"

윤씨 아줌마가 입을 삐죽이 내밀자 비산동 아줌마가 윤씨 아줌마를 힐끗 노려보았다. 이에 질세라 윤씨 아줌마도 잡아먹을 듯이 비산동 아줌마를 쏘아보았다.

"사장님요. 나도 식당일 하루 이틀 한 사람이 아니라 이 말이라요. 나도 내 딴에는 내 생각이 있는데 이래라, 저래라, 하니 어떻게 일을 하겠느냐 이 말입니더."

비산동 아줌마가 항변을 하자 윤씨 아줌마가 말꼬리를 잡고 늘어졌다.

"내가 운제 니보고 이래라 저래라 했노? 니가 내한테 그켔제."

두 여자는 암사자처럼 으르렁대며 금세라도 머리를 쥐어뜯을 것 같았다. 나는 테이블을 손바닥으로 두드리며 두 여자에게 엄포를 놓았다.

"그만하세요! 문제는 식당일을 얼마나 오래 하고 잘하느냐가 중요한 게 아닙니다. 식당일을 하는 이상은 서로 도와가며 일하는 것이 가장 중요하잖아요? 정성을 다해서 음식을 만들고, 웃는 낯으로 손님을 대접하려면 같이 일하는 동료와 마음이 맞고 손발이 맞아야죠. 앞으로 이런 일들 가지고 그러시면 두 분 다,

우리 식당에서 일 그만하셔야 합니다."

나는 짐짓 눈에 힘을 주고 단호한 목소리로 말했다. 두 아줌마는 여전히 입을 꼭 다물고 서로 다른 쪽을 쳐다보고 있었다.

"오늘 회식 손님들 삼십 명이나 온다고 했는데, 이렇게 감정 싸움만 하고 계실 겁니까?"

"현진이 엄마는 와 빨리 안 나오는교?"

윤씨 아줌마가 뾰루퉁한 표정으로 나에게 물었다. 윤씨 아줌마는 포카 형이 식당을 운영하던 시절부터 일을 했기 때문에 선경을 자신의 밑에서 일하던 주방보조 아줌마로 착각하는 때가 많았다. 때문에 선경이 왜 식당에 늦게 나오는지, 왜 식당을 잠깐 비울 수밖에 없는지 일일이 보고를 받으려고 했다.

"나 원 참, 거야, 주인 맘이지. 보소! 아지매가 주인인교? 꼴값 좀 그만 떠소."

비산동 아줌마가 윤씨 아줌마더러 같잖다는 듯 한마디 쏘아붙이자 누그러졌던 아줌마의 얼굴이 금세 붉으락푸르락해졌다.

"니, 지금 뭐라 켔노? 이 개잡년이 말하는 뽄세 좀 봐라."

윤씨 아줌마가 금방이라도 비산동 아줌마의 머리채를 잡아챌 듯이 씩씩거렸다. 이에 지지 않을 기세로 비산동 아줌마가 불룩한 가슴팍을 들이밀며 윤씨 아줌마를 흘겨보았다.

"머시라 개잡년? 와? 내가 못할 말 했나? 주제 파악 좀 하고 살란 말이다."

"아이구! 내가 못 살겠다. 장 사장요? 내가 이 꼴을 보고도 참아야 되겠능교?"

"참지 않으면 낼로 우얄 낀데?"

"똥이 무서워서 피하나? 더러버서 피하지."

"뭐? 똥!"

"그만두지 못하겠습니까!"

내가 소리를 버럭 지르자 두 아줌마는 움찔하고 물러섰다. 윤씨 아줌마는 주방으로 비산동 아줌마는 홀 청소를 하러 갔다. 차라리 구사대와 피터지게 싸움을 하는 게 더 낫지 도저히 못해먹을 노릇이라는 생각이 들었다.

며칠 되지 않아서 결국 일이 터지고 말았다. 손님들이 없는 시간을 틈타 이른 저녁을 먹고 화장실에 다녀왔다. 현관문을 열자 두 여자가 엉겨 붙어 머리채를 집어 뜯고 있었다. 선경이 두 여자 가운데서 뜯어말리고 있었지만 역부족이었다. 나는 황급히 뛰어가 두 여자를 떼놓았다. 윤씨 아줌마와 비산동 아줌마의 손에는 머리칼이 한 줌씩 쥐어져 있었다.

"이 개 같은 년아! 내가 뭐 어쨌다고? 내가 개잡년이면 니는 화냥년이다."

비산동 아줌마는 입에 허연 게거품을 머금고 악을 썼다.

"내가 저년의 아가리를 안 찢어놓으마 사람이 아이다. 이 씨팔년이 죽을라꼬 환장을 했나. 이 씨팔년아, 오늘이 니 제삿날인 줄 알아라."

"그래 환장을 했다. 이 씨쌍년아! 날 죽여라!"

비산동 아줌마는 팔을 붙잡고 있는 선경의 손을 뿌리치고 윤씨 아줌마에게 머리를 들이밀었다. 홀에는 온갖 년 소리가 난무했다. 쎗바닥이 만바리나 빠져죽을 년, 쌍년, 호로잡년, 개잡년, 화낭년, 배창시가 터져 죽을 년, 씨팔년, 가랑이가 쫙 찢어질 년, 도저히 낯 뜨거워서 더 듣고 있을 수가 없었다. 욕에 관한 한 고수인 윤씨 아줌마는 급기야 최후의 일격을 비산동 아줌마에게 날렸다.

"이 잡년아! 니 창자를 꺼내 빨랫줄을 만들어뿔 끼다."

졸지에 무지막지한 일격을 당한 비산동 아줌마는 할 말을 찾지 못하고 잠시 허둥거렸다.

"두 분 다, 우리 식당에서 그만 나가세요."

내가 무를 단칼에 자르듯 차갑게 소리를 지르자 두 여자는 멈칫했다. 윤씨 아줌마부터 꼬리를 내렸다.

"아이고 장 사장님요. 내가 잘못했는 기라요. 내가 눈이 뒤집히갖고 비는 게 없었능 기라요. 다시는 안 칼끼구마."

"하이고! 내 더러버서 여서 일 안 한다. 저 개 같은 년, 꼬라지보기 싫어서라도 일 안 할 끼라. 여기 아이마 내가 일할 데가 없는 줄 아는갑지? 천년만년 잘 묵고 잘 사소!"

비산동 아줌마는 앞치마를 풀어서 바닥에 휙 내팽개치고는 식당 현관문을 쾅 쳐 닫고는 밖으로 나가버렸다. 난데없이 구정물을 뒤집어쓴 것처럼 어안이 벙벙했다. 나는 미동도 하지 않고 못 박힌 듯 서 있었다. 비산동 아줌마의 창자를 꺼내 빨랫줄을 만들어버릴 거라고 기세등등하게 날뛰던 윤씨 아줌마는 잠시 얼이 나간 듯한 표정을 짓고 있더니 주방으로 들어가버렸다.

자의든 타의든 나는 내 가게에서 일하던 사람을 쫓아내버리고 만 것이다. 어쩌면 비산동 아줌마와 우리 공단숯불갈비와는 인연이 없었던 건지도 모른다. 윤씨 아줌마의 성질도 보통이 넘었지만 비산동 아줌마는 조그만 일에도 파르르 화를 내거나 까다롭게 굴었다. 까탈스러운 손님과는 얼굴을 붉히기가 일쑤였다. 그녀는 뒤틀린 감정덩어리를 종양처럼 키우고 있는 사람이었다. 선경은 표독스럽게 포악을 떨어대던 그녀를 두 번 다시 마주치기가 겁이 난다고 했다. 왜 가난하고 궁핍한 사람들은 서로의 처지를 안쓰러워하고 서로 보듬어줄 생각을 하지 못하는가?

식당에 오는 여자들은 대부분 생의 밑바닥까지 내몰린 사람들이었다. 하루 열두 시간의 노동은 인간으로서의 한계를 시험하는 거칠고 힘든 일이었다. 식당에서 일하는 여자들은 퇴근을 하고서도 잡다한 집안일에 매달려야 했다. 선경이 심술궂은 시어머니와 아직 손이 많이 가야 하는 아이의 뒤치다꺼리에 진을 빼는 것처럼 그녀들도 집으로 돌아가면 아내로서 어머니로서 며느리로서의 책무를 다해야 했다. 사람이 견딜 수 없는 거칠고 힘든 노동은 정신을 피폐하게 만들고 강퍅하게 만든다. 그녀들 탓만은 아닐 것이다. 어쩌면 윤씨 아줌마처럼, 비산동 아줌마처럼 선경도 오랜 식당일에 지치면 저렇게 변해갈지도 모른다. 황동하에게서 학습을 받는 동안 귀에 못이 박힐 정도로 들었던 사회구조적인 모순이 이 식당에서 가장 극명하게 드러나고 있는 셈이었다. 가장 밑바닥에 내몰린 사람들이 어쩔 수 없이 선택하게 된 거친 식당일이 사람의 영혼을 망가지게 만든다는 사실이 문득 두려웠다. 두 여자가 싸움으로 난장판을 만든 홀을 치우느라 선경은 허리를 굽히고 묵묵히 바닥을 닦고 있었다.

눈에 가시 같던 비산동 아줌마가 나갔는데도 윤씨 아줌마는 오히려 풀이 죽어 있었다. 내가 먼저 말을 걸어야 겨우 몇 마디 힘없이 대답을 하는 것이 고작이었다. 수족관 안의 물고기가 죽어가다가도 천적을 풀어놓으면 팔팔하게 살아난다는 이야기가 떠올랐다. 천적이 사라져서 저러나 싶었다. 이전의 괄괄하던 윤씨 아줌마가 맞나 싶어 걱정이 되기도 했다. 비산동 아줌마가 갑자기 일을 그만두었기 때문에 나는 급히 벼룩시장에 모집공고를 냈다. 비산동 아줌마가 나가고 나서 선경이 홀 일을 도맡아 해야 했다. 선경은 상을 치우거나 반찬을 갖다주거나 주문받고 카운터에서 계산을 할 때는 전혀 거리낌이 없었지만 손등의 흉터와 잘린 손가락 때문에 손님들에게 고기를 구워주는 일을 꺼려했다. 선경이 국어 과외 일을 그만둔 것도 손 때문이었다. 아이들과 학부모들은 손가락이 잘리고 손등에 흉터를 가진 과외 선생을 부담스러워했다. 말은 하지 않았지만 할 수만 있다면 선경은 아무에게도 손을 드러내지 않는 일을 하고 싶어한다는 것을 나는 알고 있었다.

식당 문을 빼꼼히 열고 들어온 사람은 얼핏 보았을 때 사내아이처럼 보였다. 아주 짧게 깎은 머리를 노랗게 염색한 몸매가 호리호리한 여자였다. 달라붙은 스판 청바지에 검정 비닐 가죽 재킷을 입은 여자는 마치 아직 덜 자란 소년처럼 보이는 인상이었다.

"저기요, 사람 구해요? 문 앞에 홀 서빙 아줌마 구한다고 붙어 있어서 들어와 봤어요."

나와 선경은 여자를 동물원 원숭이를 쳐다보듯 위아래로 훑어보았다. 무엇보다 식당일을 하기에는 몸이 약해 보였기 때문이었다. 그리고 저 헤어스타일은 도대체 뭐란 말인가. 잘 봐주면 미용사들의 최신 헤어스타일로 봐줄 수 있겠고, 아니면 아주 불량기가 다분한 청소년의 헤어스타일로 보이기도 했다. 우리 식당에는 열 시 넘어서 몰려오는 손님들이 간혹 있는데 미용실에서 근무하는 사람들이나 중국집이나 통닭집에서 일하는 주인이나 배달원들, 늦은 밤까지 일하는 자영업자들이 대부분이었다. 특히 미용사들이 오는 날은 그들의 최첨단 헤어스타일 때문에 눈이 즐거웠다. 그들은 자신의 머리를 기꺼이 자신의 직업을 위해 사용하는 직업정신이 아주 투철한 사람들이었다. 빨갛고 파란 염색은 보통이었고 록 가수처럼 기다랗게 꽁지머리를 내거나, 아예 빨주노초파남보로 염색을 한 용감무쌍한 미용사도 있어서 그들의 투철한 직업정신을 본받아야겠다 싶기도 했다. 데친 나물처럼 축 처져 있던 윤씨 아줌마까지 무슨 일인가 하고 주방 문을 반쯤 열고서는 홀을 내다보았다.

"아직 사람 못 구했는데 들어오세요."

선경이 여자를 자리에 앉히고 믹스 커피 한 잔을 타서 내밀었다. 여자는 입술이 새파랗게 얼어 있었다. 아마도 일자리를 구하기 위해서 찬바람이 부는 거리를 여기저기 돌아다닌 모양이었다.

"저, 이래봬도 일 잘해요. 안 해본 일이 없어요. 분식집에도 다녔고 해물탕집에도 다녔어요."

여자는 우리가 자신을 못 미더워한다는 눈치를 챘는지 서둘러 말했다. 사정이 아주 급한 모양이었다.

"식당일 보기보다 힘들어요. 그쪽같이 세련된 멋쟁이가 하기에는요. 아가씨처럼 보이는데, 몇 살이에요?"

선경의 말은 상대방이 듣기에 따라서는 힘든 일보다는 멋 부리는 일만 좋아한다고 들릴 수도 있는 말이었다.

"서른다섯 살인데요."

나와 선경은 눈을 치켜뜨고 마주 쳐다보았다. 얼굴에 그늘이 져 있기는 하지만 날씬한 몸매와 조그마한 얼굴 때문에 많이 보아도 20대 후반처럼 보였기 때문이었다.

"세련되기는요. 얼마 전에 다방 주방에서 일했는데, 그래서 머리를 노랗게 염색한 거예요. 다방 마담 언니가 주방 아줌마도 세련되게 해 다녀야 한다고 하도 닦달을 해대는 바람에 염색했는데, 보기 흉하죠? 그 다방이 문 닫는 바람에 이렇게 일자리를 구하러 다니는 거예요. 지난번에 제가 일했던 분식집이랑 해물탕집 전화번호 알려드려요?"

여자는 당장 카운터로 가서 전화를 할 기세였다. 나는 선경에게 고개를 끄덕였다. 우리가 일해달라고 매달리는 경우보다는 일하는 사람 쪽에서 사정이 급한 경우나 간절하게 일하겠다고 매달릴 때 성실하게 일을 한다는 것을 몇 번 사람을 써본 경험을 통해서 알게 되었다.

"그럼 내일부터 나와서 일하도록 하세요. 한 달에 평일 두 번 놀고, 아침 열 시부터 밤 열 시까지 일해요. 아 참, 그리고 월급은 한 달에 백십만 원이에요."

선경이 출근해도 좋다고 하자 불안한 표정을 짓고 있던 여자의 얼굴에는 화색이 돌았다. 여자는 잠시 머뭇거리더니 내 쪽을 한 번 쳐다보고 선경을 한 번 더 쳐다보았다.

"저어 죄송하지만⋯⋯, 한 보름 정도만 일당으로 주시면 안 되겠어요? 사정이 있어서 그러는데."

선경이 표 나게 얼굴을 찌푸렸다. 저런 경우는 십중팔구 며칠 일하다가 일을 그만둘 가능성이 높았기 때문이었다.

"혹시 이건 제 노파심인데, 며칠 일하다가 그만두려고 그러는 것 아니죠?"

"그런 염려는 붙들어 매세요. 저는 제가 먼저 그만두겠다고 말한 적은 한 번도 없어요."

여자는 제법 단호한 말투로 이야기하고는 입을 꼭 다물었다. 여자의 꼭 다문 얇은 입술에는 각오가 단단히 서려 있었다. 나는 고개를 끄덕였다. 선경은 여자의 연락처를 받고는 현관문 앞까지 나가서 여자를 배웅했다.

우리 집에서 새로 일하게 된 노랑머리 아줌마의 이름은 정현수였다. 나는 그녀를 지칭할 때 뭐라 부를지 난감했다. 정씨 아줌마라 하기엔 너무 젊고 정현수 씨라고 이름을 부르긴 뭣했다. 선경에게 정현수 아줌마라 했더니 배를 쥐고 웃었다. 일주일 동안 일을 시켜보니 무뚝뚝하고 전혀 웃지 않아서 마음에 들지 않았다. 홀 서빙하는 사람이 웃지 않는다는 것은 치명적인 단점이었다. 우리 식당의 모토가 첫째도 친절, 둘째도 친절이 아닌가. 하지만 출퇴근 시간을 어기는 일도 없었고 일을 꼼꼼하고 성실하게 하는 편이어서 한시름을 놓았다. 우리 집에 사람이 들어오면 무조건 하대하거나 트집거리를 잡아 초장에 기를 잡으려고 드는 윤씨 아줌마도 비산동 아줌마와는 달리 고분고분한 정현수 아줌마를 막내여동생 대하듯이 대해주었다. 무엇보다 비산동 아줌마같이 드센 아줌마를 겪어본 탓에 비산동 아줌마와 반대의 스타일이면 일단 마음에 차는 모양이었다. 남자 손님들 중에서는 정현수 아줌마의 노랑머리 때문에 짓궂은 농담을 하거나 은근히 추파를 던지는 사람도 있었다. 노랗게 염색한 머리 때문에 제법 놀 줄 아는 여자로 지레짐작을 하고 추파를 던졌지만 정현수 아줌마는 그런 면에 있어서는 맺고 끊는 부분이 정확했다.

정현수 아줌마와 선경은 한 달 정도 지나자 제법 친해져서 서로의 속내도 이야기하는 사이가 되었다. 두 여자를 친하게 만들어준 사람은 뜻밖에도 우리 어머니였다. 정현수 아줌마도 우리 어머니 못지않은 괴팍한 시어머니가 있었다고 했다. 두 여자는 시어머니 흉을 보며 친해진 것 같았다. 선경은 그녀를 보면서 한편으로 위안을 받고 한편으로는 가슴 아파했다. 그녀가 일하는 것을 물끄러미 바라보는 선경의 눈에는 연민의 빛이 가득했다. 그녀는 선경의 손등에 있는 흉터를 보고 뇌수술을 받은 머리 밑의 흉터를 보여주었다고 했다. 선경은 그제야 그녀의 머리카락이 사내아이처럼 짧았던 이유를 알아챌 수 있었다고 했다. 선경은 정현수 아줌마에게 들은 이야기라며 그녀의 살아온 내력을 들려주었다.

스무 살이었던 그녀가 남편을 만난 것은 작은 직물공장에서였다. 가난한 집안 형편에 혼자 힘으로 보건전문대학 물리치료학과에 다니던 그녀는 여름방학이 되자 돈을 벌어 학비에 보탤 결심을 했다. 친구의 소개로 작은 직물공장에 들어간 그녀는 준비실에 배치를 받았다. 원사를 꼬임이 있는 연사로 만드는 공정이었다.

준비실의 기사였던 남편은 첫 회식 때부터 그녀를 집적거렸다. 그녀는 조용필의 〈창밖의 여자〉를 구성지게 부르며 자신을 끈적끈적하게 쳐다보는 그의 눈빛이 싫었다. 구석에 가만히 앉아 있던 그녀를 가운데 끌어내어 노래를 시킨 사람도 그였다. 유행가를 하나도 알지 못하던 그녀였다. "모닥불 피워놓고 마주 앉아서……." 죄지은 사람처럼 기어드는 목소리로 〈모닥불〉을 겨우 불렀다. 사람들은 한결같이 분위기 다 잡친다는 표정을 짓고 있었지만 그는 사람들에게 박수를 한껏 유도했다. 어쨌거나 난처한 상황을 벗어나게 해준 것이 고마워 그에게 콜라를 한 잔 따라 주었다. 그것을 빌미로 그는 그녀에게 노골적으로 접근했다. 자취집에 통닭을 사온다거나 빵을 사와 문을 두드리곤 했지만 그녀는 문을 열어주지 않았다.

그는 주인집 담을 몰래 넘고 들어와 야근에 지쳐 잠에 곯아떨어진 그녀를 덮쳤다. 잠결에 입을 틀어막힌 그녀는 죽을힘을 다해 반항을 했지만 덩치가 크고 힘이 센 그를 당해낼 수가 없었다. 그의 팔뚝을 물어뜯고 비명을 질렀지만 그날따라 집 안에는 개미새끼 한 마리 얼씬거리지 않았다. 쌀쌀맞게 대하는 그녀를 덮칠 기회만 엿보고 있었던 그의 계획된 짓이 분명했다.

졸지에 당한 일로 그녀는 임신을 했고 학교에도 집에도 돌아갈 수 없었다. 어릴 적부터 어머니의 손길에 이끌려 성당에 다녔던 그녀로서는 낙태의 죄를 범할 용기가 생기지 않았다. 그의 손에 끌려 시골로 내려간 그녀는 아주 강퍅한 시어머니 밑에서 모진 시집살이를 해야 했다. 손버릇이 나쁜 그는 걸핏하면 그녀를 두드려 팼다. 한숨을 쉬면 한숨을 쉰다고, 얼굴을 찌푸리고 있으면 재수 없다고…… 핑계도 가지가지였다. 시어머니는 오히려 맞는 그녀에게 욕을 퍼부었다. 맞을 짓을 해서 맞는다는 식이었다. 아이 둘을 낳은 그녀는 친정에도 연락을 하지 않고 십이 년을 그렇게 체념하고 살았다.

한날 남편의 양복주머니에서 나온 여자의 이름과 전화번호를 발견하고 여자가 생겼다는 것을 알게 되었다. 남편에 대한 애정은 털끝만치도 없었지만 바람을 피우는 것만은 용납할 수 없다는 생각이 들었다. 순진하기 짝이 없었던 그녀는 시어머니는 자기편이 되어줄 것이라고 믿었다. 그래도 같은 여자로서, 아들이 바람을 피우는 것만은 제정신이 들도록 야단쳐줄 것이라고 생각했다. 시어머니가 남편의 정신을 차리게 해줄 것이라고,

자기편을 들어줄 것이라고 믿었던 것은 오산이었다. 시어머니에게서 자초지종을 들은 남편은 그녀의 머리채를 휘어잡고 야구방망이를 마구 휘둘렀다. 머리가 깨져 피를 철철 흘리며 기절해 있는 그녀를 딸아이가 발견해 119에 신고했다. 구급차에 실려간 그녀는 뇌수술을 받고 겨우 깨어날 수 있었다고 했다.

병원에서 퇴원한 그녀는 집으로 돌아가지 않았다. 그때부터 여인숙을 전전하며 식당일을 하기 시작했다. 가끔씩 두고 온 딸아이와 통화를 하다가 남편이 과실치사 혐의로 감방에 갇혀 있다는 것을 알게 되었다. 그녀는 남편이 평생 감방에 갇혀 있는 것이 소원이라고 했다. 돈을 벌어서 아이들을 데려와 같이 사는 것이 그녀의 유일한 희망이었다.

평소의 월요일 저녁답지 않게 홀에 손님이 가득 들어차 홀도 주방도 정신이 없었다. 주말이나 회식 손님들이 예약되어 있는 날은 미리 준비를 충분히 해놓기 때문에 손님이 많이 들이닥쳐도 허둥거리지 않았다. 월요일에는 손님이 가장 뜸한 편이었다. 어머니회에서 부른 주방보조 아줌마는 설거지만 하고 있는데도 정신을 못 차리고 있었다. 주방보조 아줌마는 지금까지 일하러 온 아줌마들 중에서 가장 손이 느리고 굼떴다. 아줌마라기보다는 거의 우리 어머니 연배의 할머니였다. 무슨 사연이 있는지 모르겠지만 저 나이에 젊은 여자들도 하기 힘들다는 주방 일을 하러 다니다니 안쓰럽기 짝이 없었다. 윤씨 아줌마는 주방보조 아줌마가 손이 느리다고 입이 한발이나 나와 있었고 누구에겐지 욕지거리를 바리바리 퍼붓고 있었다. 그놈의 빤스 타령에서부터 찢어죽일 인간, 빌어묵을 인간, 쳐죽일 인간 소리가 끊이지 않았다. 욕지거리 속에 등장하는 빌어먹을 인간이 되고 싶지 않으면 윤씨 아줌마의 화부터 누그러뜨려야 했다. 안 되겠다 싶어 나는 밥솥의 밥을 퍼주거나 소매를 걷어붙이고 설거지까지 도와주었다. 고장 난 라디오처럼 왕왕대던 윤씨 아줌마의 욕지거리가 뚝 그치자 비로소 살 것 같았다.

손님이 고기를 구워 먹다 말고 선경을 불렀다. 손님은 단단히 화가 나 있었다.

"내, 이 집에 일주일에 한두 번은 꼭 오는데 이기 도대체 뭔교?"

"손님, 왜 그러세요?"

영문을 모르겠다는 표정으로 선경이 되묻자 손님이 집게로 고기를 들어 올렸다. 다른 테이블에 앉아 있던 손님들이 일제히 쳐다보았다. 카운터에서 손님을 배웅하던 나도 그 테이블로 급하게 다가가서 손님이 들고 있는 고기를 들여다보았다. 돼지갈비가 약간 이상했다. 자세히 들여다보니 그것은 돼지갈비가 아니라 고깃물에 푹 절여진 너덜너덜한 행주였다. 순간 정전이 된 듯 눈앞이 캄캄했다.

"손님, 정말 죄송합니다."

나는 선경을 물러서게 하고는 손님에게 고개를 깊이 숙이며 사과했다.

"죄송하다고 하마 단교? 고기 먹으러 왔다가 내 이런 꼬라지를 살다 살다 처음 본다 아이가? 더러븐 행주를 고기 접시에 담아 내오는 집이 세상에 오데 있노? 이거 주인장이라면 구워 먹을 수 있겠는교? 한번 구워 먹어볼란교? 내 가만 안 있을 기라요. 이 동네에서 장사 몬 해 묵구로 할 끼라!"

그 손님이 자리에서 벌떡 일어나 나에게 삿대질을 해대고 소리를 지르는 바람에 다른 손님들도 얼굴을 찡그리고 욕을 한마디씩 퍼부어댔다. 젓가락이나 집게, 물컵이나 반찬 그릇을 집어 던지는 손님까지 있었다. 단 한 명도 고기값을 내려고 하지 않았다. 길길이 날뛰던 손님도 자기 때문에 손님들이 일제히 계산도 하지 않고 나가버리자 분이 조금은 풀린 모양이었다. 나는 화를 내던 손님에게 사과의 의미로 십만 원을 변상해주고 또다시 잘못을 구했다. 씩씩대던 손님도 할 수 없다는 표정을 짓고는 식구들을 이끌고는 식당 밖으로 나가버렸다. 나는 식당 간판의 불을 꺼버렸다.

윤씨 아줌마가 죽을죄를 지었다는 표정을 하고는 홀로 슬금슬금 들어왔다. 설거지를 하던 나이 많은 주방보조 아줌마는 고무장갑을 낀 채 배식구 틈으로 홀을 곁눈질하며 눈치를 살피고 있었다.

"장 사장님요. 미안하구마. 너무 정신없이 바쁘게 일을 하다 보이, 고기 통에 행주가 빠진 줄도 몰랐다 아이가? 오늘 손님이 좀 많았능교? 그카고 오늘은 할매가 오는 바람에 손발이 어찌나 안 맞는지. 아무리 사람이 엄따 케도 할매를 보내는 법이 어디 있노? 시상에, 이 일을 우야마 좋노? 장 사장요, 내가 죽일 년이라요."

풀이 잔뜩 죽어서 내 눈치를 살피고 있는 윤씨 아줌마를 보니 화를 낼 기운조차 없었다.

"아줌마, 아무리 바쁘더라도 정신 차리고 일하세요. 그리고, 남은 고기는 몽땅 음식물 쓰레기통에 버리세요."

윤씨 아줌마는 사색이 된 채 바닥에 철퍼덕 주저앉아버렸다.

"한 15킬로나 남았는데, 아이고! 그 아까운 고기를 어떻게 버린단 말이고?"

"아까워도 그렇지, 어떻게 행주가 빠졌던 고기를 손님한테 내놓는단 말입니까?"

윤씨 아줌마가 풀이 잔뜩 죽은 표정으로 주방으로 들어갔다. 여기저기 물수건과 젓가락과 숟가락, 물컵이 바닥에 떨어져 나뒹굴고 있는 식당 안은 마치 취객들이 한바탕 패싸움을 하다가 나간 자리 같았다. 선경과 정현수 아줌마는 엎질러진 반찬 그릇들을 치운다고 부산하게 움직였다.

"장사 안 합니까?"

사나흘에 한 번 꼴로 식당에 들르곤 하는 단골손님이 식당 문을 열고 큰 소리로 외쳤다. 노가다 십장이라는 그 손님 뒤에는 건장한 장정 다섯 명이 웅성거리고 서 있었다. 삼겹살이라면 사족을 못 쓰고 상추 겉절이는 늘 수북하게 담아주어야 좋아하는 손님이었다.

"죄송합니다. 집에 무슨 일이 있어서 일찍 들어갈려구요."

애써 심상한 표정으로 거짓말을 하자니 뒷골이 당겨오고 낯이 간지러웠다. 얼굴에 벌레가 꿈틀거리며 기어 다니는 기분이었다.

"이상하네. 이집 간판이 아홉 시에 꺼진 걸 생전 처음 보네. 그란데 식당 꼴이 와 이런교?"

손님은 입맛을 쩍 다시며 식당 문을 닫았다. 뒤따라 나가보니 그 손님들은 팔군식당으로 들어갔다. 오늘따라 팔군식당은 단 한 자리도 빈 곳이 없이 북적거리고 있었다. 입맛이 썼다. 나는 셔터 문을 내리고 주방 뒷문을 통해 주방으로 들어갔다.

"할머니, 안 돼요. 이걸 어떻게 가져가려고 해요?"

주방보조 할머니와 선경이 고기 통을 붙잡고 옥신각신하고 있었다.

"보소, 새댁이요. 어차피 버릴 거마 쪼매마 주마 안 되는교? 낼이 우리 손주 생일인 기라요. 우리 손주가 돼지갈비 한번 묵

으러 가자꼬 카는 걸 한 번도 몬 사줬는 기라요. 에미 에비도 집
을 나가뿌리고 울매나 짠한지⋯⋯. 그 불쌍한 녀석을 혼자 키
우미 맛난 것도 한번 몬 사주고⋯⋯, 이 할미 심정을 생각해서
라도 쪼매마 갖고 가게 해주소. 고기를 생걸로 묵는 것도 아이
고 푹 삶아 묵으마 되는 기라요. 그카고 음식 내버리마 죄받는
기라요."

윤씨 아줌마는 넋을 놓고 멍하니 주방 바닥에 쭈그리고 앉
아 있었다. 고기 통을 붙잡고 있는 할머니의 표정이 너무나 간
절했다.

"그럼, 제가 다른 고기를 좀 싸드릴게요. 그거 갖고 가세요."

"안 되는구마. 오늘 이 집에 손해가 이만저만이 아닐 낀데 내
가 와 파는 고기를 축을 내야 되는교. 그래는 못하니더."

"괜찮습니다. 다른 날 장사 더 하면 되니까 걱정하지 마세요."

나는 고기 통을 번쩍 들어서 플라스틱 소쿠리에 부었다. 거
무칙칙한 고깃물이 수챗구멍으로 빠져 내려가자 고기건더기만
남았다. 건더기만 남은 고기를 들어 음식 쓰레기통에 부었다.
음식쓰레기통에 들어간 고기를 아까워 죽겠다는 듯 쳐다보는
할머니 주방 아줌마를 보자 가슴이 아렸다. 얼마나 손자에게
고기를 먹이고 싶었으면 버릴 고기를 아깝다고 가져가려고 할
까 싶었다. 선경은 냉장고 문을 열고서 절여놓은 돼지갈비를 비
닐봉지에 넣었다. 상추와 깻잎도 넉넉히 담아 안 받으려는 할머

니에게 억지로 건넸다. 팔달시장 아줌마에게 고기를 일 인분씩 판다고 펄쩍 뛰던 선경이 맞나 싶었다. 말없이 쭈그리고 앉아 있던 윤씨 아줌마가 천천히 몸을 일으켜 느릿느릿 설거지를 하기 시작했다.

그다음 날 윤씨 아줌마는 다른 날보다 한참 늦게 출근했다. 한 번도 없던 일이었다. 식당에서 집까지 한 시간이나 걸리는 거리에서 출퇴근을 했지만 윤씨 아줌마는 다른 건 몰라도 출퇴근 시간은 정확하게 지켰다. 우리 부부가 혹여 늦잠이라도 자는 날이면 셋방까지 쳐들어와 방문을 두드려 식당 문을 열어달라고 하는 통에 윤씨 아줌마에게 아예 식당 열쇠를 복사해서 주기도 했다. 그런 사람이 웬일로 이렇게 늦었는지 의아했다.

"아줌마, 오늘, 왜 이렇게 늦었어요?"

선경이 홀을 빗자루로 쓸다가 현관에 들어서는 아줌마를 보고 물었다. 어제는 다른 날보다 퇴근도 일찍 하지 않았던가 말이다. 나는 금고에 잔돈을 채워넣고 장부를 적다가 아줌마를 쳐다보았다. 늘 기운이 펄펄 넘치던 아줌마의 얼굴은 힘이 하나도 없어 보였다.

"현진이 엄마야, 내 오늘부터 공단숯불갈비 그만둘란다. 오늘까지 일한 거 계산해도고."

뜨악한 표정으로 윤씨 아줌마를 건너다보던 선경이 빗자루를 집어던지고 아줌마의 팔을 붙잡았다.

"그게 무슨 말이에요?"

"……."

"아줌마! 지금 농담하시는 거죠? 어제 그 일 때문에? 지나간 일은 지나간 일이고, 앞으로 조심하시면 되잖아요."

"그 일도 그 일이고, 요즘 내가 몸도 영 시원찮고 자꾸 주방에서 실수하는 거 보이께네, 이 집에 오래 있다 보마 서로가 득이 안 되지 싶다."

"아줌마 아들, 지금 의대 갈려고 재수하고 있다면서요. 아들한테 드는 돈이 한 달에 칠십만 원이라면서, 그만두시더래도 아들 대학 합격시켜놓고 그만두셔야죠?"

선경의 말에 윤씨 아줌마는 홀 바닥이 꺼질 정도로 한숨을 푹 내쉬었다. 윤씨 아줌마에겐 공부 잘한다는 막내아들이 가장 큰 희망이자 자랑거리였다. 누군들 그렇지 않겠는가. 더군다나 희망을 걸 데라고는 자식밖에 없는, 가진 것 하나 없는 사람들로서는 더더욱 그럴 것이다. 길거리에서 청소부를 하더라도, 목욕탕에서 때밀이를 하더라도, 백정 일을 한다고 하더라도 자식에게 희망을 걸 수만 있다면 그 사람은 살아갈 든든한 희망이 있는 것이다. 아줌마는 낡은 스웨터에 일어난 보풀을 손으로 뜯기 시작했다.

"내가 이 식당에 자꾸 폐만 끼치마 우야노?"

윤씨 아줌마가 눈치를 살피듯 내 얼굴을 한번 쳐다보고는 한

숨을 푹 내쉬었다. 누구 비위 맞추는 것 따위는 딱 질색이었지만 기가 죽어 있는 아줌마를 보니 한마디 안 할 수가 없었다.

"아줌마, 사람이 실수할 수도 있죠. 원숭이도 나무에서 떨어질 날이 있다고 하잖아요? 아줌마답지 않게 한 번 실수한 것 가지고 그렇게 풀이 죽어 있으면 어떻게 합니까? 저는 이날 이때까지 얼마나 복 많은 식당주인인 줄 모른다고 생각했습니다. 아줌마 덕분에 이만큼 장사했잖아요. 아줌마처럼 능력 있는 주방장이 대한민국에 어디 있겠어요? 반찬 잘하지, 설거지 잘하시지, 고기 잘 절이지, 힘세지, 목소리 크지, 욕 잘 하지."

"맞아, 우리 아줌마만큼 욕 잘하는 주방장은 없을 거야. 아줌마 나가면 여자는 자고로 빤스를 잘 벗어야 한다는 그 대단한 인생철학을 누구한테 배워요?"

선경이 내 말에 맞장구를 치고 나오자 윤씨 아줌마는 멋쩍은 듯이 선경의 등을 툭 때렸다.

"참말로 문디 겉데이."

무뚝뚝한 정현수 아줌마까지 봉걸레를 식당 벽에 세워놓고 윤씨 아줌마의 굵은 허리통을 껴안으며 한마디 했다.

"언니가 나가면 나는 어떻게 살라구. 우리, 월급 타면 캬바레 한 번 가기로 했잖아. 내가 멋진 아저씨루 부킹시켜줄게."

"니, 그 말 참말이제?"

구겨놓은 은박지처럼 잔뜩 구겨져 있던 윤씨 아줌마의 얼굴은 언제 그랬느냐는 듯 금세 펴졌다. 보기에는 남자보다 대담해 보여도 밤새 얼마나 가슴을 졸였는지 볼이 움푹 패여 있었다.

지난여름 무릎 밑에까지 오는 반바지를 입은 윤씨 아줌마의 종아리를 본 적이 있었다. 보기 흉한 정맥류가 나무의 뿌리처럼 울퉁불퉁 튀어 올라와 있었다. 몸속의 핏줄들이 윤씨 아줌마에게 아우성을 치고 있는 것처럼 보였다. 제발 이제 고달픈 노동은 그만하고 몸을 돌봐달라고 하는 것처럼 시위하듯이 튀어나온 흉한 핏줄과 도드라진 힘살이 종아리를 검푸른 채찍 자국처럼 휘감고 있었다. 흉터의 길이 윤씨 아줌마의 몸에 아로새겨져 있었다. 고달픈 생이 몸에 새겨놓은 무늬, 지울 수 없는 푸른 문신이었다.

나는 흉터의 길을 몸 안에 감춘 세 여자의 얼굴을 마치 처음 보는 사람들처럼 쳐다보았다. 윤씨 아줌마가 주방으로 들어가자 선경의 얼굴에는 안도하는 표정이 떠올랐다. 윤씨 아줌마는 수돗물을 세게 틀어놓고 상추를 씻기 시작했다. 나는 식당 문을 활짝 열어젖혔다. 눈부신 봄 햇살이 반가운 손님처럼 식당 안으로 와락 밀려들어왔다.

식당의 불빛이 환하다

길가의 점포들마다 갖가지 빛깔의 네온 불을 환하게 켜놓고 있었다. 밤의 정원에 피어난 신비한 꽃들처럼 눈부시게 아름다운 불빛이었다. 막상 불 켜진 가게의 문을 열고 들어가면 가게의 불빛은 먹이를 노리는 짐승의 눈빛처럼 보였다. 먹고 살기 위한 투쟁이 벌어지고 있는 살벌한 전쟁터일지라도 먼 데서 보면 저 불빛은 얼마나 아름다운가.

"현진이 엄마, 밥이 떨어졌다. 우야겠노? 밥이 다 될라마 한 십 분 정도 기다리야 되는데, 손님들은 밥 빨리 달라 케쌌는데."

윤씨 아줌마가 배식구 틈으로 얼굴을 내밀고 말했다. 선경은 윤씨 아줌마의 말을 못 들었는지 홀을 바쁘게 뛰어다니고 있었다. 내가 직접 진미식당에 밥을 빌리러 가는 수밖에 없었다.

"밥 몇 개 필요해요? 제가 가서 빌려오지요."

"여덟 개면 됩니더."

나는 흔히 오봉이라 부르는 커다란 쟁반을 옆구리에 끼고 공단숯불갈비 바로 건너편에 있는 진미식당으로 향했다. 대개 밥이 떨어지면 선경이 밥을 빌리러 다니곤 했다. 우리의 경쟁 식당인 팔군식당에는 절대로 밥을 빌리러 가지 않았는데 마찬가지로 팔군식당도 다른 식당에서는 밥을 빌려도 우리 식당에는 밥을 빌리러 오지 않았다. 성진숯불갈비에서는 한 공기에 천 원씩을 주고 사가지고 왔다. 성진숯불갈비는 우리와는 차원이 다른, 고급 숯불갈비집을 표방하고 있었기 때문에 공깃밥 그릇부터가 우리가 사용하는 얄팍한 스텐 그릇과 차원이 달랐다. 묵직하고 고급스러운 밥그릇이었다. 성진숯불갈비는 자신들이 쓰는 그릇과 바꾸면 손해라는 생각에서였는지 밥을 다섯 그릇이면 다섯 그릇, 커다란 그릇에 부어주곤 했다. 대신 진미식당은 공기에 담긴 그대로 빌려주곤 했다. 꽤 묵직한 느낌이 나는 진미식당의 목재 현관문을 밀고 들어갔다.

"계십니까?"

다소 어두침침한 홀에는 불이 켜져 있었지만 주인도 손님도 보이지 않았다. 대신 가게에 딸린 방 앞에는 신발들이 수북했다. 진미식당 주인아줌마가 방에서 얼굴을 내밀었다. 보름달처럼 둥실한 주인아줌마의 등 뒤로 할아버지들 대여섯 명이 둘러앉아 화투판을 벌이고 있었다. 오뚜기슈퍼 아저씨는 진미식당 아줌마를 한 여사라고 불렀다. 진미식당 아줌마를 한 여사 어쩌고 하면서 곁눈질을 하면서 은근하게 부르면 오뚜기슈퍼 아줌마의 눈이 샐쭉하게 돌아가기도 했다. 한 여사 또는 한 마담이라고도 불리는 진미식당 주인아줌마는 아주 푸근한 타입의 아줌마였는데 동네 할아버지들로부터 인기를 한 몸에 받았다. 낙원사진관에 사진이 내걸릴 정도의 미인인 향다방 마담이 동네의 젊은 남자들에게 인기가 있다면 진미식당 아줌마는 할아버지들에게 대단한 흠모를 받고 있었다. 진미식당 아줌마는 이마가 넓고 턱에는 적당하게 살이 붙어 후덕한 인상을 풍겼다. 과부인 50대 후반의 아줌마는 이 동네에서는 보기 드문 고급차를 몰고 다니는 외동아들과 같이 살았다. 아들이 발정난 개처럼 여자애들을 태우고 놀러 다니는 데 정신이 팔려 있기 때문에 할아버지들이 마음 놓고 들락거리는지도 몰랐다. 진미식당의 주 메뉴는 옻닭이나 보신탕이었다. 관음보살처럼 후덕한 인상을 가진 아줌마가 개고기를 판다니 전혀 어울리지 않는다는 느낌이 들 때가 많았다.

"아이고, 오늘은 사장님이 웬일인교? 맨날 애기 엄마가 밥을 빌리러 오더니."

나는 머리를 긁적이며 오봉을 내밀며 말했다.

"이거, 밥 빌리러 다니는 것도 몇 번 해야 이력이 나겠는데요. 공깃밥 여덟 개만 빌려주십시오."

"장 사장겉이 젊고 잘생긴 남자는 언제든지 대환영이구마. 우리 집에는 영감님들만 득시글거린다 아인교. 언제든지 빌리러 오소."

진미식당 주인아줌마가 대형 전기밥솥 뚜껑을 열자 뜨거운 김이 피어올랐다.

"낮에 한 밥이라서, 맛이 덜할 기라요."

"괜찮습니다. 한 십 분 뒤에 금방 새로 한 밥 갖다드리겠습니다."

"우리는 이 밤에 밥 손님도 없으이까네, 내일 갖다주소 마."

진미식당 아줌마를 보면 한세상을 구름에 달 가듯이 신선놀음을 하듯이 사는 것처럼 보였다. 진미식당 아줌마는 놀고 싶으면 언제든지 식당 문을 닫아놓고 늙수그레한 중년 할아버지들과 팔공산으로 수성못으로 드라이브를 다니곤 했다. 기분 내키면 동해 감포까지 가서 놀고 오기도 했다. 하지만 진미식당 아줌마를 질투하거나 식당에 와서 아줌마에게 강짜를 부리는 할머니들을 본 적은 한 번도 없다. 진미식당 아줌마는 그늘이 넓은 나무가 사람들에게 그늘을 골고루 내어주듯 동네 모든 할아버지들에게 골고루 인정을 베풀고 미소를 나눠주고 맞장구를 쳐주었다. 할아버지들은 넘치지도 않고 모자라지도 않는 진미식당 아줌마의 그런 점을 좋아하는 모양이었다. 부추 냄새와 노릇한 개고기 수육 냄새가 야릇하게 감돌고 있는 진미식당을 빠져나오는데 "광이야!" 하고 외치는 할아버지의 목소리가 뒤통수에 달라붙었다. 어느 한 시절 저 할아버지들에게도 광나던 한 시절이 있었을지도 모른다. 어쩌면 진미식당 아줌마는 세월의 뒤안으로 밀려난 할아버지들에게 빛나던 한 시절을 반추하게 만들어주는 길동무인지도 몰랐다.

식당을 한나절 지키고 있다 보면 골치 아픈 일들이 자주 생겨나곤 했다. 취객들끼리 패싸움을 벌이거나 동네 건달들이 술값을 떼먹고 달아날 때도 있었고 영업시간이 끝났는데도 막무가내로 고집을 피우며 밀고 들어오는 경우도 있었다. 그중에는 거의 한 달에 한 번씩 찾아와서 주기적으로 행패를 부리고 가는 사람이 있었는데 그가 바로 박진도였다. 박진도는 염색공장에서 같이 노동조합 활동을 했던 사람이었다. 민주노조 건설이 당면 목표인데도 그는 군부독재 타도를 외치곤 해서 집회 분위기를 썰렁하게 만들었다. 그를 볼 때마다 태어날 때부터 어디에도 적응하지 못하고 겉돌 수밖에 없는 종류의 사람들이 있다는 생각이 들곤 했다. 그는 운동을 했건 않았건 간에 현실부적응자일 수밖에 없는 사람이었다. 그나마 노동운동을 할 때는 내용 없는 비타협적인 투쟁만을 외쳐대도 불굴의 투사인 양 순진한 사람들이 치켜세워줄 때도 있었지만 먹고 사는 일이 어디 만만한가 말이다. 그는 흘러간 과거에 붙들려 현실 밖으로 한 발자국도 나오려 하지 않았다. 그를 볼 때면 운동이 사람을 괴상하게 망쳐놓았구나 싶어 씁쓸한 기분이 들곤 했다. 요즘은 박진도가 뜸하다 싶어서 마음을 놓고 있던 차에 그가 또 찾아왔다. 어디서 술을 거나하게 했는지 그는 입구에 들어설 때부터 심하게 비틀거렸다. 식당에 들어온 그는 앉자마자 소주를 청했다.

"형, 어디서 많이 마신 것 같은데 그만 마셔."

술을 내놓지 않자 그는 소리를 빽 질렀다.

"치아라 마! 이눔아가 이제 부르주와가 다 됐네. 그래, 이 프롤레타리아 박진도한테는 술을 못 팔겠다는 이 말이가?"

"부르주와는 무슨 얼어죽을 놈의 부르주와? 형 몸 생각해서 그러는 거야. 아들도 생각해야지. 내년에 아들 초등학교 들어간다면서?"

폐인이 된 그를 견디다 못해 아내가 집을 나가는 바람에 늙은 노모가 폐지 따위를 주워 모아 손자를 키우고 있었다.

"나라가 이 모양 이 꼬라진데 학교가 뭔 대수고? 군부독재를 타도해야 학교를 보내든가 말든가 하지."

이게 무슨 뚱딴지같은 소리란 말인가. 하긴 걸핏하면 그는 군부독재 타도를 해야 한다고, 군부독재 타도가 무슨 만병통치약이라도 되는 것처럼 외쳐대곤 했다. 천만노동자가 단결투쟁을 해 군부독재를 타도해야 한다고 내용도 없는 소리를 떠들어대는 바람에 사람들은 그가 술자리에 나타나면 자리를 슬슬 피하기가 바빴다.

"그래, 내한테는 술 안 판다 이거제? 개소리 집어치아라. ……, 내가 니놈의 식당에, 돈 좀 벌었다고 목숨을 내놓고 같이 투쟁했던 동지가 술 한잔 달라는데도 안 내놓는, 니처럼 변절한 부르주와 반동분자의 식당에 화염병을 까 넣고 말 끼다."

화염병이라니! 나와 같이 민주노조 건설 투쟁을 하던 그가 이제는 나를 '부르주와'라고 몰아붙이는 것에 실소가 나왔다. 어쩌면 박진도는 노동운동을 모르고 살았어야 했는지도 모른다. 그의 인생 자체를 위해서도, 운동을 위해서도 말이다. 몇몇 광신도들이 저지르는 엽기적인 행태가 교회에 욕을 먹이듯이 박진도처럼 내용 없는 비타협적인 투쟁만 떠들어대는 것도 마찬가지였다. 노동운동에 호의적인 감정을 품고 있는 사람들마저 염증을 느끼게 만드는 지름길이었다. 나는 얼굴을 잔뜩 찌푸리며 그를 일으켜 세웠다. 마른 장작처럼 야윈 몸이 바닥에 고꾸라질 것같이 비틀댔다.

"형! 다음에 맑은 정신으로 와. 나랑 돼지갈비 구워서 술 한잔 하자구. 화염병을 까 넣더래도 힘이 있어야 까 넣을 게 아니냐고?"

"치아라 마. 개소리 고마해라. 니가 내 여기 오는 거, 돈 안 된다고 그카는 거 다 안다. 니도 별수 없구나. 니 눈에는 사람이 돈으로 보이제? 장사에 방해가 된다고 카는 기제? 이 돈독 오른 부르주와야! 잘 묵고 잘 살아라."

박진도의 말은 취중진담일지도 몰랐다. 어쩌면 박진도는 일부러 술 취한 척, 미친 척을 하면서 한 시절을 견디고 있는 게 아닐까. 미친 척이라도 해야 하루하루를 견딜 수 있기 때문에, 맨정신으로 도저히 살아갈 자신이 없기 때문에 저렇게 몸부림을 치고 있는지도 몰랐다. 박진도가 와서 식당의 분위기를 흐려 놓으면 손님들이 고기를 먹다 말고 주섬주섬 일어서는 일도 더러 있었고 주인인 나에게 항의를 하기도 했다. 나는 술 취해서 행패를 부리는 사람들이 무엇보다 싫었다. 그것은 어린 시절부터의 버릇 때문일지도 몰랐다. 아버지가 술독에 빠져 있는 것만도 지긋지긋한데 어머니까지 술을 먹고 팔자타령을 하고 넋두리를 해대거나 늘 통곡을 했다. 나는 절대로 저렇게는 살지 않을 것이라고 다짐했었다. 내 앞에 맹수가 다가오면 그 맹수의 아가리에 불이 활활 붙는 불방망이를 쑤셔넣거나 맹수를 맨주먹으로라도 때려 눕혀버려야 하는 것이다. 그런데 그 맹수 때문에 못 살겠다고 한탄을 한다고 해서 달라지는 게 뭐란 말인가. 한탄을 하고 있다 보면 나도 모르는 새 운명이라는 맹수의 커다란 입에 삼켜지는 일밖에 없는 것이다.

식당 문을 열고 비틀대며 나간 박진도는 자전거방 앞에서 픽 쓰러지고 말았다. 자전거를 고치고 있던 김 씨는 별 대수롭지 않은 일이라는 듯이 그를 힐끗 쳐다보고는 자기 일에만 열중했다. 넘어진 그를 똑바로 일으켜 세우려 했으나 그는 자꾸만 손사래를 쳤다. 그는 갑자기 주먹을 불끈 쥐더니 투쟁가를 부르기 시작했다.

"단결투쟁! 단결투쟁! 동트는 새벽 밝아오면 붉은 태양 솟아온다. 어! 만호야, 그다음에 가사가 뭐꼬? 갑자기 생각이 안 난다. 살아 춤추는 조국, 노동자 해방 위해……, 사랑도 명예도 이름도 남김없이……."

〈단결투쟁가〉를 부르다가 갑자기 〈노동조합가〉와 〈늙은 노동자의 노래〉를 뒤섞어 부르는 그를 내려다보고 있자니 한숨밖에 나오지 않았다. 자전거방 안에서는 김씨 아저씨가 틀어놓은 찬송가가 흘러나왔다. 박진도는 자전거 수리에 여념이 없는 김 씨 옆에 고개를 푹 수그리고 앉아서 끄덕끄덕 졸기까지 했다. 갈데없는 노숙자의 모습이 따로 없었다. 박진도와 실랑이를 벌이다가 그를 택시에 태워 보내고 나서 한숨을 돌리고 있는데 전화가 걸려왔다.

"감사합니다. 공단숯불갈비입니다."

"만호냐? 나, 황동하야."

"어! 동하 형!"

생각지도 않던 황동하의 목소리에 깜짝 놀라 수화기를 귀에 바짝 갖다 붙였다. 공단숯불갈비를 인수받고 나서 몇 달 안 되어 식당에 왔다가 간 뒤 단 한 번도 찾아오거나 연락을 하지 않았던 황동하였다.

"이번 주 금요일 낮에 시간 좀 내라."

그는 어제도 나를 만나기라도 한 것처럼 대수롭지 않은 투로 말했다.

"금요일? 음, 시간 내보지 뭐. 그런데, 무슨 일 있어?"

"준호 기일인데, 준호에게 찾아가보고 싶어서 그런다. 네 생각이 갑자기 나더라구. 금요일 오후에 내가 식당으로 찾아가지 뭐."

김준호! 새까맣게 잊고 있었던 얼굴 하나가 부표처럼 갑자기 떠올랐다. 준호와 나는 동갑이었다. 황동하가 지도하는 단위 모임에는 준호, 나, 내 아내 선경, 다른 학출 노동자 두 사람, 이렇게 도합 다섯 명이 조직원으로 묶여 있었다. 나는 그래도 중학교까지는 다녀봤으나 준호는 중학교도 1학년까지밖에 못 다녔다고 했다. 나는 집에서 일찍이 내놓은 싹수가 노란 놈이었다. 집에서도 내게 기대 같은 것은 일찌감치 접은 상태였고 나는 식구를 챙겨야 한다는 부담감 따위는 전혀 갖지 않았다. 그러나 준호는 사정이 달랐다. 준호는 알코올중독자 아버지와 병든 어머니와 어린 동생들까지 보살펴야 하는 집안의 가장이었다. 어떨 때는 너는 그냥 식구들이나 챙기고 돈이나 열심히 벌어야 하는 것 아니냐고 주제넘은 소리라도 한마디 해주고 싶은 생각이 굴뚝같았다.

준호는 몇 개의 공장에서 민주노조 건설 투쟁을 하다 해고된

경력이 있었다. 투쟁 현장에서는 선봉대로 나서기를 주저하지
않았고 학습이면 학습, 조직 활동이면 조직 활동, 어느 것 하나
빠지는 것이 없는 완벽한 활동가이자 선진노동자였다. 준호를
볼 때마다 드는 생각이 그야말로 부활한 전태일이 있다면 그가
바로 준호가 아닐까 생각이 될 정도였다. 준호는 조직이 깨지고
난 뒤에도 외롭게 현장 모임을 만들고 노조 건설 투쟁을 했다.
혼자 끝까지 남아 노동운동의 불씨를 지펴보려던 그는 92년 연
말 노조결성일 전날, 연탄가스를 마시고 허무하게 숨을 거두고
말았다. 회한에 사로잡혀 꺽꺽 우는 우리들을 바라보는 영정사
진 속의 준호는 눈부시게 웃고만 있었다.

천천히 흘러가는 강물은 햇빛을 눈부시게 되쏘았다. 준호의
유해를 뿌린 강물은 말없이 흘러가고 있었다. 강변의 마른 억새
풀들은 서걱거리며 서로의 몸을 부비고 있었다. 몸속에서도 마
른 억새풀이 서걱거리는 것만 같았다. 마른 억새풀에 베인 것처
럼 쓰라린 기억을 마주하고 황동하와 나는 오랫동안 말없이 서
있었다. 청춘의 정점에서 죽어간 준호는 자신의 신념에 대해 단
한 번도 믿어 의심치 않았다. 자신의 투철한 신념을 그대로 안
고 불꽃처럼 타올랐다가 스러져간 준호란 놈이 우리보다 더 행
복했는지도 모르겠다는 생각이 들 때가 있었다. 목표와 꿈과 희
망을 잃어버린다는 것은 어쩌면 영혼을 빼앗기는 일과 다름없
지 않은가. 어쩌면 황동하는 준호와 함께 묻혀버린 그 시절의

꿈을 정면으로 마주하는 기분으로 이 강가를 찾았던 건 아니었을까.

우리는 준호의 뼛가루를 뿌린 강가에서 소주 한 잔을 따라 놓고 절을 두 번 했다. 준호야, 너 거기서는 행복한 거냐. 살아 있는 우리들이 어쩌면 너보다 더 불행한 인간일지도 모르겠구나. 영혼은 잃어버린 채 껍데기만 안고 살아가다가 부끄러운 낯을 들고 너에게 왔구나. 강가에 쭈그리고 앉아 담배를 피우는 황동하에게 나는 소주 한 잔을 따라 주었다. 황동하는 내게도 소주를 부어 주었다. 소주잔 속에는 겨울 해가 담겨 출렁거리고 있었다. 소주가 식도를 타고 내려가는 느낌이 그 어느 때보다 찌릿하고 뜨거웠다. 황동하가 무겁게 가라앉은 표정으로 나를 바라보았다.

"안 궁금하냐? 왜 갑자기 준호에게 오자고 했는지?"

햇살이 부셔 눈을 찡그렸다. 털이 빠진 짐승처럼 낮게 엎드린 건너편 산을 쳐다보았다. 산그늘이 드리워진 쪽에는 드문드문 눈이 쌓여 있었다.

"준호 볼 낯이 없지만, 해마다 준호의 기일이면 여기에 찾아왔다. 이 녀석에게 묻고 싶어서였지. 준호는 그 대답을 알려줄 것만 같았다. 이제 더 이상 유효한 희망은 없는가, 그 모든 것은 흔적도 없이 사라져버렸나, 간밤의 한바탕 꿈은 아니었나? 그 뜨거움이 가슴을 아직도 가끔씩 치받치게 만드는데, 아직도 생생한데⋯⋯."

황동하는 아직도 그 시간 속에 갇혀 있는 것처럼 보였다. 무덤 하나를 가슴속에 넣고 다니는 사람처럼, 아니 거대한 왕릉 하나를 가슴속에 넣고 다니는 사람처럼 그는 늘 무거워 보였다. 그가 가슴속에 넣고 다니는 거대한 봉분 속에는 무엇이 들어 있을까. 조직이 깨지고 그는 자신을 영웅처럼 믿고 따르던 조직원들로부터 무수한 돌팔매질을 받아야 했다. 사이비 유물론자, 철 지난 교조주의자, 마르크스 레닌의 원전만을 성경처럼 모시는 원칙주의자⋯⋯. 그의 말 하나면 지옥의 불구덩이라도 뛰어들 각오가 되어 있던 조직원들이었다. 그들이 어느 날 갑자기 등에 칼을 꽂고 일제히 침을 뱉었을 때 황동하는 어떤 기분이었을까. 그 모든 수모를 고스란히 감당하며 황동하는 죽어간 준호를 생각했을지도 모른다. 지난 시절의 꿈들이 고대의 부장품처럼 묻혀 있는 그 봉분 속에는 분노와 회한이 가득 들어 있을 것이다.

"준호는 아무런 말이 없었지. 아니, 준호가 대답이 없었던 게 아니라, 어쩌면 내가 준호의 대답을 저 강물에 흘려보내고 싶었던 건지 몰라. 나에게 돌아오지 말라고, 그냥 흘러가버리라고⋯⋯. 어쩌면 난 준호를, 그리고 내 자신을 수만 번도 더 배신했는지 몰라."

"아니, 형은 애써 부정하는 척하고 있을 뿐이야. 난 형이 여전히 꿈을 지피고 있다는 걸 알아. 절대 꺼질 수 없는 불같은 꿈 하나!"

황동하는 고개를 저었다.

"아니. 그 시절을 털어내고 싶어. 할 수만 있다면 깨끗하게……. 영원한 것은 존재하지 않아. ……, 만호야! 하나 물어보자."

"……?"

"너, 식당을 왜 하는 거냐? 넌 준호 못지않게 신념이 투철했는데……, 하필이면 식당을 한다는 게 궁금했어. 다른 사람은 몰라도 너는 끝까지 현장에 남을 거라고 생각했다."

"아마도 교통사고가 안 났다면 현장에 남아 있었겠지. 계속 운동도 하고 있었을 거고. 운동 그만둔 게 다 그놈의 교통사고 때문인 셈인가?"

"……?"

황동하가 뜨악한 표정으로 나를 쳐다보았다. 나는 달리 할 말이 없어 머리를 긁적였다.

"식당 하는 데 뭐 거창한 목적이 있겠어? 식당을 하는 한은 남들보다 장사를 더 잘해보자, 이런 맘으로 하고 있어. 누군가 내게 말했지. 장사꾼은 장사를 잘하는 것으로 세상에 보시를 할 수 있는 거라구."

도원 스님, 경우 형의 얼굴이 떠올랐다. 스님은 지금 어디에서 탱화를 그리고 있을까. 황동하가 작은 돌멩이 하나를 집어서 강물로 던지며 쓴웃음을 지었다.

"동하 형, 만약, 지난날 동구권이 무너지지 않았다면……, 아직 우리가 치열하게 운동을 하고 있었다면, 그 빌어먹을 연탄 중독 사고가 나지 않았다면, 준호는 아직도 치열하게 운동을 하고 있을까? 아니, 형도 나도 운동을 떠나지 않았을까?"

"그건 모르지. 하지만 만약은 없어. 떨어져 나올 사람들, 나 같은 패배주의자들은 어떤 핑계를 만들어서라도 운동을 그만두었겠지. 운동뿐만이 아니고 운명에 치열하게 맞서는 사람들은 어떤 상황에서라도 상황을 핑계대지 않은 것만은 분명하지. 그런 점에서 준호와 너는 닮은 점이 많았어. 마치 쌍둥이처럼."

준호와 내가 닮았다니, 나는 단 한 번도 그런 생각을 해본 적이 없었다. 어쩌면 노동운동을 필생의 운명으로 받아들였다는 점에서는 비슷했을지도 모른다. 나는 입을 다물고 흘러가는 강물을 바라보았다. 저 강물은 수만 년 동안 저 자리에서 해마다 얼고 풀리며 바다로 흘러갔을 것이다. 얼음이 풀린 강물은 환한 늦겨울 햇살에 거대한 거울처럼 빛나고 있었다. 강물은 산그림자를 품고 하늘을 품고 천천히 흘러갔다. 나는 심연 속에 돌을 던지듯 돌멩이 하나를 힘껏 강심으로 던졌다. 돌멩이는 작은 물보라를 일으키더니 흔적도 없이 물속으로 가라앉았다. 돌을 심장 속에 박아 넣고도 강은 여전히 무심한 표정을 짓고 흘러가고 있었다.

얼굴이 다른 사람보다 까무잡잡해서 웃을 때 치아가 유난히 희게 보이던 준호의 미소가 떠올랐다. 준호는 갔지만 아직 내 곁에는 황동하라는 동지가 남았다. 나는 황동하가 준호에게 같이 오자고 한 것에 나름대로의 의미를 부여하고 싶은지도 몰랐다. 아직 우리는 지난 시절의 꿈을 잃어버리지 않고 살아가고 있다고, 아직 희망을 가슴속에 품고 있다고, 언제든지 우리는 다시 손을 잡고 같이 갈 수도 있는 사이라고 믿고 싶은지도 몰랐다.

식당이 어느 정도 자리를 잡게 된다면 나는 가장 먼저 황동하에게 손을 내밀어 같이 일을 해보자고 말하고 싶었다. 나는 다시 꿈을 꾸고 싶었다. 내가 지난 시절의 꿈을 다시 지펴 올린다면 내 옆에는 당연히 황동하가 있어야 했다. 〈노동법 해설〉을 건네주던 황동하의 눈빛은 돌에 새겨진 글씨처럼 내 심장에 아로새겨진 문신이었다. 갓 태어난 오리가 처음 본 대상을 어미로 생각하는 일종의 각인현상인지도 몰랐다. 소주 석 잔을 마신 황동하의 걸음은 유난히 비틀거렸다. 나는 손을 내밀어 비틀거리는 그의 몸을 바로 세워주었다. 황동하는 겸연쩍은 웃음을 머금고 나를 돌아보았다. 세월이 그의 얼굴에 새겨놓은 주름 몇 가닥이 햇볕 아래 환하게 드러나 있었다.

식당을 시작한 지 일 년 반쯤 지나자 식당일이 어느 정도 손에 익고 손님들을 대하는 요령도 늘었다. 식당에서 벌어지는 어지간한 사건들에는 눈도 꿈쩍하지 않을 수 있는 배짱이 생겨났다. 윤씨 아줌마와 정현수 아줌마도 무난하게 일을 해주고 있었고 내가 자리를 비울 때는 숯불을 피우는 것도 마다하지 않았다. 하지만 식당의 매출은 점점 떨어지기 시작했다. 돼지갈비와 소갈비를 파는 성진숯불갈비에는 동네에서 어느 정도 부유한 축에 드는 사람들이 드나들었고 팔군식당과 공단숯불갈비는 그야말로 서민층 손님들이 대부분이었다. 비성수기인 여름이어서 그런가 하는 생각이 들기도 했지만 뾰족한 원인을 찾아낼 수가 없었다. 원래 고깃집은 여름이면 매출이 줄기 시작한다. 뜨거운 숯불을 앞에 놓고 고기를 구워 먹는 것이 엄두가 안나기 때문이다. 얼마 전 이 좁은 골목에 밑반찬을 깔끔하고 고급스럽게 내는 푸른숯불갈비라는 갈비집이 개업을 했기 때문일 수도 있었다. 시장은 한계가 있는데 경쟁업소는 자꾸만 늘어나고 있었다.

팔군식당 사장의 형수에게서 배운 장사의 방식대로 손님에게 친절과 정성을 다하기만 하면 된다고 생각했으나 그것만으로는 부족했다. 이 식당, 저 식당의 음식을 먹으러 다녀보았으나 별 뾰족한 방법이 나오지 않았다. 돼지갈비를 소갈비처럼 말아서 판다고 하는 풍년숯불갈비에도 가보았고 양파를 겉절이로 낸다는 식당에도 찾아가보았다. 대구시내에서 돼지갈비를 잘한다는 식당을 한 열 군데쯤 찾아다니며 먹어보았다. 돼지갈비라면 이제 신물이 올라올 정도였다. 한날은 손님에게서 7호 광장에 있는 오복관이라는 식당이 유명하다는 이야기를 듣게 되었다. 혼자서 고기를 먹으러 다니는 것도 이골이 난 터여서 이제는 식구들과 함께 가보아야겠다는 생각이 들었다. 혼자서는 그 식당의 전모를 파악할 수도 없었을뿐더러 선경의 의견도 듣고 싶었다. 선경도 나 못지않게 식당의 매출이 떨어지는 것을 고민하고 있었다.

"선경아! 우리 오늘 고기 먹으러 가자."

"자다가 무슨 봉창 뚫는 소리야? 날마다 고기 먹으러 다니면서 질리지도 않아?"

"그게 아니라 나 혼자 다니니까, 알아내는 것도 한계가 오더라니까."

"그러지 뭐. 현진이랑 외출한 적도 없는데."

쇠뿔도 단 김에 빼랬다고 윤씨 아줌마와 정현수 아줌마에게 식당을 부탁하고 문제의 그 오복관이라는 식당에 가보기로 했다. 어머니는 살다 살다 별꼴 다 본다는 표정을 하고 따라나섰고 현진이는 오랜만에 엄마 아빠와 외출하는 것이 즐거운지 쉴 새 없이 차 안에서 조잘거렸다.

오복관이라는 식당은 우선 규모면에서 우리 공단숯불갈비와 비교가 되지 않았다. 식당 앞에는 잘 손질이 된 정원이 있고 널찍한 주차장까지 딸려 있었다. 점심시간이 지났는데도 승용차가 열 대나 주차되어 있었다. 나도 몇 년 지나면 이렇게 규모가 큰 식당의 주인이 될 수 있을까. 고급 식당에 한 번도 출입한 적이 없는 우리 식구들은 쭈뼛거리며 식당 안으로 들어섰다. 실내용 분수대에서는 색색의 조명을 받고 물이 뿜어져 나오고 있었다. 갖가지 열대 관엽 식물들이 조화를 이루고 있어 고깃집에 들어온 것이 아니라 고급 호텔 레스토랑에 온 것 같았다. 돼지 갈비 가격은 우리 식당과 비교할 수 없었다. 일 인분에 칠천 원이었다. 입이 절로 딱 벌어졌다.

"야야, 여 비싼 데 맞제? 이런 데서 고기를 묵으마 목이 멕히 갖고 넘어가지도 않겠다."

말은 그렇게 했지만 어머니의 얼굴에는 기쁜 빛이 역력했다. 그래도 아들놈이 돈을 벌어 이렇게 비싼 식당에 모시고 와주었다는 것만으로도 뿌듯한 모양이었다. 스튜어디스의 제복 같은 붉은색 투피스를 입은 종업원 아가씨가 바퀴가 달린 '써빙카'를 밀고 왔다. 이런 고급 식당은 뭐가 달라도 다르구나 싶었다. 우리 공단숯불갈비에서는 꿈도 못 꾸는 양념게장도 있고 반찬이 열 가지가 넘었다. 술 생각이 나는지 입맛을 다시는 어머니를 위해서 나는 백세주 한 병을 시켰다. 현진이 홀 안을 펄쩍거리며 뛰어다녔다. 선경이 현진을 억지로 붙들어 자리에 앉혔다.

"현진아, 조용히 해! 식당에서 그렇게 뛰어다니면 안 돼."

"싫어! 아이스크림 먹고 싶단 말이야."

"무슨 아이스크림을 식당에서 찾아? 가만히 있어."

선경이 현진의 팔을 끌어당기자 나를 닮아 먹는 욕심 하나는 끝내주는 우리 딸내미는 빠져나가려고 몸부림을 쳤다. 고기를 자르며 여자 종업원이 말을 붙여왔다.

"꼬마가 아이스크림이 먹고 싶은가 봐요. 갖다드릴게요. 후식으로 드리는 거예요."

"후식으로 아이스크림을 준다구요?"

나와 선경이 동시에 합창이라도 하듯이 되묻자 종업원 아가씨가 입을 가리고 쿡쿡 웃었다.

"예, 아이스크림도 있고, 그리고 커피도 드리거든요. 커피 싫어하시는 손님께는 녹차나 수정과로 드려요."

우리는 고기를 먹기도 전에 어마어마한 후식에 미리 감동을 하고 말았다. 칠천 원이나 하는 돼지갈비의 양념맛과 고기 육질은 우리 식당보다 크게 나은 것 같지는 않았으나 후식 하나만은 감동 그 자체였다. 고기를 다 먹고 어머니는 잣알이 세 개나 동동 떠 있는 수정과를 마시고 우리는 커피를 대접받았다. 아마도 고급 식당을 사람들이 좋아하는 이유는 이런 분위기와 대접받는다는 느낌 때문일 것이다. 수정과를 숭늉 마시듯이 훌훌 마신 어머니는 캬, 좋다는 소리를 연발하더니 급기야 두 잔이나 더 달라고 해서 종업원의 눈총을 샀다. 나는 바로 이거다 싶었다. 어머니가 현진을 데리고 주차장으로 나가 쭈그리고 앉아 담배를 피우기 시작했다. 현진이도 아이스크림을 한 개 더 받아 내 입에 물고 있었다.

"이봐, 마누라!"

"왜 그래, 서방?"

내가 짓궂게 부르자 선경이 한술 더 뜨며 대답을 했다. 결혼하기 전에 선경은 나를 '만호 형' 하고 부르더니, 이제는 가끔씩 '서방! 서방!' 이렇게 부르기도 했다. 물론 선경이 기분이 좋을 때만 그렇게 불렀기 때문에 '서방' 하는 소리가 오히려 반갑기까지 했다.

"커피 없냐고 묻는 사람들 꽤 있지? 커피는 자판기를 갖다놓으면 되고, 한꺼번에 대량으로 끓여놨다가 차로 내줄 만한 게 없을까?"

"차? 글쎄?"

"여기 와보니까 사람들이 왜 후식을 좋아하는지 알겠어. 고기 먹고 나면 입안이 약간 텁텁하고 그렇잖아? 뭔가 입안을 개운하게 만들고 몸에도 좋다는 느낌을 줄 수 있는 그런 차가 없을까?"

"수정과는 다른 식당에서도 주는 거고……, 우리 식당만의 느낌을 줄 수 있는 차를 내놓으면 좋을 것 같은데"

선경은 턱에 손을 고이고 한참 고민하다 손뼉을 쳤다.

"아! 생각났어. 약차! 어때? 몸에 약이 된다고 약차라고 이름을 붙이면 손님들이 좋아할 것 같은데? 아이스크림 통도 갖다 놓고."

"약차! 바로 그거야. 이름만 들어도 몸에 약이 될 것 같다야. 이야! 역시 울 마누라는 제갈공명 뺨칠 정도라니까. 넌 역시 내 특급참모야. 참모! 두고 봐. 이제 돼지갈비 업계의 통일은 내 손에 달렸다 이거야. 지금은 비록 공단숯불갈비 주인이지만 우린 아마 전국에서 제일가는 식당주인이 될 거라구."

그때 사발을 깨는 듯한 어머니의 목소리가 불쑥 끼어들었다.

"뭔 쓸데없는 사설이 기노! 다 묵었으마 빨리 집에 가야 될 끼 아이가? 장사를 남의 손에 맽기놓고 댕기는 기 아이다. 퍼뜩 일라거라 마."

아들 내외가 시시덕거리는 꼴을 잠시도 못 봐주는 어머니가 소리를 버럭 질렀다. 하여간 우리 모친 성미는 못 말린다. 심지어 식당일을 마치고 불을 끄고 큰 맘 먹고 둘이서 밤일을 한번 해볼라치면 밤잠 없는 어머니가 문을 벌컥 열어젖혀 혼비백산한 경우도 있었다. 어머니가 방문을 열어젖힐까 봐 문을 잠그고 무슨 도둑처럼 거사를 치르곤 했다. 나는 '약차! 약차' 하고 중얼거리며 식당 밖으로 나왔다.

나는 약전 골목에 나가서 한약방 주인들에게 일일이 자문을 구했다. 한약방 주인들은 한약재도 궁합이 맞지 않은 것을 쓰면 오히려 사람들의 몸에 독이 될 수 있다고 했다. 포카 형의 먼 친척뻘이자 약전 골목의 터줏대감이라는 태홍당 한약방 주인이 추천한 약차의 재료는 창출, 후박, 진피, 갈근, 감초, 산사육, 계피, 초두구 이 여덟 가지 약재였다. 특히 계피는 항균효과가 뛰어난데 계피에 든 향기 성분이 마치 항생제처럼 해로운 세균을 없애기 때문에 고기를 먹은 뒤에 먹으면 좋다는 것이었다. 이틀 뒤에 또다시 전화를 해온 한약방 주인은 한 가지 약재를 더 추천해주었다. 당귀를 같이 넣어보라고 했다. 이 아홉 가지 약재를 알맞은 비율로 넣고 끓인 약차는 입에 착 감기는 맛이었다. 향이 진하고 달콤하면서도 쌉스름하기도 한 그 약차의 맛은 혀끝에 오래 남는 아주 독특한 맛이었다.

약차가 완성되자 건물 주인을 만나 건물 옥상에서 건물 아래로 현수막을 내걸 거라고 통고를 했다. 주인 여자는 건물 외관을 해친다고 얼굴을 찡그렸으나 주인 남자는 별 상관 없다고 했다. 주인 부부는 우리 식당을 자신들의 전용 식수원으로 사용했다. 이틀에 한 번씩 건물 주인이 먹는 물을 말 통으로 한 통씩 가득 채워주는 일은 꽤나 번거로웠다. 포카 형이 식당을 할 때는 정수기가 없어서 그런 번거로운 일은 생기지 않았다. 정수기를 들여놓는 것을 본 식당건물 주인 여자가 물을 받아가겠다고 하기에 그렇게 하라고 했던 것이다. 보험아줌마인 주인 여자는 새로운 보험상품만 나오면 우리를 만만한 물주로 생각하는

지 쪼르르 뛰어내려와 가입을 강권했다. 선경은 꼭 바쁜 시간에 내려와 물을 받아달라 한다고 투덜댔다. 나도 짜증이 났으나 드러내놓고 내색을 할 수는 없는 일이었다. 내 건물도 아닌 곳에서 장사를 하는 일종의 통행료라고 생각하면 마음이 편했다.

"내 이 동네에서 장사하미 이렇게 큰 현수막은 처음 맹글어 봤심더."

현수막을 갖고 온 간판집 주인은 혀를 끌끌 찼다. 나는 주인에게 옥상 열쇠를 받아들고 옥상으로 올라갔다. 한 번도 올라와본 적이 없는 옥상에는 건물 주인이 내놓은 폐가구와 폐지들이 수북하게 쌓여 있었다. 옥상에서 내려다보니 진미식당과 오뚜기슈퍼, 팔군식당, 성진숯불갈비, 삼성서비스센터, 명다방, 향다방까지 한눈에 내려다보였다. 향다방 마담이 긴 갈색 머리를 나풀거리며 스쿠터를 타고 차 배달을 나가고 있었다. 향다방 마담이 지나가면 넋을 놓고 쳐다보는 이 동네 젊은 남자들이 한둘이 아니었다. 유부남이든, 가스통을 매달고 배달을 가던 총각이든 혼이 빠진 얼굴로 그녀를 쳐다보기가 일쑤였다. 내가 보기에는 진미식당 아줌마보다는 매력이 훨씬 덜한데도 말이다.

간판가게 주인이 옥상에서 벽돌 서너 개를 찾아 나일론 줄로 단단히 묶고는 현수막을 아래로 늘어뜨렸다. 나는 현수막을 확인하고 싶은 마음에 급하게 계단을 뛰어 내려갔다. 오뚜기슈퍼

주인이 나를 보고는 한마디 했다.

"장 사장이 오더니마는 이 동네가 영판 달라지는 것 같데이. 내가 이 동네 토백이지만서도 지금까지 장 사장겉이 장사하는 사람은 한 번도 못 봤는 기라. 이 동네 돈은 장 사장이 다 끌어모을 작정인가베."

사람들이 건물 앞에 모여들자 자전거방 김 씨는 성가시다는 표정을 한번 지어 보였을 뿐 여전히 자기 일에만 열중했다. '전국 식당 최초로 약차를 후식으로 제공합니다!'라고 쓴 대형 현수막을 올려다보니 가슴이 벅찼다. 이 대형 현수막은 식당을 시작하고 처음으로 내건 현수막이었다. 식당을 홍보하기 위한 첫 시도였다. 건물 5층 옥상에서 1층까지 내걸린 대형 현수막은 지나가던 행인들의 시선을 끌기에 충분했다. 전국 최초라는 말에 사람들은 우선 관심을 보였고 처음 들어보는 약차가 무엇인지 궁금해했다. 현수막을 내건 그날부터 당장 사람들의 반응이 오기 시작했다. 식당에 들어서는 손님들은 식당 한쪽에 비치된 커다란 약차 통에 가장 큰 관심을 보였다. 내가 남자들 정력에도 좋다고 농담을 하자 남자 손님들이 너도 나도 약차 통 주위로 몰려들어 약차를 따라달라고 손을 내밀었다.

"그거 내도 한잔 줘보소."

"아저씨, 이거 남자들한테만 좋은 거예요?"

"아닙니다. 아가씨들 피부 미용에도 아주 좋습니다. 드셔보세요."

나는 무슨 사이비 약장사가 된 기분이었다. 한약방에서 몸에
좋은 국산 한약재라고 약효를 보증했고 맛도 좋았기 때문에 손
님들에게 자신 있게 약차를 내밀었다. 선경은 나보다 한술 더
떠 약차의 효능이라는 제목으로 그럴듯한 문구까지 작성해 약
차 통 옆에 떡하니 붙여놓기까지 했다. 고기를 파는 건지 약차
를 파는 건지 분간이 안 갈 지경이었다. 약차 통 주위를 지키고
있는 나를 보더니 윤씨 아줌마가 핀잔을 늘어놓았다.

"부부 약장사가 따로 없네. 약차가 그래 몸에 좋다는 거 참말
인교? 그거 사기 아인교?"

윤씨 아줌마 성격에 부부사기단으로 몰지 않은 것만도 감사
한 노릇이었다.

"사기라뇨? 아줌마도 약차를 한 통씩 감춰놓고 마시면서."

"몸에 좋다 카는데 좋은지 나쁜지 묵어봐야 알제. 마이 묵어
야 내가 힘을 쓰던동 하제. 자고로 여자는 빤스를 잘 벗어야 하
는 법인데 언년은 빤쓰 한번 잘못 벗는 바람에 인자는 빤스 벗
을 일도 없다 아이가. 서방 없으마 힘쓸 데도 없는 줄 아는 모양
이제?"

또 그놈의 빤스 타령에 설거지를 하던 주방보조 아줌마가 배
꼽을 쥐고 웃었다. 하긴 윤씨 아줌마는 힘쓸 데가 많았다. 물론
주방보조 아줌마와 맞들기는 하지만 20킬로나 되는 고기 통을

들었다 났다 하는 것을 보면 안쓰럽다는 생각이 들기도 했다.

겨우 학교라고는 중학교밖에 다닌 적이 없던 내가 마케팅이 뭔지를 어떻게 알겠는가. 나는 장사의 기본을 경험을 통해서 하나씩 하나씩 터득해나가고 있었다. 약차 덕분인지 바닥을 치던 공단숯불갈비의 매출은 하루가 다르게 부쩍 오르기 시작했다. 고기값도 싼데다 약차와 커피, 아이스크림을 후식으로 준다는 소문이 인근에 퍼져나가자 먼 데서도 손님이 오기 시작했다. 한정된 동네 손님만을 겨냥하는 식당 장사는 결국 제 살 파먹기밖에 되지 않는 것이다. 동네 장사뿐만 아니라 먼 곳에서도 단골손님을 끌어당길 만한 매력이 있어야만 했다. 장사는 남들과 다르게 해야 한다는 것, 다른 식당에는 없는, 그 식당만의 독특한 매력이 있어야만 한다는 것을 나는 조금씩 깨닫고 있었다.

홀에는 고기 타는 냄새와 연기, 모터 돌아가는 소리, 그리고 사람들이 내는 소음이 가득했다. 젓가락 하나 꽂을 데가 없을 정도로 빽빽한 소음 때문에 귀가 먹먹하고 정신을 차릴 수가 없었다. 약차 현수막을 내걸고 나서 토요일 오후 일곱 시만 되면 겪는 풍경이었다. 스무 개의 테이블이 꽉 차버리면 오감의 촉수를 날카롭게 세우고 있어야만 했다. 정신없이 바쁜 날이었다. 선경이 가게를 비우고 병원에서 현진의 간호를 하고 있기 때문이기도 했다. 어머니가 줄곧 피워댄 담배연기 때문인지 평소

기관지가 약하던 현진이가 또 폐렴에 걸린 것이었다. 홀 한가운데서 나는 블랙홀 속으로 끝없이 빨려들어가고 있다는 느낌을 받았다. 입으로는 연신 "예", "예" 하면서 홀로 주방으로 카운터로 부산하게 오갔지만 주문을 까먹기가 예사였다. 마치 손님들이 나를 테이블에 올려놓고 여기서 한 점, 저기서 한 점 고기처럼 뜯어먹고 있다는 느낌이었다. 카운터에서 전화벨이 울렸다. 이런 상황에서 울리는 전화벨 소리는 마치 고문처럼 느껴진다. 망치라도 있다면 전화를 두드려 부수고 싶은 심정이었다. 나는 2번 테이블에 소주 한 병과 콜라 한 병을 가져다주고는 손님의 숲을 헤치고 카운터로 뛰어갔다. 그때까지도 전화벨은 그악스럽게 울리다 내가 수화기를 들자마자 멈췄다. 정현수 아줌마 혼자서 홀에서 이리저리 뛰어다니고 있었다. 나는 숯불을 피우랴, 홀 서빙을 하랴, 석쇠를 닦으랴 정신이 없었다. 손님들은 가게 바깥에서 웅성대며 자리가 나기만을 기다리고 있었다. 숯불을 나르면서 밖을 내다보니 팔군식당 사장이 손님들의 팔을 잡아끄는 게 아닌가. 심장이 밖으로 튀어나올 것만 같았다. 손님들을 뺏길 수는 없는 일이었다. 어떻게 해서 저 손님들을 그 먼데서 우리 식당으로 몰려오도록 만들었는데. 하지만 숯불을 든 채로 뛰어나가 손님들의 소매를 잡아끌거나 팔군 사장의 뺨을 올려붙일 수는 없는 일이었다. 손님이 일어선 테이블이 벌써 다섯 테이블이나 되었다. 나는 숯불을 나르면서 고무장갑을 낀 주

방보조 아줌마까지 홀로 데리고 들어와 상을 치우게 했다. 주방
보조 아줌마의 입은 한발이나 나와 있었다. 아줌마는 아주 굼
뜨게 느릿느릿 상을 치워 심장을 터지도록 만들었다. 4번 테이
블의 시꺼먼 화로를 꺼내다가 아줌마를 쳐다보며 눈살을 찌푸
렸다. 여기저기서 아줌마요. 사장님요. 하는 소리가 귓가를 때
렸다. 15번 테이블에서 아재요. 하는 소리가 들려 휙 뛰어가려
니 3번 테이블의 손님들이 일어서고 있었다. 나는 계산을 하러
카운터로 뛰어가고 정현수 아줌마는 정신없이 상을 치워댔다.

덩치 우람하고 시커먼 녀석 하나가 갑자기 식당 문을 열고
들어왔다. 나는 손님이라고 생각했다. 녀석은 주방 아줌마가 느
릿느릿 상을 치우고 있는 테이블로 가더니 재빠른 솜씨로 상
을 치우기 시작했다. 상을 치우는 솜씨라면 나도 그 누구에 뒤
지지 않는 빠른 솜씨를 자랑했다. 그런데 녀석의 솜씨도 내 솜
씨 못지않았다. 녀석은 손님들이 일어선 테이블의 음식 접시를
쓸어 담은 큰 쟁반을 번쩍 들어 주방의 배식구 앞으로 들고 갔
다. 나는 카운터에서 손님에게 거스름돈을 내주다가 말고 멍하
니 녀석을 쳐다보았다. 귀신에 홀린 기분이었다. 손님이 뺏다시
피 거스름돈을 받는 것을 보고 겨우 정신을 차렸다. 나와 눈빛
이 마주친 녀석은 씨익 웃음을 한번 날렸다. 자기가 무슨 좌중
을 휘어잡는 무대 위의 개그맨이기라도 하듯 씩 쪼개는 웃음이
었다. 마치 관객들에게 서비스로 웃음을 나눠주는 것처럼 보였

다. 녀석은 무법자를 제압한 황야의 카우보이처럼 윙크까지 멋있게 한 방 날린 다음 다시 손님이 일어선 테이블로 가서 후닥닥 상을 치우기 시작했다. 녀석의 등장과 함께 태풍이 훑고 간 현장 같던 홀 상황이 차츰 정리되기 시작했다. 녀석이 치워놓은 자리에 손님이 차례차례 들어오기 시작하고 문밖에서 웅성거리는 손님들도 제자리를 찾기 시작했다. 첫눈에 예사로운 물건이 아니라는 생각이 들었다. 다짜고짜 웬 놈이냐 하고 묻고 싶은 것을 꾹 참으며 나는 녀석이 하는 짓을 좀 더 관찰했다.

녀석은 물 만난 물고기처럼 홀을 휘젓고 다녔다. 씩 웃으며 손님들의 복잡한 주문을 소화해내는 녀석의 솜씨는 마치 나이트클럽의 물 찬 제비 같은 느낌을 주기도 했고 시장판에서 골라 골라 떠리미, 를 외치는 닳고 닳은 장사꾼 같기도 했다. 하지만 노련해 보이는 녀석이었지만 얼굴에서 배어나오는 어린 티는 감출 수 없었다. 어느새 손님들은 홀 서빙하는 정현수 아줌마를 제쳐두고 어이, 총각요, 하며 녀석만 불렀다. 나는 녀석에게 다가갔다. 녀석은 손에 맥주병 세 개와 음료수 네 병을 욕심껏 들고 성큼성큼 걸어가 손님상에 내려놓고 오프너로 씩씩하게 맥주병을 따주고는 주문서에 체크까지 능숙하게 하는 것이었다. 아주 숙달된 나이트클럽의 웨이터 같은 모습이었다. 나는 녀석의 등을 툭툭 쳤다. 녀석이 예의 그 카우보이 같은 웃음을 휘파람처럼 씩 날리며 나를 쳐다보았다.

"너, 도대체 누구냐?"

나는 다짜고짜 그렇게 물었다.

"한윤석이라고 합니다."

녀석은 빙글빙글 웃으며 능글맞은 표정으로 대답했다.

"인석인지, 녀석인지, 윤석인지 알 바 없고. 너 왜 남의 식당에 들어와서 상을 치우는데?"

"제가 뭐 실수한 것이라도 있나요?"

"그건 아니고."

"사장님! 저 오늘부터 여기서 일 좀 하게 해주세요. 아르바이트 구하고 있거든요."

나는 어이가 없어서 허허 웃고 말았다. 하긴, 지금 홀에는 사람이 필요했다. 평일에는 괜찮았으나 토요일만 되면 정신을 못 차릴 지경이었다. 약차 때문에 손님이 늘어 생긴 일이었지만 서빙이 제대로 되지 않는다고 손님들에게 원성을 듣게 되고 이러다간 다시 손님이 떨어질 것은 불을 보듯 당연한 일이었다.

"그런데, 너 몇 살이냐?"

"열일곱 살, 고등학교 1학년인데요."

"뭐?"

180이 넘는 키와 떡 벌어진 어깨하며 부리부리한 눈에 능글맞은 웃음을 달고 있었기 때문에 녀석은 나이보다 네댓 살은 더 많아 보였다. 나는 당연히 대학생이거나 갓 제대한 군바리인

줄 알았다. 손님 중에는 아저씨요, 하며 녀석을 부르는 사람도
있었던 것이다.

한윤석은 그날부터 공단숯불갈비에서 일하게 되었다. 이런
식으로 사람을 구해보기는 처음이었다. 윤석이 몰고 온 활기찬
바람은 식당을 아주 유쾌하게 변화시켰다. 아주 건장하고 서글
서글한 청년 하나가 일으킨 바람이었다. 실은 고등학교 1학년이
었지만 말이다. 나는 녀석을 보면서 열일곱 살 무렵의 나를 떠
올렸다. 열일곱 살. 커닝으로 들어간 공고를 홧김에 때려치우고
내가 공장으로 들어간 나이였다. 윤석을 볼 때마다 열일곱 살
의 나, 인생에 대해 아무것도 몰랐던 나, 사회라는 것이 얼마나
냉혹한 정글인지를 모르고 겁도 없이 뛰어들었던 열일곱 살의
나를 다시 만나는 기분이었다.

윤석에게는 그늘이 없었다. 중학교 다닐 때부터 아르바이트
를 했다는 윤석은 롯데리아나 주유소에서 일한 경험을 살려 손
님들에게 아주 깍듯하고 정중하게 인사를 할 줄 알았다. 어서
오십시오, 라고 큰 소리로 인사하는 공단숯불갈비의 새로운 종
업원 하나가 식당을 아주 매력적이고 즐겁고 흥겨운 장소로 바
꾸어놓았다. 아가씨 손님들은 윤석에게 서빙을 받는 것을 아주
좋아했다. 하여간 괴물 같은 녀석이었다. 어른들에게 조금도 주
눅 들지 않는 녀석의 당당함이 아주 좋아 보였다. 식당을 공연
의 무대로 생각하고 즐기고 있는 게 아닌가 하는 생각이 들 정

도였다. 무엇보다 윤석이 들어온 뒤 내게도 약간의 여유가 생기기 시작했다. 식당일은 그야말로 공장일 못지않은 심한 육체노동이었다. 공장일보다 쉽다고 했던 포카 형의 말은 나를 낚기 위한 낚싯밥일 뿐이었다. 주인이라고 카운터에 앉아서 들고 나는 손님들에게 인사만 하고 계산만 하는 것이 아니라 아침부터 밤늦도록 몸을 재게 놀려야만 하는 일이 식당일이었다. 대형 식당이나 고급 식당이라면 돈만 받고 카운터에 앉아 있을 수 있겠지만 영세한 식당의 주인은 몇 사람 몫의 일을 해내야 했다. 하루 일을 마치고 나면 다친 왼쪽 다리의 무릎과 종아리 부분이 퉁퉁 부어 있곤 했다. 선경은 그때마다 숯불을 피우는 아르바이트생을 구하자고 야단이었다. 윤석이 들어오고 난 뒤 나는 비로소 숯불을 피우거나 쭈그리고 앉아 석쇠를 닦는 일에서 놓여날 수가 있었다. 윤석은 음식물쓰레기를 비우거나 화장실 청소를 하는 허드렛일도 쉽게 해치우곤 해서 윤씨 아줌마도 아주 마음에 들어 했다. 꽃과 나무들 중에도 아주 품종이 좋은 나무가 있듯 녀석은 참으로 매력적인 놈이었다. 나는 대어를 낚았다는 기분이 들었다. 녀석은 넝쿨째 굴러들어온 호박이었다.

눈물로 밥상을 차리는 사람

❧

"너 지금 미쳤냐? 뭐, 윤씨 아줌마가 도둑질을 한다고?"

내가 소리를 버럭 질렀지만 선경은 눈도 깜짝하지 않고 나를 빤히 쳐다보았다. 한날 주방에서 뭔가를 찾으려고 뒤적거리다 빈 찬통 속에 들어 있는 검은 비닐봉지를 보았다는 것이었다. 대수롭지 않게 생각하며 비닐봉지를 풀어보았다고 했다. 선경은 십 인분 정도 되는 돼지갈비가 검은 비닐봉지 속에 들어 있는 것을 보고는 의아하게 생각했다. 하루 이틀 일이 아니었다. 어떤 날은 간장 통 뒤에, 어떤 날은 설탕 봉지 뒤에 감추어져 있을 때가 있었다. 윤씨 아줌마가 퇴근하고 나면 그 비닐봉지가 없어지곤 했다. 근 보름 동안 그런 일이 계속되자 선경은 고민을 하다 나에게 털어놓은 것이었다.

"그, 그러니까 윤씨 아줌마가 고기를 훔쳐간다 이 말이야? 와, 이거 정말 돌아버리겠네. 정말 환장하겠다."

"너무 흥분하지 마. 나도 고민이야. 이건 정말이지 있을 수가 없는 일이야."

"모른 척하고 가만있어."

"아니, 난 모른 척 못하겠어. 알고도 모른 척할 수도 없을뿐더러, 어떻게 믿고 일을 할 수 있겠어?"

선경의 표정은 얼음처럼 싸늘했다. 나는 팔짱을 끼고 한참 고민에 빠져 있었다. 사람 일은 알 수가 없는 일이었다. 행주사건 때문에 이 집에 폐만 끼치마 우야노, 하면서 식당을 나가려던 윤씨 아줌마였다. 보기에는 남자보다 억세 보여도 여린 구석도 있는 윤씨 아줌마가 고기를 훔치다니 있을 수가 없는 일이었다. 무슨 곡절이 있겠거니 했지만 도무지 이해가 안 가는 일이었다.

"설령 가져갔다고 쳐. 아줌마한테 무슨 말을 할 수가 있겠어? 그리고 아줌마가 가져가는 고기, 얼마 되지도 않아. 담에는 차라리 일주일에 한두 번씩 돼지갈비를 싸드려."

"미쳤어? 내 말은 분량이 문제가 아니야. 주방을 믿고 맡겨놨더니, 어떻게 도둑질을 다 할 수가 있어? 그리고 지난번에 아줌마 나간다고 했을 때, 한번 생각해봐. 우리가 아줌마 나가지 말라고 그렇게 붙들었는데, 어떻게 우리한테 이럴 수가 있어?"

"돼지갈비집에서 돼지갈비 좀 싸준다고 크게 손해나는 것도 아니잖아. 불안해하면서 훔쳐가는 것보다 낫지. 그러니까 우리가 먼저 싸주는 게 오히려 더 좋지 않을까?"

"난 못해! 우리가 무슨 예수님이야? 부처님이야? 어떻게 훔쳐가는 사람에게 고기를 싸주라는 거야?"

"그럼 어떻게 할 건데?"

"두고 봐! 아줌마 내보낼 거야."

"그건 절대 안 돼! 하루 이틀 일한 사람도 아니고, 아줌마같이 음식 잘하고 일 잘하는 찬모 구할 수 있는 줄 알아? 누구 맘대로 사람을 내보낸단 거야. 절대 안 돼."

그 일이 있고 나서부터 선경은 윤씨 아줌마에게 찬바람이 일 정도로 쌀쌀맞게 대하기 시작했다. 아무리 예전처럼 대하려고 해도 안 된다는 것이었다. 전에 없던 선경의 쌀쌀맞은 태도 때문인지 윤씨 아줌마도 슬슬 눈치를 보고 식당의 분위기는 어둡게 가라앉아 있었다.

점심 손님이 다 몰려나가고 난 오후 시간이었다.

"장 사장요. 할 말이 있심더."

윤씨 아줌마가 걱정스러운 얼굴을 하고 쭈뼛쭈뼛 다가왔다. 나는 눈을 내리깔고 있는 아줌마를 쳐다보았다. 눈두덩은 부석부석하게 부어 있고 얼굴에 거뭇거뭇하게 기미가 끼어 있었다. 입술에 바른 분홍색 루주가 덕지덕지 일어나 있었다.

"아줌마, 무슨 걱정거리 있습니까?"

"내가 몸이 쪼매 안 좋심더. 언년의 팔자가 이래 더러븐지, 사장요, 내가 인자는 식당에 몬 나오지 싶습니더."

"그게 무슨 말씀이세요?"

"요새 몸이 자꾸 가라앉아서 똑 죽겠는 기라요. 지난번 노는 날에 건강검진이라 카는 걸 내 평생 처음으로 받았다 아입니꺼. 콩팥에 이상이 생겼다 안 카는교. 수술을 못 받으마 평생 혈액 투석을 받아야 한다 카는데, 인자는 식당일도 못하고……, 뭐 해 묵고 살지……"

그 말을 하며 서러움이 북받쳐 오르는지 닭똥 같은 눈물을 펑펑 쏟았다. 무슨 일을 당해도 눈물을 흘리지 않을 것처럼 보이던 아줌마가 눈물을 쏟아내자 나는 당황스러워 어쩔 줄을 몰랐다. 언제 왔는지 선경이 아줌마의 등 뒤에 놀란 표정으로 서 있었다. 나는 뭐라 할 말을 찾지 못해 허둥거리다 식당 현관 문을 열고 밖으로 나왔다. 식당 문 앞에 한참 쭈그리고 앉아 있는데 문을 열고 나온 선경의 눈도 붉게 충혈되어 있었다.

"어떻게 해? 아줌마 너무 불쌍해서. 나 아줌마한테 미안해서 어떻게 해. 도둑질했다고 미워하고……"

"그렇게 평생 고생했으면 사람 말년에 무슨 보람이 있어야 할 건데, 아들이 아직도 재수를 하고 있다면서?"

"아들들은 아줌마 아픈 줄도 모른대. 공부하고 있는 아들 신경 쓸까 봐 말도 못했나 봐."

주방 문을 열자 윤씨 아줌마가 돼지갈비 양념물을 만들고 있었다. 마지막으로 고기를 절이고 있는 아줌마의 눈에서는 금세라도 굵은 눈물 한 방울이 툭 떨어질 것 같았다. 어쩌면 아줌마가 절이고 있는 저 마지막 돼지갈비는 눈물과 한숨으로 절여진 돼지갈비일지도 모른다는 생각이 들었다. 목소리가 걸걸하고 씩씩한 아줌마, 늘 남자 같은 느낌을 주던 아줌마. 평생 병이라고는 모르고 살 것같이 건장하던 윤씨 아줌마도 병 앞에서는 백기를 들고 말았다. 이제는 아줌마의 십팔번인 "여자는 자고로 빤스를 잘 벗어야 되는 기라."도 들을 수가 없게 되리라. 선경이 윤씨 아줌마의 거친 손을 꼭 잡았다. 주방으로 슬며시 들어와 윤씨 아줌마의 펑퍼짐한 허리를 뒤에서 꼭 껴안는 정현수 아줌마의 눈자위도 붉게 물들어 있었다.

윤씨 아줌마를 떠나보내고 며칠 동안 일이 손에 잡히지 않았다. 윤씨 아줌마가 갑자기 나가는 바람에 선경은 주방에서 일을 해야 했다. 윤씨 아줌마의 빈자리는 컸다. 주방을 가득 채우고 있던 것은 음식 냄새와 수돗물 소리와 밥솥에서 김이 오르는 소리뿐만이 아니었다. 윤씨 아줌마의 그 괄괄한 목소리와 푸짐한 욕지거리가 주방에서 언제든지 튀어나올 것 같았다. "여자는 자고로 빤스를 잘 벗어야 되는 기라." 하며 주방 문을 열고 금방이라도 내다볼 것만 같았다. 주방 벽에 걸린 아줌마의 때문은 앞치마를 쳐다보는 선경의 표정도 침울해 보였다. 나는 어머니회에 전화를 해서 새로운 주방 아줌마 한 사람을 보내달라고 했다. 이제 윤씨 아줌마 같은 베테랑 아줌마를 구하는 문제가 가장 큰 당면 과제였다. 윤씨 아줌마가 없는 주방은 휑하고 썰렁해 보였다.

어머니회에서는 오후 세 시쯤 주방 아줌마가 식당에 도착할 것이라고 연락을 해왔다. 삼겹살을 먹던 손님이 나가고 상을 치우고 있을 때 식당의 문이 열렸다.

"어서 오세요."

나는 습관적으로 인사를 했다. 현관 쪽을 돌아다보니 아주 단아하고 단정한 차림을 한 중년 부인이 서 있었다. 고급스러운 투피스를 입은 그녀는 교양미가 풍겨 나오는 중년 부인이었다. 귀부인 태가 줄줄 흐르는 그 부인은 선뜻 홀 안으로 발을 들여놓지 않고 현관 앞에서 잠시 머뭇거리며 서 있었다.

"일하러 왔는데, 주방이 어딘가요?"

"예?"

그 중년 부인은 내가 깜짝 놀라며 되묻자 미안하다는 표정을 지었다.

"어디 볼일이 있어서 잠시 갔다 오는 바람에 이런 차림을 하고 왔습니다. 갈아입을 옷은 가져 왔으니까, 신경 안 쓰셔도 됩니다. 주방이 어느 쪽이지요?"

중년 부인은 내가 홀 안쪽에 있는 주방 문을 가리키자 구두를 벗어 신발장에 넣고 홀로 올라왔다. 주방 문을 열자 상추를 씻고 있던 선경이 돌아보았다. 선경도 나 못지않게 놀란 표정이었다. 지금까지 공단숯불갈비에 숱한 주방 아줌마들이 들락거렸지만 이렇게 귀부인 태가 나는 사람은 없었기 때문이었다.

"안녕하세요?"

선경이 고개를 숙여 인사를 하자 중년 부인도 고개를 숙여 깍듯하게 인사를 했다.

"제 아내입니다. 당분간 일이 손에 익으실 때까지 같이 주방 일을 하셔야 할 것 같군요."

"잘 부탁드립니다."

중년 부인이 고개를 한 번 더 숙이자 선경은 쿡 웃었다. 예의가 몸에 붙은 분이구나 싶었다.

딱히 옷을 갈아입을 만한 장소가 없었기 때문에 중년 부인은 선경을 따라 주방으로 들어갔다. 나는 주방 문을 닫으며 고개를 갸웃거렸다. 손에 물 한 방울 묻혀보지 않은 부잣집 사모님 같은 주방 아줌마는 처음이었다. 저런 사람이 식당 주방에서 설거지를 하려고 하다니 참 세상은 요지경이다 싶었다. 그동안 내 머릿속에는 주방 아줌마는 무조건 윤씨 아줌마같이 걱실걱실하고 남자 뺨칠 정도로 화통한 사람이어야 한다는 선입견이 들어서게 된 모양이었다. 고생이라곤 모르고 살았을 것 같은 사람이 어떻게 이 험한 식당 주방 생활을 견뎌낼 수 있을지 심히 걱정스러웠다. 석쇠를 닦거나 숯불을 피우면서 아줌마가 일하는 모습을 눈여겨보았다. 아줌마는 단 한순간도 꾀를 부리지 않고 설거지를 하거나 주방을 쓸고 닦았다. 선경이나 윤씨 아줌마는 주방 위생에 대해서는 별로 개의치 않는 편이었다. 어떻게 해서든 홀에서 주문하는 것을 재빨리 처리하는 것 위주로 주방 일을 해왔던 것이다. 새로 온 아줌마는 짬이 나면 쇠수세미로 묵은 때를 벗겨냈다. 선경은 아줌마를 퇴근시키고 나서 말했다.

"보기보다는 일을 진짜 잘하셔. 성격이 어쩌나 깔끔한지 놀랐다니까."

"그래? 하루 일하고 나서 못한다고 할 줄 알았는데. 손에 물한 방울 안 묻히고 사셨던 분 같던데, 왜 식당일을 하시는 거지?"

"아직 자세한 사정은 이야기는 안 하시던데, 남편이 췌장암수술하고 아직 투병 중이신가 봐."

식당에 일하러 오는 여자들은 대체로 그러했다. 남편이 돈을 못 버는 환자가 되어 병상에 드러누워 있거나 남편이 떠난 빈자리에서 가난한 여자들이 선택하는 일이 식당일이었다. 자식들을 키우려면 좌판의 아낙네들처럼 억척스럽게 살아가야 했다. 선경도 마찬가지였다. 내가 병상에 누워 있는 일 년간 선경은 온전히 가장이 되어 동분서주 뛰어다녀야 했다. 우연의 일치였겠지만 선경이 식당일을 하겠다는 마음을 먹게 된 가장 큰 원인은 교통사고로 입원한 나 때문이었다. 윤씨 아줌마의 말대로, 여자는 자고로 빤스를 잘 벗어야 한다는 말이 맞는지도 몰랐다. 그 말은 먹고 살아야 하는 일의 눈물겨움을 이르는 말일지도 몰랐다. 식당일을 자발적으로 선택하는 여자들은 아무도 없었다. 결국 여자들이 하루 종일 설거지통에 손을 담그는 식당일을 선택할 수밖에 없는 이유는 남자들 때문이었다. 윤씨 아줌마의 표현에 따르자면 빤스를 잘 벗어야 하는 문제, 전적으로 어떤 남자와 결혼하느냐에 달려 있는 문제였고 결국 그것은 돈의 문제였다. 식당에 일하러 오는 아줌마들을 보면서 선경은 공장보다 식당이 자본주의의 구조적 모순을 가장 극명하게 보여주는 장소라는 생각이 든다고 말했다.

새로 온 주방 아줌마는 사는 동네가 침산동이었기 때문에 며칠 뒤부터 침산 아줌마로 불리기 시작했다. 식당아줌마들은 대부분 사는 동네나 성씨로 무슨 아줌마라고 불리는 게 보통이었다. 침산 아줌마는 누가 시키지도 않았는데 틈만 나면 식당 구석구석에 쌓여 있는 그릇과 쟁반과 양념 통들을 끌어내어 먼지와 곰팡이와 얼룩을 닦아냈다. 쇠수세미로 씻고 닦고 문질러 반짝반짝 윤이 나도록 만들었다. 선경도 윤씨 아줌마와 주방의 살림을 하는 동안 아줌마가 주방을 관리하는 대로 맡겨두고 전혀 신경을 못 쓴 부분이었다. 주방은 자신이 다스리는 영토라는 생각인지 윤씨 아줌마는 주방에 손을 못 대게 했던 것이다. 침산 아줌마 덕분에 살림에는 거의 젬병이던 선경도 효과적으로 주방물품들을 수납하는 방법과 청소 기술을 하나씩 익혀 나갔다. 침산 아줌마는 주방의 찌든 기름때와 곰팡이도 그냥 놔두고 보는 법이 없었다. 퇴근 무렵이면 못 쓰는 물수건에 락 스를 듬뿍 묻혀서 곰팡이가 잔뜩 슬어 있는 곳에 덮어두고 퇴근을 했다. 아침에 와서 보면 곰팡이는 흔적도 보이지 않았다.

"침산 언니는 볼 때마다 이런 식당에서 일할 사람이 아니라 는 생각이 들어요."

정현수 아줌마는 침산 아줌마를 침산 언니라고 부르곤 했다. 손님들에게 노랑머리 아줌마로 불리던 그녀의 머리 색깔은 이 제 짙은 밤색으로 바뀌고 머리 길이도 귀밑까지 내려와 있었다.

"현수 언니, 이런 식당이라니? 그럼 이런 식당에 일하는 우리 는 뭔데?"

선경이 눈을 흘기며 한마디 하자 와르르 웃음이 터졌다.

"식당에서 일할 사람이 원래부터 정해져 있나? 처음에는 나 도 팔자타령도 많이 했어. 왜 하필이면 내가 이 지경이 되어야 하는가 싶어서."

"그래요. 하필이면 왜 나한테 이런 일이 생기나 하는 생각이 들 때면……, 살맛이 하나도 안 나는 것 있죠?"

정현수 아줌마가 우울한 낯빛으로 대꾸하자 선경이 다 안다 는 눈빛으로 그녀의 손을 토닥거렸다.

"집 안을 열심히 쓸고 닦고……, 남편이 가져다주는 돈으로 열심히 살림 산 죄밖에 없는데……, 평생 살림밖에 몰랐지. 남편이 암수술을 받고 누워 있는 거 보자니 눈물밖에 안 나오더라고. 한날은 은행에 갔는데, 은행 아가씨가 내 이름을 묻더라구. 그런데 내 이름이 생각이 안 나는 거야. 그렇게 우울증이 심했어. 남편 암 투병한다고 몇천만 원의 현금을 갖다 붓고 나니 집에는 돈이 씨가 말라버린 거야. 세 아이들은 학용품을 산다, 참고서를 산다, 학원비를 달라, 수업료 달라고 손을 연신 내밀어 대는데 어미가 되어서 그것도 못해주니 죽고 싶더라구. 새끼 제비들처럼 어미 손만 쳐다보는 아이들을 보니 억장이 턱 막히더라구. 그렇다고 죽을 용기는 없고 무작정 어머니회에 찾아가서 식당일이나 파출부 일이라도 하겠다고 했어. 내가 마흔여덟이지만 그래도 명문여고까지 다녀 자존심 하나는 딴에는 하늘을 찔렀지. 그놈의 자존심이 밥 먹여주는 것은 아니더라구."

"맞아요. 자존심이 밥 먹여주는 건 아니죠."

정현수 아줌마가 고개를 끄덕이며 맞장구를 쳤다.

"한날은 돼지갈비집에 일하러 갔지. 파출부로 가정집에 몇 번 일하러 다녔는데, 성격 까탈스러운 젊은 새댁들 비위를 못 맞추겠더라니까. 나도 어지간히 살림에는 자신이 있는데 말이야. 그래서 식당일을 하기로 마음을 먹었어. 그게 속이 편하겠다는 생각이 들더라구. 원대오거리에 있는 그 갈비집은 남자하는 일도 여자한테 맡겼어. 나는 설거지를 하는 줄로만 알고 갔는데 불판을 닦는 일을 맡기더라구. 하루 종일 주방에 쭈그리고 앉아서 불판을 닦아댔어. 그 집은 일하러 오는 사람은 사람 취급도 안 하더라구. 자기들은 홀에 앉아서 밥을 먹으면서 나한테는 밥을 먹으라는 소리도 한마디 안 하는 거야. 냉면 그릇에 식은 밥 한 주걱을 떠 이것저것 나물을 그 위에 놓고는 주방 바닥에 쭈그리고 앉아서 밥을 먹었어."

선경과 정현수 아줌마는 합창이라도 하듯이 동시에 말했다.

"세상에! 정말 너무했다."

"요즘도 그런 인간들이 있단 말입니까?"

나는 저도 모르게 주먹으로 테이블을 쾅 내리쳤다. 종이컵에 담긴 커피가 쏟아지자 선경이 물수건으로 커피를 급히 닦아냈다. 침산 아줌마는 빙긋이 웃으며 천장을 한번 올려다보며 다시 말을 이어 나갔다.

"나는 그날 식당 바닥에 쭈그리고 앉아서 밥을 먹으며 이를 악물었어. 그래, 자식들 벌어 먹이려면 도둑질 빼고는, 화냥질 빼고는 다 해보는 거다. 밥그릇에 눈물이 뚝뚝 떨어지더라구."

목이 메는지 침산 아줌마의 목소리는 약간 잠겨 있었다. 생전 고생 한번 안 하고 살던 침산 아줌마의 심정이 오죽했으랴. 그날 침산 아줌마는 밥을 먹은 게 아니라 자신의 눈물을 떠먹었을 것이다.

"그야말로 눈물 젖은 밥을 드셨군요."

내가 한마디 하자 침산 아줌마가 고개를 끄덕였다.

"그런 셈이지요. 인생수업료를 단단히 지불한 셈이지. 그런데 지나고 보니 그 주인이 오히려 고맙더라구. 그 독한 식당주인 아니었으면 나는 한 달도 못하고 일을 그만뒀을 거야. 세상에는 견디지 못할 일도 없고 인간이 못할 일도 없다는 것을 알게 되었으니까."

침산 아줌마는 식은 커피를 한 모금 마시더니 정현수 아줌마를 쳐다보았다.

"그리고 지윤 엄마야! 나, 이제 그런 생각 안 해. 하필이면 왜 나한테 이런 일이 생기는 건지……. 세상 그 어떤 일도 나한테 생길 수 있구나, 하는 생각이 들어. 그렇게 생각하니 마음이 편해."

침산 아줌마의 굵게 쌍꺼풀진 고운 눈매에 그렁그렁한 눈물 방울이 달려 있었다. 테이블 위의 티슈를 뽑아 코를 횅 푸는 아줌마의 모습을 보니 가슴이 싸하게 아려왔다. 평생 고생 한번 안 하고 집안 살림만 하던 중년 부인이 폭풍우가 치는 세상에 내몰렸을 때 어떤 기분이 들었을까. 아주 우아한 걸음새와 교양 있는 말투가 배어 있던 침산 아줌마도 세월이 가면 윤씨 아줌마 못지않은 억척 아줌마가 되어갈 것이다. 상처가 독이 되기도 하고 때로는 약이 되기도 하는 법이니까.

침산 아줌마가 일을 마치는 시간이 되면 아줌마의 남편이 식당 문 앞에서 낡은 오토바이를 세워놓고 기다리고 있을 때가 많았다. 마치 자가용을 주차해놓고 귀부인을 기다리는 신사처럼 말이다. 나이 들어서도 서로를 연민하고 걱정하는 부부는 아름다워 보였다. 사랑에도 맛이 있다면 나이 든 부부의 사랑은 모든 희로애락이 녹아들어 있는 오래 곤 곰국과도 같은 맛이 나지 않을까. 침산 아줌마는 생의 가장 진창에 떨어져도 삶에 대한 기본적인 품위와 예의를 잃지 않을 사람 같았다. 침산 아줌마를 보면서 한 그릇의 밥은 눈물의 다른 이름이라는 것을 알았다.

다른 날보다 장사를 늦게 마치는 바람에 정리도 끝내지 못한 상태로 새벽 두 시가 넘어서야 집에 들어왔다. 식당 문을 닫고 퇴근을 하면 집 안에는 늘 어머니가 피워대는 담배연기가 가득했다. 현진은 담배연기가 자욱한 방에서 한껏 웅크리고 자고 있었다. 아이의 기관지에 담배연기가 해롭다고 밖에서 피우라고 부탁해도 어머니는 눈도 꿈쩍하지 않았다. 어머니는 도무지 자식을 위해서든 그 누구를 위해서든 희생하고 양보하는 법이 없었다. 오로지 당신의 감정, 당신의 몸, 당신의 평안, 그것만이 가장 중요한 사람이었다. 식당을 시작하고 난 뒤 아이의 얼굴을 제대로 보는 날이 드물었다. 내가 병원에 있는 동안은 할 수 없었지만 정상적인 일을 하게 되었어도 현진은 부모의 손길을 전혀 받지 못하고 있었다. 하루 열네 시간이나 부모가 식당에 붙들려 있기 때문이었다. 선경은 현진이 식당에 올까 봐 만화영화 비디오테이프를 잔뜩 빌려와서 틀어주곤 했다. 자는 아이의 얼굴을 잠시 들여다보고는 방에 들어왔다. 선경이 병원에서 했던 말이 떠올랐다. 식구들끼리 김 오르는 밥상에 둘러앉아 평온한 저녁을 맞이하는 그런 날을 가져보는 것이 꿈이라고 했었다. 아직도 그 꿈을 꾸고 있는지 궁금했다. 식구들과 같은 밥상에 둘러앉는 평온한 저녁은 닿을 수 없는 요원한 꿈인지도 몰랐다.

잠결에 아이의 목소리가 들려왔다. 현진이가 잠에 빠져 정신을 못 차리는 선경의 어깨를 흔들며 보채고 있었다.

"엄마, 배고파! 할머니 없단 말이야."

나는 벌떡 일어나 시계를 쳐다보았다. 아홉 시였다. 이거 큰일 났다 싶었다.

"현진아, 할머니 어디 가셨어?"

"몰라, 몰라!"

어머니는 아침밥을 늦게 해준다고 심통이 나서 또 아침 댓바람부터 집을 나간 모양이었다. 한 며칠간 들볶이겠다 싶어 골치가 지끈지끈 아파왔다. 선경이 계란프라이 반찬에다 봉지 김을 뜯어 아침밥을 현진에게 대충 먹이고는 어린이집에 보낼 준비를 서둘렀다. 어린이집 차에 태워 보낼 시간이 지나 있었다. 시장 가는 길에 현진이를 오토바이 앞에 태워 어린이집에 데려다

주었다.

시장을 봐오니 시간이 열두 시가 지나 있었다. 주방 쪽으로 오토바이를 몰고 가려다 식당 앞에 사람들이 몰려 웅성대는 것을 보고 무슨 일인가 싶어 그쪽으로 오토바이를 갖다 댔다. 이게 무슨 천지개벽할 일이란 말인가. 어머니가 쪽을 지고 있던 머리를 풀어헤친 채 산발을 하고 울부짖고 있었다. 더군다나 집에서 갖고 나온 게 분명한 낡고 우그러진 솥단지를 끼고 있는 게 아닌가. 이 무슨 날벼락인가. 오뚜기슈퍼 아저씨와 자전거방 아저씨, 진미식당 아줌마, 국진이 엄마, 향다방 마담, 명다방 마담, 삼성전자 직원들까지 몰려나와 둥그렇게 원을 만들고 있었다. 그뿐이면 약과였다. 팔군식당 사장과 껌을 짝짝 씹고 있는 사장의 젊은 아내까지 팔짱을 끼고 구경을 하고 있는 모습을 보자니 미치고 팔짝 뛸 노릇이었다. 선경이 어머니 옆에 쭈그리고 앉아 있었지만 어머니의 기세에 눌려 말릴 엄두를 못 내고 있었다.

"아이고, 동네 사람들아! 내 말 좀 들어보소. 가로늦게 얻은 늦둥이 아들 키워서 말년에 두 다리 뻗고 사는가 했더니 며느리와 아들놈이 짜고 낼로 어떻게나 괄시를 하는지 서러버서 못 살겠심더. 아침마다 밥도 안 차려주고 쫄쫄 굶기갖고 죽일 작정인 기라요. 무슨 년의 팔자가 이래 더럽겠노. 아이고! 내 팔자야! 서방 복이 없으모 자식 복도 엄따 켔는데, 아이고 내 팔자야. 아이고! 아이고!"

나는 쥐구멍이라도 있다면 숨고 싶은 심정이었다. 하지만 그럴 수는 없는 일이었다. 뜨거운 것이 울컥 치밀어 올랐다. 나는 사람들을 헤치고 들어가 어머니를 일으켜 세웠다.

"봐라 이눔아! 니는 니 여편네 말만 제일이제? 업어주고 키워주고 공부시키준 이 어미 공도 모르는 이 배은망덕한 놈아! 내를 엄마라고 부르지도 마라."

어머니를 둘러싼 사람들은 아마도 우리 어머니가 하다못해 아들을 대학 공부라도 시켜준 줄 알 것이다. 하지만 유감스럽게도 나는 중학교밖에 다니지 못한 몸이다. 그것도 어머니 당신이 수업료 달라고 하는 아들놈 귀싸대기를 후려치는 바람에 생긴 일이 아닌가.

아들이 밥을 파는 일을 하는데 그 어머니는 늘 밥, 밥 해대니 이런 어처구니없는 일도 있을까 싶었다. 산다는 것은 단 하루도 밥에서 해방되지 못하는 일인가. 식당을 하면서 밥에서 단 한 순간도 놓여나지 못하는 어머니에게 들볶이며 살아야 되다니 한숨이 절로 나왔다. 어려서 남의 집에 얹혀살며 눈칫밥을 먹고 살았던 어머니였다. 시집을 와서도 밥을 해결하는 일은 늘 당신의 몫이었다. 무능력하고 술과 노름을 좋아하고 집안일은 하나도 돌보지 않았던 아버지와 살았어야 했으니 어머니의 한평생은 밥에 묶인 생이었다. 그 때문에 수업료를 달라고 하는 아들의 뺨을 후려쳤을지도 몰랐다. 당장 밥도 안 되는 공부보다는 당장 오늘의 밥을 해결하느냐 못 하느냐가 더 중요하고 절실한 일이었을 테니 말이다.

앞으로 식당일을 하자면 이런 일이 다반사로 벌어질 텐데 도대체가 합리적인 해결책이 나오지 않는 난감하기 짝이 없는 문제였다. 열쇠는 내가 갖고 있다고 선경은 말했다. 어머니에 대한 나의 미적지근한 태도 때문에 발생하는 문제라고, 비겁하다고 나를 몰아세웠다. 실제 나는 어머니라는 시한폭탄을 잘못 건드렸을 경우 발생하는 문제에 대해 책임질 자신이 없었다. 어머니를 잘못 건드렸다간 이 비산동이 발칵 뒤집어질 수도 있기 때문이었다. 자식이라곤 나 하나뿐이어서 어머니는 갈 만한 데도 없었다. 어머니와 아내 사이에 끼어 샌드위치가 된 기분이었다.

나는 어머니를 난짝 들다시피 하면서 식당 안으로 데리고 들어갔다. 어머니의 몸에서는 술 냄새와 찌든 담배 냄새가 확 풍겨왔다. 내가 선경이라도 이 심술궂은 시어머니와는 단 하루라도 못 살아낼 것 같다는 생각이 들었다. 나는 식당 밖으로 나가서 셔터를 내려버렸다. 어머니는 내가 셔터 문을 닫고 들어오는데도 식당 바닥을 굴러다니면서 통곡을 계속했다. 나는 어머니가 통곡을 하건 말건 그대로 놔둬버렸다. 아무도 말리는 사람이 없자 어머니는 제풀에 지쳐 통곡을 그치고는 담배를 한 대 빼물었다.

"실컷 분풀이를 한 모양이지. 이젠 속 시원해?"

"니는 내 새끼도 아이다. 내가 닐로 우예 키웠는데 낼로 이래 괄시를 하노? 여편네 치마폭에 싸이 갖고 쩔쩔매는 니 꼬라지를 보고 있으이 복장이 터지죽겠다."

"현진이 엄마가 언제 치마를 입고 다니기를 했어야지, 내가 치마폭에 싸이던가 하지. 안 그래요, 침산 아줌마?"

내가 그 와중에도 농담을 하자 침산 아줌마가 입을 가리고 웃고 얼굴을 잔뜩 구기고 있던 선경도 피식 웃고 말았다.

"웃지 마라 이놈아!"

어머니가 내 뺨을 올려붙일 기세로 손을 쳐들었다. 어머니는 사람들이 있건 없건 아랑곳하지 않고 길거리에서 아들의 뺨을 때린 적도 있었다.

"아들내미 장사 못하게 만드니 이제 속이 시원하우?"

"그래, 속이 시원하다. 지금 니가 니 에미를 길을 들이자꼬 카는 기가? 장사하는 인간이 와 문을 쳐 닫고 지랄이고?"

"엄마가 문 닫게 해놓고 뭔 소리야? 온 동네방네 식당 하는 아들 내외가 밥도 안 주고 굶긴다고 광고를 했잖아? 동네 사람들이 어떻게 식당에 와서 밥을 먹겠어? 자기 엄마도 굶기는 인간 말종이 하는 식당인데. 어떻게 밥을 먹으러 와? 아무리 분이 나도 그렇지. 어떻게 가게 앞에서 솥단지를 끼고 대성통곡을 할 생각을 다 했는지 몰라. 암튼, 우리 엄마는 대단하셔."

"그래 이눔아, 느그 어매는 인간도 아이고 개잡년이다."

"언제 내가 그런 소리를 했다고 또 트집을 잡고 그래? 알았어, 알았으니까, 그만해. 다음에는 제발 집에서 조용히 이야기로 풀자구."

"현진이 에미, 여기 한번 와봐라."

어머니가 도끼눈을 뜨고 선경을 쏘아보았다. 며느리를 앞에 불러 앉힌 어머니의 눈에는 새파란 불꽃이 이는 것 같았다. 이제는 아들에서 며느리로 화살을 돌릴 모양이었다.

"니가 잘했나? 몬했나?"

어머니는 마치 선경의 눈을 손가락으로 찌를 듯한 기세로 몰아세웠다. 평소답지 않게 선경은 어머니의 얼굴을 똑바로 쳐다보더니 결심한 듯 입을 열었다.

"어머니, 제가 잘한 건 없지만, 어머니께서도 잘하신 것 없다고 생각해요. 같이 사는 식구가 피곤하고 힘들어하면 형편이 되는 사람이 먼저 밥을 할 수도 있는 것 아니에요?"

사그라드는 불씨에 기름을 붙고 만 형국이었다. 어머니의 눈에 불꽃이 파르르 튀었다.

"지금 니가 쪼매 더 배웠다고 낼로 가르치자 카는 기가? 뭐꼬? 으이? 배운 년은 시어미한테 눈 똑바로 뜨고, 그렇게 할 말 다하는 기, 배운 년이 하는 짓거리가? 느거 친정에서 그래 가르치더나?"

"왜 꼭 며느리 손에 밥을 얻어 드셔야 되는데요? 며느리가 무슨 밥 차리는 종이에요? 배고프면 어머니가 직접 밥을 해드셔도 되잖아요? 이런 식으로 소동을 피우시는 법이 어딨어요? 밥 늦게 차려준다고 이러시면 저도 더 이상 어머니께 아침밥 못 차려드려요. 어머니 보시기엔 식당일이 쉬워 보이시죠? 하루 열네 시간 넘게 일하고 나면 숨도 제대로 못 쉴 지경이에요. 다음부터는 늦지 않게 일어나도록 할 테니 어머니께서도 이러시지 말았으면 좋겠어요."

"아이고! 내 복장 터져 죽는다. 내가 새파란 며느리한테 이런 말까정 듣고 살아야 되겠나? 안 되겠다. 복장 터지죽겠다. 만호야, 소주 한 병 갖고 온나."

"엄마! 제발 그만해!"

말려도 들을 어머니가 아니었지만 나는 소주를 갖다주지 않고 버텼다. 어머니는 냉장고 앞을 가로막고 있는 나를 있는 힘껏 밀치고는 소주를 꺼냈다. 소주를 병째 입에 대고 벌컥벌컥 마시고는 바닥을 치며 또 통곡을 하기 시작했다. 한참 통곡을 해도 말리는 사람이 아무도 없자 어머니는 선경을 잡아먹을 듯 노려보았다.

"내가 니년을 가만히 보고 있을 줄 알았더나? 시어미가 니 눈에는 발바닥에 때만도 안 보이제?"

어머니는 그대로 달려들어 선경의 머리끄덩이를 대뜸 움켜쥐고 잡아 뜯었다. 선경의 입에서는 비명 한마디 새어 나오지 않았다. 내가 달려들어 억지로 어머니를 떼놓았다. 어머니의 손에는 머리카락이 한 줌 뽑혀 있었다. 어머니는 그래도 분이 풀리지 않았는지 욕을 퍼부으며 다시 달려들어 선경의 뒤통수를 손바닥으로 내려치는 것이었다. 침산 아줌마와 정현수 아줌마는 하얗게 질린 표정으로 어머니와 선경과 나를 번갈아 쳐다보았다. 입을 꼭 다문 선경은 헝클어진 머리카락을 매만지고는 고무줄로 질끈 묶었다. 얼음처럼 싸늘한 표정으로 나를 쏘아보더니 주방 문 밖으로 휙 나가버렸다. 나는 선경의 뒤를 쫓아 나갔다.

"선경아!"

"따라오지 마!"

선경은 차갑게 소리를 지르고 나를 노려보았다. 대로변 쪽으로 달려나간 선경은 차들이 질주하는 도로 한가운데로 갑자기 뛰어들었다. 심장이 멎는 것 같았다. 차들이 여기저기서 경적을 울려댔다. 도로 저편으로 순식간에 건너간 선경의 뒷모습은 나를 완벽하게 거부하고 있었다. 나는 손발이 묶인 짐승처럼 그 자리에 얼어붙은 듯이 서 있었다. 선경이 저대로 영원히 사라져버리는 게 아닌가 하는 생각이 들었지만 꼼짝할 수가 없었다.

어머니의 밥 문제가 선경과 나 사이를 가로막고 있는 두껍고 거대한 유리벽이라는 것을 왜 진작 몰랐을까. 그 유리벽의 두께를 두껍게 만들어온 사람은 어쩌면 나였는지도 모른다. 선경이 유리벽 뒤에서 눈물로 밥상을 차리고 있다는 것을 나는 알지 못했다. 사소한 밥의 문제라고, 아무것도 아닌 문제라고 나는 항상 외면해버렸던 것이다. 시간이 가면 절로 해결되는 것이 아니라 유리벽이 점점 두꺼워져간다는 사실을 나는 알지 못했다. 이러지도 저러지도 못하고 있는 나는 선경의 말대로 비겁한 방관자일 뿐이었다. 나는 단단한 유리벽을 치듯 붉은 벽돌집의 담벼락을 쾅쾅 주먹으로 내리쳤다. 유리벽 저편에서 선경이 눈물이 가득 고인 눈으로 나를 바라보고 있었다.

라면보다 싼 돼지갈비

아이엠에프의 광풍은 나라의 모든 살림살이를 꽁꽁 얼어붙게 만들었다. 거대한 얼음 속에 갇힌 것처럼 거리를 오가는 사람들의 표정은 굳어 있었다. 부도가 나 폐업을 하는 공장이 속출하는 바람에 일자리를 잃은 사람들이 부지기수였고 자영업자들의 사정도 마찬가지였다. 성진숯불갈비, 만평횟집, 팔군식당, 푸른숯불갈비도 손님은 없고 주인과 일하는 사람들만 앉아 있을 때가 더 많았다. 우리 공단숯불갈비도 예외가 아니었다. 손님은 하나도 없고 우리 부부와 침산 아줌마, 정현수 아줌마는 홀에 앉아서 넋을 놓고 텔레비전을 쳐다보고 있을 때가 많았다. 어떤 날은 하루 매출액이 구만 원인 적도 있었다. 하도 장사가 안 되는 바람에 손님들에게 인기를 독차지하던 윤석이도 잠시 쉬라고 말해두었을 정도였다. 장사가 잘되면 언제든지 부르겠다는 다소 무책임한 약속에도 녀석은 씩 웃으며 언제든지 불러줄 날만 기다리겠다고, 식당일이 제 적성에 딱이라는 말을 덧붙였다.

손님이 줄어들자 정현수 아줌마도 눈치를 보았고 침산 아줌마도 안절부절못했다. 하루에 식당 매출이 거의 십만 원대로 뚝 떨어지고 보니 인건비와 월세를 주고 나면 오히려 적자일 때가 많았다. 본의 아니게 내 집에서 일하는 사람들에게 눈칫밥을 먹이고 있는 셈이었다. 뉴스에서는 거의 매일같이 아이엠에프 때문에 벌어지는 생계형 범죄에 대해서 보도했다. 뉴스를 보면 심란해지기만 했으나 하도 마음이 뒤숭숭해 뉴스라도 보고 있지 않으면 도무지 할 일이 없었다. 선경은 현진의 한글 공부라도 시켜야겠다며 집으로 들어가버렸다. 침산 아줌마와 나와 정현수 아줌마 이렇게 셋이서 무료하게 앉아서 텔레비전을 보며 시간을 때우고 있었다. 입이 찢어지게 하품만 하고 앉아 있는 나를 보고 삶은 꼬막을 까던 침산 아줌마가 웃었다. 텔레비전에서는 아나운서가 심각한 얼굴로 뉴스를 보도하고 있었다.

"아이엠에프 한파로 생계가 막막해진 서민들이 저지르는 장발장형 범죄가 잇따르고 있습니다. 직장을 잃고 생활비에 쪼들린 나머지 고물상에서 고철을 훔쳐다 판 혐의로 서울시 사당동 강 모 씨가 주인에게 붙잡혔습니다. 자신이 다니던 봉제공장이 아이엠에프로 인해 부도가 나 몇 달째 수입이 끊어진 강 씨는 참다못해 서울 양천구 신정동에 위치한 한 고물상에 무단으로 침입했습니다. 강 모 씨가 훔친 물품들은 알루미늄 새시 30킬로그램, 고철 100킬로그램, 전기 펌프모터 한 대라고 합니다. 모두 삼십육만 원 정도의 물량이었다고 합니다. 강 모 씨는 생후 6개월 된 아들의 분유 값을 마련할 수 없어 쓰레기라도 주워보려고 리어카를 빌려 돌아다니던 중 고물상에 가득 쌓인 물건들을 보고 순간적인 충동이 일었다고 말했습니다. 한편 일용직 노동자 조 모 씨는……."

땅이 꺼져라 한숨을 푹 내쉬던 침산 아줌마가 한마디 했다.

"이젠 저런 뉴스 좀 안 들었으면 좋겠는데, 오죽하면 아들 분유 값을 마련하려고 고물을 훔쳤을까? 자기는 굶어도 자식 입에 밥 들어가는 것만 봐도 힘이 나는 게 부모 마음인데, 그 심정이 어땠을지……. 제비새끼 같은 자식이 굶고 있는 꼴을 두고 볼 부모가 어디 있겠어요. 사흘 굶어봐요. 남의 집 대문 안 넘는 사람이 있는가."

"그러게나 말입니다."

자식들을 위해서는 도둑질과 화냥질 빼고는 다 할 수 있다고 침산 아줌마는 말했다. 먹고 사는 일, 밥이 현실이 될 때 체면과 염치가 다 무슨 소용이겠는가. 식당 문이 열리고 초로에 접어든 굵은 몸피의 남자 손님이 식당 안으로 들어왔다. 손님이 들어오자 겨우 숨통이 트이는 기분이었다. 택시 기사복을 입은 남자 손님 두 명은 자리에 앉자마자 아이엠에프 이야기를 꺼냈다.

"뉴스 보니까 어제 두 명이나 길거리에서 얼어 죽었다 카던데."

몸피가 굵은 남자가 물수건으로 손바닥을 닦으며 한마디 했다.

"내가 한 이십 년 정도 운전 해묵고 살았지마는 행님요, 이런 일은 내 평생에 처음인 기라요. 시내 나가도 열 시만 되면 가게 셔터는 다 내려지고 네온 불도 다 꺼지는 기라요. 장사도 안 되는데 전기세 한 푼이라도 애끼자 그건지. 요새 밤에 운전하마 운전할 맛이 다 달아나뿌리는 기라요. 행님요, 아이엠에푼가 술 꼬뿐가 먼가가 되고 나서 젤로 많이 늘어난 기 하나가 있어요. 그기 뭔 줄 아는교?"

"늘은 것도 있나?"

"바로 길거리 구석구석 널브러져 있는 술 취한 남자들인 기라요. 말 그대로 술 권하는 시대 아인교? 아이엠에푼가 먼가가 권하는 술 한잔 하입시더. 주인 양반요! 여기 소주 일 병하고 삼 겹살 한 삼 인분 갖다주소."

손님이 소주 일 병이라고 말하자 평소에는 잘 웃지도 않던 정현수 아줌마가 쿡, 하고 웃었다. 손님들이 주거니 받거니 하는 이야기를 듣고 있자니 또다시 한숨이 나왔다.

오후 다섯 시가 되도록 손님이 단 한 명도 들지 않아 속이 바짝바짝 타들어갈 지경이었다. 화장실을 다녀오는데 기업은행에서 성진숯불갈비까지의 인도에 사람들이 와 몰려오고 있었다. 한 떼거리의 아줌마 군단이었다. 온 전신에 전류가 관통하는 듯

한 흥분을 감출 수가 없었다. 이것이 웬 떡이란 말인가. 간만에 회식 손님을 받아본다는 생각에 가슴이 두방망이질하기 시작했다. 나는 주방으로 후닥닥 뛰어 들어갔다.

"선경아! 손님! 손님이 온다니까. 한 서른 명 쯤 되겠는데 빨리 준비해."

선경의 얼굴에도 모처럼 생기가 반짝 떠올랐다.

"뭐? 진짜야?"

"참 나. 회식 손님이라니까. 빨리 준비해."

나는 장치실로 가서 숯 박스를 통째로 들이붓듯 숯 화로에 숯을 잔뜩 쏟아부었다. 모터를 켜놓고는 다시 현관 쪽으로 후닥닥 뛰어갔다. 그런데 이게 무슨 일이란 말인가. 억장이 무너질 노릇이었다. 세상에. 그 많은 회식 손님들이 일제히 팔군식당으로 들어가는 게 아닌가. 지난달만 해도 우리 식당에서 돼지갈비를 먹었던 자동차 부품공장 삼협산업 사람들이었다. 떡줄 놈은 생각도 하지 않았는데 나 혼자 김칫국을 마시고 있던 셈이다. 나는 그들 앞에 벌렁 드러누워 가시는 걸음 걸음 나를 자근자근 밟고 지나가라고 어깃장을 놓고 싶을 지경이었다. 그런 기분도 모른 채 선경이 현관 앞으로 급하게 뛰어나왔다.

"회식 손님 다 어디 갔어?"

나는 머리를 긁적이며 턱짓으로 팔군식당을 가리켰다. 선경이 어처구니가 없다는 듯 피식 웃더니 내 등을 때렸다. 정말이지 재수 드럽게 없는 날이었다. 공연히 열이 뻗쳐올라 식당 현관문 앞에 있는 죄 없는 화분을 걷어차기까지 했다. 내가 화분을 걷어차고 있는 꼴을 자전거방 김 씨가 힐끗 쳐다보았다. 아이엠에프가 오고 나서 김씨 아저씨 혼자 다 대목을 보고 있는 것 같았다. 창고에 처박아두었던 고물 자전거까지 수리해달라고 오는 손님도 많았고 중고 자전거도 꽤 많이 팔려나가고 있었다. 식당 문을 열고 들어오니 텔레비전에서는 외식비를 줄이라는 아나운서의 얄미운 목소리까지 흘러나왔다. 생각 같아서는 저놈의 텔레비전까지 두들겨 부수고 싶을 지경이었다. 할 일이 없어서 식당 유리창을 닦고 있던 정현수 아줌마가 나를 흘낏 쳐다보았다.

그날 저녁 한 여자 손님이 아이 둘을 데리고 고기를 먹으러 왔다. 아홉 살 쯤 먹은 사내아이와 초등학교 6학년쯤 되어 보이는 여자아이였다. 붉은 포도주 빛으로 머리를 염색하고 화장을 진하게 한 여자는 아무래도 아이들의 엄마처럼은 보이지 않았다. 고기를 먹던 남자아이가 정현수 아줌마의 앞치마를 잡아당기며 엄마라고 부르는 게 아닌가. 그렇다면 저 아이들이 정현수 아줌마가 시댁에 두고 왔다는 아이들이란 말인가. 아이들을 데려오는 것만이 희망이라더니, 드디어 아이들과 같이 살게 된 모양이었다. 정현수 아줌마는 아이들더러 나와 선경에게 인사를 하라고 시켰다. 여자아이는 정현수 아줌마의 깊은 눈매를 쏙

빼닮아 있었다. 얌전하게 보이는 여자아이는 어딘가 모르게 또래 아이들보다 어른스러워 보였다. 선경이 카운터의 돈 통을 열어 이만 원을 꺼내 두 아이에게 나눠주자 정현수 아줌마는 펄쩍 뛰었다.

"이러지 마! 하도 장사가 안 되는 바람에 이 언니더러 고기 좀 팔아주라고 일부러 오게 한 건데, 내가 면목이 없어서 어떻게 해? 그럼, 애들한테 고기도 맘 놓고 사 먹일 수 없잖아."

아이들이 쥔 돈을 뺏다시피 받아서 선경에게 다시 건네는 정현수 아줌마는 표 나게 허둥거렸다. 마음이 언짢았다. 선경은 정현수 아줌마의 앞치마를 벗겨주고는 억지로 자리에 앉혔다. 정현수 아줌마는 아이들에게 고기를 잘라주고 음료수를 따라주었다. 돼지갈비를 맛있게 먹는 아이들을 바라보는 정현수 아줌마의 눈빛이 애잔했다. 저렇게 마음이 여린 여자에게 무지막지한 폭력을 휘두른 그 남편이란 작자는 도대체 어떤 사람이었을까. 어린 자식들에게 고기를 구워 먹이고 있는 야윈 몸피의 그녀가 안쓰러워 보이는지 그들을 쳐다보는 선경의 눈자위가 붉게 변해 있었다. 선경은 아이들에게 계란말이 반찬을 더 갖다주고는 주방으로 들어갔다. 화장을 짙게 한 여자에게 정현수 아줌마는 소주를 따라 주었다.

장사는 여전히 밑바닥이었다. 무언가 특단의 조치를 내리지 않으면 식당 문까지 닫겠다 싶었다. 하루하루 피를 말리는 날들이 계속되었다. 정현수 아줌마는 며칠 전부터 뭔가 할 말이 있어 보였다. 한참을 머뭇거리던 정현수 아줌마는 어렵게 입을 열었다.

"저, 일 그만둘까 해요."

".......?"

"지난번에 왔던 언니, 기억나시죠? 옛날에 나랑 같이 일했던 다방 마담 언닌데, 다시 다방을 차리게 됐어요. 믿고 주방을 맡길 사람이 없다고 하네요. 나보고 다시 일을 해달라고 해서 같이 하기로 했거든요. 방 한 칸을 내주는 덕분에 아이들을 데려올 수가 있었어요. 그 언니가 그래도 얼마나 의리파인지 몰라요. 나도 그 언니 마음을 몰라라 할 수만은 없는 입장이에요."

난처해진 나는 할 말을 찾을 수가 없어서 잠시 허둥댔다. 어느 틈에 침산 아줌마가 정현수 아줌마 옆에 앉아서 만류하기 시작했다.

"지윤 엄마! 안 돼. 그 다방 언니란 사람, 다방 차린 것도 아니고 아직 다방 자리 알아보러 다니고 있다면서? 요즘 손님이 줄어서 그러는 거 내 다 알아. 아직 어린애들 키우는 사람이 다방 주방 일 하고 그러는 거, 애들 보기에도 안 좋고, 그냥 여기서 일해. 나가도 내가 나갈 거니까."

나는 어이가 없어서 두 아줌마를 번갈아 쳐다보기만 했다. 선경이 정색을 하며 화를 버럭 냈다.

"두 분 다 지금 나가면, 월급이고 퇴직금이고 한 푼도 못 드려요. 주고 싶어도 돈이 없어서 못 주니까 맘대로 해요!"

침산 아줌마와 정현수 아줌마는 눈을 둥그렇게 치뜨고 영문을 모르겠다는 표정을 지었다.

"손님이 많을 땐 불평 한마디 안 하고 일해주셨으면서, 장사 조금 안 된다고, 나가시는 게 어딨어요? 장사는 일으키면 돼요. 안 그래도 현진 아빠가 이것저것 고민 많이 하고 있으니까, 두 분은 절대 그런 것 신경 쓰지 마세요. 나가시더라도 우리 장사 잘될 때, 일이 너무 힘들어서 골병들겠다 싶을 때 나가요!"

선경이 일부러 화를 내며 쏘아붙이자 서로 나가겠다고 하던 두 사람은 나와 선경의 얼굴을 번갈아 쳐다보았다. 우리 집 식구들만 생계를 매단 식당이 아니라, 침산 아줌마와 정현수 아줌마의 식구들도 이 코딱지만 한 식당에 목을 매고 있었다. 무언가 특단의 조치가 필요했다.

"어이 장만호!"

강아지 또는 깨갱이라고 불리는 강명훈이 식당 문 앞에 서서 내 이름을 불렀다.

"이게 누구야? 깨갱! 강아지 아냐?"

성이 강씨고 하도 촐싹대는 탓에 강아지라는 별명으로 불리는 강명훈을 오랜만에 보자 나도 모르게 얼굴에 웃음이 번졌다. 선경이 현진을 임신하고 강명훈이 운영하는 노동상담소에 5개월 정도 다녔던 적이 있었다. 강아지도 나 못지않은 골통이었다. 강아지는 좌중을 웃음바다로 만드는 것이 자신의 역사적 사명이자 임무라고 생각하는 듯했다. 항상 촐싹대며 사람들을 유쾌하게 만들던 강아지가 지금 우리 식당에 나타난 것이었다. 나는 꼬리 없는 강아지와 악수를 했다.

"이야! 역시 넌 육백만 불의 사나이야. 교통사고 당해 다 죽게 생겼다고 하더니 이렇게 식당주인이 되다니 역시 대단해!"

"대단하기는! 망해먹기 일보 직전인 식당이다. 노동상담소 문 닫았다는 소문은 들었는데, 지금 뭐하고 있어? 아참! 일단 여기 앉자."

강아지에게 자리를 권하고 음료수 한 잔을 권했다. 강아지는 음료수를 쭉 들이켜고 트림을 했다.

"그래서 말인데, 이 소외되고 열악한 지역인 비산동에서 뭔가를 할 수 있는 일이 없을까 하고 돌아다니는 중이시다. 요 앞, 미림다방 자리에 도서관을 차리게 됐어. 이틀 뒤에 이사해."

"뭐? 다방에다 도서관을?"

"왜? 다방도 휴식공간이라면 휴식공간이고 도서관도 영혼을 재충전시켜주는 마음의 휴식공간 아니겠어? 왜, 다방 자리에 도서관을 못 차려?"

"도서관 운영하려면 월세도 월세겠지만……, 운영비는?"

"아이구! 감사하게시리. 그래서 내가 이 공단숯불갈비 옆으로 온다는 거 아냐? 식당이 도서관 건너편에 있는데 밥걱정 없겠다, 앞으로 네가 고기 팔아서 돈 벌면 도서관 운영비 마련해줄 거지, 무슨 걱정이 있겠냐? 다 공단숯불갈비만 믿는다 이거야."

나는 어처구니가 없어서 이마를 손바닥으로 탁 치며 넘어지는 시늉을 했다. 앞으로 공단숯불갈비가 도서관을 들락거리는 사람들의 아지트가 되는 것은 불 보듯 뻔한 일이었다. 하지만 곳간에서 인심 난다고 하지 않았는가. 내 코가 석 자였다. 도서관이 코앞에 있는데 모른 척하고 있을 수도 없는 일이었다. 더구나 나는 식당을 해서 운동단체에 재정 지원을 하리라고 마음을 먹고 있던 중이었다. 그런데 하필이면 장사가 잘될 시기도 아니고 가장 장사가 안 되는 시기에 도서관이 이사를 오다니, 나는 말릴 수 있다면 말리고 싶었다.

"이젠 노동운동은 포기하고 문화운동을 하겠다는 거야?"

"빙고! 이 강아지가 노동운동 언저리에서 운동도 운동답게 한 건 없지만 말이야. 그래도 정세 판단은 잘하는 편이었잖아. 사회주의권이 몰락하고 운동하던 사람들이 추풍낙엽이 되는 걸 보면서 생각한 게 있어. 급하게 먹는 밥이 체한다고 했듯이 대중을 무시한 운동은 성공할 수가 없는 거야. 장기적으로 하나씩 하나씩, 천천히 나아가자는 거야. 임금 인상이나 노동조건 개선만으로 민중들의 삶의 질이 개선될 수 없어. 노동운동뿐만이 아니라 주민운동으로 눈을 돌려야 해. 도서관 사업이 그래서 필요한 거야. 이 열악한 비산동 아이들이 언제 책을 마음껏 읽을 기회가 있겠어? 가난한 아이들을 방치해두면 우리에게 미래는 없어. 가난한 아이들일수록 책을 통해서 미래에 대한 낙관적인 꿈과 희망을 키워야만 한다고 생각해."

"내용이 문제겠지. 그걸 어떻게 채워?"

"너, 이 강명훈님께서 얼마나 도서관 사업에 대해 구체적으로 고민을 많이 했는지 모르니까 그런 소리를 하는 거야. 노동상담도 하고, 생활법률 상담도 해주고. 요즘 공단에 외국인 노동자들도 꽤 들어와 있잖아. 외국인 노동문제 상담도 해줄 거야. 도서관에서 강연회도 개최하고 연극도 공연하고 노래 공연도 하고 영화도 보여주고 지역민들을 위한 문화행사 같은 것도 하겠다는 거지. 일테면 문화로부터 소외된 주민들이 문화를 느끼고 즐길 수 있는 공간을 만들자는 거야."

"한마디로 잡탕공간이라는 거네."

"잡탕? 이것저것 넣고 끓인 잡탕이 더 맛있는 거 모르지?"

"그건 배고플 때나 그렇지."

"우선 배를 채우는 것도 중요한 거야. 그건 그렇고, 도서관 운영비 지원 좀 부탁해. 지금 주변에 운동하던 사람들은 다들 먹고 사는 것이 빠듯해서 손을 벌릴 수가 없어. 매달 한 이십만 원쯤 지원해주면 안 되겠어?"

물론 지원해주고 싶었지만 요즘 들어 식당 사정은 말이 아니었다. 아이엠에프 전보다 월수입이 오백만 원 정도 떨어지는 바람에 월세와 인건비를 감당할 수 없었다. 선경은 한 달에 사십만 원의 돈으로 생활을 꾸렸다. 현진의 어린이집 수업료를 내고 공과금을 내고 식구들이 사용하는 생활용품 몇 가지를 사고나면 단 한 푼도 남지 않는 돈이었다. 선경은 또래 여자들답지 않게 미장원에도 가지 않고 질끈 묶은 스타일에다 화장품 하나사서 바르지 않았다. 이런 형편에 월 이십만 원의 도서관 지원비는 부담이 되는 것이 사실이었다.

"알았어. 앞으로 돈 더 벌면 좀 더 지원해주도록 하고."

한참 머뭇거리다가 내가 동의를 하자 강아지는 정말 강아지라도 된 듯이 펄쩍 뛰며 좋아했다. 꼬리를 치며 멍멍 짖어대지않은 것만도 다행이라는 생각이 들 정도였다.

강아지는 대학을 늦게 졸업했다. 그는 권위적이고 고압적인 경찰 간부인 아버지와의 불화로 고등학교를 졸업하고 한참 방황을 했다. 뒤늦게 정외과에 입학한 후 야학 교사를 하면서 전혀 다른 사람이 되어갔다. 늦바람이 무섭다더니 뒤늦게 운동에 뛰어든 그는 끝까지 남아 활동을 하고 있었다. 그가 선택한 일이 도서관 사업이라는 게 뜬금없긴 했지만 주민들 속에서 천천히 깊게 뿌리를 내리는 대중사업이 답일 수도 있겠다 싶었다. 낙천적이고 발이 넓은 강아지라면 대중적인 주민사업의 적임자

이기도 했다.

이틀 뒤에 도서관이 이사를 시작했다. 한때 다방을 했던 탓에 작은 방도 한 칸 딸려 있고 주방에서는 얼마든지 라면을 끓여 먹는다든지 취사를 할 수가 있었다. 대학생들로 보이는 청년 몇 명이 이삿짐을 옮기느라 부산하게 계단을 오르내렸다. 어디서 이 많은 자료가 나왔는지 책이 가득 들어 있는 라면박스가 구석에 산더미처럼 쌓여 있고 노끈에 묶인 운동 자료와 비합법 문건들이 곳곳에서 나왔다. 한때 경찰에게 압수를 당할까 봐 자취방 가장 깊숙한 곳에 숨겨놓았던 문건들이 이제는 종이뭉치가 되어 굴러다니고 있었다.

일본 소설가가 썼다는 〈게공선〉을 집어 들고 책장을 후루룩 넘기고 있는 선경의 표정은 착잡해 보였다. 선경은 〈게공선〉을 읽고 야근 근무에 들어갔던 그날 밤, 손을 다치고 말았다. 〈자본론〉, 〈무엇을 할 것인가〉, 〈전태일 평전〉, 막심 고리끼의 〈어머니〉, 〈마침내 전선에 서다〉, 〈노동해방문학〉, 〈노동자의 철학〉, 〈파업〉, 〈강철은 어떻게 단련되었는가〉, 〈노동의 새벽〉, 〈공산당 선언〉이 노끈에 묶여 구석에 쌓여 있었다. 나는 그 책들 가운에서 석탑에서 간행된 〈노동법 해설〉을 집어 들었다. 나에게 이 책을 건네주던 황동하가 도서관 구석자리에 서서 나를 쳐다보고 있는 것만 같았다. 내 운명을 바꾸어 놓았던 책 한 권. 이제는 이 〈노동법 해설〉이 어느 평범한 노동자의 운명을 바꾸어놓는 그런 일 따위는 생기지 않으리라.

　도서관이 식당 건너편에 이사 온 뒤로 공단숯불갈비에는 지 난날 운동을 하면서 낯이 익었던 사람들이나 지역단체에서 자 원봉사활동을 하는 젊은이들이 들락거리기 시작했다. 비산동 은 공단지대여서 이런저런 이름을 단 지역운동단체가 많았다. 민간 탁아소나 지역공부방에서 자원봉사를 하는 대학생들의 뒤풀이 장소로 공단숯불갈비가 애용되었다. 다들 주머니 사정 이 좋지 않아 식당 매출에는 전혀 도움이 되지 않았지만 썰렁 한 분위기를 바꾸어주는 것만 해도 도움이 되었다.

　크리스마스가 코앞이었지만 식당은 연말 특수를 전혀 느낄 수가 없었다. 연말이면 하도 바빠서 선경과 나는 몸살 약을 달 고 살아야 했다. 그래도 연말이라 손님이 들 거라고 기대를 했 으나 아이엠에프의 싸늘한 겨울바람은 쉽게 잠재워지지 않았 다. 수북하게 씻어놓은 상추는 사흘만 지나면 무르거나 누렇게 변해 못 쓰게 되었고 절여놓은 고기에서는 핏물이 배어나와 뻑 뻑해졌다. 피가 바짝바짝 마르고 입술이 타들어갔다. 정성들여 만든 반찬이 시어터져 음식물쓰레기로 버려지는 것을 보면 심 장을 거친 시멘트바닥에 문지른 것처럼 아프고 쓰라렸다.

　모처럼 점심 손님이 들이닥쳐 식당이 왁자지껄 소란스러워졌 다. 아직 할머니라기엔 젊어 보이고 아줌마라고 하기엔 뭣한 중년 할머니들 열일곱 명이 왁자지껄 떠들며 자리에 앉았다. 울 긋불긋한 원색의 옷을 차려입은 할머니들의 떠들썩한 웃음소리와 수다로 식당은 떠나갈 것 같았다. 하나같이 공들여 화장을 한 멋쟁이 할머니들이었다. 정현수 아줌마와 침산 아줌마도 모처럼 얼굴에 화색을 띠고 부산하게 움직였다. 나는 주문서를 들고 발걸음도 씩씩하게 할머니들 앞으로 갔다.

"우리는 한 사람에 갈비 일 인분씩만 먹기로 사장과 약속을 했심더."

이게 뭔 소리다냐? 우리 식당에 나 말고도 다른 사장이 있다는 말인가. 결단코 나는 이 할머니들과 그런 약속을 한 적이 없다.

"제가 사장입니다."

"언제 사장이 바뀌었노?"

"예?"

"하여간에, 우리는 일 인분씩만 먹기로 했으니까네 알아서 갖다주소."

참나 원! 세상에 이런 갈비집에 와서 어떻게 열일곱 명이 한 사람에 일 인분씩만 먹고 간단 말인가. 나는 순간 아차, 싶었다. 매달 한 번씩 회식팀을 끌고 오는 팔달시장 생선 좌판 아줌마의 얼굴이 떠올랐다. 내가 초심을 잃고 있었구나 하는 생각이 들었다. 나는 기분 나쁜 내색을 하지 않기로 마음을 굳게 먹고는 얼굴에 억지로 미소를 띠었다. 누가 얼굴을 뒤에서 억지로 잡아당기는 것만 같았다. 돼지갈비 십칠 인분을 나눠 담은 접시 네 개를 테이블에 올려놓았다. 할머니들은 고기를 석쇠에 올릴 생각도 하지 않고 계속 반찬만 추가시켰다. 목이 빠져라 고기 추가 소리만 나오길 기다렸지만 그 소리는 결국 나오지 않았다. 나중에 한 할머니는 결국 화장실 열쇠까지 주머니에 넣고 가버렸다. 결국 자전거방 김 씨에게 화장실 열쇠를 빌려 열쇠를 복사해야만 했다. 산더미 같은 설거지거리만 남겨두고 가버린 할머니들을 생각하니 허탈해서 웃음만 실실 나왔다.

이러다가는 조만간에 식당 문을 닫게 되겠다는 위기감이 몰려왔다. 팔군식당도 주인 부부가 홀에 앉아 무료한 얼굴로 텔레비전만 쳐다보고 앉아 있는 날이 허다했다. 전혀 식당 아줌마답지 않은 팔군식당의 아가씨 같은 사장 마누라는 맹랑하게 카운터에 걸터앉아 껌을 짝짝 씹으며 지나가는 사람들을 빤히 쳐다보곤 했다. 옷차림이 어찌나 요란한지 보는 사람이 더 민망해 얼굴을 돌려야 했다. 한날은 내가 팔군식당에 손님이 있는지 들여다보다가 팔군식당 사장과 눈이 마주친 적이 있고, 어떤 날은 팔군식당 사장이 우리 식당을 훔쳐보다가 나와 눈이 마주쳐 서로 머쓱해하는 경우도 있었다. 좀팽이 같은 짓을 하고 있는 내 꼴이 우습기 짝이 없었다. 이 식당이 어떤 식당인가. 다리를 팔아서 차린 식당, 내 다리와 바꾼 식당이 아닌가 말이다. 문제가 있으면 대책도 있는 것이다.

나는 참모총장인 선경과 머리를 맞대고 이 난국을 타개할 방법을 모색하기 시작했다. 선경은 나와는 달리 서점에 가서 음식 장사와 관련된 책들을 잔뜩 사들고 와 무슨 수험생처럼 책을 뒤적이곤 했다.

"아무래도 돼지갈비 값을 왕창 내려야만 할 것 같애."

선경은 왼손 검지로 테이블을 톡톡 두드리며 말했다.

"말이 돼? 이천오백 원에 고기를 팔아도 적자를 보는데 어떻게 낮추란 말이야?"

내가 어림없다는 말투로 응수했다.

"잘 생각해봐. 요즘 같은 불황에는 사람들이 선뜻 지갑을 열 생각을 안 하지? 그러니까 불황일수록 박리다매 원칙이 먹힌다고 생각해."

"정말 그럴까?"

생각해보니 일리가 있는 말 같았다.

"그럼, 얼마로 내리면 될 것 같은데? 이천삼백 원? 이천이백 원?"

"아니, 천구백 원이 좋겠어."

"뭐? 천구백 원? 정신이 약간 어떻게 된 것 아니야?"

내가 소리를 버럭 지르자 선경은 예상했다는 듯한 표정을 지었다.

"천구백 원 하면, 돼지갈비를 천 원대에 먹는다는 느낌이 들잖아. 그리고 말이야, 한 가지 더 생각해봤는데, 포장갈비라는 메뉴를 만들어서 따로 파는 게 어떻겠어?"

"포장갈비? 그건 또 뭐야? 갈비를 포장해서 판다는 거야, 뭐야?"

"요즘 사람들, 아이엠에프 때문에 외식비를 줄이는 이유가 뭐겠어? 식당에 와서 고기를 사먹고 하는 게 부담스러워지니까 그런 거야. 그러니까, 굽지 않은 생 돼지갈비를 천오백 원에 파는 거야."

"뭐? 너 미쳤구나!"

내가 소리를 빽 지르자 선경은 딴청을 피며 웃기만 했다. 이건 정신이 제대로 박힌 사람으로서 할 소리가 아니었다. 장사가 하도 안 되다 보니 우리 마나님도 아주 맛이 간 모양이다. 식당을 해서 돈을 벌자는 것이 아니라 식당을 말아먹자는 말과 같았다. 돼지갈비를 천오백 원에 팔 바엔 아예 식당 문을 닫는 게 맞지 않겠는가. 약을 올리는 것처럼 실실 웃고 있는 선경에게 화가 치밀었다. 그때 식당 문이 벌컥 열리더니 강아지가 들어왔다. 진짜 강아지 한 마리가 아니고 도서관의 강명훈 관장님께서 식당으로 납신 것이었다. 강아지는 하루에 한 번씩 우리 식당에 얼굴을 내미는 것이 일과였다. 강아지는 선경에게 무료 한글교실의 교사로 일해달라고 부탁했다. 선경은 야학 교사도 했고 국어 과외 교사로도 일한 경험이 있어 할머니들에게 한글을 가르치는 것쯤은 전혀 문제가 되지 않았다. 하지만 선경은 사람을 가르친다는 것이 자신 없어졌다고 잘라 말했다. 아무래도 다친 손을 사람들 앞에 내놓아야 하는 것 때문이라는 짐작이 갔지만 나는 모르는 척 입을 다물어버렸다.

"여어, 밖에는 찬바람이 불어도 두 사람은 깨를 볶고 있구만. 머리를 맞대고 뭘 그렇게 소곤대고 있어? 무슨 음모를 꾸미고 있는 거야? 나 몰래 무슨 맛난 거라도 사먹으러 갈려고 그러지?"

"마침 잘 왔어. 하나 물어볼 게 있는데 여기 앉아봐."

나는 강아지를 내 옆에 끌어 앉혔다. 다른 날보다 반가운 마음에 털이라도 쓸어주고 싶었지만 털이 없다는 것이 유감이었다. 강아지는 내가 입다가 준 낡은 방한파카 차림이었다.

"어디를 문다는 거야? 내 손가락? 아니면 내 냄새나는 발가락?"

"글쎄, 우리 집 마나님께서 돼지갈비 가격을 낮추자는데. 천구백 원으로! 그리고 포장갈비라는 것을 팔자고 하네. 그것도 천오백 원으로 말이야. 어떻게 생각해?"

나는 엄마에게 이르는 아이처럼 강아지에게 말했다.

"오! 박선경 여사, 보기보다 화끈한데? 맘에 들었어. 가격을 낮추려면 그렇게 화끈하게 다운을 시켜야 손님들에게 충격을 주지 않겠어? 이왕에 줄 거면 홀딱 벗고 다 주는 거야. 센세이 셔널해. 근데 천오백 원? 그거 너무 심하지 않은가?"

"맞지? 내 말이 맞지?"

강아지가 내 생각을 거들고 나오자 나는 거 보란 듯이 목에 잔뜩 힘을 주고 선경을 쳐다보았다. 선경은 물을 한 모금 마시고는 나와 강아지를 빤히 쳐다보았다.

"내 말은 돼지갈비 팔려면, 숯불도 피우고, 반찬을 차려내야 하고, 석쇠를 갈아줘야 하잖아. 재료비와 인건비를 줄이면 포장 갈비를 천오백 원에 팔 수 있다는 거야. 돼지갈비를 포장해 가는 손님에겐 야채, 마늘, 간장, 된장을 포장해서 주는 거야. 그러면 손님도 좋고 우리도 인건비와 재료비를 줄일 수 있다는 거야."

"그건 박 여사 말이 맞네. 그러면 홍보를 해야겠구만. 전단도 뿌리고 플래카드도 내걸고 신문에 삽지도 넣고 해서 광고를 엄 청나게 해야지 될 것 같은데, 박 여사 뭐 좋은 문구 없어? 예전 에 선동문도 꽤나 썼잖아. 한때 시도 썼다고 소문이 짜하던데, 한번 멋진 카피를 짜보라구."

"시? 별소리를 다 하시네. 내가 시를 언제 썼다고?"

선경이 강아지를 흘겨보며 말했다.

"아 맞다! 생각난다. 혹시 나, 천재 아냐? 나, 아무래도 천 년 에 한 번 나올까 말까인 천재인 것 같아. 라면보다 싼 돼지 갈 비! 어때?"

강아지가 내 팔을 세게 치며 큰 소리로 외쳤다. 그야말로 심봤다! 하고 이 비산동이 다 떠나가도록 외치고 싶을 지경이었다.

"라면보다 싼 돼지갈비! 와! 이거 느낌이 팍 오는데."

나는 강아지의 목을 끌어안고 볼에 입을 쪽 맞추기까지 했다. 침산 아줌마가 주방에서 내다보고 웃었다. 정수기에서 물을 받던 정현수 아줌마는 영문을 모르겠다는 표정으로 우리를 뚱하니 바라보았다. 강아지가 볼을 씩 닦으며 징그럽다는 표정을 짓자 선경이 웃음을 터뜨렸다. 아이구! 이쁜 내 강아지 하는 말까지 절로 나왔다. 나는 실제로 강아지의 엉덩이를 툭툭 두드려주기까지 했다. 강아지가 이토록 이뻐 보이기는 처음이었다. 라면만큼 가장 서민적이고 대중적인 식품이 어디에 있겠는가. 선경도 고개를 끄덕이며 만족스러운 표정을 지었다. 여럿이 머리를 맞대니 이렇게 해결방법이 나오는구나. 강아지가 나의 구세주인 것만 같았다. 오랜만에 강아지에게 돼지갈비를 구워 먹이기까지 하자 강아지는 속보이는 나의 태도에도 흐뭇한 웃음을 지었다. 오! 이쁜 내 강아지.

우리 공단숯불갈비의 주 고객층은 뭐니 뭐니 해도 공단의 노동자들이었다. 동네의 가족 손님을 대상으로 장사하는 것에는 한계가 있었다. 공단에서 회식 손님이 꾸준하게 와준다면 장사를 살려내는 것은 시간문제였다. 지금까지 식당을 차린 뒤 홍보라고는 약차를 홍보한다고 대형 현수막을 건 것이 다였다. 세

명이 머리를 맞대고 홍보문안을 짜서 인쇄소에 주문을 하자 이틀 만에 전단지 만 장이 완성되었다. 공단지대의 주택가와 공장 담벼락에 라면보다 싼 돼지갈비를 도배하기로 결정했다.

카운터 옆에는 전단이 수북하게 쌓여 있었다. '라면보다 싼 돼지갈비 1인분 1900원, 포장갈비 1500원'이라고 적힌 전단지를 뿌듯한 기분으로 바라보았다. 나는 자정이 넘어 식당 문을 닫고 전단을 배포할 준비를 했다. 전단지가 가득 든 봉투와 풀 통 세 개와 솔을 바구니에 싣고 옷을 단단히 여몄다. 오토바이 뒤에 올라탄 선경은 내 등을 치며 "출발!" 하고 소리 높여 외쳤다. 찬 겨울바람이 부는 공단 거리를 오토바이를 타고 달리고 있으니 마치 전쟁터로 출전하는 것처럼 비장한 기분이었다. 가로등이 줄지어 켜져 있는 염색공단으로 오토바이가 들어서자 코를 찌르는 듯한 화학약품 냄새가 달려들었다. 나염기사로 공단을 누비고 다니던 시절에 지겹도록 맡던 역한 냄새였다. 비산 염색공단과 삼공단, 이현공단이 우리가 전단 작업을 하기로 한 장소였다. 지난 시절 전단을 공단에 배포할 때의 기억이 생생하게 떠올랐다. 다시는 공단 거리에서 전봇대나 담벼락마다 전단을 붙이고 다닐 일은 없을 줄로만 알았다. 그런데 장사를 위해서, 먹고 살기 위해서, 전단을 붙이러 공단에 들어오다니 쓴웃음이 새어 나왔다. 어둠이 내린 새벽 공단 거리에는 살갗을 도려낼 것 같이 찬바람이 불고 있었다. 노동자 한 명이라도 더 투쟁에 동참하도록 만들기 위해 찬바람이 불던 겨울 공단 거리를 뛰어다 녔던 일들이 떠올랐다. 그랬던 우리가 이제는 공단의 노동자들에게 돼지갈비를 조금이라도 더 팔기 위해 이렇게 전단을 뿌리러 온 것이었다. 그때나 지금이나 변한 것이 없다면 선경이 내 옆에 있다는 사실이었다. 오토바이 뒤에서 나를 꼭 붙잡고 있는 선경의 몸에서 전해지는 체온이 내 몸으로 따스하게 건너왔다.

우리는 공단 담벼락이나 전봇대에 전단지를 재빠르게 붙여나갔다. 손전등을 든 경비원이 공장 경비실에서 나와 우리를 의심스럽다는 듯이 지켜보았다. 무슨 일인가 궁금했는지 전단에 손전등을 비추고 전단의 내용을 읽어보더니 혀를 끌끌 찼다.

"이런 거 공장 담벼락에 와 붙이요? 도둑고양이맨키로."

술을 한잔 했는지 경비원의 입에서는 소주 냄새가 풍겼다.

"오죽하면 저희가 이 야심한 밤에 전단을 붙이러 다니겠습니까? 저도 몇 년 전에는 염색공장에 다녔습니다."

시비조로 나오던 늙은 경비원은 내 말에 약간 누그러진 듯했다.

"진짜로 돼지갈비가 라면보다 더 싼교? 거짓말 아인교? 못 묵을 고기 갖다 파는 건 아인교?"

"일단 한번 와보시면 아실 겁니다. 아저씨께서 우리 공단숯불갈비 오시면 특별히 서비스 꽉꽉 해드릴 테니 언제 회식 한번 오세요."

"젊은 사람들이 묵고 살라꼬. 이래 야심한 밤에 이런 걸 붙이러 다니는 거 보이 마음이 짠하구마. 내 언제, 우리 식구들하고 한번 갈 텐께 잘 해주소."

"예, 그러겠습니다."

공장의 경비실 안으로 늙은 경비가 들어가고 난 뒤 나는 선경을 쳐다봤다. 가로등 불빛 아래 드러난 선경의 얼굴이 창백했다. 전단이 아직도 많이 남아 있었다.

우리는 열흘 동안 하루도 쉬지 않고 식당일을 마치고 전단 작업을 하러 공단으로 갔다. 공단 거리 담벼락이나 전봇대에는 라면보다 싼 돼지갈비로 온통 도배되었다. 신문에 삽지를 넣거나 사람들에게 전단을 배포하는 방식은 효과가 얼마 가지 않았다. 대부분 종이쓰레기로 버려지곤 했다. 하지만 담벼락에 붙여놓은 전단은 누가 일부러 떼지만 않는다면 광고효과에 있어서는 효과 만점이었다. 대자보를 붙이던 과거의 경력이 먹고 사는 일에 이렇게 유용하게 쓰일 때도 있었다.

골목마다 플래카드가 내걸리고 전단 작업을 시작한 지 일주일 만에 반응이 오기 시작했다. 손님들이 갑자기 몰려들어 정신을 차릴 수가 없을 정도였다. 준비한 돼지갈비나 상추, 김치와 반찬과 각종 재료들이 금세 동이 나곤 했다. 사람들에게는 이상한 군중심리가 있었다. 사람이 몰려드는 식당을 더 선호했다. 식당이 사람들로 북적이기 시작하자 먼 지역의 손님들도 몰려

오기 시작했다. 번호표를 나누어 줄 정도로 손님들이 식당 앞에 줄을 서는 날이 이어졌다. 그동안 다시 일할 기회만 엿보고 있던 윤석도 식당에서 일을 하기 시작해 식당은 예전보다 몇 배로 활기찬 모습을 되찾았다.

일손이 달리면 도서관을 들락거리는 대학생들이나 뒤풀이를 온 노동조합의 조합원들이 손을 걷어붙이고 일을 도와주기도 했다. 지역운동단체 사람들은 도서관에서 행사를 하고 뒤풀이를 하러 식당에 자주 들렀다. 식당에 손님이 많으면 자리를 도서관으로 옮기기도 했고 시키지도 않았는데 상을 치워주거나 석쇠를 닦아주거나 숯불을 피워주기도 했다. 그 대학생들은 공부방 활동이나 탁아방 활동을 하는 자원봉사자들이었다. 수고비라도 지불하면 그들은 그 돈을 도서관후원비로 내놓고 갔다. 도서관과 식당은 한마디로 최고의 궁합을 자랑하는 부부 사이 같았다. 침산 아줌마는 잡채나 부침개를 하는 날이면 도서관 사람들 몫을 일부러 남겨놓기도 했다. 어떻게 보면 식당과 도서관은 담도 없고 경계도 없는 작은 공동체라고도 할 수 있었다.

한동안 뜸하던 포카 형이 찾아온 날도 눈코 뜰 새 없이 바쁜 날이었다. 포카 형은 손님들이 식당 앞에 줄을 선 것을 보고는 황소 눈처럼 커다란 눈을 끔뻑끔뻑하며 벌린 입을 다물지 못했다. 포카 형이 칠곡에 좋은 자리가 있다며 돼지갈비집을 차리겠다고 도와달라고 했다. 그동안 당구장을 하거나 분식집을 하면서 시간을 때우고 있던 포카 형이 식당에 손님들이 줄을 선 것을 보고 돈이 되겠다는 감을 잡은 모양이었다. 장사는 음식과 친절도 중요하지만 목이 가장 중요하다는 것을 그는 꿰고 있었다. 포카 형이 골라둔 자리는 칠곡의 가장 요지라고 할 수 있는 운전면허 시험장 바로 입구에 있었다. 포카 형이 오랜 기간 심사숙고를 해 고르고 고른 자리다웠다. 삼거리가 갈라지는 대로변에 위치한 식당 자리는 저절로 광고가 될 만한, 한마디로 대박 자리였다. 역시 포카 형의 장사에 대한 안목은 탁월했다. 죽을 정도로 쉬지 않고 열심히 일하는 것은 그의 스타일이 아니었다. 그의 말대로 연못 속에 엎드린 잠룡처럼 솟아오를 날만 기다린 것 같았다. 포카 형도 라면보다 싼 돼지갈비라는 현수막을 식당 전면에 내걸고 포장갈비도 천오백 원에 팔기 시작했다. 포카 형이 개업한 행복숯불갈비는 개업 첫날부터 손님이 미어터질 정도였다.

포카 형뿐만 아니라 염색공장에서 노동조합활동을 같이 했던 영호 형까지 찾아와 돼지갈비집을 차리고 싶다고 했다. 그는 성서에서 횟집을 하고 있었는데 장사가 안 되어서 죽을 맛이라고 했다. 우리 공단숯불갈비와 같은 식당을 성서의 아파트 밀집 지구에서 차리고 싶다며 개업을 도와달라고 했다. 나는 다른 일을 제쳐두고 내 일처럼 그의 개업 준비를 도와주었다. 이러다 한때 노동운동에 몸담았던 사람들이 전부 돼지갈비집 사장이 되는 게 아닌가 싶을 정도였다.

아이엠에프의 광풍 속에서도 우리 식당에만 유독 손님들이 몰리자 주변의 식당주인들은 질시 어린 눈길을 보냈다. 라면보다 싼 돼지갈비가 대박을 터뜨리자 여기저기서 우리 식당을 따라 하는 식당들이 생겨났다. 한 돼지갈비집 앞에는 '나물보다 싼 돼지갈비'라는 현수막이 내걸려 웃음을 자아내게 만들었다. 식당에 와서 고기질이 나쁘다고 생떼를 쓰거나 불법현수막을 내걸었다고 구청에 신고를 하기도 했다. 심지어 미성년자에게 술을 팔았다고 거짓 신고를 하는 바람에 만평파출소의 경찰관이 들이닥치기도 했다. 팔군식당 사장은 아예 넋을 놓고 우리 식당 건너편에 서 있을 때가 많았다. 나도 그들에게는 미안한 마음이 들기도 했다. 입장을 바꾸어서 생각해보면 당연한 반응이었다. 내가 이득을 본다면 누군가는 손해를 보고 피눈물을 흘리게 되어 있는 것이다. 그 피눈물을 흘리는 사람이 언젠가는 내가 될지도 모른다는 생각이 들기도 했지만 나는 고개를 힘껏 저었다.

황사가 안개처럼 자욱하게 끼어 있는 날이었다. 나는 오토바이를 몰고 언덕길을 올라갔다. 길가 양편에는 노란 페인트를 짙게 칠해놓은 것처럼 개나리꽃이 만발해 있었다. 공사장으로 올라가는 길은 포장이 되어 있지 않아 군데군데 바닥이 패어 있었다. 공사현장은 기초공사가 끝나고 철근 콘크리트공사가 한창이었다.

장사가 잘될수록 한 가지 마음에 걸리는 것이 있었다. 식당이 자리를 잡으면 공사판에서 떠돌고 있는 황동하와 같이 일을 하리라고 마음먹고 있었다. 시멘트 먼지가 풀풀 날리는 공사장에는 타워크레인이 거대한 괴물처럼 치솟아 있고 그 아래는 안전모를 쓴 수많은 인부들이 각자 자신이 맡은 일들을 하고 있었다. 그 많은 인부들 가운데 황동하를 찾아낸다는 것은 쉬운일이 아니었다. 현장사무실로 쓰이는 컨테이너로 다가가 노란완장을 차고 있는 남자에게 황동하를 만나러 왔다고 했다. 컨테이너 박스 앞에서 오 분쯤 기다리고 있자 얼굴에 시멘트 먼지가 잔뜩 묻은 황동하가 뛰어왔다. 안전모를 벗는 그의 머리카락에도 시멘트 먼지가 부옇게 묻어 있었다.

"형! 오랜만이야. 정말 노가다꾼 다 됐네."

"식당사장님께서 공사판에 웬일이냐?"

"잘생긴 형 얼굴, 보고 싶어서 왔는데, 그동안 나 안 보고 싶었어?"

황동하는 내 말에 피식 웃었다.

"이 아이엠에프에도 식당이 아주 잘된다는 소문이 들리던데, 대단해! 공사장도 요즘은 일거리가 없어서 놀 때가 많아. 부도가 나서 쓰러지는 건설업체가 한둘이 아니거든. 이 주변에도 공사가 중단된 곳이 몇 군데 있어. 여기 잠깐 앉아서 이야기하자."

합판과 골재가 잔뜩 쌓여 있는 곳을 황동하가 가리켰다. 내가 합판 위에 털썩 주저앉자 황동하도 옆에 와서 앉았다. 현장 소장이 거슬린다는 표정으로 황동하를 힐끗 쳐다보더니 공사장 쪽으로 바삐 걸어갔다. 나는 단도직입적으로 용건을 꺼냈다.

"형, 우리 식당에 와서 나랑 같이 일하자. 언제까지 이렇게 전망도 없는 공사장을 떠돌 수는 없잖아."

담배 한 가치를 꺼내 입에 물고 라이터를 켜던 황동하는 나를 물끄러미 쳐다보았다. 담배를 입에 물고 연기를 한숨처럼 길게 내뿜는 그의 볼이 움푹 패어 있었다.

"형 체력으로는 노가다는 무리야."

"그렇다고 내가 장사를 한다는 것도 어불성설이겠지."

"형더러 식당에서 장사를 하라는 것이 아니고……, 육부 관리를 해달라는 거야."

"육부? 육부가 뭔데?"

"고기 작업하고 배송하는 일이야. 마침 우리 식당 지하가 비었는데, 내가 건물 주인한테 부탁해 세를 냈거든. 포카 형도 식당을 차렸고 영호 형도 돼지갈비집을 하는데, 우선 세 군데만 고기를 납품하고, 나중에는 영업을 하든지 해서 식당 납품을 점점 늘릴 작정이거든. 그리고 식당을 하나 더 낼 생각이야."

"이야! 정말 너, 그동안 사업가 다 됐구나."

"사업가는 무슨, 아직 피라미야. 난, 우리 공단숯불갈비를 돼지갈비업계에서 최고로 키워내는 게 목표야. 혹시 알아? 내가 형의 꿈을 이뤄낼지도 모르잖아."

"무슨 꿈?"

"전국적인 지하조직 건설 말이야."

"뭐?"

황동하가 놀란 표정을 짓자 나는 소리 내 웃었다.

"하 참내, 뭘 그렇게 놀라? 내가 형의 의표를 너무 정확하게 찔러버린 거 아냐? 지하조직만 조직인가 뭐? 전국에 우리 식당 체인점을 깔아나가는 것도 일종의 전국 조직 건설이 아니겠어? 하하, 농담이야. 나 혼자 고기 작업하고 관리하는 거 힘든데 형이 육부를 맡아주면 좋겠어. 형은 트럭도 한 대 갖고 있잖아. 고기 배송하는 것쯤은 충분히 할 수 있을 거야. 우선 트럭으로 하다 냉동탑차는 좀 있다 사고."

"고기 포도 못 뜨는데 내가 무슨 도움이 되겠어?"

"포 뜨는 건 지금은 내가 다 하고 있어. 그러니까 형은 배송하고 관리해주거나 하면 돼. 그리고 고기 공급물량이 많아지면 고기 작업하는 사람을 더 쓰면 되지."

"왜 하필이면 나한테 육부 관리를 맡아달라고 하는 거냐? 식당일에 대해 전혀 알지도 못하는 나한테?"

"그건 준호 때문이야."

"준호?"

황동하가 눈을 둥그렇게 치켜뜨며 이해가 안 된다는 표정을 지었다.

"그날, 준호를 찾아 갔던 날, 언젠가는 형과 같이 가기로 마음을 먹었어. 돼지갈비를 많이 파는 것이 당장 운동에는 도움이 되지는 않겠지. 하지만 형은 내가 나중에 돈을 많이 벌어도 돈만 밝히는 자본가로 변질되지 않도록 붙들어줄 수 있는 유일한 사람이라는 생각이 들었어. 그런 말도 있잖아. 단 3프로의 소금이 바닷물을 썩지 않게 한다고. 형이 누구야. 노동법 해설 생각나지? 꿈도 삶의 목표도 없이 살아가던 개망나니 장만호의 인생을 바꾼 사람 아니야? 그러니까, 끝까지 나를 책임지란 소리야."

"참나! 너 지금 나한테 프러포즈하는 것 같다. 남자한테 프러포즈 받으니 기분 묘한데."

우리는 기분 좋게 한바탕 웃었다. 사람을 쳐다볼 때는 늘 뚫어질 정도로 쳐다보는 버릇이 있고 진지하기 짝이 없는 황동하가 농담을 하다니, 정말이지 오래 살고 볼 일이었다.

"형, 지금 오케이 한 거지?"

"고맙긴 한데, 네 기대에 못 미칠까 봐 걱정이다."

황동하는 철근을 들어 올리고 있는 거인 같은 타워크레인을 쳐다보며 말했다. 그는 언제까지나 내가 썩지 않도록 소금 역할을 해줄 것이다. 나를 운동으로 이끌어준 황동하가 이제는 사업의 동반자가 되어 언제까지나 나와 함께 갈 것이라고 생각하니 천군만마를 얻은 듯 든든한 기분이 들었다.

보름 뒤, 황동하는 육부의 관리를 맡게 되었다. 그는 돼지에 대해서 알기 위해 정육 관련 서적을 구해서 읽으며 돼지고기의 부위별 이름을 익혀나가기 시작했다. 마르크스 레닌의 원전을 달달 외며 조직을 이끌던 황동하가 돼지고기의 이름을 익히고 있는 광경은 생각지도 못한 일이었다. 나는 황동하가 일에 자부심을 느끼도록 지하실 입구 위에다 황가네축산이라는 간판까지 달아주었다. 황동하가 칼을 들고 서툴기 짝이 없는 모습으로 포 뜨는 것을 지켜보고 있으니 웃음이 슬며시 새어 나왔다. 강 기사가 돼지갈비를 걸레를 만들어놓았다고 면박을 주어도 허허 웃기만 했다. 강 기사는 팔달시장의 정육점주인 싸부님께서 소개해준 일류 기술자였다. 포도 잘 뜨고 인간성도 좋아 무슨 일을 시켜도 믿음이 가는 사람이었다. 포를 뜨다 칼에 베였는지 황동하의 손가락과 손바닥에는 반창고와 대일밴드가 붙어 있는 날이 많았다. 유령처럼 늘 음산한 분위기를 풍기던 황동하가 과거의 무덤 속에서 걸어나와 피와 살이 도는 현실 속의 사람으로 변해가고 있었다.

라면보다 싼 돼지갈비가 대박을 터뜨리자 홀에는 손발이 맞는 인력이 항상 부족했다. 하지만 아르바이트생들은 며칠 교육을 시키고 일이 손에 익을 만하면 나가버리는 일이 잦았다. 들락날락하는 아르바이트생들 때문에 골치가 아플 때가 많았다. 오늘도 전문대에 다닌다는 1학년 여학생이 닷새를 일하고는 나가버렸다. 일하면서 하도 껌을 짝짝 씹어대는 것이 성가셔 지적을 했더니 샐쭉하게 토라지는 것이었다. 퇴근시간도 되기 전에 일을 그만두겠다고 했다. 때마침 도서관에서 온 학생 두 명이 상을 치워준 덕분에 어수선한 홀 상황이 겨우 정리되었다. 그 여학생을 내보내고 나서 다시는 아르바이트생을 쓰지 않겠다고 마음을 먹었지만 뾰족한 수가 떠오르지 않았다. 그 여학생 일 때문인지 선경은 뭔가를 골똘히 생각하는 표정으로 팔짱을 끼고 서 있었다.

불룩한 쓰레기봉투를 식당 앞 전봇대 앞에 끌어다 내놓았다. 밤새 도둑고양이가 쓰레기봉투를 뜯어놓을까 봐 신경이 쓰였다. 쓰레기봉투에서 풍기는 돼지갈비 냄새 때문에 고양이가 봉투를 찢어놓는 일이 허다해 여간 성가신 게 아니었다. 식당의 셔터 문을 내리고 현관문을 잠그고는 퇴근 준비를 서둘렀다. 선경이 테이블에 엎드리고 뭔가를 열심히 적고 있었다. 갑자기 무슨 시상이라도 떠오른 건가? 그렇다면 이 서방님께서 마누라가 시를 쓴다는데 가만히 있을 수가 없는 일이었다. 이 서방님의 한 말씀이 계셔야지 마땅하겠다 싶었다. 선경은 내가 다가가서 들여다보는 것도 눈치를 못 채고 열중하고 있었다.

"뭐해?"

"깜짝이야! 기척 좀 하고 다녀. 홀 서빙 수칙을 만들고 있어."

"홀 서빙 수칙?"

"홀 서빙 알바생들 교육시킨다고 머리에 쥐날 지경이었잖아. 일종의 작업 수칙 같은 거야. 식당 경영 서적들을 보니까 식당 일에도 정해진 매뉴얼이 필요하더라고."

"공장도 아니고 식당에 무슨 작업 수칙이 필요하다고 그래?"

"아냐. 오히려 식당이 더 작업 수칙이 필요해. 알바생들이 웬만큼 들락거려야 말이지. 잔소리하고 지적하다 보면 마음 상하게 되어 있잖아. 이렇게 작업 수칙으로 교육을 시킨다면 시키는 사람도 좋고 일하는 사람도 기분 나쁘지 않아서 좋을 거 아냐?"

나는 깨알 같은 글씨가 가득 쓰여 있는 종이를 들여다보았다. 선경은 내게 몸을 바싹 갖다 붙이며 자기가 적은 종이를 한번 쳐다보고 내 얼굴을 한번 쳐다보았다. 한때 신춘문예에 시를 응모하기도 했던 선경이 자신의 문학적 진로와 방향을 급수정한 모양이었다. 구태여 이름을 갖다 붙이자면 선경의 작업 수칙은 생활실용문학쯤 되시겠다. 선경은 자신의 실용문학 심사위원인 이 장만호의 평이 어떻게 나올지 아주 궁금한 모양이었다.

〈홀 서빙 순서 및 수칙〉

1. 인사: "어서 오십시오." "몇 분이십니까." 상냥하게 인사하기. 입구에 손님이 들어서는 것을 항상 주시. 인원수 파악해서 적당한 자리로 안내.

2. 자리 배치: "이쪽으로 앉으세요." 방석 갖다드리고 손님이 굳이 앉고 싶어 하는 자리가 있으면 그대로 앉게 한다. 바쁜 날(토요일, 일요일, 국경일)은 구석 자리부터 차근차근 앉히기.

3. 주문: "뭘로 주문하시겠어요?" 망설일 때는 "저희 식당은 돼지갈비가 아주 맛있습니다." 분위기 봐서, 남자 3~4명은 "우선에 5인분 드릴까요?", 2~3명은 "우선에 3인분 또는 4인분 드릴까요?"라고 유도 주문한다.

4. 고기 주문 받고 빌지 기록. (자기가 주문 받은 내용은 빠뜨리지 말고 기록되었는지 확인할 것!)

5. 모터 스위치 올림. 번호 파악 제대로 해서.

6. 주방 주문: "3번에 갈비 5인분 3인상."

7. 고기 갖다줄 때: "3인분 나왔습니다. 5인분 나왔습니다." 상냥하게 말할 것. 주문 내용과 일치하는지 확인하기 위해 필히 말하도록 할 것.

8. 반찬 세팅한 뒤에 웃는 얼굴로 "맛있게 드세요." 할 것. "부족한 것은 언제든지 말씀하세요."도 덧붙일 것.

9. 홀 순회: 손님이 말하기 전에 반찬 추가. 겉절이 추가 잘 해주기. (아주 중요!) 대부분의 손님은 반찬 추가하고 싶어도 망설임. 알아서 먼저 갖다줄 때 가장 고마워함. 직원들끼리 한 곳에 몰려 있지 말고 홀 전체를 순회하면서 손님이 요구하기 전에 미리 챙겨줄 것.

10. 석쇠 잘 갈아주기. 고기 추가했을 때도 당연히 갈아주고, 갈아달란 요구가 없어도 먼저 갈아주면 좋아함. 고기 추가로 연결될 때가 많음.

11. 고기 추가 시: "3인분, 5인분 추가 나왔습니다." 손님도 안 헷갈리게 하는 효과.

12. 후식: 고기 다 먹었을 때. "약차 좀 드세요." 하면서 후식을 권함.

13. 손님 일어설 때: "안녕히 가세요. 다음에 또 오세요. 고맙습니다."

14. 카운터 계산: 먹은 것과 대조. 돈만 세지 말고 손님을 아주 정중하게 배웅할 것. 카운터에서 홀 전체 상황 파악할 것. (손님의 눈치를 먼저 알아챌 것. 바깥 상황, 들어오는 손님 잘 챙길 것.)

〈작업 수칙〉

1. 복장 단정: 앞치마 깨끗하게. 껌 씹으며 서빙하지 않기. 깔끔한 화장. 긴 머리는 단정하게 묶기. 웃는 얼굴.

2. 컵, 테이블 위생 주의: 컵 깨끗이 씻기. 손님들이 물수건으로 테이블 먼지 닦아본다는 걸 명심. 일주일에 한 번 대청소.

3. 전화: "감사합니다. 공단숯불갈비입니다." 목소리 상냥하고 공손하게. 가게의 인상 결정.

4. 절대 손님에게 말대꾸 하지 않기. 손님은 대접받고 싶어 하지, 잘난 척하는 종업원을 원하지 않는다. 까다롭게 주문을 해도 웃는 낯으로 "예, 알겠습니다."라고 할 것.

5. 아이 동반한 손님은 벽 쪽으로 앉힘. 숯불갈비집에서는 숯불로 인한 안전사고 위험이 있으므로 아이들 안 뛰어 다니게 조심시킴.

6. 손님은 우리 식당에 즐겁게 식사하러 온 것이므로 손님의 기분을 망치게 해선 절대 안 됨. 손님은 돈을 낸 것 이상의 서비스를 바란다. 일할 때는 항상 웃는 얼굴.

선경이 만든 홀 서빙 수칙과 작업 수칙은 생활실용문학으로서 손색이 없는 작품이었다. 이거 베스트셀러감이다 싶었다. 특히 홀 서빙 수칙의 주문 항목은 한마디로 압권이었다. 분위기 봐서 남자 3~4명은 '우선에 5인분 드릴까요?' 2~3명은 '우선에 3인분 또는 4인분 드릴까요?'라니! 우선에 5인분을 당연히 먹고 그다음에는 당연히 추가를 시켜야 한다는 분위기를 유도하고 있었다. 이것은 유도 심문에 맞먹는 유도 주문이었다. 매출 극대화를 목적으로 한, 이 대목에서 나는 픽 웃고 말았다. 손님이 식당에 들어선 순간부터 나갈 때까지 서빙을 하는 순서가 일목요연하게 정리되어 있어 홀 서빙 방법을 간단하게 익힐 수 있겠다는 생각이 들었다.

나는 그동안 작업 수칙을 만들거나 서빙 수칙을 만든다는 것에 대해서 생각해본 적이 전혀 없었다. 장사가 안 될 때나 될 때나 선경은 신춘문예를 준비하는 문학도마냥 이런저런 장사 관련 책들을 사와서 연구를 하는 눈치였다. 내게도 그 책들을 들이밀었지만 나는 책을 보는 것은 한마디로 딱 질색이었다. 뭐니 뭐니 해도 경험과 실전이 제일이라고 큰소리를 쳤다. 책을 밀쳐내면 선경은 나에게 경험주의자라고 쏘아붙였다. 현장 활동을 할 때도 나는 학습보다는 현장 활동에만 하도 열심이어서 경험주의자나 조합주의자, 몸조라는 소리를 자주 듣곤 했다. 체질적으로 책을 싫어하기도 했지만 원전이나 문건의 내용을 달달 외우는 것이 노동운동은 아니라는 나름대로의 확신 때문이었다. 선경은 장사 관련 이론과 현실을 홀 서빙 수칙이라는 매뉴얼을 통해 접목시키고 있었다. 선경이 만든 작업 수칙은 앞으로 식당의 수가 늘어나면 유용하게 쓰일 것 같았다. 선경은 앞치마를 벗고 홀 서빙 수칙을 챙겨들며 말했다.

"그리고 단골손님 취향이나 가족상황이나 손님의 기호를 파악해서 카드를 만들어놔야겠어. 예를 들자면 이 손님은 샐러드를 좋아한다든가, 상추 겉절이를 좋아한다든가 하는 것을 알면 서빙하기가 수월할 거야. 기름기 적은 고기 원하는 손님도 있고 기름기 많은 고기 좋아하는 손님도 있으니까. 맞춤서비스를 하는 거야. 그리고 단골손님들은 그 집 아이들 이름을 기억해주면 너무 좋아해. 손님들은 음식도 음식이지만 정을 맛보러 식당에 오기도 하잖아. 그냥 보통의 뜨내기손님으로 기억되는 것보다는 이웃 같은 관심과 배려를 받고 싶어 하는 거지. 주먹구구식으로 장사하는 시대는 지났다고 봐."

나는 선경의 말에 고개를 끄덕였다. 몇 개월 전만 해도 식당 문을 닫아야 할 지경이었는데 이제는 수준 높은 서비스의 질을 고민해야 할 때였다. 주방 뒷문을 잠그고 우리는 식당 밖으로 나왔다. 취객 한 사람이 비틀대며 우리 앞을 지나갔다. 골목 안의 희미한 보안등 주변에는 나방과 하루살이들이 요란하게 날아다니고 있었다.

선경이 만든 홀 서빙 수칙은 단박에 효과가 드러났다. 새로 들어온 남자 알바생과 여자 알바생에게 작업 수칙을 건네주자 금방 효과가 나타나는 것이었다. 역시 젊은 학생들에겐 잔소리보다는 일목요연한 매뉴얼이 더 효과적이었다. 예전에는 따라다니며 잔소리를 해도 열흘이 지나야 겨우 교육효과가 날까 말까였다. 하지만 항상 예외는 있는 법이었다. 선경이 아무리 직원들을 교육시키고 체계적인 훈련을 시켜도 도무지 협조하지 않는 사람이 있었는데 바로 정현수 아줌마였다. 늘 심각한 얼굴을 하고 있는 게 문제라면 문제였다. 정현수 아줌마는 손님들 앞에서 도무지 웃을 줄을 몰랐다. 서빙하는 사람이 웃지 않는다는 것은 소금 간을 해야 할 음식에 전혀 소금이 들어가 있지 않은 것과 같았다. 선경은 100프로 입맛에 맞는 사람이 어디 있겠냐면서 그녀가 웃든 말든 포기하고 말았다.

그런데 이게 무슨 조화란 말인가. 이 무뚝뚝하기 짝이 없는 정현수 아줌마에게 반한 사람이 한 사람 있었다. 그는 대로변에 있는 동물병원의 원장이었다. 처음엔 서민들만 사는 동네여서 애완동물 따위에 관심을 갖는 사람이 있겠는가 싶었다. 라면보다 싼 돼지갈비라는 불후의 명작을 만들어낸 강아지 강명훈을 내가 사랑하듯이 이 동네에도 개를 사랑하는 사람이 제법 되는 모양이었다. 그 동물병원은 규모가 제법 컸다. 그는 무슨 이유에서인지 자신과는 전혀 격에 맞지 않는 서민의 식당인 우리 식당을 자신의 단골식당으로 정했다.

동물병원 원장은 한마디로 텔레비전에나 나오는 아나운서처럼 생긴, 아주 단정한 인상의 남자였다. 우리 식당은 공단 노동자들이나 서민들이 애용하는 식당이었다. 생긴 것도 서민적인 것과는 거리가 멀게 생긴 동물병원 원장이 우리 식당을 애용하는 것이 처음에는 적응이 되지 않았다. 그는 점심으로 늘 돼지 갈비 이 인분에 된장찌개에 공깃밥 하나를 먹거나 간혹 돌솥비빔밥을 먹고 가는 경우도 있었다. 그는 늘 신문을 펼쳐놓고 신문을 보면서 밥을 먹었다. 정현수 아줌마는 손님들의 고기를 잘라주는 것을 싫어하는 스타일이었는데 그가 오면 고기를 구워주곤 했다. 그는 신문을 본다고 고기를 태우기가 일쑤였는데 보다 못해 고기를 구워주게 된 것이었다. 그렇다고 해서 남자들에게 조금이라도 틈을 주는 행동을 할 그녀가 아니었다. 무뚝뚝한 표정은 어쩌면 남자들이 다가오지 못하게 만드는 그녀 나름의 효과적인 보호색이자 방어수단인 셈이었다. 정현수 아줌마가 고기를 잘라주면 그는 신문을 밀쳐두고 얌전히 밥을 먹는 데 집중했다. 고기를 자르는 정현수 아줌마의 얼굴을 몇 번이나 흘깃흘깃 쳐다보는 모습을 본 적이 있었다.

급기야 혼자서 밥을 먹으러 다니던 그는 간호사들에게 우리 식당을 애용하라고 권유를 한 모양이었다. 딴에는 흠모하는 여인이 일하는 식당의 매출에 조금이라도 이바지하고 싶다는 아주 기특하고 갸륵한 생각에서였는지 모를 일이었다. 그 간호사들은 입단속이 제대로 안 되는 간호사들인지 모르겠으나 그 동물병원 원장은 이혼남이며 이 공단숯불갈비에서 일하는 어떤 아줌마를 짝사랑하고 있다는 어마어마한 정보를 덤으로 얹어주었다. 정현수 아줌마가 그 원장의 첫사랑 여자와 너무나 닮았다는 아주 시답잖고 신파적인 내용이었다. 그런데 본인인 정현수 아줌마는 그 이야기를 듣고도 무덤덤한 반응을 보일 뿐이었다. 동물병원 원장과 갈비집 서빙 아줌마의 사랑이라, 뭔가 신파적인 러브스토리가 진행될 거라는 기대가 약간 되긴 했다. 동물병원 원장은 어김없이 점심시간이 되면 우리 식당에 와서 돼지갈비 이 인분에 공깃밥을 먹고 갔다. 간혹 정현수 아줌마의 퇴근시간이 될 때까지 식당 앞에서 서성거릴 때도 있었다. 하지만 무뚝뚝하기 짝이 없는 정현수 아줌마는 그 원장 나름의 애틋한 구애에 대해 그 어떤 반응도 보여주지 않았다. 식당 앞에 그가 서 있는 것을 보고도 본척만척하고 찬바람을 횡하니 일으키며 지나가버리곤 했다. 대신 아직도 소녀적 감성이 남아 있는 침산 아줌마가 동물병원 원장과 정현수 아줌마를 애틋하고 그윽한 눈길로 바라볼 때가 있었다. 마치 두 사람 사이에 분홍빛 로맨스라도 생기기를 기대하는 사람처럼 말이다. 그런 점에서는 선경도 두 사람의 로맨스가 이루어지길 은근히 기대하는 눈치였다.

정현수 아줌마가 퇴근을 한다고 인사를 하고 나간 뒤 식당 문을 여니 비가 추적추적 내리고 있었다. 오토바이가 비에 젖을까 봐 나는 식당 뒤편으로 뛰어갔다. 어두운 골목길 안쪽에서 두 남녀가 실랑이를 벌이고 있는 광경이 눈에 들어왔다. 커다란 박쥐우산을 받쳐 쓴 남자가 우산 속에 들어오지 않으려는 여자의 손목을 잡아끌고 있었다. 가로등 앞에 서 있는 남자와 여자는 눈에 익은 사람들이었다. 안 보는 척하고 흘낏 쳐다보니 그 두 사람은 바로 정현수 아줌마와 동물병원 원장이 아닌가. 두 사람은 옥신각신 밀고 당기고 한참 실랑이를 하더니 커다란 박쥐우산을 쓰고는 나란히 빗길을 걸어갔다. 그가 그녀의 허리에 팔을 두르는 모습이 보였다. 정현수 아줌마의 진창 같은 한 생애에 어쩌면 연꽃 한 송이가 피어날지도 모른다는 생각이 들었다. 하지만 현실의 진창 속에서 연꽃이 피어난다는 것은 기적이 아닐까. 기적은 일어날 가능성이 없으므로 기적인 것이다. 나는 두 사람이 한 몸처럼 서로에게 몸을 바짝 붙이고 사라져간 골목길을 오래도록 쳐다보았다. 혹시 저대로 정현수 아줌마가 영원히 사라져버리는 건 아닌가 하는 뜬금없는 생각이 들기도 하는 것이었다.

그다음 날 정현수 아줌마는 나의 속물적인 예상을 깨고 어김없이 제시간에 출근했다. 이상하게도 무뚝뚝한 정현수 아줌마답지 않게 평소보다 더 말이 많아진 것 같았다. 침산 아줌마와 주방에서 장난을 치기도 했고 선경에게 평소 안 하던 농담을 하기도 했다. 그 동물병원 원장은 그날 점심때부터 우리 식당에 나타나지 않았다. 대신 그날 저녁 정현수 아줌마는 아이들 둘과 다방 마담 언니라고 했던 여자를 불러 고기를 구워 먹었다. 매일 오던 점심 단골손님을 잃어버린 나로서는 약간 애석한 일이랄 수밖에 없는 일이었다. 여자의 자리와 아이들의 엄마의 자리에서 그녀는 잠시 망설였을 것이다. 그녀는 어쩌면 자신의 생을 꽉 끌어안기 위해서 그를 외면한 게 아니었을까. 그 동물병원 원장이 모습을 감춘 뒤부터 달라진 게 있다면 정현수 아줌마가 소리를 내어 잘 웃게 된 것이었다. 표정이라고는 늘 무뚝뚝한 표정 한 가지밖에 모르던 정현수 아줌마는 별거 아닌 일에 깔깔대며 웃었다. 선경은 정현수 아줌마를 보고 고개를 갸웃거렸다. 손님들에게 웃으며 서빙을 하고 있지만 살짝 건드리기만 해도 눈물의 둑이 툭 터질 것만 같다고 했다. 정현수 아줌마가 제발 웃고 다녔으면 좋겠다고 노래를 부를 때는 언제고, 하여간 알다가도 모를 것이 여자들의 속내였다.

황금의 동업시대

침산시장 안에 가게를 개업하기로 한 날짜는 7월 말경이었다. 주방과 홀에서 일할 사람을 구하고 가게에 필요한 비품을 구하러 칠성시장을 쏘다녔다. 비산동의 공단숯불갈비를 시작할 때는 포카 형이 하던 식당을 인수받았기 때문에 인수한 바로 뒤부터 장사를 시작해도 아무런 문제가 되지 않았다. 하지만 내 식당의 개업은 난생처음 겪는 일이었으므로 여간 신경이 쓰이는 일이 아니었다. 식당 자리로 계약한 건물은 원래 식당으로 쓰던 장소가 아니라 철공소였다. 주방 공사와 바닥 공사를 완전히 새로 해야 했기 때문에 건물 신축공사처럼 일이 많았다. 포카 형과 영호 형이 개업하는 것을 도와주던 때와는 달리 하나부터 열까지 일의 순서를 챙기고 마무리 과정을 지켜봐야 했다. 장거리를 부려놓고 공사가 한창 벌어지고 있는 침산동으로 갈 생각으로 머리가 꽉 차 있었다. 오늘은 식당의 간판이 올라가는 날이기도 했다. 오토바이 뒤에 달린 노란 플라스틱 바구니에 장거리를 가득 싣고서 팔달시장의 횡단보도를 건너고 있는 중이었다.

"만호 형!"

누가 내 이름을 부르는가 싶어서 두리번거렸다. 바로 몇 미터 앞에 여름 양복을 쫙 빼입은 정선규가 떡하니 버티고 서 있는 것이었다. 나는 급히 오토바이를 세워 놓고 정선규를 덥석 껴안았다.

"야! 정선규 이 자식, 정말 반갑다."

정선규와 나는 백기완 대통령 선거운동본부 활동을 할 때 같이 일했던 적이 있었다. 그는 운동을 할 때도 그랬지만 언제 봐도 진지한 표정과 탐색하는 듯한 눈빛을 하고 있었다.

"정선규! 살아 있었구나. 신수가 훤한데. 야! 대구 바닥이 좁긴 좁구나. 이렇게 만날 수 있다니."

선규도 빙긋 웃음을 지으며 고개를 끄덕였다.

"근데, 저 오토바이는 뭐야? 공장에서 일하고 있는 거 아니었어? 야채장수가 되셨나? 이거 수상한데? 지금 어디 가는 길이야?"

"시장 보고 식당에 가는 길이다. 소문 못 들었냐? 내가 돼지갈비집 하잖냐?"

"뭐? 형이 돼지갈비집을 한다구? 이거 정말 특종감인데! 진짜 특종이야."

"특종?"

"형, 나, 신문사에 취직했는데 몰랐어?"

"정선규 기자, 짜식 멋지다. 그건 그렇고 내가 무슨 특종감이 된다고 그래?"

"왜 특종이 아냐? 특종은 만들면 되는 거거든. 음, 노동운동가가 돼지갈비집 사장이 되다니, 이거 기사거리 되겠는데? 필이 와. 짜릿한데, 이거."

"야! 나 말고도 돼지갈비 장사하는 사람 둘이나 더 된다. 그러니까 기사거리로 만들려면 그 사람들 다 불러 모을 테니, 특종인지 물고긴지 낚으러 와라."

"언제 모이는데?"

"이번 주 토요일에 침산동 식당 개업하는데 그날 다 모일거야. 그때 오든지 말든지 해라."

"알았어. 나 지금 공단에 취재하러 가는 길이거든. 그러니까 그날 꼭 불러야 돼. 사진기자 데리고 갈 거니까."

"근데, 선규야, 이게 무슨 신문기사감이라고 그래?"

"왜? 신문기사감은 따로 있나? 과거 대구 노동운동권의 거물이 돼지갈비집 주인이 되었다는 게 왜 기사감이 안 되는데?"

"나도 모르겠다야."

나는 오토바이 옆에 서서 선규가 차를 몰고 멀어져가는 뒷모습을 멀거니 쳐다보았다. 선규가 주고 간 명함에는 대일신문 사회부 기자 정선규라는 이름이 선명했다.

개업 날이 되자 침산 골목시장 안에 있는 식당 앞은 부산해졌다. 개업 날은 우선 떠들썩하고 봐야 된다는 생각이 들어 나는 백선본 활동을 하던 때 친분이 있던 민철에게 부탁해 사물놀이패를 동원해달라고 했다. 민철이 동원한 풍물패는 대학생 풍물패라고 했다. 울긋불긋한 사물놀이패 복장을 한 학생들이 식당 앞에 모여 있자 시장을 오가던 사람들이 무슨 일인가 싶어 모여들었다. 나는 우선 학생들에게 돼지갈비로 배를 채우게 했다. 배가 불러야만 신나게 놀아주지 않겠는가. 배를 채운 학생들은 지치지도 않고 온 공단 거리를 돌아다니며 꽹과리와 징을 두들겨대며 신나게 놀았다.

식당 현관 문 앞에는 개업선물로 주기 위한 수건이 잔뜩 쌓여 있었다. 손님들에게는 시루떡을 돌렸다. 식당에 오는 손님들뿐만이 아니라 인근 시장의 좌판 상인들과 백여 개에 이르는 마찌꼬바에도 떡을 돌렸다. 점심때가 되자 앉을 자리가 없을 정도로 손님들로 붐볐다. 식당 앞에는 포카 형과 영호 형이 배달시킨 화환과 대형 화분이 서 있었다. 식당의 간판 위에는 라면보다 싼 돼지갈비라는 강아지의 전무후무한 걸작을 적은 대형 현수막을 내걸고 현관 앞에는 풍선으로 아치를 만들어 놓아 개업 분위기를 한껏 돋웠다.

포카 형과 지훈 엄마와 영호 형이 도착해 식당 앞에 서 있는 황동하와 나에게 인사를 했다. 앉을 자리가 없어서 식당 밖에서 다들 서성거리고 있었다. 포카 형이 시루떡을 베물며 우스갯소리를 늘어놓아 사람들의 배꼽을 쥐게 만들고 있을 때였다. 과연 정선규가 사진기자를 대동하고 식당 앞으로 성큼성큼 걸어왔다.

"저 사람 누고?"

포카 형이 나를 보고 궁금하다는 표정을 지었다.

"신문기자야. 포카 형, 가지 말고 여기 있어야 해. 잘하면 형 식당도 신문에 나오게 될지 몰라."

"살다 살다 별놈의 꼬라지를 다 본다. 돼지갈비집 주인을 뭐 할라꼬 신문에 낸단 말이고?"

정선규가 황동하에게 먼저 손을 내밀고 포카 형과 영훈이 형과도 악수를 했다. 이런 자리에서 가만있을 포카 형이 아니었다.

"기자 양반, 도대체 이 돼지갈비집에 신문기사거리가 오데 있다고 왔능교? 기자들 가만히 보이께네 디게 할 일도 없는 모양이네."

"나중에 신문기사가 나오면 아실 겁니다. 자, 사장님들, 식당 앞으로 한번 나와보십시오. 우선 사진부터 찍고 취재를 하겠습니다."

정선규는 능숙하고 자신감 있는 태도로 둘러선 사람들을 불러 모아 옆으로 나란히 서게 했다. 다들 신문에 나온 경험도 없고 사진기자 앞에서 포즈를 취한 경험도 없어서 쑥스러운 표정을 짓고 정선규가 시키는 대로 포즈를 취했다. 지훈 엄마도 신포카를 따라왔다는 이유로 얼떨결에 사진을 찍게 되었다. 다른 사람은 몰라도 나이를 먹을 만큼 먹은 황동하까지 선규가 시키는 대로 어정쩡하게 팔을 쳐들고 포즈를 취하는 것이 자못 우스꽝스러웠다. 사진기자는 우리의 포즈가 마음에 들지 않았는지 다시 한 번 더 주먹을 불끈 쥐고 힘찬 표정을 지어보라고 부탁했다. 우리들은 말 잘 듣는 초등학교 아이들처럼 사진기자가 시키는 대로 다시 포즈를 취해 주었다. 정선규는 우리 네 명을 둘러앉히고 한참 동안 취재를 했다. 신문기자의 취재에 처음 응하는 터라 어색했지만 한편으로는 식당을 알릴 수 있는 좋은 기회가 될 거라는 생각이 들었다. 아직도 사람들은 신문에 나왔더라는 말에 혹하기 때문이다.

개업 첫날 매출은 내가 장사를 시작하고 올린 최고의 매출인 육백칠십만 원을 기록했다. 손발이 맞지 않은 사람들이 이만큼 장사를 해냈다는 것이 믿어지지가 않았다. 공단숯불갈비보다 식당 규모가 두 배로 컸기 때문에 가능한 일이었다. 평소에는 홀에 들어오는 것을 꺼리던 황동하까지 상을 치워준다고 나서고 도서관에서 학생들 몇 명을 불러서 장사를 한 결과였다. 절여놓은 고기마저 떨어져 비산동 공단숯불갈비에서 급히 가져와야 했을 정도였다.

식당에서 받아보는 석간신문이 들어오자마자 나는 사회면부터 찾아보았다. 과연 선규의 말대로 '지역 노동운동가 4명 돼지갈비집 사장 됐다'라는 제목으로 기사가 실려 있었다. 가게 간판 대신 라면보다 싼 돼지갈비라는 현수막이 돋보이게 나온 사진이었다. 영호 형, 황동하, 지훈 엄마, 신포카, 그리고 나, 이렇게 다섯 명이 주먹을 불끈 쥐고 쑥스러운 웃음을 입에 머금고 찍은 사진이었다. 사진 아래에는 '지난 시절 치열한 활동을 했던 노동운동가들이 돼지갈비집 사장이 되어 다시 모였다. 사진은 장만호(오른쪽 맨 끝)의 공단숯불갈비 2호점 개업을 기념하는 자리'라는 설명이 붙어 있었다. 신문 속의 내 얼굴과 황동하, 그리고 포카 형의 얼굴이 전혀 낯설기만 했다. 나는 신문기사를 천천히 읽어 내려갔다.

'붉은 머리띠와 돼지갈비'

한때 지역에서 지도급 노동운동가로 알려졌던 장만호 씨가 대구시 북구 침산동 골목시장에 공단숯불갈비 2호점을 내던 7월 29일 과거의 노동운동가 4명이 다시 모였다.

대구 노동운동 1세대로 지난 89년 1월, 대구노동청 점거농성을 기도했던 장만호, 신동구, 황동하 씨와 지역 모 섬유회사에서 노조활동을 하다 구속당했던 정영호 씨. 그러나 지금은 모두가 돼지갈비집 사장님이다.

과거의 노동운동가들은 동고동락하던 노동운동 시절의 경험을 되살려 장만호 씨의 공단숯불갈비, 정영호 씨의 와룡산숯불갈비, 그리고 신동구 씨의 행복숯불갈비를 차렸다. 상호는 다르지만 황동하 씨가 관리하는 황가네축산을 통해 고기와 부식을 공동으로 대량 구매해 돼지갈비 가격을 1인분 1900원에 맞췄다. 예전엔 노동운동전략에 대해 격론을 벌였던 회의가 지금은 갈비양념제조법을 연구하는 자리로 바뀌었다.

다행히 영업은 아이엠에프 시대에도 아랑곳없이 호황을 누리고 있다. 비산동, 성서, 칠곡 등 노동자 서민들의 주거지에 돼지갈비집을 열고 박리다매한다는 전략이 성공했기 때문이다.

이들 돼지갈비집 사장님들이 모든 시간을 돈벌이에만 투자하는 것이 아니다. 이들이 공동으로 출자해 운영비를 지원하고 있는 대구시 서구 비산동의 대구노동정보도서관은 지역 노동자와 자녀들에게 노동 관련 정보와 쉼터를 제공하는 장소로 이미 자리를 굳혔다. 이들은 앞으로 현실과 괴리되지 않고 국민들의 공감을 얻는 노동운동 방향을 제시하고 운동기금도 모아나갈 계획이다.

사장님이 된 노동운동가들, 이들이 작업장과 농성장에서 구호를 외치며 이마에 둘렀던 붉은 머리띠가 세월의 흐름에 따라 돼지갈비로 모습을 바뀌었지만 정의롭고 희망찬 세상을 갈구하던 노동운동의 꿈은 오늘도 핏속에 살아 숨 쉰다.

신문기사를 읽고 있으니 얼굴이 홧홧해져왔다. 현실과 괴리되지 않고 국민들의 공감을 얻는 노동운동 방향을 제시하고 운동기금도 모아나갈 계획이라는 그 기사가 목에 걸린 커다란 생선가시처럼 느껴졌기 때문이었다. 과연 우리가 국민들에게 공감을 얻는 노동운동 방향을 어떻게 제시할 수 있다는 말인가. 선규가 우리를 너무 과장되게 미화시켜놓았거나 선규 자신이 우리에게 거는 희망을 기사로 바꾸어놓았다는 생각이 들었다. 돼지갈비 장사와 노동운동을 어떻게 결합시키란 말인가. 단순히 운동단체의 재정이나 노조의 파업기금을 지원해주는 것이 노동운동과 돈벌이를 결합시킨다는 말인가. 신문을 들고서 한참 골똘하게 생각에 빠져 있는데 황동하가 식당 안으로 들어왔다.

"형도 이 기사 읽었어?"

"그래, 읽었어. 근데, 네 표정이 왜 그러냐?"

"신문 읽고 나니까 오히려 기분이 더 심란해. 선규 이 녀석은 신문기사를 왜 이따위로 쓰고 난리야? 왜 이렇게 마음을 착잡하게 만드는지 모르겠어. 현실과 괴리되지 않고, 국민들의 공감을 얻는 노동운동 방향을 제시하고, 운동기금도 모아나갈 계획? 와! 정말 거창하네. 운동기금은 모아나갈 수 있긴 하지만……. 지금 이 시점에 누가 이런 대안을 제시할 수가 있겠어?

자기의 희망사항을 써놓은 게 무슨 신문기사냐구? 잘은 모르지만 신문은 무엇보다 객관적이어야 하는 것 아냐?"

"이런 기사가 실릴 수 있다니, 세상 변한 게 실감이 난다. 기사는 기사고, 앞으로 천천히 대안을 모색해나가면 되지 않겠어?"

"난, 신문기사가 나오면 이걸 홍보수단으로 활용하려고만 생각했어. 가령 여름이니까, 신문기사를 부채에다 넣어서 손님한테 배포한다거나 말이야. 근데, 그래도 되나 싶어. 돈벌이에 눈이 뒤집혀서 노동운동 경력마저 팔아먹는 인간이 되는 것 같아서 씁쓸해. 과거 운동권 경력을 팔아먹는 인간들과 내가 하나도 다를 바 없다는 생각이 든다니까."

"아니, 당면 현실에 집중하는 것도 하나의 전략이야. 그런 고민은 천천히 하도록 해. 신문기사는 날짜가 지나면 지날수록 시의성이 떨어져. 그러니까 되도록 신속하게 홍보를 하는 게 좋을 것 같다. 너무 자학하지 마. 나도 고기 썰며 마음 비우고 살잖냐?"

"형이 마음 비웠다면 내 손에 장을 지진다. 말은 그렇게 하면서도 속으로는 뭔가 해보려고 암중모색 중인 것, 다 알아. 그 때문에 형보고 같이 일하자고 한 거니까. 끝까지 책임져야 해."

"내 자신도 책임질 수 없는데 무슨 소리냐? 너, 나중에 진짜로 손에 장을 지질 일이 생기면 어쩌려고 그래? 나, 너무 믿지

마라. 나도 예전의 황동하가 아니다. 꿈을 꾸기엔 난 너무 늙어 버린 것 같다. 그러니까 나한테서 답을 찾으려고는 하지 마."

황동하가 내 어깨를 두드리며 남의 이야기를 하는 것처럼 심상하게 말했다. 말은 그렇게 했지만 그의 가슴속에 남아 있는 불씨는 꺼지지 않았을 거라고 나는 확신하고 있었다.

나는 황동하의 말에 힘을 얻어 선규가 작성한 신문기사를 홍보물로 쓰기로 마음을 먹었다. 어쩌면 노동운동 경력을 돈벌이 수단으로 이용하고 있는 건지도 몰랐으나 이런 호재를 놓칠 수는 없는 일이었다. 홍보문안을 짜서 홍보물 업체에 부채 오천 개를 제작해달라고 의뢰했다. 신문기사와 사진을 가운데 배치하고 양쪽에는 "줄을 서서 기다리다 식사를 하는 진풍경이 벌어지는 곳"과 "식사 후 신토불이 식혜와 약차, 아이스크림을 무료로 드립니다!"라는 문구를 만들어 넣었다. 그러고는 가장 중요한 '라면보다 싼 돼지갈비'라는 불후의 명작을 넣는 것을 잊지 않았다. 여름이어서 그런지 홍보용 부채는 인기가 좋았다. 골목시장 좌판에 앉아서 장사를 하는 아줌마들은 너도 나도 부채를 달라고 했다. 시장 상인들이 시장을 보러 온 사람들에게 우리 공단숯불갈비를 광고해주는 셈이었다. 좌판에 앉은 할머니들이 땀을 식히기 위해 부채를 부치는 것을 본 사람들이 걸음을 멈추고 부채에 적힌 기사를 길거리에 서서 읽고 가는 경우도 있었다. 부채 홍보 덕분에 침산동 공단숯불갈비는 말 그대로 '줄을 서서 기다리다 식사를 하는 진풍경이 벌어지는' 식당이 되었다. 식당을 개업하고 몇 달이 지났지만 개업 초기의 열기는 전혀 식을 줄 몰랐다. 침산동 개업을 한 뒤 비산동은 전적으로 선경에게 맡겨두고 나는 침산동 가게에만 붙어 있었다. 침산동 공단숯불갈비를 개업하는 바람에 육부의 일도 많아졌지만 황동하는 특유의 꼼꼼함으로 일처리를 능숙하게 해내고 있었다.

선규의 신문기사가 나가고, 침산 2호점이 성공한 뒤에 여기저기서 식당 개설 문의가 들어왔다. 침산 2호점을 내고 난 뒤 5개월 사이에 식당 세 군데의 개업을 도와주고 고기 납품을 약속받았다. 선경이 작성한 홀 서빙 수칙에 대한 식당업주들의 반응이 특히 좋았다. 종업원 교육 문제가 가장 골치 아픈데 홀 서빙 수칙 덕분에 아주 간단히 해결되었다고 다들 좋아했다.

나는 본격적으로 식당 체인 사업에 뛰어들 계획이었다. 겨우 식당 몇 개 경영하는 것으로는 나의 원대한 사업 구상을 실현시킬 수 없었다. 나는 체인 사업을 성공시켜서 주식회사로 키워내 재단을 만들 생각이었다. 그 재단의 수익금은 운동단체의 재정 지원을 해주거나 과거에 운동했던 사람들이 사업 기반을 닦을 수 있도록 사업자금을 지원해줄 작정이었다. 패잔병처럼 살아가는 운동권 사람들을 불러 모아 새로운 꿈을 꿀 수 있는 공동체를 만들 수 있다면 더 바랄 나위가 없겠다는 생각이 들었다. 그 꿈을 구체화시키려면 나 혼자만의 힘으로는 역부족이었다. 황동하라면 내가 생각하는 꿈의 내용을 채워줄 거라고 믿었다. 나는 황동하와 동업을 할 계획을 품고 있었다.

나는 당연히 선경이 내 생각에 동의할 것이라고 생각했다. 그런데 선경의 반응은 전혀 뜻밖이었다.

"절대 반대야. 주변에 부모자식간이나 형제간이라도 동업했다가 좋게 끝나는 경우를 한 번도 못 봤어."

"동하 형은 달라. 나 혼자 힘으로 벅차기도 하고. 그리고 무엇보다, 우리가 그냥 돈벌이만을 위해서 식당을 하는 건 아니잖아."

"그래도, 동업은 절대 반대야. 동업 안 하고도 같이 할 수 있는 일이 얼마든지 있어."

"돈벌이를 목적으로 한다면 언젠가는 동업이 깨질 위험이 있겠지. 하지만 우린 경우가 달라. 동하 형이 어떤 사람이야? 인간답게 살아가는 길을 내게 처음으로 알려준 사람이야. 노동법 해설이 내 운명을 바꾸어놓은 거 누구보다 네가 더 잘 알잖아. 내가 포카 형이 물려준 식당 덕분에 이렇게 기반을 잡았듯이 이제는 내가 다른 사람들의 비빌 언덕이 되어주어야 한다는 생각이 들어. 아니, 그 말은 틀렸어. 지난번 선규가 신문에 기사를 낸 거 보고는 내가 이렇게 막연하게 목표도 없이 살아도 되나 하는 생각이 들었어. 노동운동 경력이나 팔아먹으며 살 수는 없어. 동하 형도 영원히 운동에의 꿈을 못 버리는 사람이야. 동하 형은 분명히 나와 끝까지 갈 사람이야."

"당신은 옛날이나 지금이나 변한 게 하나도 없는 것 같은데 동하 형은 뭔가 달라졌어. 예전의 동하 형이 아닌 것 같아. 요즘 정치권으로 간 운동권 후배들도 자주 만나고 다닌다는 소문도 있고. 혹시 정계에 욕심이 있는가?"

"함부로 모함하지 마! 그런 욕심 절대 없는 사람이야. 다른 사람은 몰라도 동하 형은 속물이 되고 싶어도 될 수 없는 그런 종류의 사람이야."

"그걸 어떻게 확신해? 나 자신도 모를 때가 있는데, 어떻게 다른 사람의 속마음을 확신하냐구?"

"나는 확신해! 누가 뭐라 해도 동하 형을 나보다 더 믿어."

선경은 나를 뚫어져라 노려보았다.

"어쩌면 그 말, 혹시 나보다 동하 형을 더 믿는다는 거 아냐?"

"맘대로 생각해! 그렇게 생각한다면 할 수 없고!"

내가 소리를 버럭 지르자 충격을 받았는지 선경의 얼굴에는 형언키 어려운 복잡한 표정이 떠올라 있었다. 나는 이런 식일 때가 많았다. 화가 치밀면 늘 내 뜻과는 정반대의 말이 튀어나갔다. 어떻게 선경과 황동하를 비교할 수 있겠는가. 되지도 않은 억지소리를 하는 선경이 낯설기 짝이 없었다. 선경은 뭔가 할 말이 더 있는 듯했으나 입을 꼭 다물고 생각에 잠겨 있기만 했다. 나는 그 누구보다도, 아니 나 자신보다도 황동하를 전폭적으로 믿고 있었다. 그는 어쩌면 내가 노동운동에 품었던 희망과 꿈과 이상, 그 모든 것인지도 몰랐다. 나는 어떤 일이 있어도, 설령 선경이 끝내 반대를 한다고 해도 이 동업을 계획대로 밀고 나갈 것이다. 언젠가는 선경이 내 뜻을 이해해줄 것이라고 생각했다.

황가네축산이 있는 지하실 계단을 내려가니 고기 비린내와 서늘한 냉기가 훅 끼쳐왔다. 장롱보다 더 큰 고기 냉장고 두 대가 떡 버티고 있는 지하실에는 서늘한 냉기가 감돌고 환풍기 돌아가는 소리가 요란했다. 장부에 뭔가를 기록하고 있던 황동하가 나를 쳐다보고 반색을 했다. 강 기사는 배송을 갔는지 보이지 않았다.

"형, 요즘 입이 귀에 걸려 있네. 살맛이 나는 모양이야? 애처가 되었다고 소문이 짜하던데. 어제는 형수님이랑 영화도 봤다면서? 신혼이 따로 없네."

황동하는 내 말에 멋쩍은 듯 뒤통수를 긁적이며 씩 웃었다. 그동안 어떤 내막이 있었는지는 모르겠으나 이혼했던 아내와 다시 재결합을 한 것 때문인지 하루가 다르게 가정적인 사람으로 변해가는 눈치였다. 퇴근하면서 장을 봐가겠다고 전화를 하는 경우도 더러 있었다.

"형, 식당 이름을 바꿀까 생각 중이야. 다니면서 보니까, 놀부라든지, 다른 유명한 식당들 보니까, 식당 상호 옆에 꼭 그 식당을 상징하는 그림, 그걸, 캐릭터라고 하던가? 그런 그림을 붙여놓았더라구. 글자보다 그림이 오랫동안 인상에 남잖아. 그래서 말인데, 식당 이름도 바꾸고, 캐릭터도 만들었으면 하는 생각이야."

"난, 네 머릿속이 궁금하다. 어떻게 마르지 않는 샘처럼 아이디어가 솟아나는 거냐?"

"나는 지금 연애를 하고 있거든."

"연애?"

"난 이 식당 사업과 연애를 하고 있는 중이야. 식당이 늘어갈수록 옛날 운동할 때, 활동할 때의 그 활력이, 그 꿈이 되살아나는 것만 같아. 한때 우리의 목표가 전국적 전위조직 건설이었잖아. 전국에 우리 식당이 하나둘 늘어갈 거라고 생각하면 마치 조직이 하나씩 늘어나는 그런 기분이 들어. 내 식당에 손님들이 줄을 서서 기다리고 손님들이 만족한 얼굴로 돌아가는 것을 보면 살맛이 나. 꼭 노동조합 활동을 할 때의 그 신명이 되살아난 기분이야."

"너는 하여간 연구대상이다. 식당이 무슨 노동조합이라도 된다는 말이냐?"

나는 당연하다는 듯 고개를 끄덕였다.

"그래, 식당 이름 생각해놓은 것 있어?"

"만동이갈비촌! 내 이름 장만호의 '만' 자에다. 동하 형의 '동' 자, 이렇게 해서 만동이야. 꼭 시골 머슴 같은 이름이지?"

"만동이, 만동이, 아직 익숙하진 않지만 토속적이고 친숙하긴 하다. 무엇보다 친근한 느낌이 드는 게 괜찮다. 내 이름도 넣어주고 이거 가문의 영광인데."

"형, 나 말이야. 형한테 제의할 게 있는데, 우리, 식당 이름만 합치는 게 아니라, 이왕에 같이하는 거, 동업을 하면 어떨까?"

"동업?"

"지금 육부에 돈이 한 일억 육천 정도 모였거든. 앞으로 체인을 확장해나가고 고기도 좀 더 사 넣고, 시설도 확장하려면 자금이 더 필요해. 지금 나가는 추세대로라면 앞으로 엄청난 속도로 체인점이 나갈 거라고 봐. 아이엠프 때문에 일자리를 잃은 사람들이 전부 장사 쪽으로 눈을 돌리고 있잖아. 그중에서도 음식 장사에 눈 돌리는 사람들이 엄청나다구. 그래서 말인데, 형도 자금을 반 정도 넣고 동업을 하면 어떨까 해. 자금은 천천히 구해도 되고, 모자라면 모자라는 대로 시작해보자구."

"나야, 믿고 육부 맡겨준 것만도 고맙지. 동업까지 같이하자고 하면 네가 오히려 손해 보는 거 같은데? 이만큼 기반을 잡아놓은 사업에 나는 숟가락 하나만 들고 밥상에 앉은 꼴이잖아."

"손해는 무슨, 그 뭐라더라? 내가 다니면서 주워들은 풍월인데 동업을 한다면 시너지효과도 있을 거 같고.”

“시너지효과라? 음……, 자금이야. 우리 집사람이 저축해놓은 돈하고……, 처갓집에서 구해오면 어떻게 마련이 될 거야.”

“이야! 형, 보기보다 부자네.”

“다 능력 있는 집사람하고 사는 덕분 아니겠냐? 요즘 장인어른도 나한테 우호적이거든. 이제 처자식 고생 안 시키게 됐다고 말이야. 전에는 처갓집 출입도 못했어. 인간 취급도 안 하시더니 지난번에 내가 처음으로 장인어른 생일 선물로 양복 한 벌 해드렸더니 대우가 달라지더라니까. 돈이 과연 무섭긴 무섭다 싶어.”

황동하의 입에서 장인어른 생일선물 이야기가 나오다니 적응이 되지 않았다. 뜬금없는 느낌이 들었으나 나는 내친김에 말을 이어나갔다.

“형, 내 생각은 말이야. 우리가 동업해서 성공하면 도서관 재정 지원하는 일도 일이지만, 뭔가 뜻있는 일을 해봤으면 좋겠어. 옛날에 운동하는 사람들도 불러 모아서 같이 할 수 있는 일을 찾아보면 어떨까? 다들 어렵게 살아가고 있잖아. 우리 맏동이가 사업자금도 지원해주고 비빌 언덕을 마련해주는 거야. 비영리재단을 만든다든지 말이야. 운동을 위해 뭔가 의미 있는 일을 찾아보면 있을 것 같은데. 식당을 하니까 무료 급식 사업도 하고 말이야. 난, 나중에 돈 많이 벌면 공동체 설립이나 대

안학교 설립 같은 것도 생각해보고 있어. 형 생각은 어때? 형도 늘 고민하고 있는 문제잖아."

"글쎄, 요즘 그런 고민 별로 안 하고 있어서 말이야. 재단? 공동체? 그건 좀 어째 막연하다. 운동은 운동이고 사업은 사업이잖아. 하여간 차츰 생각해보기로 하지."

황동하의 탐탁지 않은 반응에 한껏 들떠 있던 마음이 착 가라앉아버렸다. 애써 불씨를 살려놓았는데 황동하가 물을 끼얹어버린 느낌이 들었다. 만동이갈비촌 동업에는 흔쾌하게 동의를 하고 나오면서 왜 재단을 만든다는 것에 대해서는 선뜻 동의를 하지 않는 것일까. 그가 생각하고 있는 것은 어쩌면 예전의 비합조직을 꾸려내는 것일까. 나름대로 복안을 마련하고 있을 것이라고 생각하며 나는 다시 좁은 지하실 계단을 올라왔다.

식당으로 들어와 달력을 쳐다보았다. 공단숯불갈비를 인수받고 나서 벌써 육 년의 세월이 지났다. 나는 이제 황동하와 만동이갈비촌의 문을 열어젖히려고 하고 있는 중이었다.

황동하와의 동업을 결정한 뒤 체인 사무실과 작업장으로 쓸 자리를 물색했다. 더 이상 지하실에서 작업하는 것만으로 고기 공급 물량을 감당해낼 수도 없었기 때문에 체인본부 사무실과 넓은 작업공간이 필요했다. 고기 작업을 할 수 있는 작업공간과 사무실이 붙어 있는 공간이어야 했다. 앞으로 전국에 식

당 체인점이 건설된다면 무엇보다 배송이 원활하게 이루어져야
했다. 배송차량이 원활하게 출입할 수 있고 이동거리를 줄일 수
있는 장소라야 했는데 팔달교로 향하는 대로변에 위치한 2층
건물이 가장 마음에 들었다. 한때 가구 창고로 사용하던 건물
이었는데 1층은 작업장으로 사용하고 2층은 사무실과 직원들
의 숙소로 사용하면 되겠다 싶었다. 이상한 우연인지 몰랐지만
그 사무실 자리는 내가 교통사고를 당했던 장소에서 겨우 700
미터밖에 떨어져 있지 않은 자리였다. 레미콘에 치여 피를 흘리
며 쓰러져 있던 내가 아무 일 없다는 듯 벌떡 일어나 여기까지
걸어온 것이었다. 만동이갈비촌이 앞으로 뻗어나갈 길들이 사
방으로 펼쳐져 있었다. 나는 그 길이 뻗어나간 쪽을 가늠해보
았다. 끝이 보이지 않는 길이었다.

신용카드의 폭발적인 팽창으로 인해 소비심리는 살아나고 식
당 사업도 호황을 누리기 시작했다. 구조조정으로 일자리를 잃
은 사람들은 음식 장사는 밑져야 본전이라는 생각으로 식당업
에 눈을 돌렸다. 이런저런 외식 프랜차이즈가 생겨나고 외식산
업은 엄청난 폭발 상태였다. 아이엠에프로 직장을 잃은 사람들
이 너도나도 식당 창업에 나선 것이었다. 나는 체인점에 대해서
는 전혀 문외한이었지만 식당 사업에는 자신이 있었다. 두 곳의
공단숯불갈비를 운영해본 경험과 식당 열다섯 군데를 차려준
경험이 밑거름이 되었다. 황동하의 육부 관리 능력을 믿고 체인

점 개설을 서둘러 나갔다. 단 한 번도 경영 수업을 받은 적은 없었지만 식당이 미어터지는 것 하나만으로 체인 사업은 충분했다. 체인점 개설을 문의해오는 예비점주들은 비산동과 침산동 두 곳의 직영점이 문전성시를 이루는 것만으로도 놀라움을 금치 못했다. 식당을 차리기만 하면 당장 이렇게 손님이 미어터질 것 같은 기대가 되는 모양이었다. 선경이 만든 홀 서빙 수칙과 작업 수칙이 체인점 개설에 아주 요긴하게 쓰였다. 나는 노동 운동을 하던 때의 열정으로 체인점을 개설하러 밤낮을 가리지 않고 이곳저곳을 정신없이 쏘다녔다.

상인동에서 체인점을 문의해온 예비점주가 보여준 식당예정지는 비산동과 침산동 식당 서너 개를 합친 것보다 큰 규모였다. 아파트 밀집 지구를 끼고 있어서 식당예정지로도 적당했고 무엇보다 식당 앞의 넓은 주차공간이 마음에 들었다. 상인동은 처음으로 이벤트 업체에 연락해 도우미 아가씨들을 불러 떠들썩한 개업 홍보를 했다. 골목 안이라는 약점에도 불구하고 엄청난 홍보를 해서인지 상인동 식당은 첫날 매출이 팔백만 원대에 이르는 엄청난 대박이 터졌다.

돼지갈비뿐만 아니라 소갈비 전문점 개설도 서둘렀다. 소갈비 전문점 지산동 지점 개업 당시에는 소 탈을 뒤집어쓰고 두산오거리에서 한 달 동안 인사를 하는 홍보방법을 시도했다. 출근길의 사람들은 소 탈을 뒤집어쓰고 인사하는 사람들의 정체에 대해 몹시 궁금해했다. 그것은 선거 당시 두산오거리에서 매일같이 인사를 하는 국회위원후보자들을 보고 얻은 아이디어였다. 백기완 선거운동본부 활동을 할 때 차량 가두 선전전을 한 경험을 되살려 트럭 한 대를 식당 홍보 차량으로 꾸몄다. 노래패에 의뢰해 '노가바'를 만들어 틀고 다니며 시민들에게 숯불갈비 하면 만동이갈비촌이 떠오르게 만들었다. 그런 대대적인 홍보 전략은 식당 사업을 하던 그 누구도 시도하지 않았던 획기적인 방법이었다.

체인 사업은 공장에서 노동조합을 건설해 나갈 때의 느낌과도 비슷한 것이었다. 황동하가 내 뒤에서 든든하게 받쳐주고 있었고 개업하는 식당마다 대박이 터지자 자신감이 하늘을 찌를 정도였다. 대구 지역에는 가는 곳마다 만동이갈비촌 간판을 단 식당을 볼 수가 있었다. 일 년 반 사이에 대구에만 스물다섯 개의 만동이 체인점이 건설되자 이제는 다른 지역으로 눈을 돌려야 했다.

그와 때를 맞추어 부산 지역에서도 체인점 개설 문의가 들어오기 시작했다. 나는 대구와 경북권의 체인점 관리를 황동하에게 맡겨놓고 부산으로 내려가기로 마음을 먹었다. 상권 분석을 하고 홍보를 하자면 부산을 확실히 알아야만 부산 시장을 장악할 수 있겠다는 생각이 들었기 때문이었다.

나는 부산에 내려가 작은 사무실 하나를 얻어 체인점 개설을 서둘렀다. 이른바 만동이갈비촌의 부산지점인 셈이었다. 상권 분석을 하러 돌아다니고 부동산을 들락거리고 시장조사를 하러 다녔다. 예비점주들이 문의를 해오면 식당 자리를 잡아주기 위해 하루에 열 군데도 넘는 식당 자리를 돌아다니고 조건이 맞는다 싶으면 서둘러 계약을 했다. 식당은 상권에서 80프로가 결정이 나기 때문에 식당 자리를 알아보러 다니는 일이 가장 중요했다. 담보가 잡혀 있지는 않은지, 문제가 없는 가게인지 꼼꼼히 따져보고 건물주와 가게 계약을 체결했다. 그다음부터는 식당 시설에 들어가야 했는데 전화를 114에 등록하는 작은 일에서부터 무연시설과 전기용량 확인하는 일, 보일러를 설치하는 일, 주방 시설 공사, 간판 제작이 남아 있었다. 미장 공사 후에는 찬기와 수저와 각종 주방비품을 미리 파악해서 사들여야 했다. 가맹주와 의논을 해서 개업 날짜를 확정하고 곧바로 종업원 교육에 들어갔다. 개업 선물 종류를 결정해 주문을 넣고 개업을 알리는 현수막을 골목골목에 내걸면 개업 준비는 완료되는 셈이었다.

체인점 개업이 여러 군데 동시에 겹치면서 나는 숙소에 들어가면 그대로 쓰러져 곯아떨어지곤 했다. 잠은 늘 부족했고 식사 때를 놓치기가 일쑤여서 밤늦게 라면으로 배를 채우거나 한꺼번에 폭식을 하기도 했다. 집에는 두 달에 한 번쯤 들렀다. 선경은 나에게 무슨 할 말이 있는 듯한 표정으로 쳐다보다 입을 다물곤 했다. 시골에 혼자 살던 장모님까지 미국에 있는 처남집으로 가버리고 난 뒤 선경이 부쩍 우울해한다는 것을 알았지만 내가 할 수 있는 일은 전혀 없었다. 치매기가 점점 심해져가는 어머니의 등쌀에 지친 표정이 역력한 선경을 볼 때마다 죄를 짓는 기분이 들었지만 나는 고개를 힘껏 저었다. 선경이 입을 열면 대면하고 싶지 않은 일들과 마주칠 것만 같아 피하고만 싶었기 때문이었다.

체인점 문의를 하러 온 사람 중에 개인택시 영업을 하는 사람이 있었다. 한 이십 년 동안 택시를 몰며 일억의 돈을 모은 그는 식당을 하나 차려 사장 소리를 들어보는 게 꿈인 사람이었다. 평생을 모은 돈을 투자하는 일인 만큼 그는 꼼꼼하고 신중했다. 나는 미리 보아두었던 식당예정지로 그를 데리고 갔다. 그자리는 아이엠에프로 인해 부도가 난 동남은행 만덕지점이었는데 부동산 업자가 은행 문을 열자 매캐한 먼지 냄새가 달려들었다. 근 일 년 동안 비워둔 은행 안은 마치 귀신이라도 금방 튀어나올 것처럼 으스스했다. 구석구석 거미줄이 쳐져 있고 바닥에는 바퀴벌레들이 기어 다녔다. 문짝이 떨어진 캐비닛, 방치된 책상과 의자들, 굴러다니는 은행전산서류들이 구두에 밟혔다. 한마디로 음산한 폐가였다. 이곳이 한때 은행 자리였다는 것이 실감이 나지 않았다. 택시기사는 고개를 절레절레 흔들었다.

"이런 자리에다 식당을 하란 말인교?"

나는 그를 보고 빙긋 웃었다. 눈에 보이지 않는 것은 전혀 보려고 하지 않는 사람이었다. 그를 내 차 조수석에 태우고는 주변 지역을 돌아다녔다. 식당예정지 자리 주변에는 수천 세대의 아파트가 밀집해 있었고 상가 건물들과 시장까지 있었다. 딱 하나 흠이 있다면 간판이 들어설 자리를 육교가 가리고 있다는 것이었다. 하지만 오랜 경험상, 이런 자리가 한마디로 대박 자리였다. 다른 데도 아닌 은행이 있었던 자리였다. 택시기사는 주변의 아파트 밀집 지구를 돌아다닌 뒤에 적이 마음을 놓는 눈치였다. 계약을 체결한 다음 바로 공사에 돌입했다.

공사가 이 주일쯤 진행되었을 무렵 택시기사는 긴히 할 말이 있다며 나를 다방으로 이끌었다.

"암만 생각해도 내는 여서 식당 할 자신이 없심더. 돈도 모자라고."

"사장님, 제가 모자라는 돈은 빌려드릴 테니, 아무 걱정 하지 마십시오."

"내는 그 돈 일억 떨어먹으마 빈털터리인 기라요. 암만 생각해도 안 되겠으이 내 말고 딴 사람으로 넣으소. 망할 자리에 소개를 해주는 경우가 어딨는교? 장사도 안 될 자리에 소개를 해주고 말이야."

"지금 뭐라고 하셨습니까? 망할 자리라뇨?"

"시방 내한테 성질부리는 기라요? 뭐라요? 나는 죽어도 여서 장사 못하니까 다른 사람 넣으소 마!"

그는 소리를 버럭 지르고는 다방의 문을 박차고 나가버렸다. 한마디로 대박 날 자리가 분명했지만 이런 사람은 행여 조금만 장사가 안 되어도 체인 본사 탓만 할 사람이었다.

나는 그 식당 자리에 다른 사람을 물색해 계약을 다시 한 후 공사를 계속 진행했다. 그 택시기사와는 계산이 다 끝났다고 생각하던 차에 황동하에게서 연락이 왔다.

"문제가 좀 생겼다. 지금 공사 중인 그 만덕동 말이야. 먼저 계약했었던 택시기사한테서 연락이 왔는데 이거 참 난감하네. 자기가 손해 본 천만 원 안 내놓으면, 신문사나 방송사에 우리 만동이갈비촌 비리를 제보한다더라."

"그게 무슨 말이야? 우리 만동이가 비리가 뭐가 있다고? 할 테면 하라고 해."

"불판을 가성소다를 사용해서 닦는 것을 보았는지, 독성물질로 수질오염을 시키는 주범 어쩌구 하면서 언론사에 퍼뜨린다는 거야."

"뭐? 가성소다? 우리 가성소다 전혀 사용 안 하잖아."

"복현동 지점에 고기 먹으러 갔다가 주방에 들어가서 불판 닦는 거 봤나 봐."

"미치겠네. 복현동 이 사장은 하여간 골칫덩어리네. 형은 그래, 뭐라고 했어?"

"긁어 부스럼 만들 필요 없잖아. 조용히 넘어가는 게 좋을 것 같은데 말이지. 그냥 돈 천만 원 주고 말자. 만동이갈비촌이 지금 한참 잘 나가고 있는 시점에 소동이 일어나면 좋을 건 없잖아."

"형! 절대 안 돼! 그 인간한테 줄 돈 있음, 다른 데 기부하는 게 낫지. 절대 안 돼. 형, 알았어?"

"누가 널 말리겠냐? 알았다."

나는 전화를 끊고 씩씩거렸다. 자기가 못하겠다고 빠져나갔으면 깨끗이 마음을 털어야 하는 게 사내가 아니겠는가. 세상에는 별난 인간들이 많았다. 나는 오기가 솟구쳤다. 이 자리는 누가 뭐래도 대박이 날 자리였다. 만덕동 지점의 식당 간판을 달고 한 달 뒤에 개업 날짜를 잡았다. 종업원들의 손발도 맞추어야 했기 때문에 개업식을 미루고 임시로 장사를 시작했다. 그런데 식당 문을 열기만을 기다린 것처럼 손님들이 몰려들기 시작했다. 개업도 하지 않은 상태에서 한 달 매출액이 일억이었다. 한마디로 대박이었다. 이 식당이 대박이 터지는 걸 보면 그 택시기사는 얼마나 복장이 터질까. 제 복을 제 발로 걷어차는 사람도 있었다. 그런 사람은 제 성격대로, 제 밥그릇 크기대로 살아갈 수밖에 없는 사람이었다.

부산에 내려온 지 일 년 만에 나는 체인점을 열 개나 개설을 했다. 한 달에 한 개꼴로 무섭게 체인점 개설을 해나간 셈이었다. 노동운동을 할 때처럼 나는 식당 체인 사업에 목숨이라도 바칠 각오가 되어 있었다. 이제는 수도권에 진출하는 일만 남아 있었다. 이런 추세로 체인점이 나가준다면 2005년까지 백 개 정도의 만동이갈비촌 체인점이 전국에 깔리게 될 것이었다. 체인 본사를 수도권으로 옮기는 문제를 황동하와 상의를 해야겠다는 생각이 들었다. 본부 사무실을 확장 이전하는 것도 문제였지만 무엇보다 재단 설립의 구체적인 절차와 사업 내용에 대해서 본격적으로 황동하와 의논을 해야 할 시점이 온 것 같았다.

캄캄한 동굴 속에서

나는 체인본부 앞에 차를 세웠다. 차에서 내리자 배송을 하기 위해 탑차에 고기를 싣던 직원들이 인사를 했다. 한 달 만에 사무실에 들르는 길이었다. 공장 안을 들여다보자 비릿한 돼지고기 냄새가 풍겨오고 기계 소리가 요란했다. 한쪽에서는 돼지 갈비 포를 뜨고 또 한쪽에서는 육절기로 고기를 잘라내고 있었다. 고기 포장 작업을 하는 아줌마 직원 몇 사람도 보였다. 체인본부 사무실로 올라가는 계단에서 양복을 입은 낯선 남자 두 사람과 부딪칠 뻔했다. 사무실로 들어가자 책상 앞에 앉아 있던 황동하가 흘낏 쳐다보았다. 분위기가 어째 썰렁하다는 생각이 들었다. 내가 사무실에 들를 때마다 반색을 하던 경리 혜순 씨마저 자리를 비운 바람에 그런 기분이 드는지도 몰랐다.

"어, 왔어? 온다는 연락도 없더니."

언제부터인가 황동하는 내가 사무실에 출입하는 것을 탐탁지 않게 여기는 것만 같았다. 별로 내키지는 않았지만 흰소리를 한마디 하지 않을 수가 없었다.

"형, 요새 바람피워?"

"뜬금없이 그게 무슨 소리냐?"

객쩍은 내 농담 한마디에 황동하가 정색을 했다.

"내가 사무실에 오는 걸 예전보다 안 반가워하니까 하는 소리지. 버선발로 뛰어나와도 시원찮을 판에 이거 섭한데. 날 놔두고 바람피우면 형 가만 안 놔둬."

그제야 황동하가 피식 웃었다.

"동하 형, 내가 언젠가 말했지? 만동이 갈비를 키워내 공동체를 만드는 게 목표라고. 이제 뭔가 구체적으로 일을 시작할 때라는 생각이 들어. 그래서 말인데, 그 첫 단계로 만동이갈비촌에 모인 자금으로 비영리재단을 설립했으면 해."

"공동체? 아직도 그따위 소리냐? 그게 가능하다고 생각하냐?"

뜻밖의 반응에 한 대 얻어맞은 듯 멍한 기분이었다. 황동하는 냉소를 지으며 나를 쏘아보았다.

"이상향? 공동체? 네가 꾸는 꿈은 신기루일 뿐이야. 넌 신기루를 붙들고 있는 거야. 참 순진하구나. 사회주의권이 왜 몰락할 수밖에 없었을까? 그건 인간의 욕망을 부정했기 때문이지. 인간은 욕망할 수밖에 없는 동물이야. 인간이란 존재는 욕망의 덩어리일 뿐이지. 나 또한 별수 없는 욕망의 덩어리일 뿐이라는 사실을 이제야 알게 됐어. 난 이제 세상이 바뀔 거란 희망 같은 것은 다 버렸어. 아니, 내 자신에 대한 희망을 버렸다는 말이 정확하겠지. 난 내 욕망에 대해 정직하게 살기로 인생관을 바꾸었어."

"그게 무슨 뜻이야?"

"나? 이젠 돈 많이 버는 게 꿈이다. 그리고 재단 만드는 것 난 반대야. 누구 맘대로 만동이갈비촌 자금으로 재단을 만들어? 그 돈이 전부 네 돈이야? 내 돈도 반이나 들어갔으니까. 내 동의 없이는 네 맘대로 절대 못해. 사업은 사업이야!"

나는 황동하를 뚫어져라 쳐다보았다. 돈 많이 버는 게 꿈이라니! 황동하의 입에서 저런 말이 나올 수 있다니! 그야말로 지금 내가 꿈을 꾸고 있는 게 아닌가 싶었다.

"난, 이미 오래전에 꿈을 땅에 파묻어버린 사람이야. 아니, 내가 한때 그런 꿈을 꾸었다는 사실조차 지워버리고 싶어. 나한테 털끝만치라도 그런 기대 갖지 말기를 바란다. 이왕 장사꾼으로 나섰으니 돈이나 많이 벌어보자구. 돈이야 많으면 많을수록 좋은 거 아니겠어?"

황동하는 그 말을 던지고는 입을 다물고 창밖을 내다보았다. 길을 가다 느닷없이 망치로 세게 뒤통수를 얻어맞은 기분이었다. 이건 아니다. 아니다. 거짓말이다. 우린 돈을 벌기 위해서 동업을 시작한 것이 아니질 않는가. 내가 알던 황동하는 저기 입을 굳게 다물고 있는 사람과 다른 사람이었단 말인가. 내 심장 속에 들어 있던 가장 빛나던 별 하나를 도둑맞은 기분이 들었다. 나는 체인점 사무실 문을 닫고 계단을 천천히 내려왔다. 다리가 휘청거렸다. 황동하는 시위를 떠난 화살처럼 너무나 멀리 가 있었다.

비릿한 생선 냄새와 해초 냄새가 밀려드는 선착장에는 크고 작은 배들이 정박해 있었다. 나는 걸음을 멈추고 횟집 수족관을 들여다보았다. 독가시치, 죽돔, 방어, 도미, 광어, 농어 들이 느릿느릿 헤엄을 치고 있었다. 어떤 놈은 배를 뒤집고 있었다. 주인 사내는 뜰채를 들고 잠시 망설였다. 사내는 마치 심연의 내부에 가라앉은 물건을 찾듯 수족관 속에 뜰채를 집어넣고 이리저리 움직였다. 싱싱한 광어 한 마리가 사내의 뜰채 안으로 들어갔다. 광어가 물살을 튕기며 퍼득거렸다. 운명이란 놈도 횟집 수족관 속으로 느닷없이 들어와 횟감을 낚아채는 뜰채 같은 건지도 모른다. 나는 방파제 쪽으로 천천히 걸음을 옮겼다.

갯바위를 때리는 파도는 끝없이 몰려왔다가 다시 몰려나가곤 했다. 바위는 아무 말 없이 그 자리에 앉아서 자신의 몸을 때리는 파도의 매운 손바닥을 견디고 있었다. 차가운 갯바위에 앉아 바다를 내려다보았다. 인생이 저와 같지 않을까. 파도가 바위에 몸을 던지는 것처럼 부서져도 부서져도 파도는 또다시

바위에 몸을 철썩 부딪쳐야 하는 것이다. 저것이 파도의 숙명이자 인간의 숙명인지도 모른다.

나는 어두운 골목길을 걸어가다 일격을 당한 사람처럼 비틀댔다. 예전처럼 일에 몰두하려 했으나 전혀 신명이 오르지 않았다. 나는 일에 매달려 있기보다 바닷가에 나가 있을 때가 많았다. 몸도 예전 같지가 않았다. 아무래도 몸을 너무 혹사시킨 때문인 것만 같았다. 밤만 되면 갑자기 온몸이 가려워 견딜 수가 없었다. 두 달 만에 집에 들른 나를 보고 선경은 뜨악한 표정으로 유심히 쳐다보았다. 얼굴에 울긋불긋한 반점이 돋아나 있었기 때문이었다. 얼굴뿐만이 아니라 쉴 새 없이 긁어대는 바람에 온몸 전체가 붉은 반점투성이였다. 선경은 내 다리에 난 붉은 반점들을 이리저리 들춰보며 물었다.

"왜 이래? 이거 언제부터 이런 거야?"

선경은 마치 자기가 의사라도 되는 듯이 증상을 꼼꼼히 캐물었다. 선경은 내가 병원에 입원해 있을 때도 치료과정을 주치의에게 꼼꼼하게 캐묻는 바람에 의사에게 간호사 출신이 아니냐는 말을 들은 적도 있었다.

"한 보름 전부터 이상하게 목이 말라 죽겠더라니까. 자다가도 몇 번씩 일어나 물을 찾게 돼. 화장실에도 자주 들락거리고 몸이 가렵고 딸꾹질도 멈추질 않아. 왜 그런지 모르겠어."

선경은 증상을 하나하나 체크해 인터넷을 검색하더니 프린

트한 종이를 내밀며 당뇨라고 말했다. 선경의 말대로 당뇨병의 증상들은 내 몸에 나타난 증상과 똑같았다. 당뇨라니! 있을 수 없는 일이었다. 곧장 병원으로 가서 각종 검사를 받았다. 혈당 수치가 410이었다. 의사는 이 지경이 될 때까지 어떻게 몸을 그렇게 방치하고 혹사시켰냐고 나무라듯 말하며 빨리 입원 수속을 서두르라고 했다. 이런 상태에서 일을 계속한다면 돌연사할 위험도 있다는 것이었다. 하루 아홉 시간이나 열 시간씩 운전을 하며 체인점 개설을 하러 다녔으니 병이 안 날 수가 없었던 것이다. 교통사고로 병원에 일 년 동안 누워 있을 때만 해도 만약 퇴원을 한다면 평생 병원에 입원할 일은 다시는 없을 것이라고 생각했다. 그런데 다시 병원에 입원하게 된 것이었다.

링거 줄을 손목에 매단 채 병실 창문 밖을 내다보았다. 환자 보호자들과 환자들이 서로에게 몸을 기대고 산책을 하거나 휠체어를 밀고 가는 모습이 보였다. 선경은 당뇨 관련 서적을 뒤적이고 있었다. 병원에 입원한 지 보름이 지났지만 황동하는 전혀 얼굴을 내밀지 않았다. 체인점주 몇 명과 육부에 근무하는 강 기사와 경리를 보는 혜순 씨가 다녀갔을 뿐이었다. 혜순 씨는 황동하가 예전보다 사람이 많이 달라진 것 같다고 말하며 걱정스러운 표정을 지었지만 나는 그렇지 않다고 말했다. 병원이라는 공간이 사람의 마음을 약하게 만드는 건지 얼굴도 한번 내밀지 않는 황동하에게 섭섭한 마음이 생기기까지 했다. 선경은 그런 내 마음을 읽었는지 황동하에 대한 이야기를 일절 꺼내지 않았다.

입원한 지 두 달 만에 가려움도 사라지고 당뇨수치는 정상으로 내려갔다. 의사는 평생 혈당 체크를 하며 약을 먹고 관리를 하지 않으면 큰 합병증을 앓게 될 것이라고 무리한 일을 하지 말라고 했다. 당뇨병은 합병증이 가장 무섭다는 거였다. 선경은 의료기 상회에서 혈당 체크 기계를 사와서 퇴원 기념 선물이라고 농담을 했다. 만동이갈비촌이 안겨준 선물, 당뇨병을 평생 끌어안고 살아야 하다니 기분이 씁쓰레했다.

퇴원하는 날이었다. 선경은 집으로 바로 가자고 했지만 체인 본사가 어떻게 굴러가고 있는 지 몸이 달았다. 체인 본사 사무실에 들르니 황동하가 체인본부장 장만호라는 명패가 놓인 책상에 앉아서 장부를 뒤적이고 있었다. 경리일을 보던 혜순 씨 대신 컴퓨터로 작업을 하고 있던 다른 경리 아가씨가 나를 아주 낯선 손님처럼 쳐다보았다. 내 사무실에 온 것이 아니라 낯선 사무실을 방문한 기분이 들었다.

"오늘 퇴원한다고 하더니 일찍 나왔구나. 며칠 더 쉬었다 나오지 그래."

"하도 누워 있었더니 좀이 쑤셔서 견딜 수가 있어야지. 내가 입원한 동안 부산 일은 진척이 좀 되었나 모르겠네."

"부산 건은 신경 쓰지 않아도 돼. 네가 입원한 동안 부산지점에 사람을 내려보냈어. 아주 똘똘한 친군데 벌써 체인점 계약을 세 건이나 했어. 한 달 반밖에 안 됐는데 말이지."

"다행이네. 이젠, 내가 부산에 안 내려가봐도 되겠네."

"너는 좀 더 쉬다가 전라도 지역에 한번 가봐. 전주하고 광주에서도 체인점 문의가 들어왔거든."

몸은 좀 어떠냐는 말은 기대하지도 않았다. 하지만 이건 나를 완전히 몸조 취급하는 게 아닌가 하는 생각에 배알이 뒤틀렸다. 황동하는 운동할 때도 절대 활동의 한가운데 뛰어들지 않고 배후 조종을 하던 음모적인 운동 방식으로 일관했었다. 자신의 영역을 차근차근 장악해 들어가던 비합조직의 운동 방식이 몸에 익은 사람이었다. 자신은 사무실에 가만히 앉아서 이득만 챙기고 체인 영업은 나에게 다 시키려는 속셈이 아닌가 싶었다.

"아, 참! 미애야, 인사해라. 우리 집사람 사촌여동생이야. 지난번 혜순 씨는 일처리가 미숙해서 영 아니더라구."

아가씨가 나에게 고개를 까닥하며 인사를 했다. 혜순 씨가 일처리가 미숙하다니. 화물회사의 경리만 칠 년째 했다는 혜순 씨는 아주 무던하고 성격도 좋아서 배송기사들과 육부기사들에게 인기가 좋은 편이었다. 체인점에서 고기 주문을 받을 때도 사무적이지 않았고 꼼꼼하게 장부 정리를 하고 새는 돈이 없도록 신경을 썼다. 군이 일 잘하는 혜순 씨를 내보내고 친척

아가씨를 경리로 데려왔다는 것이 이해가 되지 않았다. 내가 병원에 입원한 동안 단 한 번도 면회를 오지 않던 황동하였다.

나는 사무실 계단을 내려와 1층의 육부를 둘러보았다. 흰 모자를 쓰고 하얀 가운을 입은 아줌마 두 사람과 남자 직원 다섯 사람이 고기 작업을 하고 있었다. 공단숯불갈비에서 처음부터 나와 같이 고기 작업을 하던 강 기사가 보이지 않아 외출했나 싶었다. 전자공장에 다닌다는 아가씨와 연애 중이라는 강 기사는 언제 보아도 늘 싱글벙글 얼굴에 웃음을 달고 다녔다. 고기를 탑차에 싣고 있는 정 기사에게 강 기사 소식을 물어보았다.

"일주일 전에 황 사장님하고 크게 싸웠는 기라요. 강 기사님은 장 사장님 시키던 방식대로 일을 할라 카고, 황 사장님은 자기 지시를 안 따르겠다면 나가라고 소리를 질렀는 기라예. 성질 난 강 기사가 포 뜨던 칼까지 황 사장님한테 휘두를 뻔했다 아인교. 큰일 날 뻔 했심더."

머리끝까지 열이 뻗쳐올라 나는 다시 사무실로 뛰어올라갔다. 황동하는 전화통을 붙들고 웃으며 이야기를 하다가 나를 힐끗 쳐다보았다.

"아가씨는 잠깐 나가 있어! 동하 형하고 할 이야기가 있으니까."

나는 애꿎은 경리 아가씨에게 소리를 빽 질렀다. 경리 아가씨가 움찔하고는 밖으로 나갔다.

"너, 갑자기 왜 그러냐?"

"왜 사람을 함부로 내보내고 난리야? 강 기사가 형 마음에 안 든다고 내보내는 법이 어딨어? 그리고 혜순 씨가 뭘 잘못했는데 해고를 시켜?"

"나, 해고시킨 거 없다. 전부 일 못하겠다고 더럽다고 제 발로 걸어나간 거뿐이야."

황동하의 입가에 야비한 웃음이 스쳐갔다.

"그리고 너 말이야. 지난번에 화낼까 봐 말은 안 했는데, 너 몰래 그 택시기사한테 천만 원 해결해줬다는 거 모르지? 일처리 똑바로 해! 본부에 손해나 끼치지 말고."

"지금 뭐라고 했어? 그 인간한테 천만 원을 나 몰래 줬다고? 형이야말로 도대체 왜 그러는 거야? 내가 그렇게 주지 말라고 했으면 안 줘야 될 거 아니야?"

"정신 차려. 현실은 불뚝 성질 부리는 대로 되는 게 아냐. 지금 사용자들을 상대로 노조활동 하는 것 아니잖아. 만약 그 택시기사가 언론사에 제보라도 했어봐. 우리가 아무리 결백하다고 떠들어도 신문이나 방송에 한번 나오면, 그땐 체인본부는 문을 닫아야 돼. 더러워도 참고 넘어가야 될 일이 있는 거야. 부산에 내려간 정규한테 보고 들으니 체인점 계약도 허점투성이더라구. 네가 입원한 동안 점주가 계약 문제로 항의를 해온 곳만도 세 곳이나 돼. 본부 관리 열심히 하는 사람한테 감 놔라

배 놔라 하지 말고 너 일이나 똑바로 해!"

"내가 부산에서 무슨 일을 어떻게 잘못했다는 거야? 누군, 병원에 입원해가면서까지 기껏 체인점을 늘려놨더니, 지금 와서 하는 소리가 뭐 어쩌고 어째? 형이 단 한 건이라도 현장에 나가서 체인점 계약이라도 체결해봤냐구? 전부 내가 계약 성사시켰잖아. 그리고 내가 지금 형한테 따지는 건 부산 일이 아니고, 강 기사 건과 혜순 씨 해고 건이야. 왜 나한테 한마디 의논도 없이 해고를 시키느냐 이거야!"

"내가 왜 너한테 허락을 받아야 하는데? 어차피 너는 본부 관리가 아니라 영업만 해왔잖아. 본부 살림은 나한테 맡겼으면 모든 인사노무 관리도 나한테 맡긴 거 아니었어?"

주먹을 쥔 손이 부르르 떨려왔다. 나는 책상을 주먹으로 힘껏 내리쳤다. 책상 위에 깔려 있던 유리판에 금이 쩍 갔다. 하지만 황동하는 미동도 않고 창밖만 내다보았다. 이 사람이 과연 내가 알던 황동하가 맞단 말인가. 나는 문을 쾅 닫고 밖으로 나왔다. 계단을 내려오면서 벽을 힘껏 쾅 쳤으나 주먹만 얼얼하게 아파올 뿐이었다.

식당 체인점을 내러 다니는 일에도 신명이 오르지 않았고 머릿속에는 안개가 가득 들어찬 것만 같았다. 명패만 걸어놓은 사무실에 나가도 내가 할 일은 없었다. 내가 발에 땀이 나도록 뛰어다니지 않아도 만동이갈비촌은 저절로 굴러가고 있었다.

차라리 식당에서 손님들에게 서빙을 하고 숯불을 피우고 석쇠를 닦으며 정신없이 일하던 때가 더 낫지 않았던가 하는 생각이 들었다. 목표를 잃어버린 나는 이미 발톱이 빠진 종이호랑이였다. 만동이갈비촌은 나를 밀어내고 거부하고 있었다. 황동하와 어떻게든 담판을 지어야만 하는 문제였다. 황동하가 동업을 그만두든, 내가 동업을 그만두든 조만간에 해결이 나야 했다.

나는 고민을 거듭하다 황동하에게 전화를 걸었다. 저녁 때 황동하의 집 근처에 있는 호프집에서 만나자고 했다. 호프집 문을 열고 들어가자 황동하가 먼저 와서 맥주를 마시고 있었다.

"그래, 날 보자고 한 이유가 뭐냐?"

"내가 처음에 동업을 제의했던 이유가 뭔지 기억나?"

"……."

"형이 아직도 운동에 대한 희망을 버리지 않았고, 뭔가를 모색하고 있다고 보았기 때문이었어. 형과 같이 이 식당 사업을 통해서 운동에 기여를 할 것이 있다고 보았어. 형이 대안을 찾아낼 수 있다는 믿음 때문에 형에게 동업을 하자고 제의했지. 준호를 해마다 찾아갔다는 형을 믿었기 때문에……."

"그건 네 생각이고. 그래서? 네가 하고 싶은 말이 뭐냐?"

"돈을 벌기 위한 목적이었다면 다른 사람과 동업과 하든지, 아니면 나 혼자 했을 거야. 적어도 형과 내가 만든 만동이갈비촌은 돈을 벌더라도 달라야 한다고 생각했어. 그냥 돈을 벌기 위한 사업만 한다면 동업을 같이 할 이유가 전혀 없다고 생각해."

"그러니까 네 말은 동업을 파기하잔 말이냐?"

나는 고개를 끄덕였다. 황동하는 담배를 입에 물고 길게 연기를 내뿜었다. 그의 입가에는 사람을 비웃는 듯한 웃음이 배어 있었다.

"그건 네 생각이고 난, 만동이 못 나간다. 절이 싫으면 중이 떠나야지. 나가더래도 네가 나가!"

그리고 확인 사살을 하듯 황동하는 씹어 뱉듯이 한마디를 덧붙였다.

"그리고 나간다면, 넌 절대 돼지갈비를 해서는 안 돼!"

"지, 지금 뭐라고 했어? 다시 한번 말해봐!"

"아 참, 비산동 공단숯불갈비는 그대로 한다면 할 수 없고. 그것까지 내가 하라 마라 할 순 없겠지. 만동이갈비촌에 대한 공단숯불갈비의 기여를 인정해준다고 생각해라. 넌 이제 돼지갈비에서 손을 떼고 다른 업종에서 일을 해야 돼. 동업을 깨고 나가겠다면 이 각서에 도장 찍고 나가."

황동하는 이미 모든 일을 예상한 것처럼 종이 한 장을 내 앞으로 내밀었다. 어처구니가 없어 나는 그를 멍하니 쳐다보았다. 동업을 그만두고 나가는 대신 돼지갈비를 해서는 안 된다는 것은 죽으라는 말과 같은 것이었다. 손이 부들부들 떨려왔다.

"동업도 엄연히 계약이야. 네가 먼저 동업을 깨겠다고 했으니, 넌 계약을 위반한 거야. 그러니까 위반한 사람이 각서를 써야 한다는 거지. 왜? 억지같이 들려? 각서 쓰기 싫으면 그대로 만동이에 남아 있든가. 둘 중에 하나를 선택해. 아마 만동이에 남아 있다면 네 속이 편치는 않을 거다. 너도 이따위 각서 쓰고 나가기 싫지? 솔직히 나가기 싫을 거다. 만동이라……, 네가 이름 하나는 기막히게 지었어. 만동이가 돈을 한 동이도 아니고 만 동이나 벌어주고 있으니."

"머리가 어떻게 된 거 아냐? 무슨 자격으로 이따위 종이 나부랭이를 내미는 거야?"

나는 황동하가 내민 종이를 쫙쫙 찢어서 그의 얼굴에 흩뿌렸다. 그는 눈 하나 깜짝하지 않고 나를 쳐다보았다. 내 반응을 떠보기 위해 농담하는 것은 아닐까. 과연 저 사람이 내가 알던 황동하란 말인가. 혹시 내가 병원에 입원해 있는 동안 나를 만동이에서 몰아내기 위한 준비를 하나씩 해왔던 것은 아니었을까. 당뇨병으로 쓰러지는 일만 없었다면 이런 일까지 일어나지 않았을지도 모른다. 이미 엎질러진 물이었다. 황동하는 내가 죽으면 죽었지 굽히고 들어가는 인간이 아니라는 것을 너무나 잘 알고 있었다. 상대방의 급소를 잘 알고 있는 사람만이 할 수 있는 방법으로 황동하는 나를 공격하고 있었다.

"이건 숫제 내 손과 발을 다 자르겠다는 말이구만. 내가 돼지 갈비를 하지 않는다면 도대체 뭘 어떻게 하라는 거지? 형이 대체 무슨 자격으로 나한테 돼지갈비를 하라 마라야?"

"돈 욕심 없다더니, 너도 별수 없네. 이렇게 돈벌이가 되는 만동이를 포기하려니 속이 따갑지? 나가기 싫으면, 대표 자리를 나에게 주고 앞으로 내가 시키는 일들만 하든지. 넌 본부를 운영하기에는 관리능력이 부족해. 경영은 노조활동이 아니야. 그리고 한 가지 더! 너, 만동이에 쓸데없이 미련 둘까 봐 말해주겠는데, 만동이갈비촌 상표권이 나한테 있다는 거 알고나 가라."

"뭐? 이런 개같은! 지금 뭐하자는 거야?"

"만동이갈비촌 상표권을 내 이름으로 등록시켜놨다. 왜? 안 되는 거냐? 주인이 없길래 주운 것뿐이야."

"뭐? 주인이 없어? 상표권을 왜 형이 등록해? 만동이가 형 거야? 만동이를 형이 만들었어? 이거 완전히 도둑놈 심보네."

"도둑놈? 네가 상표권 등록 안 해 놨길래 너한테 상표권이 별 필요가 없는 줄 알았지. 내가 등록 안 시켜놨으면 다른 놈이 먼저 했을 거야. 먼저 등록시키는 놈이 임자인 거야. 넌 이제 만동이에 대한 권리가 아무것도 없어. 이 자본주의사회에서 사업을 하겠다고 나섰으면 그 정도는 단속을 해놨어야지."

"형이 지금까지 노린 게 겨우 그거였어? 기껏 만동이갈비촌 대표 자리 꿰차는 거? 후배가 목숨을 걸고 만든 사업체를 피

한 방울 안 흘리고 빼앗는 것? 그래, 형은 많이 배운 분이시니 관리능력이 있으니까 본부장 노릇 하고, 못 배워 처먹은 나는 몸조로 뛰어다니라 이거야? 운동할 때의 본부놀이 하는 습관 아직도 못 버렸나 보네."

"이거 왜 이러셔. 본부놀이라니? 너, 지금 착각하고 있는데. 만동이 갈비가 지금 체인점이 일흔 개가 넘어. 일흔 개면 영업 안 해도 절로 굴러갈 정도지. 하나의 기업이라구. 이젠 네가 안 뛰어다녀도 충분히 자생력이 있다 이거야. 이젠 너 없어도 충분히 만동이는 굴러가."

나는 황동하의 멱살을 거머쥐었다. 그는 내 손을 있는 힘껏 뿌리쳤다. 하지만 힘으로 나를 당할 수 없는 노릇이었다. 다른 테이블에 앉아 있던 손님과 종업원이 일제히 우리를 쳐다보았지만 나는 전혀 개의치 않고 멱살을 잡고 거세게 흔들었다.

"어쭈! 나를 치겠다는 거야? 그래, 한번 쳐봐. 이제 네 눈에는 선배고 뭐고 아무것도 안 뵈는 모양이지."

황동하는 유들유들하게 웃으며 어깨를 으쓱하며 팔을 활짝 벌렸다. 생각 같아서는 어두운 골목길에 끌고 가서 초죽음이 되도록 두드려 패주고 싶었으나 그럴 가치도 없다는 생각이 밀려들었다. 갑자기 내장을 몽땅 게워낼 것 같은 구역질이 치밀어 올라왔다.

"선배? 선배 좋아하시네! 이 개돼지보다 못한 인간아! 돼지도 먹을 만큼 먹으면 남의 밥그릇은 절대 안 넘본다. 당신이란 작자를 내 인생의 영웅이자 별이라고 생각했던 적이 있었다는 사실이 너무 슬프다. 구역질이 치밀어. 그래, 혼자서 만동이 차지하고 잘 먹고 잘 살아. 이 더럽고 치사한 인간아."

나는 그의 얼굴에 침을 탁 뱉었다. 그는 얼굴에 흘러내리는 침을 닦으며 나를 조소 어린 표정으로 한번 쳐다보더니 자리에 앉아 맥주를 벌컥벌컥 들이켰다.

나는 호프집 계단을 내려오며 과거의 황동하를 생각했다. 같이 조직 활동을 하던 때 우리는 얼마나 순수했던가. 순결한 열정 하나로 새로운 세상을 위해서라면 목숨까지 다 바쳐도 좋다고 생각했다. 사회주의권이 몰락하고 조직이 무너져갈 때 황동하는 하부 조직원들로부터 돌팔매질을 고스란히 받아야 했다. 그는 이제 예전의 그 돌팔매질을 고스란히 나에게 되돌려주고 있었다. 병원에 입원하는 바람에 두 손과 발이 묶여 있던 나에게 말이다. 한번 배신을 당한 사람은 더 날카로운 배신의 칼을 갈게 되는 것인가. 손을 내민 사람에게까지 배신의 칼날을 꽂을 수밖에 없단 말인가. 내가 병원에 입원해 있었던 기간은 겨우 두 달 반에 불과했다. 그 짧은 기간 동안 저렇게 변해버렸을 리는 없는 것이다. 황동하에 대해 완벽하게 안다고 생각했지만 나는 완벽하게 모르고 있었던 것이다.

그는 이미 나의 갈기를 잘라내고 발톱을 잘라냈다. 목숨보다 소중히 여기며 키워온 만동이갈비촌을 빼앗기게 된 일보다 뼈에 스미는 배신감을 견뎌내기가 힘들었다. 내 인생을 이끌어준 스승이자 죽음까지 함께할 수 있는 동지라고 생각했던 황동하에게서 등 뒤에 칼을 맞을 줄은 꿈도 꾸지 못했던 것이다.

황동하의 말대로 만동이갈비촌은 저절로 굴러가고 있었다. 체인점에 고기를 납품하고 수금을 제때 하고 한 달에 한두 개씩의 체인점이 꾸준하게 나가준다면 한 달 순수익만 해도 월 오천만 원씩은 떨어졌다. 테이블 스무 개의 공단숯불갈비에서 시작한 만동이갈비촌은 이제 하나의 탄탄한 기업으로 성장한 것이었다. 그는 나에게 각서까지 내밀었고, 나는 그의 멱살을 잡고 침까지 뱉었다. 우리 두 사람은 이미 다시는 건너올 수 없는 다리를 건너버린 셈이었다. 황동하에 대한 배신감 때문에 자다가도 벌떡벌떡 일어날 때가 많았다. 근 두 달 동안 아무 일도 하지 않고 차를 몰고 여기저기를 쏘다녔다. 차를 몰고 다니다 한날은 교통사고 현장을 목격한 적도 있었다. 내장이 터져 박살이 난 채 도로에 뒹굴고 있는 차를 망연자실하게 쳐다보았다. 온몸이 난자당해 피를 흘리며 나뒹굴고 있는 내 몸을 들여다보고 있는 기분이었다.

나는 까짓거, 될 대로 되라는 기분으로 황동하가 내민 각서에 도장을 찍어주었다. 까짓 돼지갈비쯤 안 하면 대수랴 싶은 마음이 들었다. 오죽하면 저러겠는가 하는 생각이 들어 그가 불쌍하게 여겨질 정도였다. 내가 만약 돼지갈비 체인 사업을 하게 된다면 기존의 만동이 갈비 체인점주들에게 동요가 일어날 것은 불을 보듯 뻔한 일이었다. 이후에 만동이가 체인점을 확장해나가는 것에도 제동이 걸릴 것이기 때문에 황동하는 그것이 가장 두려운 모양이었다. 각서 나부랭이를 내미는 황동하라는 인간 자체에 대한 견딜 수 없는 혐오감 때문에 앞뒷일도 생각하지 않고 도장을 찍어줘 버렸던 것이다.

이제 나는 식당업을 계속하더라도 돼지고기 업종에는 눈을 감아야 했다. 딱히 각서 때문이 아니더라도 황동하와 돼지갈비 시장을 놓고 다툰다는 것 자체가 싫었다. 황동하를 떠올릴 수 있는 일 자체를 피하고 싶다는 생각이 간절했다. 외면하면 외면할수록 내가 계약을 성사시키고 개업까지 해준 만동이갈비촌 간판과 캐릭터가 눈에 더 띄었다. 상투를 틀고 한복을 입은 황동하와 내가 서로 정답게 어깨를 얼싸안고 있는 캐릭터였다. 상권이 괜찮다 싶은 요지마다 만동이갈비촌이 들어서 있었다. 만동이갈비촌보다 더 큰 체인점을 성공시키고 말리라. 만동이갈비촌을 능가하는 프랜차이즈를 만드는 길만이 황동하에 대한 유일한 복수였다. 그것은 내 눈을 내가 찔러버린, 어리석기 짝이 없는 나에 대한 복수이기도 했다.

나는 낯선 세계에 발을 들여놓는다는 기분으로 차를 몰고 서울로 강원도로 전라도로 돌아다녔다. 치매기가 있는데다 갑자기 중풍이 찾아와 병원에 입원한 어머니 때문에 선경이 힘들어하는 것도 눈에 들어오지 않았다. 만동이갈비촌을 나오면서 황동하에게 입은 상처를 회복하는 일만이 더 중요한 문제였다. 어떻게 해서라도 만동이보다 더 큰 사업체를 차려 재기하는 일만이 가장 중요했다. 하지만 나는 돼지고기가 아닌 다른 업종에 대해서는 전혀 아는 바가 없었다. 마치 광활한 사막 한가운데서 길을 찾아 헤매는 기분이었다.

돼지고기가 아닌 다른 대안은 없을까 해서 나는 닭고기, 소고기, 오리고기, 심지어 타조고기 전문점까지 돌아다니면서 시장조사를 하기 시작했다. 도서관의 강아지는 기꺼이 나와 동행이 되어주었다. 발이 넓은 편인 강아지는 전라도면 전라도, 강원도면 강원도에 지인들이 많았다. 하룻밤을 강아지의 후배나 선배나 친구의 집에서 묵을 수도 있었다. 근 두 달을 이런저런 유명하다는 식당을 찾아서 돌아다녔지만 딱히 이거다 싶은 것이 떠오르지 않았다. 소고기는 아무래도 서민적이지 못했고 닭갈비 전문점이 괜찮겠다는 생각이 들었다. 돼지갈비 전문 프랜차이즈까지 했는데 닭갈비쯤은 문제가 아닐 것 같았다. 각 지역마다 유명한 먹자골목이 꼭 한 군데 이상은 있었는데 춘천의 명동 닭갈비골목까지 찾아가 보았다. 춘천닭갈비 양념과 똑같이 만들어본다고 집을 온통 난장판으로 만들어놓기가 일쑤였다. 닭갈비 전문 식당에서 사온 닭갈비로 양념제조법을 알아내기 위해 온갖 양념을 늘어놓고 수선을 피웠다. 고추장, 맛술, 간장, 카레가루, 양파즙, 다진 마늘, 다진 생강, 참기름, 후추가루 따위를 잔뜩 펼쳐놓고 일주일에 서너 번씩 갖가지 소스를 만든다고 수선을 피워대자 선경은 고개를 절레절레 흔들었다.

닭갈비뿐만 아니라 삼계탕에도 도전을 했다. 한날은 양계장까지 가본 적도 있었다. 닭들은 살아 있는 생명이 아니라 공장에서 만든 제품처럼 보였다. 좁은 곳에 빽빽하게 갇혀 항생제와 성장촉진제가 가득 든 사료를 먹는 닭들을 보며 나는 고개를 저었다. 당뇨병에 걸리고 난 뒤부터 건강한 먹거리로 장사를 해야 한다는 생각이 들었다. 근 십 년 동안을 고기를 다루는 식당을 한 때문인지 칼국수나 해물 따위에는 눈길이 가지 않았다. 돼지고기가 아닌 육류라면, 어느 것이라도 해볼 생각을 갖고 있었던 것이다.

강아지와 들안길에 있는 소갈비 전문점에 갈 약속을 잡고 도서관 앞에 차를 세웠다. 도서관 문을 열자 아이들 몇몇이 책을 보고 있었고 어른들도 눈에 띄었다. 도서관은 그동안 동네의 사랑방으로 자리를 잡고 있었다. 강아지가 컴퓨터 모니터를 들여다보고 있다가 반색을 했다. 강아지가 나를 의자에 앉히고는 자료를 읽어보라고 내밀었다. 강아지가 건넨 것은 오리고기에 대한 자료였다. 오리고기는 육류 중에서 드물게도 알칼리성 식품이었다. 동맥경화, 고혈압 같은 성인병 예방에 효과가 탁월하다고 했다. 오리의 지방은 체내에 축적되지 않는 불포화지방산이었다. 필수아미노산과 각종 비타민이 풍부해 몸의 산성화를 막아주는 스태미나 식품이라고 소개되어 있었다. 오리가 극독약을 먹어도 죽지 않는 이유는 오리의 뇌수 속에 강한 해독물질이 들어 있기 때문이었다. 이것이 사실이라면 오리고기는 향후 육류시장의 대안이 될 수도 있겠다는 생각이 들었다. 당뇨병 환자이면서도 고기를 태생적으로 좋아하는 나는 고기보다는 채소 위주의 식단으로 바꾸라는 의사의 충고 때문에 그 좋아하는 고기를 줄여야 한다는 것이 가장 견디기 힘들었다. 내 생각이 궁금한 모양인지 강아지가 의자를 바짝 끌어당겨 앉았다.

"어때? 나도 오리에 대해서는 전혀 몰랐는데 후배 하나가 시골에 내려가 유황오리를 키우고 있다고 하더라구. 유황오리가 암도 치료한다는데, 신기하지?"

"유황오리?"

"유황과 인삼과 여러 한약재를 넣은 사료를 먹여서 키운 오리가 유황오리야. 유황을 먹고도 해독할 수 있는 동물은 오리 외에는 거의 없다고 하더라고. 그러니까 유황오리 고기는 해독식품이라는 거지."

"이건 새로운 발견이야. 오리가 이렇게 좋다는 걸 여태 왜 몰랐을까? 인류를 구원할 식품이라는 감이 오는데?"

"뭐? 인류를 구원할 식품? 너, 아무래도 과장이 너무 심하다."

"과장이 아니야. 유황오리가 암도 치료한다고 했잖아. 암을 치료하는 식품이 어딨겠어? 이제부터는 오리고기를 시식해보러 다니는 거야. 됐어. 오늘은 유황오리를 먹으러 가자."

나는 강아지 강명훈을 옆자리에 태우고 유명하다는 오리고기집을 순례하기 시작했다. 고기라면 돼지고기밖에 알지 못하던 나는 오리고기도 종류가 그렇게 많다는 것을 처음으로 알게 되었다. 오리 수삼전골, 오리백숙, 오리탕, 오리주물럭, 생오리 로스, 바비큐 훈제, 한방오리찜, 오리 야채주물럭, 용압탕이라고 불리는 한방오리백숙…… 종류도 다양했다. 오리고기집을 순례하면서 음식 조리 방법을 나름대로 연구하고 하나씩 익혀가면서 나는 유황오리에 대한 확신을 가졌다. 마치 그것은 처음 교회를 알기 시작한 사람이 열렬한 광신도가 되어나가는 과정과도 흡사했다. 〈노동법 해설〉을 처음 접하고 노동조합이 만병통치약인 것처럼 떠들고 다니던 시절과 다름없었다. 새로이 알게 된 유황오리의 효능에 대해 교회에서 전도를 하는 사람처럼 만나는 사람들마다 붙잡고 떠들어댔다.

"유황온천에 사람들이 왜 가겠어? 피부미용과 피부병 치료 효과가 있기 때문이야. 그건 유황에 살균성분과 해독성분이 있다는 뜻이야. 유황이 사람 몸속에 직접 투여되면 인체에 매우 치명적이지. 그런데 그 독한 유황을 소화시켜 해독할 수 있는 동물은 오리밖에 없다는 거야."

사람들마다 붙잡고 유황오리의 효능에 대해 떠들어대자 다들 지겨워 죽겠다는 표정을 지으며 나중에는 슬며시 핑계를 대며 자리를 피할 정도였다. 육류시장의 대안은 오리고기밖에 없다 싶었다. 오리고기가 공해 독에 찌든 인류를 구원할 대체식품이라는 확신이 들었다. 그동안 돼지갈비 체인점을 할 때는 돼지 구제역이나 돼지 콜레라가 돈다는 뉴스가 한번 뜨기라도 하면 식당의 매출은 바닥을 칠 때가 많았다. 소고기 시장도 안전하지가 못했는데 광우병의 직격탄을 맞고 나면 시장이 꽁꽁 얼어붙었다. 닭갈비, 돼지갈비, 소갈비는 있는데 오리양념갈비가 없다는 것에 생각이 미치자 이거다 싶은 감이 왔다. 양념갈비라면 나는 누구에게도 뒤지지 않는 노하우를 보유하고 있지 않은가.

나는 오리양념갈비를 주 메뉴로 정했다. 오리고기집을 내기로 마음을 정하고 오리 전문 식당을 차릴 자리를 물색하러 다녔다. 대구 지역에서 장사를 시작한다는 것은 언제든지 황동하와 시장을 다투어야 한다는 것을 의미했다. 나는 대구만 아니라면 어디라도 좋다는 생각을 했다. 부산과 울산, 양산, 김해 지역을 돌아다니며 식당 자리를 찾으러 다녔다. 한 달 뒤, 울산 남구에 있는 부동산 사무실에서 연락이 왔다. 부동산 소장은 울산 남구 보건소 바로 앞에 제법 큰 식당 자리가 있다고 했다. 부동산 소장과 같이 가본 그 식당 자리는 이미 일 년 전에 폐업을 해 방치된 식당이었다. 나는 그 큰 규모에 입이 쩍 벌어지고 말았다. 지금까지 체인점을 내러 다니면서 거쳐 왔던 식당들 중에서 이렇게 큰 규모를 가진 식당은 없었다. 이 자리에 오리고기 전문 식당을 차린다면 그야말로 전국에서 제일 규모가 큰 오리집이 되지 않을까 싶었다. 체인점을 내러 다니면서 생긴 버릇이 있었는데 전국에서 제일 큰 식당을 해보고 싶다는 욕심이었다. 최고, 전국 최고의 식당이라는 그 단어 속에는 은연중에 내용보다는 형식, 식당건물의 크기가 더 큰 자리를 차지하고 있을지도 몰랐다. 테이블 스무 개의 공단숯불갈비에서 장사를 시작했던 때문인지 나는 규모가 큰 식당에 시선이 먼저 갔다. 아니 이제는 황동하보다 더 큰 식당을 해서 꼭 성공해야겠다는 욕심 때문인지도 몰랐다. 상권도 나쁘지 않은데 왜 식당 문을 닫아놓았는지 이해가 되지 않았다. 주변에 아파트 밀집 지구도 있고 한 블록만 지나면 백화점도 있어서 장사가 될 것 같은 판단이 섰다. 이런 자리라면 못해도 한 달 매출 칠팔천만 원쯤은 거뜬하게 올릴 수 있었다.

나는 그날 당장 부동산 소장을 통해 건물 주인을 만났다. 주인은 보증금 사억 오천에 월세 구백만 원을 계약조건으로 제시했다. 폐가가 되다시피 한 식당의 설비를 새로 하고 인테리어를 하자면 공사비만 해도 거의 일억 원쯤의 돈이 소요될 것이라는 계산이 나왔다. 나는 식당 앞 너른 공터에 조경 공사까지 할 생각을 하고 있었다. 식당이 여기저기 우후죽순으로 생기자 이제 음식 맛으로만 단골고객을 확보할 수 없었다. 오감으로 음식을 즐기려 하는 손님들의 욕구를 충족시켜주기 위해서 투자를 해야만 했다. 독특하고 고급스러운 분위기를 내는 인테리어에도 신경을 써야 했다. 놀이방도 설치하고 조경 공사도 하고 인테리어도 폼 나게 하려면 여유자금을 남겨두어야 했다. 주인에게 보증금을 일억 원만 깎아 준다면 월세를 삼백만 원 정도 더 내겠다고 제의를 했다. 주인은 은행이자보다 몇 배는 이득이라는 계산이 섰는지 흔쾌히 응했다. 나는 그 자리에서 당장 건물 주인에게 계약금 천만 원을 건네고 계약서를 주고받았다.

돌다리도 두드려보고 건너는 심정으로 개업하기 전 마지막으로 식당 한 군데를 더 돌아보았다. 서울에 있는 그 식당은 이미 한 번 가본 적이 있는 유명한 오리 전문 식당이었다. 처음에는 오리 버섯불고기, 한방 약오리, 오리 십전대보탕, 옻 오리, 오향수육, 연훈제, 오리 떡갈비, 오리 불고기 등의 다양한 메뉴에 눈이 튀어나올 정도였다. 두 번째 들렀을 때에는 가장 평범한 메뉴 축에 끼는 생오리 로스구이가 눈에 가장 띄었다. 지난번에 들렀을 때에는 다른 식당에도 있는 메뉴인데 싶어 별 관심을 두지 않았던 메뉴였다. 오리 농장에서 직송해왔다는 생오리 구이는 육질부터가 달랐다. 얼린 고기와 비교할 수 없는 쫄 깃하고 담백한 맛이 일품이었다. 생오리 특유의 누린내도 나지 않았다. 무엇보다 손님들에게 가장 인기가 좋은 메뉴이기도 했 다. 오리양념갈비를 주 메뉴로 하고 생오리 로스구이도 주력상 품으로 만들어야겠다는 생각이 들었다.

동대구행 케이티엑스에 올라 표를 들고 내 좌석을 찾아 두리 번거렸다. 내 옆자리에 한 청년이 앉더니 가방에서 책을 꺼내 읽기 시작했다. 그가 읽고 있는 책은 월간식당이란 잡지였다. 학생으로 보이는 젊은 청년이 외식 관련 책을 읽고 있는 것이 신기해 몇 마디 이야기를 걸어보았다. 그는 카이스트 경영대학 원에 다니고 있다고 자기를 소개했다. 나는 식당을 하고 있다고 말했다.

"식당을 하신다구요? 정말 반갑습니다. 저도 얼마 전 팀별 프 로젝트로 큰 외식 프랜차이즈 두 군데의 경영 컨설팅을 해준 적 이 있었습니다. 지금도 진행 중인 식당도 있구요."

"경영대학원에서 식당 컨설팅도 해준다니 놀랍네요. 지금 나 는 울산에 가게를 계약해놓았어요. 식당이 꽤 큰 편이거든요. 건평이 250평입니다. 주차장까지 합치면 350평입니다."

"월세가 꽤 비싸겠는데요. 무슨 업종을 하실 건데요?"

"월세가 천이백만 원입니다. 얼마 전까지 돼지갈비 체인본부 를 했는데 오리를 해볼 생각입니다. 오리는 아주 몸에 이로운 식품이잖습니까? 요즘 사람들 건강에 좋다면 다들 난리니까. 웰빙이 뭔지는 잘 모르겠지만 다들 웰빙, 웰빙 하는 추세 아닙니까?"

"월세 부담이 너무 크네요. 만약 매출이 떨어진다면 월세 때문에 전혀 손익분기점을 넘기지 못할 건데요. 대중적으로 검증되지 않은 업종은 망할 위험부담이 큽니다. 우리나라 음식에서 검증된 육류는 돼지, 소, 닭이죠?"

"그렇습니다만?"

"왜 오리가, 그 몸에 좋다는 오리가 대중화되지 못했을까요?"

"글쎄요. 왜 그런 거죠?"

"오리는 조류독감의 위험부담이 있기 때문이죠."

"그런 점에서는 닭도 마찬가지 아닙니까?"

"닭도 물론 조류독감의 위험이 있긴 하지만 그만큼 시장이 넓게 형성되어 있기 때문에 다시 재기할 수 있는 가능성이 크다는 거죠. 하지만 시장성이 전혀 검증되지 않은 오리는 한번 망하면 재기하기 힘듭니다."

"……!"

"지금이라도 발을 빼시는 게 좋을 것 같습니다. 들어보니, 월세 부담 때문에 손해를 볼 위험성이 큽니다. 초기 투자비용이 아깝다고 해서 발을 빼지 못했을 때는 마치 늪 속에 빠지듯 온몸이 빨려 들어가죠. 나중에는 빠져나올 수 없는 상태가 됩니다. 자멸할 위험이 있다는 말입니다. 지금 대체 얼마나 투자를 해놓으신 겁니까?"

"보증금 삼억 오천에 월세 천이백만 원인데, 계약금 천만 원이 이미 건너간 상태입니다. 내일부터 공사에 들어갑니다."

"월세가 너무 센 가게군요. 일 년에 일억 오천만 원 정도나 월세로 나간다니 어마어마하네요. 월세 부담이 크면 결국 월세 내기 위해 장사하는 결과를 가져옵니다. 건물 주인만 좋은 일 시켜주는 거죠. 보증금을 더 주더래도 월세를 가능한 한 줄였어야 했는데……, 그리고 인테리어에 너무 많은 돈을 투자하지 마세요. 우리나라 사람들은 정돈되고 깔끔한 분위기를 편안해하지 않고 부담스러워 합니다. 넓고 세련된 공간은 사람들을 주눅 들게 합니다. 지금이라도 발을 빼시죠. 그 천만 원이 나중에는 오천만 원이나 오억의 손해를 가져올 위험도 있습니다. 큰 위험부담이 없는 돼지갈비를 계속하시지 왜 갑자기 오리를 하실 생각을 하셨어요?"

나는 그 학생이 묻는 말에 대답을 할 수가 없었다. 나는 이미 돼지갈비를 마음에서 지워버렸다. 나 자신보다 더 믿었던 운동권 선배와 동업을 하다 깨졌었다고. 더군다나 그는 나를 운동의 길로 이끌어준 선배였었다고. 이후에 돼지고기 업종에서는 손을 떼겠다고. 말도 안 되는 각서에 도장을 찍고 나왔다고 어떻게 말을 할 수가 있겠는가 말이다. 나는 남으로 남으로 달리는 기차 안에서 어두운 창밖을 우울한 낯빛으로 내다보기만 했다. 대학원에서 경영학을 전공하고 있고 경영컨설팅도 한다는 사람의 말이니 일리는 있겠다 싶었지만 예외는 있는 법이다. 계약을 취소하다니, 그건 말도 되지 않았다. 나는 아이엠에프의 광풍에도 살아남아 만동이갈비촌 프랜차이즈를 만들어 내지 않았던가. 나는 내가 무슨 나폴레옹이라도 되는 양 내 사전에 불가능은 없다고 중얼거리기까지 했다. 기차의 창문에 비친 내 얼굴이 낯설기만 했다.

식당 공사는 예정대로 진척이 되고 있었다. 근 일 년 동안 장사를 하지 않고 방치되어 있던 식당이었기 때문에 대대적인 공사를 벌여야 했다. 바닥과 벽체를 해체하는 철거 공사와 바닥 공사, 설비 공사, 전기 공사, 칠 공사, 목공사, 도배와 장판 공사까지 다 하려면 공사 기간만 해도 근 한 달이 소요되는 대공사였다. 이천만 원이나 들인 조경 공사까지 해야 했기 때문에 나는 공사과정 하나하나를 꼼꼼하게 살피고 감독했다. 자재를 잔뜩 실은 공사차량이 끊임없이 들락거리고 작업 인부들이 부산하게 움직였다.

공사장으로 변해버린 식당 입구에 차를 세우고 식당으로 들어가려다 걸음을 멈췄다. 길바닥에 만 원짜리 한 장이 떨어져 있는 것이 눈에 띄었다. 돈을 보고도 사람들이 왜 본척만척하는 것인지 이해가 되지 않았다. 둘러보니 여기저기 만 원짜리가 떨어져 있는 게 아닌가. 그 돈을 주워들고는 시멘트 먼지를 털어내는데 뭔가 이상했다. 그것은 돈이 아니라 나이트클럽에서 발행한 쿠폰이었다. 쿠폰을 들고 가면 맥주 두 병이 공짜라고 적혀 있었다. 맥주 두 병이 공짜라니, 그때 내 머리에 번개처럼 스쳐가는 것이 있었다. 그래, 바로 이 쿠폰을 우리 식당 홍보에도 그대로 적용시켜보는 것이다. 사람들은 돈이라면 자다가도 벌떡 일어난다. 이 대한민국은 돈 공화국이다. 사람들이 궁극적으로 아등바등 살아가는 목적은 돈 때문이지 않은가. 황동하가 내 등 뒤에 칼을 깊숙이 찔러 넣은 일도 결국은 돈 때문이었다.

나는 쿠폰을 발행하기로 마음을 먹고 그날 당장 광고업체를 찾아갔다. 앞면에는 오천 원 권 지폐를 그대로 찍고 뒷면에다 '장만호의 유황 품은 오리'라는 식당의 상호를 넣은 쿠폰을 이만 장 인쇄해달라고 했다. 오천 원권 쿠폰을 가져오면 고기값에서 오천 원을 할인해주는 쿠폰이었다. 쿠폰이 나오자 개업 날을 열흘 앞두고 거리에서 직원들을 동원해 뿌리기 시작했다. 쿠폰을 받아든 사람들의 반응은 제각각이었는데 미친놈이라고 욕을 하는 사람도 있었고, 사기 치는 것 아니냐고 하는 사람도 있고, 정말 오천 원을 깎아 주느냐고 정색을 하고 묻는 사람도 있었다. 오천 원짜리 쿠폰은 장만호의 유황 품은 오리를 울산 지역에 단번에 알려내기 위한 충격요법이었다. 욕을 먹든, 어쨌든 반응이 오고 있다는 것에 마음이 놓였다.

"이거 빨리 회수해. 큰일 나겠어."

내가 자랑스럽게 내민 오천 원권 쿠폰을 본 선경은 하얗게 질린 표정을 지었다.

"회수하라니? 지금 한 만 장 정도 뿌렸어. 이걸 어떻게 회수하란 말이야?"

"당신은 지금 뭔가 착각하고 있는 거야. 한때는 돈이 주인 된 세상을 바꾸겠다던 사람이 어떻게 이럴 수 있어? 이건 쿠폰이 아니라 돈이야. 사람은 미워하는 대상을 닮게 된다는데, 당신은 그렇게 증오하던 이 자본주의를 그대로 닮아가고 있는 거야. 마치 돈이면 다 된다는 듯이. 손님들이 만약 이 쿠폰을 접어서 밤에 택시비라도 낸다고 생각해봐."

"그럴 일 없어."

선경에게 딱 잘라 말했지만 내심 불안해지기 시작했다. 그러고 보니, 종이 재질만 다를 뿐 오천 원권과 별 차이가 느껴지지가 않았다. 뒷면만 보면 쿠폰인데, 앞면만 보면 영락없는 오천 원권이었다. 나는 도리질을 했다. 별일 없을 것이다. 나 말고도 지폐와 유사한 쿠폰을 발행하는 사람이 한둘이 아니질 않는가.

염려하던 일은 현실이 되어버렸다. 조폐공사에서 갑자기 연락이 온 것이었다. 나는 졸지에 조폐공사에 소환이 되어 조사를 받게 되었다.

"장만호 씨, 신고가 들어와서 그러는데 이거 한번 보세요."

조사관이 내 앞에 오천 원짜리 쿠폰을 흔들었다. 어떻게 이 쿠폰이 조폐공사에까지 흘러들었단 말인가. 나는 식당 홍보만 할 생각을 하고 있었지 이런 일이 생기리라고는 전혀 예상을 하지 못했다. 조사관은 나에게 사건 경위를 설명해주었다. 고등학교 수업시간이었다고 했다. 한 남학생이 오천 원짜리 쿠폰을 갖고 친구들과 장난을 치고 있는 것을 본 담임선생이 그 쿠폰을 압수해서 위조지폐 사건으로 신고를 해왔다는 것이었다. 개업도 하기 전에 이런 일이 터지다니 어처구니가 없었다.

"이건 분명히 쿠폰이고 단순한 광고수단일 뿐입니다. 저는 위폐를 만들지 않았습니다."

"그건 장만호 씨의 생각일 뿐이죠. 시중에 이것이 유통된다고 생각해보세요. 법과 사회질서를 해치는 중대한 범죄행위가 된다는 상식적인 사실을 왜 몰랐다는 말입니까?"

나는 경위서를 써주고는 조사관실에서 나올 수가 있었다. 다시는 이런 범법행위를 저지르지 않겠다는 내용의 경위서를 써주고 지장을 찍고 나오는 기분이 씁쓸하기 짝이 없었다. 정녕 나는 돈벌이라는 목적을 위해 수단 방법을 가리지 않았던 것일까. 돈벌이를 위해서라면 톱밥으로 가짜 고춧가루를 만들고 콩기름으로 가짜 참기름을 만드는 악덕 장사꾼과 나는 하등 다를 바 없었다는 말인가. 결코 돈벌이만을 목적으로 하는 장사꾼만은 되지 않겠다고 마음먹었던 때가 있었다. 선경은 사람은 미워하는 상대방을 닮아가게 되어 있다고 말했다. 나는 이제 돈을 벌기 위해서라면 앞뒤 따져보지도 않고 덤벼드는 막된 장사치로 변해버린 것이 아닐까. 황동하에 대한 복수심, 황동하가 차지한 만동이갈비촌을 이기겠다는 그 욕망 때문에 눈이 뒤집혔던 것은 아니었을까.

식당으로 돌아와 창고에 들어 있는 쿠폰박스를 쳐다보았다. 나는 그 쿠폰박스를 봉고에 실었다. 쓰레기와 폐가구와 문짝이 떨어진 냉장고와 모터가 뜯겨나간 세탁기가 뒹굴고 있는 공터에 차를 멈췄다. 차에서 쿠폰 박스를 내려 석유를 뿌리고는 불을 붙였다. 석유 냄새와 종이 타는 냄새가 콧속으로 와락 스며들었다. 내 마음속에 가득 들어 차 있던 탐욕의 덩어리를 태우는 기분이 들었다.

조폐공사에 불려가서 경위서까지 쓴 소동이 벌어졌지만 오천 원짜리 쿠폰을 만 장 넘게 뿌려댄 덕분인지 개업 첫날 분위기는 떠들썩했다. 도시의 변두리나 유원지 주변에서만 구경할 수 있던 오리고기 전문 식당이 도심 한가운데, 그것도 규모도 엄청난 식당이 들어섰다는 것이 사람들의 호기심을 자극한 모양이었다. 개업을 하고 첫 한 달 동안은 장사가 잘되는 편이었다. 위폐 사건으로 축 처져 있던 마음을 추스르고 장사에 전심전력을 기

울일 수가 있었다. 이대로 간다면 조만간에 오리고기 전문 프랜
차이즈도 개설할 수 있겠다는 자신감이 다시 생겨났다.

식당이 워낙 크고 일하는 인원이 많아서 공사를 하면서 식
당 안에 숙소로 쓸 수 있는 방 하나를 두었다. 숙소에는 나와
숯불을 피우는 장치맨, 주방에서 고기 작업을 하는 남자 직원
김 군, 이렇게 세 명이서 잠을 잤다. 숯불 장치맨은 전문대 1학
년을 휴학하고 군에 갈 날짜를 기다리고 있는 휴학생이었다. 군
에 입대를 하는 동안 용돈은 자기가 벌어 쓰겠다는 녀석의 말
이 기특해 일을 시켜보았더니 제법 마음에 들게 일했다. 석쇠도
깔끔하게 닦아놓고 홀에 손님이 붐비기라도 하면 상을 치우기
도 해 비산동 공단숯불갈비에서 일하는 윤석을 떠올리게 만들
었다. 윤석은 군에서 제대를 한 다음 다시 비산동 공단숯불갈
비를 맡아서 운영하고 있었다.

토요일과 일요일 장사가 연달아 잘되는 덕분에 모처럼 배불
리 식사를 한 것처럼 기분이 뿌듯했다. 금고에 든 돈을 세어보
니 이틀 장사한 돈이 칠백오십만 원이었다. 카드로 결제한 금액
까지 합치면 매출액이 천오백만 원이었다. 돈을 가방에 챙겨넣
고는 씻는 둥 마는 둥 하고 숙소에 들어가 곧바로 자리에 누웠
다. 자리에 눕자마자 곯아떨어지고 말았다. 모처럼 숙면을 취해
서인지 아침에 몸이 가뿐했다. 김 군은 이불을 걷어차고 천지를
모르고 잠에 빠져 있는데 숯불 장치맨이 보이지 않았다. 은행

에 입금을 시켜야 한다는 데 생각이 미쳐 머리맡에 던져둔 가방을 찾아보았다. 가방이 온데간데없었다. 나는 후다닥 밖으로 뛰어나갔다. 안에서 잠그는 식당 뒷문은 열려 있었고 숯불 장치맨의 흔적은 어디에서도 찾을 수가 없었다. 나는 쓴웃음을 지으며 그 자리에 붙박인 것처럼 한참 서 있었다. 나뭇가지에 걸린 검은 비닐봉지가 바람에 펄럭거리고 있었다.

몇 달 뒤 가장 우려하던 조류독감이 터지고 말았다. 조류독감의 여파는 핵폭탄급이었다. 폐사한 닭과 오리를 구덩이에 파묻는 장면이 연일 뉴스에 나오고 마스크를 쓴 공무원들이 방역 소독을 하는 광경이 뉴스만 틀면 보도되었다. 굴삭기와 화물트럭들이 분주하게 오가며 살처분된 오리와 닭들을 파묻는 광경은 끔찍하기 짝이 없었다. 급기야 아직 푸드덕거리는 오리와 닭들까지 자루에 쓸어담아 생매장을 시키기까지 했다. 조류독감은 일부 지역에서만 발생하는 문제가 아니었다. 전국이 조류독감의 공포 속에 떨고 있었다. 오리고기 전문 식당인 내 식당이 조류독감 바이러스의 진원지 같다는 생각이 들 지경이었다. 가격 할인을 하고 무료 시식회를 개최하고 길거리마다 현수막을 내걸고 전단을 뿌려도 손님은 들지 않았다. 250평이나 되는 식당에 손님 한 명 들지 않는 날들이 연일 이어지자 하는 수 없이 종업원들을 내보내야 했다. 장사가 잘된다면 부른다고 약속을 하긴 했지만 사람을 해고시켜야 하는 짓은 못할 일이었다. 한 달 매출이 오백만 원도 되지 않는데 월세 천이백만 원과 종업원들의 인건비는 미룰 수가 없었다.

장만호의 유황 품은 오리라는 거의 오 미터에 이르는 커다란 입간판과 식당 주변을 둘러싸고 있는 정원수를 바라보고 있노라면 폐가로 변한 왕궁 속에 유폐된 기분이 들었다. 조류독감의 여파로 도무지 매출은 회복할 기미가 보이지 않았다. 한 달에 월세 천이백만 원을 주인에게 지불하는 것이 가장 큰 문제였다. 울산의 오리 식당의 적자를 메우기 위해 비산동 공단숯불갈비에서 나오는 수입을 다 쏟아 부어야만 했다. 집까지 담보로 잡혀 월세를 내어줄 때의 기분은 나락으로 떨어지는 것 같은 느낌이었다. 식당은 급매물로 내놓았지만 워낙 덩치가 큰 탓에 보러 오는 사람조차 없었다.

황동하가 차지한 만동이갈비촌은 이제 수도권까지 진출하고 있었다. 나는 오리 사업을 한다고 식당을 차려 조류독감 때문에 한 방에 나가떨어져 있는데 만동이갈비촌은 승승장구하고 있었다. 나는 길이 끊어진 벼랑 위에 서서 천 길 낭떠러지 아래를 노려보았다.

너를 잃고 생의 맛을 보다

🌿

아파트 주차장에 차를 세웠다. 흰 쌀밥 같은 벚꽃이 만개한 나무 아래 놓인 벤치에 현진이 또래의 여중생들 대여섯 명이 둘러앉아 조잘거리고 있었다. 집에 들르는 날은 서너 달에 겨우 한두 번이 고작이었다. 현진이는 아빠가 없이 자란 아이나 마찬가지였다. 식당을 하는 동안 식구들과 나들이를 가서 찍은 가족사진 한 장도 없어 가족사진을 갖고 오라는 숙제가 제일 싫다고 하던 현진이였다. 중학교 2학년이 된 현진이는 내가 집에 들러도 크게 반가워하지 않고 무덤덤한 반응을 보일 뿐이었다. 치매와 중풍에 걸린 시어머니를 맡겨두고 나가 살다시피 하는 남편을 견디고 있을 아내가 얼마나 있을까. 선경은 가끔씩 "당신 지금 독립운동 하는 거야?" 하고 농담을 했다. 선경이 하루하루를 견뎌내고 있는 것만 해도 기적인지도 몰랐다. 선경은 가끔씩 우리가 가족이 맞기나 한지 모르겠다는 말을 농담처럼 하기도 했다. 어머니의 병수발을 하느라 선경은 늘 지친 표정이었다. 근 한 달 만에 집에 들른 나를 보는 선경의 표정이 전에 없이 착잡해 보였지만 나는 대수롭지 않게 생각했다.

"나랑 이야기 좀 해."

"새삼스럽게 무슨 이야기? 나, 집에 쉬러 왔어. 날 좀 내버려 둬."

"우리, 헤어지자."

다짜고짜 헤어지자니, 이게 무슨 말인가. 심장 위로 묵직한 쇠뭉치 한 덩이가 갑자기 툭 떨어지는 느낌이었다. 선경은 어처구니없어하는 내 얼굴을 외면하고 벽을 쳐다보기만 했다. 생전 처음 보는 사람처럼 선경이 낯설었다.

"나, 장난 받아줄 기분 아니다."

"헤어지자구!"

"그러니까, 네 말은 지금 나와 이혼하자는 말이야? 어떻게 너까지……. 그러지 마. 너 아니래도 충분히 힘들다."

"이젠, 당신을 더 견딜 자신이 없어. 운동할 때는 당신 대신 투옥당하거나 고문을 당하거나 모든 걸 감당할 수 있다는 생각을 했어. 같은 신념을 가지고 같은 방향을 바라보고 있었기 때문에. 근데, 지금은 도대체 이게 뭐야? 당신이 어렵다는 이유로 당신 등만 쳐다보며 치매와 중풍에 걸린 어머니 수발이나 하며 살 자신이 없어. 하루에도 몇 번씩 울화증이 치밀어 올라 주방에 쭈그리고 앉아 꺽꺽 울었어. 당신이 없는 밥상머리에서 도끼

눈을 뜬 어머니와 밥 먹는 일이 얼마나 힘든 줄 알아? 그게 벌써 칠 년째야. 밥이 목에 걸려 넘어가질 않아. 이기적이라고 욕해도 좋아. 현진이는 내가 키울게. 물론 어머닌, 돌아가실 때까지 며느리에게 밥을 얻어드시고 싶으시겠지만 이젠 나도 지쳤어. 나, 미치고 싶지 않아서, 살고 싶어서 이러는 거야."

"선경아, 제발 조금만 더 기다려줘."

"언제까지? 언제까지 뭘 기다리란 거야? 당신은 항상 그런 식이었어. 어머니 때문에 내가 힘들어할 때마다 늘 회피하기만 했어. 식당일을 핑계 대며 식구들의 문제에서 달아나기만 했어. 적어도 당신은 다를 거라고 믿었어. 적어도 운동을 했던 사람이라면, 인간 해방을 외쳤던 사람이라면, 식구들의 고통을 외면해서는 안 되는 것 아니야? 가족도 못 보듬으면서 무슨 공동체, 무슨 재단을 만든다는 거야? 처음부터 당신은 모래 위에 성을 쌓았어."

"너, 혹시 지금 내가 집에 생활비도 못 갖다준 것 때문에 그러는 것 아냐? 너도 별수 없구나. 적어도 넌 다를 줄 알았는데……."

선경은 기가 막힌다는 표정을 지었다.

"아직도 그렇게 모르겠어? 내가 지금 돈 때문에 이러는 것 같아? 운동할 때는 이것보다 더한 것도 견뎠어. 돈 벌면 식구들의 문제가 절로 해결되는 거야? 돈 벌면 현진이한테 아빠 노릇을 해줄 수 있는 거야? 당신은 돈을 벌면 벌수록 식구들한테서 더 멀리 달아날 사람이야"

"그래서? 지금 날더러 어떻게 해달라는 거야? 너도 알다시피 난 너한테 위자료도 양육비도 제대로 줄 수가 없어. 비산동 공단숯불갈비에서 나오는 돈은 울산에 다 들어가고 있어."

"이럴 줄 알았으면 만동이갈비촌이 잘나갈 시절에 이혼해 달랠 걸 그랬네. 그랬다면 억대의 위자료나 챙겼을 텐데. 신경 쓰지 마. 방 하나 얻을 돈만 있으면 돼. 내가 무슨 일을 해서든지 현진이 하나는 키울 거니까"

나는 선경을 처음 보는 사람처럼 뚫어져라 쳐다보았다. 눈에서 불이 일어나는 것만 같았다.

"당신은 타인의 밥에만 관심이 있던 사람이었어. 어쩌면 타인의 밥상을 위해 식구들의 밥상을 뒤엎어버린 건지도 모르지. 우리들의 밥상은 이미 박살나버린 거야. 난, 안과 밖이, 내용과 형식이 조화를 이루어야 한다고 생각해. 식구들의 밥상에 둘러앉아 식구들과 눈을 맞출 수 있는 사람만이 타인에게 따스한 밥을 차려줄 수 있는 거야"

나는 참담한 기분을 가눌 길이 없었다. 선경이, 나와 한 몸이라고 생각했던 선경이 나를 떠나려하고 있었다. 우리 둘 사이에는 뭔가 다른 것이 있다고, 선경과 나의 사랑은 다르다고 생각했다. 남녀 간의 사랑과는 다른 그 무엇, 서로에 대한 영원한 동지애랄까, 우정이랄까, 동료애랄까, 혈육 이상의 연대감이 깔려 있다고 믿었다. 나는 막연한 그 믿음에만 기대고 있었던 것일까. 결코 선경만은 변하지 않으리라고, 끝까지 나를 믿고 기다려줄 것이라고 믿었던 것이다. 세상 모든 것이 나를 떠나도, 내가 믿었던 모든 것이 일제히 와르르 무너져도, 황동하가 나를 배신했어도 선경만은 끝까지 내 곁에 남아 있을 것이라고 추호도 의심하지 않았던 것이다. 돌이켜보니 그것은 나의 완벽한 착각일 뿐이었다.

선경을 처음 사회과학서점에서 만났던 일, 집회에서 만나 나를 빤히 쳐다보던 그 눈빛, 같은 단위조직에 묶여 학습하던 모습, 공단에 라면보다 싼 돼지갈비라는 전단을 뿌리던 일, 어머니랑 한바탕 싸우고 식당을 뛰쳐나가던 모습, 그리고 홀을 뛰어다니며 부지런히 서빙을 하던 선경의 모습이 두서없이 떠올랐다. 다시 한 번만 기회를 달라는 나의 말에 선경은 완강하게 고개를 가로저었다. 선경은 오로지 침묵으로만 일관했다. 선경과 나 사이에는 건너갈 수 없는 거대하고 깊은 강이 흐르고 있었다.

벚꽃이 환하게 피던 계절에 선경은 나에게 이혼을 요구했고 여름이 지나는 동안 우리는 서너 번쯤 만났다. 선경은 여전히 얼음처럼 냉담했다. 선경은 식당 주방에서 설거지를 하거나 상추를 씻을 때면 늘 참사랑이라는 노래를 즐겨 불렀다. 노래를 부르며 일하면 덜 피곤하다는 것이었다. "바람 불어도 눈보라 쳐도 그대 당신은 내 사랑, 거친 손가락 못생긴 얼굴 당신은 나의 참사랑. 투쟁 속에 우린 만났죠. 야윈 얼굴 서로 보듬고, 우리 새 세상 만들 때까지 우리 변치 말고 투쟁하자고. 그대가 감싸주는 내 어깨에 어리는 따스한 그 온기는 노동의 꿈과 희망입니다." 눈을 지그시 감고 선경이 감정에 겨워 노래를 부르는 모습을 바라보면 가슴이 뭉클해지곤 했다. 그 노래가사처럼 투쟁 속에서 만났던 우리는 영원히 죽을 때까지 함께 갈 수 있을 것이라고 생각했었다.

선경은 언젠가 밥상을 차려놓고 밥을 가장 맛있게 먹을 수 있는 온도가 몇 도인지를 물은 적이 있었다. 혀가 델 정도로 뜨거운 음식은 뜨겁게, 따뜻하게 데워 먹는 음식은 따뜻하게, 이가 시릴 정도로 차가운 음식은 차갑게 먹어야 최상의 맛을 낸다는 가장 기본적인 사실을 나만큼 잘 아는 사람도 없을 것이다. 나는 손님들에게 음식을 차려낼 때 음식의 온도에 대해 까다로운 편이었다. 선경은 밥을 가장 맛있게 먹을 수 있는 온도는 65도라고 말했다. 나는 선경의 말을, 말 속의 말에 대해 들여다볼 생각이 전혀 없었다. 나는 오로지 식당을 어떻게 키우는 일에만 골몰하고 있었다. 밥을 가장 맛있게 먹을 수 있는 온도는 65도이고, 사람의 체온은 37.5도이고, 물이 끓는 온도는 100도이다. 찌개는 끓고 있을 때가 가장 맛있다. 시각, 후각, 청각으로 맛을 느끼기 때문이다. 파스타는 90도일 때가 가장 맛있다. 커피는 85도일 때가 가장 맛있는데 100도가 넘으면 카페인이 변해서 쓴맛이 나고 70도 이하면 타닌의 떫은맛이 나기 때문이다. 선경은 온도에 따라 음식의 맛이 변하는 것처럼 살아간다는 것도 마찬가지라고 했다. 과연 사람과 사람 사이의 온도는 몇 도일까. 생의 온도는 과연 몇 도일까. 사랑의 온도는 과연 몇 도일까.

선경이 나를 떠나려고 결심한 이유가 무엇 때문이었을까. 밥을 가장 맛있게 먹을 수 있는 온도가 왜 65도인지를 몰랐기 때문이 아니었을까? 사람살이의 온도를 몰랐기 때문이 아니었을까? 나는 세상의 모든 음식들이 제 온도를 가지고 있다는 것을 잘 아는 사람이었으나 밥을 같이 먹는 식구들과의 관계도 제 온도를 가지고 있다는 것을 몰랐다. 그런 남자가 손님들에게 밥상을 차려준다는 것이 견딜 수 없어졌기 때문에 선경이 나를 떠나려는 것이 아닐까. 선경은 나에게서 늘 사막 모래의 냄새가 난다고 했다. 낙타를 타고 먼 길을 떠나는 나그네의 몸에서 풍기는 모래바람의 냄새. 나는 타인의 밥상을 차리는 데에만 정신이 쏠려 식구들과 밥상에 둘러앉는 소소한 일의 의미 따위는 안중에도 없었다. 그런 나의 등 뒤에서 밥상을 차리는 일이 쓸쓸하고 아팠으므로 선경이 나를 떠날 결심을 했으리라.

내가 교통사고를 당한 이후 선경은 큰 것을 바라지 않았다.

선경이 바란 것은 식구들과 마주 보며 김 오르는 밥상을 가운데 놓고, 웃고 떠들며 밥을 먹을 수 있는 소박하고 평화로운 밥상의 꿈이었다. 선경이 나를 떠나갈 수 있다고 나는 왜 한 번도 생각해보지 않았을까. 선경만은 영원히 나를 기다려줄 수 있다고 나는 왜 대책 없이 믿고 있었을까.

나는 선경을 떠나보내기로 결심했다. 그것은 내 사지를 토막토막 잘라내는 것보다 더한 고통이었다. 사지를 잘라내고도 살아갈 수가 있을까. 왜 나는 지금껏 알지 못했을까. 선경이 나의 심장이며 눈이며 귀며 그 모든 것이었다는 것을.

커피숍에는 선경이 먼저 와 있었다. 내가 이혼합의서에 도장을 찍어주자 선경이 나에게 "고마워." 하고 짧게 말했다. 무엇이 고맙다는 것인지 나는 잠시 어리둥절해졌다. 선경이 나에게 고맙다고 말한 것은 내가 교통사고를 당했다가 중환자실에서 의식을 회복했을 때였다. 단 한 번도 선경에게 따스한 밥 한번 차려주지 못했다는 생각이 유리조각처럼 가슴을 찌르는 것 같았다. 식당에 오는 손님들에게 수백만 번의 밥상을 차려주었으면서 왜 선경에게는 따스한 밥 한 끼를 내 손으로 차려주지 못했을까. 선경은 커피숍 문을 열고 먼저 나갔다. 선경의 모습이 길모퉁이로 사라지려 할 때였다. 나는 숨을 깊이 들이마시고 혼신의 힘을 다해 선경을 불렀다.

"선경아!"

돌아보는 선경의 담담한 얼굴을 보자 가슴이 턱 막혔다. 선경은 내 앞으로 다가와서 말없이 나를 꼭 끌어안았다. 마치 자기 앞에 놓여 있는 생을 담담하게 끌어안듯 선경은 한참 동안 나를 안고 있었다. 가슴이 쩍 갈라지는 것만 같았다.

"잘 가."

선경의 마지막 말에 입이 떨어지지 않아 나는 고개만 끄덕였다. 선경과 헤어져 뒤돌아서는데 누군가 명치끝을 예리한 칼날로 도려내는 것만 같았다. 가슴속에 가득 고인 흥건한 피를 선경이 볼 수 없어서 다행이라는 생각이 들었다. 심장과 허파와 모든 내장이 내 몸에서 일시에 쑥 빠져나가는 듯했다. 허깨비 같은 나의 그림자가 흔들리고 있었다.

공단숯불갈비 앞에 주차를 하는데 사선기방 김 씨가 자전거 수리에 열중하고 있는 모습이 눈에 들어왔다. 그는 늘 한결같이 그 자리에서 자전거를 고치고 있었다. 그동안 내게는 온갖 일들이 일어났으나 자전거방 김 씨는 땅에 뿌리박은 나무처럼 한 자리에서 자전거방을 지키고 있었다. 내가 이 비산동 공단숯불갈비를 인수하고부터 겪었던 일들이 주마등처럼 뇌리를 스쳐 지나갔다.

나는 만동이갈비촌의 모태였던 비산동 공단숯불갈비의 이름을 바꾸지 않았다. 비산동 공단숯불갈비의 이름만큼은 그대로 두어야 할 것 같았기 때문이었다. 아직도 공단숯불갈비는 손님들이 예전보다 줄기는 했지만 노동자들의 회식 장소로 애용되고 있었다. 최근에는 외국인 노동자들이 제법 온다고 했다. 비산동 공단숯불갈비에서 나오는 수익금까지 울산의 오리 식당에 쏟아붓고 있었지만 깨진 독에 물을 붓는 격이었다.

자전거방 김 씨가 나를 힐끗 쳐다보았다. 나에게 무슨 할 말이 있는 듯이 보였다.

"장 사장요. 요새 안 비던데, 오데 먼 데라도 갔다 왔능교?"

"예, 울산에 내려가 있었습니다."

"내가 할 말이 쪼매 있는데."

그가 걱정스러운 낯빛으로 주위를 두리번거리며 살폈다. 마치 누가 듣고 있기라도 하듯 몹시 경계하는 눈치였다.

"장 사장, 소문 들었능교?"

"무슨 소문 말입니까?"

"주인이 우리 자전거방이랑 공단숯불갈비 자리를 확 터서 식당을 크게 할 작정이라 카든데."

이게 무슨 말인가. 포크레인이나, 굴착기, 불도저 같은 중장비 대여업을 한다는 건물 주인이 장사가 잘 안 된다고 주인 여자가 가끔씩 엄살을 늘어놓을 때는 늘 앓는 소리려니 생각했다. 주인 여자는 해마다 갖은 명목을 대어 월세를 착실하게 올려 받고 보험 가입을 강요했다. 주인 여자는 세입자를 무슨 도깨비방망이로 착각하는 모양이었다.

"이기 전부 장 사장 때문인 기라요."

나를 원망하는 눈빛으로 쳐다보는 자전거방 김 씨의 말에 당황하지 않을 수 없었다.

"장 사장 식당이 너무 잘된 바람에 주인이 욕심을 내는 것 아니요? 주인 여자가 갈비 식당 주방에 댕기면서, 한 일 년 동안 식당일 착실히 배운 것 모르지요? 바로 공단숯불갈비를 빼앗을 욕심으로 그랬는 기라요. 나는 평생 이 자리에서 자전거 고치주미 자식들 공부시키고 늙어 죽을 때까지 벌어묵을 작정을 했는데. 이 자전거방이 이래 봬도 단골이 적은 줄 아는교? 장 사장도 이 자리서 오래 장사했지만, 내가 이 자리에서 자전거방 한 것만 해도 이십 년이라요."

"이거, 제가 본의 아니게 아저씨께 큰 잘못을 저지른 것 같습니다. 제가 주인 한번 만나보겠습니다."

"제발 몬 나간다 카소. 장 사장이 뻗대야 나도 여서 오래오래 장사를 해묵을 수 있는 기 아이라요?"

자전거방 김 씨가 간절한 눈빛으로 나를 올려다보았다. 정직하게 맨몸으로 식구들을 부양하고 열심히 살아왔던 착한 사내의 눈빛을 바라볼 엄두가 나지 않았다. 그의 말대로 모든 게 나때문에 빚어진 일이었다. 큰 욕심 안 부리고 조용조용 죄짓지 않고 살아왔던 그에게는 이 일이 날벼락이나 마찬가지였을 것이다. 규모만 다를 뿐이지 나와 자전거방 김 씨는 이 건물에서는 같은 세입자에 불과했다. 이 자본주의사회에서는 건물을 소유한 사람이 세입자의 생사여탈권을 쥐고 있는 것은 당연했다.

그날 저녁 나는 몇 년 만에 공단숯불갈비의 카운터를 지키고 앉아 있었다. 식당 문이 열리더니 자전거방 김씨 아저씨를 앞세우고 대여섯 명의 사람들이 들어왔다. 자전거방 김 씨가 처음으로 우리 식당에 고기를 먹으러 온 것이었다. 나는 어처구니가 없어서 입만 쩍 벌리고 그가 데려온 손님들을 쳐다보았다. 누가 자전거방 김 씨의 식구들 아니랄까 봐 하나같이 오종종하고 짜리몽땅한 사람들이었다. 식당이 바로 옆에 있음에도 불구하고 자전거방 김 씨는 집에서 도시락을 싸와서 점심을 먹고 라면을 끓여 먹었다. 식당 식구들이 밥을 먹을 때 같이 먹자고 권해보아도 소용이 없었다. 돼지갈비 십 인분을 시킨 자전거방 김 씨의 등 뒤에 앉아 있으려니 마음이 착잡했다. 자신의 생사여탈권을 쥐고 있는 건물 주인에게 대항해서 대신 싸워달라는 그의 마음을 받기가 버거워 나는 현관문을 열고 나왔다. 식당 밖에서 서성이며 건물을 올려다보다가 자전거방과 식당 간판을 번갈아 쳐다보았다.

자전거방 김 씨의 말대로 건물 주인은 며칠 뒤 식당으로 내려와 나에게 재계약을 할 수 없다고 말했다. 가게 계약기간이 한 달 정도 남아 있었다.

"사장님, 제가 그동안 월세 한 번 미룬 적이 있습니까? 어떻게 이러실 수 있습니까? 저, 못 나갑니다."

"장 사장, 그래도 자네는 그동안 이 식당에서 잘 벌어 먹고 살지를 않았나. 나는 말일세. 건설 경기가 나빠지는 바람에 생활비도 집에 못 들여준 지 오래야. 그래도 집사람이 보험이라도 하니 견디고 있지. 아이 둘을 대학을 보내놓고 나니, 돈 들어가는 데가 한두 군데가 아니야. 자네 사정을 봐줄 형편이 아니야. 내가 오죽하면 이러겠는가? 자네는 아직 젊지 않은가 말일세. 내 노골적으로 말하겠네. 이 자리에 자네가 하던 대로 갈비집을 할 거야. 자네가 나에게 협조를 해준다면 식당 시설비는 인정해줄 수 있지만 안 그런다면 한 푼도 줄 수가 없다네. 자넨, 만동이 갈비 체인본부를 해서 돈을 많이 벌었다고 소문이 짜하던데, 무슨 걱정인가?"

주인은 내가 엄청난 돈을 벌었다고 생각하고 있는 모양이었다. 주인은 피 한 방울 안 흘리고 장사가 제법 잘되는 내 식당을 빼앗아버리겠다는 것이었다. 더군다나 이 식당은 나에게는 첫사랑처럼 의미가 각별한 식당이었다. 그것을 건물 주인이 어떻게 이해하겠는가.

"제가 이 식당을 어떻게 살려놓았는지 잘 아시잖습니까. 온 공단에 도배를 하다시피 전단을 뿌려 살려낸 식당입니다. 이 공단숯불갈비는 저한테 식당 몇 개를 준다 해도 바꿀 수 없는 그런 식당이란 말입니다."

"이 사람아, 이 건물이 자네 건가? 법대로 해도 내가 이기네. 자네가 식당을 비워주지 않는다면 나는 건물 명도 소송을 할 거야. 어디 누가 이기나 해보자구."

나는 주인을 잡아먹을 듯이 노려보았다. 건물 주인은 자기는 답답할 게 없다는 표정을 짓고 식당을 한번 휘둘러보더니 밖으로 나가버렸다. 생각 같아서는 식당에 석유라도 들이붓고 불이라도 싸지르고 싶은 기분이었다. 테이블이 타고 냉장고가 타고 방석이 타고 장판과 벽이 타고 주방의 그릇들이 화염 속에 휩싸이고 있는 것만 같았다. 불길에 휩싸인 식당은 어느 순간 고통에 일그러진 내 얼굴로 바뀌어 있었다. 순간 황동하의 얼굴이 머리에 스쳤다. 어쩌면 황동하도 따지고 보면 돈 때문에 그렇게 추악하게 변해갔을 것이다. 돈 때문에 자신에게 손을 내밀어준 후배의 등 뒤에 칼을 꽂았을 것이다. 세상이 돈을 위해 미쳐 돌아가도 황동하만은 다를 것이라고 믿었던 적이 있었다. 한때는 돈이 주인 된 세상을 무너뜨리기 위해 인간 해방의 기치를 들었던 그도 결국은 돈 앞에서 무너지고 말았다.

나도 황동하와 별반 다를 것이 없었는지도 모른다. 어느 순간 나는 밥을 하늘처럼 섬기는 마음을 버렸다. 식당에 오는 손님을 하늘처럼 섬긴 것이 아니라 돈을 하늘처럼 섬기기 시작했던 것이다. 오로지 돈벌이에 목숨을 걸고 성공에 중독된 사람처럼 살아왔다. 식당이 하나둘 늘어가는 것을 보면서 나는 조합 활동을 하던 때의 감격을 맛보곤 했다. 그 착각 때문에 내 몸과 영혼이 늪에 서서히 잠기는 것을 전혀 눈치채지 못하고 점점 늪 속으로 발을 들여놓았던 것이다. 내가 목표를 잃고 돈벌이에 미친 장사꾼으로 변해버린 이유도 오로지 황동하 때문이었다고, 나를 구렁텅이로 몰아넣은 것은 황동하였다고 믿었었다. 내가 휘두르던 칼날은 이제 나를 향해 번쩍거리고 있었다. 나는 머리를 세차게 흔들었다.

식당 벽에 걸려 있는 느티나무 그림이 눈에 들어왔다. 액자에는 먼지와 간장 얼룩과 기름때와 파리똥이 묻어 있었다. 도원 스님, 경우 형이 나에게 주고 간 그림이었다. 느티나무 아래에서 사람들이 마음 놓고 쉬어가듯이 누구나 마음 놓고 들어와 식사를 할 수 있는 식당, 시골 잔치마당 같은 그런 식당을 만들고 싶었던 때가 있었다. 정작 주인인 내가 식당을 버려두고 멀리 떠돌아다녔어도 손님들은 여전히 공단숯불갈비를 찾았다. 나는 나무를 쓰다듬듯 액자를 천천히 쓰다듬었다. 이제 공단숯불갈비도 내 손에서 떠나가려 하고 있었다. 다리와 바꾸었던 식당, 나의 분신이기도 했던 이 식당을 이제는 떠나야 할 때가 온 것인가.

어차피 공단숯불갈비 건물 주인은 따로 있었고 주인이 재계약을 거부한다면 다른 방법이 없었다. 윤석과 정현수 아줌마와 침산 아줌마에게도 식당을 그만둔다는 통고를 했다. 공단숯불갈비의 간판을 내린다고 하자 두 아줌마는 내 일처럼 가슴 아파했다. 정현수 아줌마는 아는 보험아줌마의 소개로 보험설계사 시험을 보기로 했다고 말했다. 식당건물 주인은 갈비양념비법을 알려준다면 시설비를 인정해주겠다고 고양이가 쥐 생각해주는 것처럼 말했다. 식당의 시설비를 건지지 못하더라도 남의 피와 땀을 거저먹으려는 주인에게 공단숯불갈비의 비법을 알려줄 마음 따위는 애초에 없었다.

식당 문을 열고 나오자 진눈깨비가 바람에 흩날리고 있었다. 비도 못 되고 눈도 못 된 진눈깨비가 마음을 축축하게 적셨다. 뭔가 뒤통수를 세게 잡아당기는 것만 같았다. 주방에서 설거지를 하며 나를 돌아보고 웃던 선경의 얼굴, 밥을 늦게 해준다고 식당에서 행패를 부리던 어머니의 모습, 윤씨 아줌마와 비산동 아줌마가 머리채를 쥐어뜯고 싸우던 광경, 술 먹고 소리를 지르던 박진도 씨, 어두운 골목길에서 정현수 아줌마를 기다리던 동물병원 원장, 식당에서 왁자하게 떠들며 손님들이 식사를 하던 광경, 취객들의 행패, 윤씨 아줌마가 보이던 눈물이 두서없이 떠올랐다. 뒤를 돌아보지 않으려고 했으나 나는 고개를 돌려 낡은 식당 간판을 다시 올려보았다. 식당 현관 앞에서 선경이 앞치마를 입고 웃고 있는 것만 같았다. 십삼 년 동안 장사를 하면서 나는 내 모든 것들을 잃어버렸다. 하늘처럼 믿었던 선배 황동하에게 배신을 당하고 내 몸을 반쪽으로 쪼개내듯 아내마저 떠나보내고 말았다. 빈 손바닥을 펼쳐 보았다. 진눈깨비가 손바닥에 닿자 눈물자국 같은 흔적이 흐릿하게 남았다. 식당에서 내가 들고 나온 것은 느티나무 그림 한 장일 뿐이었다. 느티나무 그림을 허공에 걸어둘 수는 없는 일이었다. 이 느티나무 그림을 걸어두고 처음부터 시작해야 했다.

나는 다시 나의 식당을 향하여 걷기 시작했다. 나의 식당은 이 세상 어디에도 없는 식당 같기도 했고 아주 오래된 식당 같기도 했고 내가 두고 왔던 식당 같기도 했다.

에필로그

도덕암으로 가는 길은 아주 가파른 길이었다. 관음로라는 이름을 가진 길은 시멘트로 깨끗하게 포장되어 있었다. 구불구불한 산길은 산모퉁이를 돌면 이어지고 또 이어지고 해서 끝이 보이지 않았다. 나는 숨을 거칠게 몰아쉬며 한 걸음씩 내딛었다. 한 줄기 바람이 불어오자 소나무 향이 코끝에 스쳤다. 산까치 한 마리가 깍깍거리며 날아올랐다. 한 시간쯤 걷다 보니 숨이 턱까지 차올랐다. 더 이상 올라갈 수 없겠다 싶어 숨을 길게 몰아쉬다가 고개를 들어보니 바로 눈앞에 절이 보였다. 지은 지아주 오래되어 보이는 종각이 수문장처럼 절을 지키고 있었다. 암자는 아담하고 청결했다. 고요한 침묵에 휩싸여 있는 도덕암은 마치 딴 세상에 온 것 같은 기분을 들게 했다. 보호수라는 팻말이 달린 아름드리 모과나무에는 아직 덜 익은 모과 열매가 드문드문 달려 있었다. 주전인 극락보전 뒤편에 나란히 서 있는 아주 아담한 건물 세 채가 보였다. 자웅전, 산령각, 나한전이 어깨를 맞대고 서 있고 그 옆에는 공양간이 있었다. 하얀 진돗개 한 마리가 짖지도 않고 나를 물끄러미 쳐다보더니 꼬리를 흔들었다. 상좌 스님이 커다란 대빗자루로 마당을 쓸다가 낯선 방문객인 나를 쳐다보았다. 스님이 합장을 하며 나에게 고개를 숙이자 나도 모르게 같이 손을 모으며 합장을 했다.

"어쩐 일로 오셨습니까?"

"혹시, 여기 도원 스님 계십니까?"

"예, 잠시만 기다리십시오. 지금 도원 스님께서는 저 위쪽으로 산책을 나가셨습니다."

"어느 쪽인지 알려주시면 제가 한번 찾아보겠습니다."

나는 상좌 스님이 알려준 대로 절 뒤쪽으로 난 오솔길을 천천히 올라갔다. 멧새가 한 마리 포르르 날아올랐다. 머릿속이 깨끗하게 헹궈지는 느낌이 들었다. 이렇게 산으로 들어와본 적이 언제였는지 기억이 나지 않았다. 돌멩이 뒤에 엎드리고 있던 두꺼비 한 마리가 펄쩍 뛰어올랐다. 나는 뒷걸음을 쳤다. 두꺼비는 뱀에게 잡아먹혀도 죽은 두꺼비의 알은 뱀을 숙주로 삼아 번식한다고 했다.

도원 스님이 널찍한 바위 위에 가부좌를 틀고 앉아서 명상을 하고 있었다. 나는 도원 스님을 부르려다 바위 위에 걸터앉아서 명상이 끝나기만을 기다렸다.

"어허, 어디서 이렇게 살기 가득한 피 냄새가 나느냐?"

"형! 아니, 스님!"

"너 얼굴이 많이 상했다. 얼굴 꼬라지가 왜 이 모양이 됐어?"

나는 그냥 빙긋 웃었다. 도원 스님의 말 한마디에 뭉쳐 있던 눈덩이 같던 마음이 스르르 물이 되어 녹아내리는 것만 같았다. 나는 예전처럼 경우 형, 하고 스스럼없이 부를 수가 없었다. 이미 경우 형은 도깨비 경우 형이 아니라 원래부터 도원 스님이었던 것만 같았다.

"담배 있냐?"

"예?"

어처구니가 없었지만 바지 주머니를 뒤져 담배를 얼른 꺼냈다. 도원 스님은 담배연기를 시원스럽게 내뿜었다. 술 담배를 해도 아무런 걸림이 없는 모습이라니! 도원 스님이 내뿜는 저 자유의 냄새, 자유의 눈빛, 자유의 몸짓은 모든 욕망을 벗어버리면 가능한 것일까. 물장구를 치며 노는 천진한 개구쟁이 아이 같은 표정을 한 얼굴에는 그늘 한 점 보이지 않았다. 스님이면서 도무지 스님 같지 않은 도원 스님의 자유로움은 어디에서 오는 것일까.

"만호야, 식당을 하면서 몇 가지 맛을 봤느냐?"

"소태같이 쓴맛을 제일 많이 봤습니다. 식당을 하면 단맛도 볼 줄 알았는데, 쓴맛 본 기억밖에 없군요."

"맛에도 여러 가지가 있지. 매운맛, 떫은맛, 비린 맛, 아릿한 맛, 구수한 맛, 청량한 맛, 미끄러운 맛, 얼큰한 맛, 달콤새콤한 맛, 달콤씁쓸한 맛, 톡 쏘는 맛, 그 종류를 헤아릴 수도 없는 맛들이 있겠지. 그게 바로 사바세계, 인생의 맛인지도 모른다. 네가 음식을 판다는 것은 세상의 맛, 인생의 맛을 알아가는 과정이야. 소태같이 쓴맛을 보았다고 했지? 소태나무는 그 쓴맛이 비교할 데가 없지만 좋은 약으로도 쓰인다. 무릇 음식을 판다면 소태같이 쓴맛을 볼 필요가 있어. 충분히 더 상처를 받고, 더 많이 쓰러져야만, 무엇을 놓아야 하는지, 무엇을 붙들어야 하는지를 알게 될 거야."

"형! 아니, 스님, 여기에서 더 얼마나 쓴맛을 보란 말입니까? 난 모든 것을 잃었어요. 나는 이렇게 쓰러져서 피를 흘리고 있는데, 모든 것을 빼앗아간 사람은 승승장구를 하고 있다는 것이 견딜 수 없습니다. 다른 사람도 아니고 내가 평생의 동지로 생각했던 사람한테서 배신을 당했기 때문에……, 다른 사람도 아니고 혈육보다 더 믿었던 동하 형이 내 등 뒤에 칼을 꽂았다는 것 때문에 견딜 수가 없단 말입니다."

"제법무아 제행무상, 고정된 실체도 없고 본디 나라고 고집할 것도 없다. 모든 것은 변한다. 성공을 한 나, 배신을 당한 나, 실패를 한 나, 나라고 붙들고 있는 것은 한낱 허깨비이자 그림자일 뿐이다. 허깨비에 매달려 그걸 붙들고 있는 것만큼 어리석은 일은 없다. 내가 처음 머리를 깎고 산에 들어왔을 때였다. 천둥

벌거숭이처럼 살던 내가 불가의 지엄한 법도 때문에 한동안 힘들어할 때, 한 스님이 옛 시 한 구절을 들려주셨다. 그물에 걸린 물고기는 앞으로만 나가려 하여 올가미에 머리를 꿰이고, 그물에 걸린 새는 움켜쥔 그물을 놓지 못해 날아가지 못한다."

그 말을 듣는 순간, 캄캄하던 마음속에 불이 반짝하고 켜지는 것만 같았다. 내 마음을 읽은 듯 도원 스님이 빙긋 미소를 지었다.

"움켜쥐고 있는 그물을 놓아라. 그래야만 너는 날아갈 수 있다. 너를 감옥 속에 가두어둘 수 있는 사람도 너고, 너를 해방시켜줄 수 있는 사람도 바로 너 자신이야. 배신을 당한 것에 그토록 연연해한다는 것은 네가 감옥에 갇혀 있는 증거야. 그것이 곧 실패다. 복수심과, 미움으로 음식을 만들면 그 칼날이 너를 쓰러뜨리게 되지. 움켜쥔 그물을 놓아버리면 네가 황동하에 대해서 오히려 고맙다고 생각하는 날들이 꼭 와줄지도 모른다."

검은 천막이 급하게 들씌워지는 것처럼 산속의 밤은 재빨리 찾아왔다. 칠흑같이 캄캄한 산중의 밤하늘에는 별이 총총하게 떠 있었다. 캄캄할수록 별은 더 반짝이고 별빛은 찬란해 보이는 법이다. 사람들마다 저마다의 하늘에는 별 하나가 떠 있다. 나의 하늘에 떠 있었던 별은 무엇이었을까. 그 별이 황동하였다고 믿었던 때가 있었다. 오랫동안 꿈을 그리는 사람은 그 꿈을 닮아간다고 나에게 말해준 사람이 황동하였다. 나는 그 말을 듣는 순간 그를 나의 별로 만들기를 주저하지 않았다. 내가 두고 온 지상의 불빛이 무수한 별처럼 보였다. 지상의 별들이 나를 손짓하고 있었다. 내가 먼 곳에 있는 별을 쫓아서 헤매고 있을 때 선경은 무슨 생각을 했을까. 드러난 팔뚝에 닿는 바람이 선득했다. 그물에 걸린 물고기는 앞으로만 나가려 하여 올가미에 머리를 꿰이고, 그물에 걸린 새는 움켜쥔 그물을 놓지 못해 날아가지 못한다는 말이 귓가에 오래 맴돌았다. 그물에 걸리지 않는 별빛, 그물에 걸리지 않는 바람, 그물에 걸리지 않는 새소리, 그물에 걸리지 않는 솔향기, 그물에 걸리지 않는 풀벌레 소리, 밤의 산속에는 그물에 걸리지 않는 자연의 냄새와 숨소리가 가득했다.

나는 새벽에 일어났다. 새벽예불을 드리고 도원 스님과 아침 공양을 했다. 오관게를 외우는 도원 스님의 청명한 목소리에 귀를 기울였다. 가장 큰 그릇에는 밥, 그다음은 배추된장국과 물, 가장 작은 그릇에는 김치가 담겨져 있었다. 소리 나지 않게 밥을 떠먹고 국을 떠먹고 김치를 조용히 씹었다. 몸속으로 흘러가는 음식들의 길이 보이는 듯했다. 내 몸이 조용히 낮은 데로 낮은 데로 흘러가는 것 같았다. 나와 도원 스님은 숭늉으로 밥그릇부터 국, 반찬 그릇까지 깨끗이 헹궈 그 물까지 마시는 것으로 공양을 마쳤다. 아침공양을 마치고 나서 도원 스님이 나를 물끄러미 바라보았다.

"음식은 불과 물의 노래다. 음식은 물로써 성난 불을 부드럽게 어루만지고 쓰다듬는 일이다. 불같은 증오를 물로 다스려라. 음식은 불과 물이 만들어내는 오묘한 합창이다. 분노로 만든 음식은 불협화음이야. 불협화음을 듣는다면 사람의 귀가 상하고 나중에는 급기야 영혼마저 상하고 만다. 간이 알맞고 좋은 재료로 만들어진 음식은 모든 음이 조화를 이루는 노래와도 같은 것이다. 음식의 간은, 음식을 만드는 사람의 마음이겠지. 분노의 마음을 버리고 사랑으로 요리를 해라. 장사는 하나의 도에 이르는 과정이다. 장사는 요리와 같다. 요리는 불과 물을 어떻게 다루느냐에 달려 있는 것이다. 장사를 하면서 네 안의 불과 물을 잘 다스려야만 음식의 길을 잃어버리지 않고 갈 수가 있는 것이다. 그것이 곧 인간의 길을 잃어버리지 않고 걸어가는 것이기도 하다."

도원 스님은 종각 앞에 서서 나를 배웅했다. 내리막길에 걸음을 급하게 내딛다 보면 무릎이 꺾이거나 발을 접지를 수 있다며 도원 스님은 조심해서 산길을 내려가라고 했다. 숲은 푸르스름한 이내 같은 고요에 휩싸여 평화로운 꿈을 꾸는 듯했다. 나무들과 돌들과 바위와 흙들과 산 능선이 내쉬는 숨소리가 들려오는 것 같았다. 나무의 몸에는 수많은 길들이 가득했다. 하늘을 향한 저 나뭇가지는 어쩌면 나무가 꾸는 꿈이 아닐까. 인생에는 천재지변과 같은 불가항력적인 일들이, 인간의 힘으로 도저히 어찌 해볼 수 없는 일들이 끝도 없이 생겨난다. 내 몸을 지나간 레미콘 트럭처럼. 장만호의 유황 품은 오리를 단 한 방에 망하게 만든 조류독감도 내가 어찌 해볼 수 없는 불가항력적인 일이었을 것이다. 어쩌면 황동하의 배신처럼 말이다. 몇 번의 천재지변이 일어난다 하여도 저 나무들은, 저 풀들은 제자리를 지키고 꿋꿋이 살아가고 있는 것이다. 어쨌든 제 몫의 삶을 끌어안고 꿋꿋이 살아내어야만 하는 것이다. 청설모 한 마리가 부지런히 나무를 타고 있었다. 쪼르르 나무를 타고 올라가던 청설모가 나뭇가지 위에 앉아 새까만 눈망울로 나를 무연히 바라보았다. 길 양쪽으로 늘어선 나무들 사이로 보이는 초가을 하늘빛에 눈이 시렸다. 숨은 가쁘지 않았지만 가파른 산길을 내려가는 것도 산을 오르는 것 못지않게 힘이 들었다.

구석진 자리에서 혼자 밥을 먹던 남자가 갑자기 밥을 앞에 놓고 목 놓아 울기 시작했다. 일주일에 한두 번씩 혼자서 밥을 먹으러 오는 60대 후반쯤으로 보이는 손님이었다. 다행히 손님이 없는 시간이라 나는 그가 울게 버려두고 주방으로 들어가서 멸치다시물을 끓이기 시작했다. 남자의 대머리에 흰 머리카락이 듬성듬성했다. 식당 안은 한 남자의 울음소리와 멸치 냄새가 뒤섞여 묘한 분위기를 풍겼다. 한참을 울던 그 남자가 울음을 그친 듯해 나는 홀로 나왔다.

"주인장!"

"예, 손님."

"안 바쁘면 내 얘기 좀 들어주시겠소."

나는 그 손님의 맞은편에 앉았다. 남자는 잠시 머뭇머뭇하더니 힘겹게 입을 열었다.

"바보 같은 한 남자 이야기요. 그는 은행 지점장이었소. 평생을 한눈팔지 않고 가족을 위해 시계추처럼 정확하게 출근해서 일하고 퇴근했소. 집에 퇴근해보면 그 남자의 아내는 따스한 밥한 끼를 차려놓기는커녕 친정에 가거나 친구들과 계모임을 한다거나 쇼핑을 하러 간다거나 해서 늘 집을 비우곤 했소. 삼십오 년간을 식구들을 위해 일을 했는데 그 남자의 아내는 제대로 된 밥 한 끼 차려준 적이 없었소. 그런데 한날, 그 남자가 은행 옆 후미진 골목길에 있는 어느 작은 식당에 밥을 먹으러 갔소. 쉰 살쯤 되어 보이는 한 아주머니가 주인이었는데 엄마가 배고픈 아들을 맞아주듯 반갑게 맞아주었소. 된장찌개를 주문했는데, 음식 하나하나에 정성이 들어가 있고 그렇게 밥이 맛을 수가 없는 거요. 그래서 그 집의 단골이 되었소. 그 남자가 가기만 하면 그 아줌마는 아이고! 지점장님 오셨어요, 이렇게 늘 환대하면서 밥을 차려주는 거요. 그 남자는 그 아줌마가 차려주는 밥맛에 그만 홀딱 빠져서 은행 퇴직하고 받은 돈 삼억으로 그 아줌마 앞으로 식당을 차려줬소. 아내를 버리고 이혼하고 그 아줌마랑 살 생각으로 그렇게 해준 거요. 그런데 그 아줌마가 식당을 몰래 팔아버리고 도망을 쳐버렸소. 세상에서 제일 바보 같은 그 남자는 따스한 밥 한 끼를 차려주는 그 여자에게 자신의 남은 인생을 걸었던 거요. 그놈의 밥 한 끼가 뭐라고."

"……."

그놈의 밥 한 끼가 뭐였을까? 아마도 그에겐 사랑의 다른 이름이었을 것이다. 가족들에게 받아보지 못한 인간의 따스한 온기였을 것이다. 그 밥 한 끼가 어떤 사람의 목숨을 살리기도 한다는 것을 아마도 이 손님이라면 이해할 수 있을 거라는 생각이 들었다. 일 년 전 광안대교 위에서 내가 생을 헌신짝처럼 던져버리려 했을 때 어느 경찰관이 사준 따스한 밥 한 끼가 떠올랐다. 그가 사준 밥 한 끼는 나에게 목숨이기도 했다. 어쩌면 이 손님은 따스한 밥 한 끼 때문에 그 여인에게 자신의 전부를 걸었던 것이 아니라 따스한 밥 같은 사랑이 목말랐기 때문이었을 것이다. 아내가 주지 못했던 가족의 따스한 온기를 그녀를 통해서 받을 수 있으리라는 희망 때문에, 따스함이 그리워서 그 아줌마가 차려준 밥에 모든 것을 걸었을 것이다.

밥값을 지불하고 힘없이 식당 문을 밀고 나가는 그의 등을 바라보며 나는 깊은 숨을 내쉬었다. 내가 차려준 밥을 먹는 사람의 마음을 상하게 만들지 않는 밥, 그 사람을 아프지 않게 만드는 밥을 차리리라. 어떤 일이 있어도 온도가 변하지 않는 밥, 변하지 않는 따스한 밥을 차려야 한다고 마음을 다잡았다.

나는 오늘도 벽에 걸린 느티나무 그림 앞에서 마음을 추슬렀다. 이 식당은 육십 년이 넘은 식당이다. 식당 현관 오른쪽 모퉁이에는 키가 10미터쯤 되고 둘레가 어른의 팔 한 아름쯤 되는 느티나무가 한 그루 서 있다. 느티나무 아래에는 작은 평상도 하나 있어서 식당에 밥을 먹으러 온 사람들이 커피를 마시며 쉬고 가기도 하고 다리 아픈 행인들이 다리쉼을 하고 가기도 한다. 처음 이 식당을 보았을 때 느티나무가 제일 마음에 들었다. 시골밥집 같은 허름한 식당이었지만 느티나무가 있는 식당이라니 마치 나를 기다리고 있던 식당이라는 생각이 들었다. 백 살 정도 된다는 느티나무가 도시 한가운데 남아 있다니, 기적 같은 일이었다.

이 식당의 이름은 '느티나무 식당'이다. 도원 스님과 친분이 있는 어느 할머니가 하던 식당이었다. 느티나무가 베어질 뻔한 일이 두 번이나 있었는데 할머니는 느티나무를 자식처럼 지켰다고 했다. 그 할머니가 중풍으로 식당 문을 닫게 되었는데 스님이 나에게 이 식당을 해보라고 소개를 해준 것이었다. 그 할머니의 아들은 나에게 식당 월세 삼아 할머니 병원비로 매달 오십만 원씩 송금하면 된다고 했다.

어느덧 공단숯불갈비부터 시작해 식당에 몸을 담은 지도 벌

써 십칠 년의 세월이 지났다. 십칠 년의 세월이 지났지만 내게
남은 것은 테이블 일곱 개의 작은 밥집이 전부이고 아직도 갚
아야 할 빚이 한두 푼이 아니다. 하지만 무슨 대수랴. 아직도
나는 살아 있고 살아 있는 한 따스한 밥을 지어 배고픈 사람들
의 배를 채워줄 수가 있으니.

그동안 많은 일들이 있었다. 요양원에 입원해 있던 어머니는
8개월 전에 돌아가셨다. 평생을 밥에 그토록 집착하던 어머니
를 화장하고 돌아오던 날, 쌀밥 같은 흰 눈발이 날렸다. 저세상
에서는 누구의 눈치도 보지 않고 마음대로 따스한 밥 실컷 드
실 수 있기를 축원했다.

어머니의 장례식에 온 강명훈이 말했다. 황동하가 야당의 시
의원 선거에 출마한다는 것이었다. 만동이갈비촌은 황동하의
부인이 경영하고 있는데 아직도 체인점이 늘고 있다고 했다. 나
는 그 소식을 들었는데도 거짓말처럼 아무렇지도 않았다. 내
청춘을 바쳐 만들었던 만동이갈비촌을 빼앗아간 사람이 변절
해 야당으로 갔다는 소식을 들었는데도 아무렇지도 않을 수 있
다는 내 자신이 더 놀라웠다. 황동하에게 품었던 강철 같았던
분노의 칼이 어느새 고드름 녹듯이 사라져버리고 없다는 것이
이상하고 우습기만 했다. 미움도 원망도 다 사라져버린 것이 신
기했다. 강명훈은 이제 도서관은 주민들이 내는 후원금으로 절
로 굴러가고 있다고 했다. 월 만 원씩 내는 후원인이 칠백 명가

량인데 문화행사도 자주 열고 도서관 상근자들에게 월급도 제때 줄 수 있게 되었다고 했다.

"어서 오십시오."

식당 문을 열고 들어오는 여자 손님을 보고 나는 그 자리에 얼어붙고 말았다. 단 하루도 잊어 본 적이 없는 내 아내, 선경이었다. 나는 손에 들고 있던 물병을 바닥에 떨어뜨리고 말았다.

"……!"

정신을 수습하지 못한 나와는 달리 선경은 내 앞으로 다가와서는 내 팔을 툭 쳤다.

"무슨 귀신을 본 듯한 얼굴이네."

"어떻게? 여기서 식당 하는 거 알고 있었어?"

"그냥 이 근처에 볼일이 있어서 왔다가."

"……."

"실은 명훈이 형한테 이야기 들었어. 실제로 느티나무가 있는 것도 신기하고. 어, 저 액자 아직도 걸려 있네."

선경이 벽에 걸린 느티나무 액자를 가리켰다.

"식당은 잘돼?"

"먹고 살 만큼은 돼. 빚도 조금씩 갚고 있고."

"다행이다."

나는 선경에게 묻고 싶은 말이 많았다. 지금은 어디서 어떻게 지내고 있냐는 말. 그리고, 현진이는 잘 지내는지, 아빠에 대해 선 뭐라고 하는지 묻고 싶었다.

"뭐 먹을래?"

"음, 저 메뉴 괜찮은데. 따스한 밥 한 그릇."

선경은 벽에 붙은 메뉴판을 가리켰다. 따스한 밥 한 그릇, 따스한 비빔밥 한 그릇, 따스한 국수 한 그릇, 따스한 국밥 한 그릇, 이것이 다였다. 손님들은 사람 인원수에 따라 밥 두 그릇, 국밥 세 그릇, 이렇게 주문을 했다. 나는 주방으로 들어갔다. 마침 미역을 미지근한 물에 불려놓았다는 것에 생각이 미쳤다. 멸치로 다시를 낸 물을 끓였다. 불린 미역을 씻어서 물기를 뺐다. 냄비에 참기름을 두르고 소고기와 미역을 볶다 조선간장을 약간 넣고 멸치다시물을 부어 미역국을 끓였다. 시금치나물과 도라지나물을 접시에 담고 어제 새로 담근 김치도 담았다. 선경이 좋아하던 갈치 한 토막을 물에 씻고는 달구어진 프라이팬에 올렸다. 간장에 졸여서 볶은 멸치와 마늘종볶음도 접시에 담았다. 처음으로 선경을 위해 차린 밥상이었다. 내가 차린 밥상을 내려다본 선경은 깊은 숨을 내쉬었다. 미역국을 숟가락으로 떠서 한 입 먹고는 밥을 떠먹었다.

"참 따스해. 생일 같아. 당신이 해준 밥 참 맛있어."

선경의 말 한마디에 가슴이 아렸다. 선경과 같이 살 때에는 타인의 밥을 위해 사느라 단 한 번도 식구들을 위해 따스한 밥

한 끼 차려줘 본 적이 없었다. 내가 그토록 많은 식당을 했지만 제대로 된 식당을 하지 못한 이유는 무엇이었을까. 오로지 돈을 많이 벌기 위해, 성공을 하기 위해서만 밥을 지었기 때문이 아니었을까. 황동하에게 복수를 하기 위해 마치 적과 싸우듯 투쟁을 하듯 장사를 했기 때문에 내가 만든 그 많은 식당들이 나의 손을 떠나버린 것이 아니었을까. 사랑으로 밥을 차리지 않았던 때문이 아니었을까. 식구들을 위해 따스한 밥상 한 번 차려줄 줄 아는 그런 마음 한 자락이 없었기 때문이 아니었을까.

"현진이는?"

"응, 만화 그린다고 기숙사 있는 고등학교 갔어. 지금 고3인 거 알지? 눈코 뜰 새 없이 바빠. 한 달에 한 번 내려올까 말까야."

벌써 그렇게 시간이 흘렀구나. 현진이의 목소리가 어땠는지 기억이 나지 않았다. 현진이가 중학생이 되고 고등학생이 되는 동안 나는 단 한 번도 제대로 된 아빠 노릇을 해준 적이 없었다.

"나, 여기 취직시켜줄래?"

이게 뭔 소린가 싶었다.

"문득 느티나무 아래 따스한 밥집 아줌마가 되고 싶다는 생각이 들었어. 식당 이름 때문에."

농담인지 진담인지 헷갈렸다. 오 년 만에 갑자기 나타난 이혼한 아내가 이혼한 남편에게 취직을 시켜달라니. 웃어야 될지,

말아야 될지 어처구니가 없었다.

"놀라긴. 당신이 차려준 이 밥상이 너무 감격스러워서 농담한 거야. 당신이 차려준 따스한 밥을 매일 먹을 수 있다는 생각에 그 말이 문득 튀어나와 버렸어. 아, 좋다, 이 식당. 진작 이렇게 조그마한 길모퉁이 식당 하나 차렸으면……."

선경은 그 뒷말을 깨물었다. 나는 선경이 하려다 만 말을 내 식으로 다시 이어 붙였다. 그랬으면 이혼은 안 했을 거 아냐, 하는 말로 들렸다.

"그건 그렇고 당신 왜 재혼 안 해? 식당 혼자 하려면 힘들 텐데."

"참한 아줌마 있으면 소개해줘."

"그래, 알았어."

"현진이랑 같이 한번 와."

"그러지 뭐."

식당 문을 열고 나가는 선경을 배웅하러 밖으로 나왔다. 선경은 이혼을 하고 한 번도 나에게 전화를 해온 적이 없었다. 풍문으로 선경이 중고생 전문 국어 학원 강사를 하며 지내고 있다는 소리를 들은 적이 있었다. 헤어지면서 선경도 나도 서로에게 전화번호를 묻지 않았다. 그러나 나는 알고 있었다. 내 아내, 나의 동지였던 그녀, 선경이었으므로 언젠가는 현진이와 팔짱을 끼고 내 식당 문을 활짝 열고 들어오리라는 것을. 그리고 셋이서 따스한 밥상에 둘러앉아 밥을 먹을 수 있는 날이 오리란 것을.

들지 않아도 들린다. 숟가락과 젓가락 부딪치는 소리, 음식을 씹는 소리, 사람들의 웃음소리, 나지막한 말소리, 사랑하는 이들의 눈빛이 부딪히는 소리, 주방에서 국이 끓고 나물이 익어가고 밥이 익어가는 소리, 양념과 식재료들이 서로 섞이고 스며들어 새로운 음식으로 태어나는 소리. 나의 식당에서 한 끼의 따스한 밥을 먹고 힘을 차려 자신의 길을 떠나야 할 사람들이 내는 소리, 음식과 사람들이 어울려 내는 소리, 그 아늑하고 익숙한 소리가 손에 만져지는 것만 같다. 사랑하는 사람들이 빙 둘러앉아 밥을 먹는 시골 잔치마당 같은 식당. 그곳은 내가 오래전에 꿈꾸던 식당이었다. 이제 더 이상 떠돌아다니지 않고 이곳에 뿌리를 내려 오래된 식당의 주인이 될 것이다. 나를 알던 이들이 언제라도 찾아올 수 있는 식당, 언제나 그 자리를 지키고 있는 아주 오래된 식당의 주인이 될 것이다. 테이블을 깨끗이 닦고 정갈한 밥상을 차려 손님을 맞고, 손님들이 찾아오면 반갑게 맞아주고 정성 들여 따스한 밥을 차려주는 것으로 족할 것이다. 그것이면 족하다. 나는 저 느티나무처럼 살아낼 것이다. 내 말에 답이라도 해주듯 초록 물고기 같은 느티나무 잎새들이 일제히 햇살에 반짝거린다.

인생의 맛을 두루 본 투박하고 거친 손바닥, 희끗희끗한 머리카락, 골이 깊게 팬 주름살. 연륜이 묻어나는 너털웃음을 짓는 주인이 언제나 기다려주는 길모퉁이의 작고 허름한 식당.

나는 식당사장 장만호다.

〈끝〉

* 본문 속의 신문기사, 「지역 노동운동가 4명 돼지갈비집 사장 됐다」는 1998년 6월 27일 자 매일신문 이종태 기자가 작성한 기사를 약간 고쳐 인용했음을 밝혀둡니다.

십구 년 전의 그 식당 풍경이 떠오른다. 김이 오르던 육개장 한 그릇과 갓 지은 쌀밥의 따스한 온기가 목을 울컥 메이게 만들었다. 환자 보호자였던 나는 병원 매점에서 컵라면으로 끼니를 때운 지 한 달이었다. 그녀는 대뜸 내 손을 잡아끌고 온기가 가득한 그 식당 안으로 데리고 들어갔다. 그녀의 따스한 마음 한 그릇을 달게 먹고 비로소 기운을 차렸다. 내 생의 가장 따스한 밥 한 그릇이었다.

살아오면서 늘 잊히지 않았던 어릴 적의 풍경 하나가 있다. 무더운 여름날, 동네 어귀의 아름드리 느티나무 그늘 아래 둘러앉아 따스한 밥을 맛나게 나눠 먹던 동네 사람들. 나뭇가지가 휘어질 듯 울어대는 시원한 참매미들의 울음소리. 어린 시절 우리 동네 어귀에는 삼백 년 정도 된 느티나무가 있었다. 기억 속에서 가장 평화롭고 아름다웠던 한 시절이 있었다면 느티나무가 아낌없이 내어주었던 푸른 그늘 아래서 동네 사람들과 둘러앉아 밥을 먹고 걱정 없이 뛰놀았던 때였다. 사람들은 뙤약볕 아래 지치도록 고된 노동을 한 뒤 느티나무 그늘 아래서 낮잠을 자기도 하고, 빙 둘러앉아 새참을 먹거나 잔치를 벌이고, 길을 가던 이웃 동네의 사람들에게 막걸리를 내밀며 정을 베풀기도 했다.

내가 꿈꾸는 식당도 아낌없이 그늘을 내어주는 느티나무와도 같은 식당이다. 사람들이 마음 푹 놓고 쉬어갈 수 있는 식당, 배고프고 지친 영혼을 어루만져주는 식당, 마음 푸근한 식당주인이 차린 따스한 밥 한 그릇을 든든하게 먹고 고달픈 세상으로 기운차게 나갈 수 있도록 해주는 그런 식당이다.

하지만 느티나무 같아야 할 식당의 현실은 눈물과 고통뿐이다. 음식점 창업자 열 명 중 아홉 명이 식당 문을 닫아야 할 정도로 현실은 열악하기만 하다. 주5일제가 시행되고 사회 곳곳에서 노동조건이 예전보다는 개선되었지만 하루 열두 시간 이상 고된 노동에 시달리는 식당 사람들은 눈물로 밥상을 차린다. 푸른 느티나무처럼 건강해야 할 식당 사람들의 몸과 마음은 병든 지 오래다. 음식 만드는 일을 천직으로 알고 자식들에게 가업으로 물려주겠다는 오래된 식당의 주인을 만나기 어렵다. 이렇게 어려운 식당의 현실 속에서도 마을 어귀를 지키는 오래된 느티나무처럼 음식의 길을 끝까지 가려는 식당 사람들이 있다.

누군가가 차려준 따스한 밥 한 그릇을 먹는다는 일은 어떤 의미일까? 인간의 인간에 대한 아름다운 마음 한 그릇, 사랑을 먹는 일이 아닐까. 갓 지은 따스한 밥의 온기는 사랑이기 때문이다. 한 그릇의 밥을 하늘처럼 섬기는 마음으로, 그 음식을 먹는 사람을 하늘처럼 섬기는 마음으로 늘 한결같이 따스한 밥을 지어내는 일은 숭고하고 아름다운 일이다. 식당 사람들의 고된 노동과 눈물과 땀으로 따스한 밥 한 그릇 차려내는 일이 사람을 살리는 고귀하고 아름다운 행위라는 것을 말하고 싶었다. 밥 짓는 일을 하는 식당 사람들, 그 아름답고 숭고한 노동을 하는 모든 식당 사람들의 땀과 눈물을 〈식당사장 장만호〉가 조금이나마 닦아줄 수 있기를 소망한다.

식당사장 장만호와도 같은 인물이 한국 소설에서 당당히 제 목소리를 낼 수 있어야 한다며 기꺼이 손을 내밀어주고 용기를 북돋아준 김화영 편집자님, 따스한 새움출판사 식구 여러분께 깊이깊이 감사드립니다.

이 소설은 당신의 성공과 실패와 좌절, 끝까지 음식의 길을 가려는 당신의 고집에 크게 빚졌습니다.

2014년 겨울 해운대에서

김옥숙